Op goed g

Jenny Colgan

Op goed geluk

Happy Ever After 1

Vertaald door Els van Son

UITGEVERIJ LUITINGH-SIJTHOFF

De vertaling uit het Russisch van het gedicht op pagina 113 is van Marja Wiebes en Margriet Berg

Oorspronkelijke titel: *The Little Shop of Happy Ever After*
Vertaling: Els van Son
Omslagontwerp: Studio Marlies Visser
Omslagbeeldillustratie: © Anke Knapper
Opmaak binnenwerk: Crius Group, Hulshout

ISBN 978 90 245 9022 3
ISBN 978 90 245 9024 7 (e-book)
ISBN 978 90 245 9025 4 (luisterboek)
NUR 302

www.lsamsterdam.nl
www.boekenwereld.com

Uitgeverij Luitingh-Sijthoff vindt het belangrijk om op milieuvriendelijke en verantwoorde wijze met natuurlijke bronnen om te gaan. Bij de productie van dit boek is daarom gebruikgemaakt van papier waarvan het zeker is dat de productie niet tot bosvernietiging heeft geleid.

Laten we lezen, laten we dansen. Deze twee vormen van vertier zullen de wereld nooit kwaad doen.

Voltaire

Bericht aan de lezers

In dit boek staat nergens aan wie het is opgedragen, omdat ik het opdraag aan jou: de lezer.

Alle lezers.

Want dit boek gaat over lezen, en boeken, en hoe die je leven kunnen veranderen – altijd ten goede, volgens mij. Het gaat ook over hoe het voelt om te verhuizen en ergens helemaal opnieuw te beginnen (iets wat ik vrij vaak heb gedaan in mijn leven) en het effect dat de plek waar je woont heeft op hoe je je voelt; en over of verliefd worden in het echte leven hetzelfde kan zijn als in een liefdesroman. En verder gaat het af en toe ook over kaas, omdat ik net ben verhuisd naar een plek waar heel veel kaas wordt gemaakt – en ik ervan blíjf eten! En verder gaat het ook nog over een hond die Peterselie heet.

Maar dit boek gaat voornamelijk over boeken, omdat Nina Redmond, de heldin van het verhaal, ervan droomt een boekwinkel te beginnen.

Daarom wil ik je een aantal tips geven over de plekken wáár je kunt lezen – omdat ik graag wil dat je het jezelf dan zo comfortabel mogelijk maakt. Mocht ik een heel waardevolle tip vergeten of pak jij het op een totaal andere manier aan, laat me weten via Facebook, of twitter me op @jennycolgan, want ik ben van de oude stempel en vind lezen een genoegen dat te allen tijde zorgvuldig gekoesterd dient te worden.

Ik hoop echt dat je net zo geniet van het lezen van dit boek als ik heb genoten van het schrijven ervan. Waar je dat ook doet.

Bad
21.45 uur is mijn favoriete tijd voor een ontspannend bad. Mijn man wordt er gek van, omdat hij moet regelen dat het water precies de juiste temperatuur heeft (slechts ietsjes minder heet dan de zon) en dat ook blijft, voor als ik wil bijvullen.

Het is echt een enorme luxe. (Overigens hou ik niet van badolie; ik vind het zelfs walgelijk. Toch? Overal zo'n vettig laagje op... Nee. Maar goed, daar gaat het nu niet om.)

Een boek in bad. Pockets zijn ideaal natuurlijk, het ergste wat er kan gebeuren is dat je ze moet drogen op de radiator (alle afgedankte Harry Potter-boeken die mijn kinderen hebben gekregen zijn volkomen opgekruld), maar ik lees veel op mijn e-reader en ik zal je een geheim verklappen waardoor dat ding droog blijft en ik niet steeds mijn hand uit het warme water hoef te halen: ik sla de pagina's om met mijn neus. Misschien heb je niet zo'n fantastische Schots-Italiaanse Peter Capaldi-neus als ik, maar met een beetje oefening zul je zien dat het prima gaat. Ik raad je wel aan om de badkamerdeur op slot te doen als er meer mensen bij je in huis wonen, want ik weet uit ervaring dat anderen het nogal hilarisch vinden. Je kunt ook kiezen voor de oplossing die mijn vriendin Sez heeft bedacht: zij stopt haar e-reader in een plastic zak (verstandig), zodat ze hem gewoon kan aanraken met haar natte hand.

Bed
Het enige lastige aan lezen in bed is dat het maar zo kort duurt: twee, drie pagina's en je bent onder zeil. En als het een extra lange dag is geweest, doezel je onder het lezen misschien steeds even weg voordat je echt in slaap valt en wanneer je de volgende avond dan weer verder wilt gaan, weet je niet zeker meer waarover het ging... Was er nou een roze eenhoorn die door een examenzaal huppelde of niet terwijl ik er in mijn pyjama achteraan ging? Ik kan je vertellen: nee dus! Die eenhoorn komt in dit boek niet voor; je bent ingedommeld en ik vrees dat je een paar pagina's terug zult moeten. Maar ik ben zo attent geweest

alle personages totaal verschillende namen te geven. Er is niets ergers dan 's avonds laat over een Cathy en een Katie te lezen, en ik wil het niemand moeilijker maken dan nodig.

Stretcher

In je vakantie op een stretcher zou de ideale plek moeten zijn om te lezen en het is ook een feit dat ik in mijn leven vaak aan de mate waarin ik verbrand was, kon zien hoe goed het boek was dat ik las.

Het probleem is echter hoe je het boek moet vasthouden.

Hou je het omhoog, dan heb je weliswaar geen last van de zon, maar raken je armen te vermoeid – en krijg je ook nog een witte rechthoek op je verder prachtig gebruinde huid (wat in bepaalde kringen dan weer cool gevonden wordt, geloof ik). Lees je met je gezicht in de zon, dan knijp je je ogen dicht tot heel onaantrekkelijke spleetjes. In kleermakerszit op een handdoek is sowieso niet bepaald flatteus (wegens de sporen die de zwaartekracht ((in ieder geval bij mij)) heeft nagelaten). Liggend op je buik krijg je weer zweet op je boek en snijden die plastic dingetjes van de stretcher in je vlees. Het beste is om zo'n geweldige ouwe-mutsen-stretcher met zo'n zonnedakje dat je boven je hoofd kunt trekken te scoren. Ja, het ziet er niet uit, maar daar staat tegenover dat jíj lekker ligt terwijl je leest en de rest niet. Dus uiteindelijk trek je aan het langste eind!

Lopend op straat

Vroeger was het best normaal om op straat te lopen met je neus in een boek. De mensen glimlachten begrijpend en gingen voor je opzij, omdat ze wisten hoe het was om heel dringend iets te moeten lezen (ik heb ooit eens gezien hoe een meisje dat aan een lus in de Londense metro hing haar pols verstuikte omdat ze tegelijkertijd wilde overstappen bij Bank én *De geschikte jongen* wilde uitlezen).

Maar tegenwoordig loopt iedereen constant op zo'n stomme smartphone te kijken (want stel dat iemand een plaatje van een hond liket op Facebook en je dat pas twee seconden later ziet), waardoor zoiets simpels als op straat lopen – zelfs zónder boek – meer lijkt op een hindernisbaan. Let op! Gevaar!

Leesclub

Als je dit leest voor je leesclub, is het nu waarschijnlijk kwart over twee 's nachts, de dag vóór de bijeenkomst.

'Sorry', is het enige wat ik kan zeggen. Gedwongen een boek lezen geeft je het gevoel dat je weer op school zit, vind ik, en hé, als je huiswerk wilde was je wel aan die avondcursus begonnen waarvan je al zo lang zegt dat je die gaat doen als je tijd hebt. Als je haastig moet lezen is dat meestal voor het geval dat iemand vraagt: 'Wat vond je trouwens van het einde?' en je bang bent dat je dan alleen maar een beetje kunt knikken en hopen dat het niet zo'n einde was waarin alles op zijn kop werd gezet (het is mij wel eens gebeurd, moet ik bekennen). Dus laat me je geruststellen: dit boek heeft geen onverwacht einde. Maar aan de andere kant zou ik dat natuurlijk ook niet verklappen als het wél zo was.

Hangmat

Lang geleden, toen ik jong was, had ik een schat van een vriend die een hangmat voor me kocht en die ophing op mijn kleine en gevaarlijke dakterras, waarin ik vele gelukkige uren heb liggen wiegen en lezen en kaaszoutjes gegeten en gedagdroomd over mijn knappe, superlieve vriend.

Toen ben ik met hem getrouwd en kregen we een stel kinderen en een hond en verhuisden we naar een plek waar het altijd regent, en de hangmat ligt geloof ik ergens op zolder.

En ja, lieve lezertjes, dit is typisch zo'n geval van 'en ze leefden nog lang en gelukkig'.

Gestolen tijd

Ah, da's de beste tijd. Ik kom vaak tien minuten te vroeg bij het zwembad om de kinderen op te halen, of ik steel een kwartiertje na de boodschappen bij de supermarkt, en pak dan in de auto wat tijd terug van de wereld voor mijn boek en mij. We verdienen het, en dat maakt het extra fijn.

Forenzen

Lezen tijdens het forenzen is super als je het eenmaal onder de knie hebt weten te krijgen. Omdat forenzen zo'n gedisciplineerd gebeuren is – kijk maar naar al die glazige blikken van de mensen die elke dag die oneindig gecompliceerde, prachtige dans door al die stations uitvoeren – doen je hersens meteen wat er van ze gevraagd wordt om je precies lang genoeg aan dit alles te onttrekken. Stop je telefoon weg; dat gedoe kan wachten tot je op je werk bent. Dit is je beloning voor de het feit dat je moet forenzen.

Reizen

Reizen is niet hetzelfde als forenzen. Zoals je misschien al verwachtte, ben ik sterk tegen het oprukken van wifi in auto's en vliegtuigen, maar dat hou je natuurlijk niet tegen. Dus: zorg dat je een stoel aan het raampje boekt zodat je je kunt opkrullen, zet je koptelefoon op, kies een rustgevend muziekje en verlies jezelf een paar uur in je boek. Het enige wat mis kan gaan is dat het drankenkarretje door het gangpad jouw kant op komt en je bang bent dat ze je overslaan en je daardoor te onrustig bent om je te kunnen concentreren. Leg in dat geval je boek weg, pak een tijdschrift en doe alsof je volkomen relaxed en op je gemak bent en je je totaal geen zorgen maakt over of je wel een drankje krijgt. Ik heb zelf ook wel geprobeerd in het vliegtuig op zo'n krappe economyclassstoel tegelijkertijd te eten, te drinken, te lezen en muziek te luisteren, maar dat raad ik je niet aan, tenzij je een pak geld bij je hebt om iemands stomerijrekening te betalen.

Treinen zijn ervoor gemaakt om in te zitten lezen. Ik vind het makkelijker om een koptelefoon op te zetten dan in de stiltecoupé alle idioten die daar herrie zitten te maken te vermanen dat ze hun kop dicht moeten houden. Ik zeg niet dat ze de gevangenis in moeten, maar ik zeg ook niet dat dat níét hoeft.

Voor de open haard

Als je geen haard hebt, voldoet een kaars ook. Wanneer het donker begint te worden kan ik me echt verheugen op een gezellig haardvuur en een goed boek – hoe dikker, hoe beter. Ik hou van lijvige romans met een grote mok thee of een lekker glas wijn erbij, afhankelijk van hoe dicht we bij het weekend zitten (of hoever ik bereid ben de definitie van 'weekend' op te rekken), en even wat rust aan het hoofd. Een hond helpt ook. Honden zijn er erg goed in je te laten merken dat je niet elke twee seconden je telefoon hoeft te checken om een gelukkig leven te leiden.

Ziekenhuis

Ik heb om allerlei redenen veel tijd in ziekenhuizen doorgebracht: ik heb er in een gewerkt, ik heb er een stel kinderen gebaard, en daarna zijn die kinderen successievelijk uit bomen gevallen, hebben ze benen gebroken, enzovoort, enzovoort.

In een ziekenhuis verglijdt de tijd op de een of andere manier anders dan erbuiten. Om te beginnen tikt hij veel en veel langzamer en bovendien gaat hij 's nachts gewoon door. De sfeer in een ziekenhuis is ook bijzonder: er hangt een gevoel van lichte verwondering over alles wat er om je heen gebeurt: ingrijpende, levensbepalende dingen – dood, nieuw leven, geluk en diep verdriet; op elke etage van het steriele, veel te warm gestookte gebouw, waren – met elke professionele kordate voetstap op het glanzend geboende linoleum – pijn en angst en blijdschap rond.

Ik vind het lastig om te lezen in een ziekenhuis; je hebt het gevoel dat je op een enorm schip zit dat over de woeste baren laveert, terwijl de mensen buiten vaste grond onder de voeten hebben en gewoon doorgaan met hun dagelijkse leven, zich niet bewust van de stormen waarin anderen, vlak bij hen, doorheen moeten navigeren.

Poëzie werkt wel goed in een ziekenhuis, heb ik gemerkt. Korte stukjes tekst, waarvan je kunt opkijken zonder je zo kwetsbaar en afgesloten van de rest van de wereld te voelen – tenslotte maken we het allemaal mee, of hebben we dat gedaan of gaat dat nog gebeuren.

Een ziekenhuis is ook een heel vriendelijke plek, een plek waar je naast iemands bed kunt zitten om de patiënt zachtjes voor te lezen.

Ik heb dan ook geen enkel moreel bezwaar tegen ijs en andere zoetigheden in het ziekenhuiswinkeltje. Die móéten er zijn. Ze zijn zelfs onontbeerlijk.

Onder een schaduwrijke boom in een zonnig park
Maar natuurlijk. Met een softijsje graag...

Diversen
Ik ben supertrots op mijn volgende prestaties: bedenken hoe ik kan lezen terwijl ik borstvoeding geef (leg een kussen onder het hoofdje van de baby); terwijl ik mijn haar föhn (ik heb vreselijk haar); terwijl ik mijn tanden poets (ik heb een goed gebit, waarschijnlijk omdat ik het veel langer poets dan nodig is); terwijl ik wacht tot het stoplicht op groen springt; opgesloten in de wc tijdens een oersaaie bruiloft (niet mijn eigen); in een kinderspeelparadijs (ooit heb ik op een regenachtige middag een hele roman gelezen terwijl mijn kinderen ronddartelden in de ballenbak, volgens mij hadden we allemaal de tijd van ons leven); bij de pedicure (ik doe niet aan manicures, daar kun je écht niet bij lezen); wachtend in een rij; in een cabriolet (lastig!); in de kerk (een zonde, waar ik ook terecht voor ben bestraft); op zakenreizen als ik alleen in een restaurant moet eten (met een boek ben je nooit alleen); en ten slotte, waar het allemaal begon, ongeveer een miljoen uren rechts op de achterbank van mijn vaders oude groene Saab 99, met de krullenkop van mijn

slapende jongste broertje op mijn schoot en een lolly in mijn mond om me gezelschap te houden.

Dus... Laat me weten waar jíj leest. Want elke dag met een boek is net iets beter dan een dag zonder, en ik wens je alleen maar gelukkige dagen toe.

En dan is het nu tijd om Nina te ontmoeten...

Jenny xxx

1

Het probleem van positieve dingen in het leven is dat ze zich vaak vermommen als iets afschuwelijks. Zou het niet heerlijk zijn als je beschermengel je, wanneer je het zwaar hebt, op je schouder tikte en zei: 'Maak je geen zorgen, dit lijkt allemaal verschrikkelijk, maar ik beloof je dat het allemaal goed komt. Je moet hier alleen even doorheen.' En dat jij dan kon zeggen: 'Dank u wel, lieve beschermengel.' En misschien ook nog kon vragen: 'Gaat het me lukken die drie kilo eraf te krijgen?' En dat het antwoord dan zou zijn: 'Natuurlijk lukt je dat!'

Hoe handig ook, zo zit het leven niet in elkaar. En dus gaan we in werkelijkheid vaak veel te lang door met dingen die ons niet gelukkig maken of geven we iets wat uiteindelijk goed zou komen te snel op – en dan is het vaak ook nog enorm ingewikkeld om precies te weten wat wat is.

Het leven voorwaarts moeten leven (en het achterwaarts pas kunnen begrijpen) kan ontzettend irritant zijn.

Of dat vond Nina in ieder geval.

Nina Redmond, negenentwintig, hield zichzelf voor dat ze niet in tranen mocht uitbarsten. Wie dat ooit heeft geprobeerd, weet dat het meestal weinig helpt jezelf dat te verbieden. Maar ze zat verdomme op haar werk! En op je werk moet je niet huilen.

Ze vroeg zich af of dat anderen wel eens overkwam – dat ze gingen huilen. Misschien overkwam het iedereen wel eens. Zelfs Cathy Neeson, met haar stijve, te blonde kapsel, haar dunne lippen en haar spreadsheets. Cathy Neeson, die nu met een grimmig gezicht en haar armen over elkaar geslagen voor het kleine team stond waar Nina deel van uitmaakte en net een heel verhaal had gehouden vol ingewikkelde termen – jargon blijkbaar – over bezuinigingen en het feit dat Birmingham het zich niet kon veroorloven alle bibliotheken open te houden en dat er nu eenmaal overal bezuinigd moest worden.

Nee, waarschijnlijk niet, dacht Nina. Sommige mensen huilen gewoon niet.

(Wat Nina niet wist was dat Cathy Neeson huilde op weg naar haar werk, en op de terugweg – de meeste avonden pas na achten – van haar werk ook, elke keer dat ze iemand moest ontslaan, elke keer dat ze weer een paar procent van haar toch al magere budget moest zien af te schaven, elke keer dat er van haar werd geëist dat ze weer nieuwe kwaliteitsnormen formuleerde, en elke keer dat haar baas op vrijdagmiddag om vier uur een enorme lading administratie bij haar dumpte omdat hij weer op een van zijn vele skivakanties ging.

Uiteindelijk stopte ze ermee en ging ze werken in een fairtradewinkel, voor een vijfde van het salaris en de helft van de uren en nul van de tranen. Maar dit verhaal gaat niet over Cathy Neeson.)

Het was gewoon, dacht Nina, terwijl ze de brok in haar keel probeerde weg te slikken, dat ze zo'n kléíne bibliotheek waren.

Op dinsdag- en donderdagochtend een voorleesuurtje voor de kleintjes. Vroeg dicht op woensdagmiddag. Een verwaarloosd oud gebouw met armoedige linoleumvloeren. Het rook er soms een beetje muf, dat moest ze toegeven. En het duurde eindeloos voordat de enorme, lekkende radiatoren 's ochtends opwarmden, waarna ze bloedheet werden en de lucht bedompt raakte – zeker ook omdat de oude Charlie Evans er altijd was, die elke ochtend binnenkwam om warm te worden en de krant heel langzaam, van voor tot achter, uit te spellen. Ze vroeg zich af waar de Charlie Evansen van de wereld nu heen moesten.

Cathy Neeson had uitgelegd dat alle bibliotheekdiensten werden samengevoegd in één centraal gebouw in het centrum van de stad, waar ze onderdeel zouden worden van een 'hub', een multimediatheek die functioneerde als 'informatiemakelaar', met een 'multimedia-ervaringszone', een koffieshop en een inter-sensorische belevingswereld (wat dat dan ook mocht zijn) – hoewel het centrum minstens twee busreizen te ver was voor het grootste deel van de bejaarde clientèle dan wel die met buggy's van hún bibliotheek.

Het gebouw zou worden verkocht en onder de prachtige puntdaken kwamen luxe appartementen die ver boven het budget van een bibliothecaris lagen.

En Nina Redmond, negenentwintig, boekenwurm, met haar lange kastanjebruine krullen, haar witte huid bezaaid met sproetjes en behept met een verlegenheid waardoor ze op de meest ongelegen momenten bloosde of in tranen kon uitbarsten, zou, voorvoelde ze, op straat gezet worden in de kille wind van een wereld waarin er een hoop bibliothecarissen tegelijkertijd werkzoekende werden.

'Dus,' had Cathy Neeson geconcludeerd, 'jullie kunnen meteen beginnen met het inpakken van de boeken.'

Ze zei het woord 'boeken' alsof ze het maar een waardeloos onderdeel vond van haar glanzende toekomstbeeld van een 'multimediatheek als platform, waar kennis, informatie en mensen samenkomen' – al die beduimelde, onhandige boeken.

Moedeloos en met enigszins rode ogen liep Nina naar het achterzaaltje. Gelukkig was iedereen er min of meer hetzelfde aan toe. Rita O'Leary, die waarschijnlijk al tien jaar geleden met pensioen had gemoeten maar altijd zo enorm aardig tegen de klanten was dat haar collega's het door de vingers zagen dat ze de nummers van het classificatiesysteem niet meer kon lezen en de boeken min of meer op de gok in de kasten terugzette, was in huilen uitgebarsten, Nina troostte haar en kon daar haar eigen bijna-tranen mee camoufleren.

'Weten jullie wie precies hetzelfde deden?' siste Griffin, een andere collega, door zijn baard. Hij wierp een behoedzame blik op Cathy Neeson, die nog in de bibliotheekzaal stond. 'De nazi's! Die namen alle boeken in beslag en gooiden ze op de brandstapel!'

'De boeken worden helemaal niet verbrand!' sputterde Nina tegen. 'En het zijn ook geen nazi's.'

'Ja, ja, dat denkt iedereen, maar voor je het weet, zijn het nazi's!'

Er werd in een razend tempo een soort uitverkoop voor de bezoekers georganiseerd, waarbij de meeste belangstelling uitging naar de oude vertrouwde favorieten in de tien-cent-doos en de glanzende nieuwere boeken bleven staan.

Inmiddels waren ze bezig om de overgebleven boekenvoorraad in dozen te pakken zodat die naar de centrale bibliotheek konden. Griffins anders al norse gezicht stond nog norser dan gewoonlijk. Hij had een lange, onsmakelijk onverzorgde baard en een minachtende houding tegenover anderen die niet de boeken lazen waar zíjn voorkeur naar uitging. Wat betekende dat hij tegen haast iederéén neerbuigend deed; hij hield van obscure jarenvijftigboeken die niet meer werden herdrukt en verhaalden van gefrustreerde jonge mannen in Fitzrovia die te veel dronken. Hij bazelde nog steeds over boekverbranders.

'Ze worden niet verbrand! Ze gaan naar dat centrum in de stad.'

Nina kon het woord 'multimediatheek' niet uit haar mond krijgen.

Griffin snoof. 'Heb je de plattegrond daarvan gezien? Koffie, computers, dvd's, planten, kantoortjes met figuren die kostenbatenanalyses maken en werkelozen lastigvallen – sorry, "mindfulnessworkshops" geven. Geen plek voor ook maar één boek in dat hele klotegebouw.' Hij gebaarde naar de tientallen opgestapelde dozen: 'Die gaan op de vuilnishoop! Die boeken gebruiken ze straks als ondergrond om wegen op aan te leggen.'

'Echt niet.'

'Let maar op! Daar gebruiken ze afgedankte boeken voor, wist je dat niet? Om de boel op te hogen, zodat die grote dure, onze aarde verwoestende auto's van die opschepperige *Top Gear*-idioten, over eeuwen van gedachten en ideeën en geleerdheid kunnen rijden en de liefde voor boeken kunnen vermorzelen onder hun stupide autobanden.'

'Je bent niet in een al te best humeur vanmorgen, hè Griffin?'

'Kunnen jullie twee daar een beetje opschieten?' zei Cathy Neeson die haastig en nerveus binnen kwam lopen. Ze had slechts een budget voor één middag vrachtwagens die de boel kwamen ophalen – als ze niet alles op tijd klaar hadden om in te laden, zat ze echt in de problemen.

'Ja, Frau Obersturmführer,' antwoordde Griffin binnensmonds terwijl Cathy gejaagd wegliep, haar blonde bobkapsel nog steeds volkomen onberispelijk. 'Mijn god, dat mens is zo erg, niet te geloven!'

Maar Nina luisterde niet echt. Ze keek wanhopig naar de duizenden boeken om zich heen, zo hoopvol met hun prachtige omslagen en optimistische commentaren. Om ze te veroordelen tot de vuilnisbelt was hartverscheurend: het waren boeken! Voor Nina voelde het hetzelfde als de sluiting van een hondenopvang. Ze kregen ze met geen mogelijkheid allemaal op tijd ingepakt, hoe graag Cathy Neeson dat ook wilde.

En zo kwam het dat ze zes uur later met haar Mini Metro tot de nok toe volgeladen, voor haar huis parkeerde.

'O nee!' zei Surinder, toen Nina aan kwam lopen met een stapel boeken in haar armen. Nina deelde de woning met Surinder, die met een grimmig gezicht en haar armen over haar vrij indrukwekkende boezem gevouwen in de deuropening stond. Nina had Surinders moeder ooit ontmoet. Ze was commissaris bij de politie en Surinder had deze gezichtsuitdrukking van haar geërfd. 'Die komen hier niet binnen,' zei ze nu. 'Geen sprake van.'

'Het is gewoon... Ze zijn in perfecte staat en...'

'Daar gaat het niet om,' zei Surinder. 'En kijk me niet zo aan, alsof het arme weeskindertjes zijn die ik wegstuur.'

'Nou, op een bepaalde manier zijn...' zei Nina terwijl ze probeerde niet smekend te klinken.

'De fundering houdt het gewoon niet, Nina! Dat heb ik je al eerder gezegd!'

Nina en Surinder deelden het kleine rijtjeshuisje al vier jaar en tot beider tevredenheid; sinds Nina via Chester in Edgbaston was gearriveerd. Ze kenden elkaar niet van tevoren, en dat was een voordeel: zo hadden ze de kans om bevriende huisgenoten te worden, in plaats van vriendinnen die samen een huis deelden en ruzie kregen.

Nina maakte zich er wel een beetje ongerust over dat Surinder een vaste vriend zou krijgen en dan zou verhuizen of hem in huis zou halen, maar ondanks een groot aantal aanbidders, was dat nog niet gebeurd – wat heel goed uitkwam. Surinder zei altijd dat zij niet de enige was die dat kon overkomen, maar vanwege Nina's verlammende verlegenheid en eenzame gewoonte altijd en overal verdiept in een boek te zitten, waren ze er allebei redelijk van overtuigd dat Surinder de eerste zou zijn die aan de man raakte. Nina was altijd het stille meisje langs de zijlijn geweest dat alles, door de bril van de boeken die ze graag las, vanaf een afstandje bekeek.

En bovendien, dacht ze, na weer een ongemakkelijke avond met de onhandige vrienden van Surinders laatste verovering, had ze gewoon nog nooit iemand ontmoet die zich kon meten met de helden uit de boeken waar ze van hield. Een Mr. Darcy, of een Heathcliff of zelfs, als je ervoor in de juiste stemming was, een Christian Grey... De nerveuze jongens met hun zweterige handen bij wie ze nooit iets geestigs of gevats kon bedenken om te zeggen, waren echt geen vergelijking. Ze struinden niet met ferme stappen en een donkere, broeierige blik in hun ogen door de heidevelden van Yorkshire. Ze weigerden niet met je te dansen in de Pump Room terwijl ze in het geheim een diepe, levenslange passie voor je voelden. Nee, ze werden gewoon dronken, zoals Griffin op het kantoorkerstfeest, en probeerden hun tong in je mond te hangen nadat ze urenlang hadden zitten zeiken over de relatie met hun vriendin en beweerden dat die eigenlijk helemaal niet serieus was.

In elk geval... Surinder keek woedend en het ergste was dat ze gelijk had. Er was gewoon geen plaats in huis voor nóg meer boeken. Ze lagen al overal: op de overloop, op de trap, Nina's kamer lag er tjokvol mee, ze stonden keurig op alfabet in de woonkamer, en ze lagen zelfs op de wc. *Little Women* moest in geval van geestelijke nood altijd in de buurt zijn, vond Nina.

'Maar ik kan ze toch niet zomaar in de kou achterlaten?' smeekte ze.

'Nina, het is gewoon papier. Dood hout! En meestal stinken ze ook nog!'

'Maar...'

Surinders gezichtsuitdrukking veranderde niet; ze bleef Nina streng aankijken. 'Nina, hier trek ik de grens. Echt. Tot hier en niet verder. Dit loopt helemaal uit de hand. En je moet de hele week nog inpakken op de bibliotheek, dus wordt het alleen maar erger.'

Surinder zette een stap naar voren en pakte een enorm dikke roman – een roman waar Nina dol op was – van de stapel in haar armen.

'Kijk dan! Deze héb je al!'

'Ja, dat weet ik, maar dit is de hardcover en ook nog de eerste uitgave. Moet je zien hoe mooi! En nog nooit gelezen!'

'En dat zal ook nooit gebeuren, want de stapel die jij nog moet lezen is al hoger dan ik ben!'

De twee meiden stonden inmiddels allebei op de stoep; Surinder was zo kwaad dat ze de voordeur uit was gekomen.

'Nee!' zei Surinder. Haar stem klonk steeds harder. 'Nee! En nog eens nee! Deze keer hou ik echt voet bij stuk.'

Nina voelde dat ze begon te beven. Dit werd ruzie begreep ze, en Nina kon niet tegen confrontaties en botsende meningen. Dat wist Surinder ook.

'Alsjeblieft,' smeekte ze Surinder nog een keer.

Surinder gooide haar handen in de lucht 'Mijn god, het is alsof ik een puppy een schop geef. Je doet er niks mee, hè, dat je straks geen baan meer hebt. Je doet er niks mee! Je gaat gewoon liggen en speelt "dood".'

'En ik ben...' fluisterde Nina met neergeslagen ogen nadat de deur achter Surinder was dichtgevallen, 'ik ben mijn sleutels vergeten vanmorgen. Ik vrees dat we zijn buitengesloten.'

Surinder keek haar woedend aan maar barstte toen, nadat ze haar politiecommissarisgezicht had getrokken, godzijdank in een schaterlach uit. Ze waren naar het eetcafé op de hoek gegaan waar het meestal bomvol zat, maar vanavond viel het mee met de drukte en konden ze een gezellig plekje veroveren.

Surinder bestelde een fles wijn, die Nina tersluiks in de gaten hield. Wijn was meestal een slecht voorteken, de start van een 'wat is er mis met Nina'-gesprek, dat over het algemeen na het tweede glas begon.

Maar wat was er mis met van boeken houden, en van je baan en een routinematige manier van leven, vroeg Nina zich af. Het was veilig en vertrouwd. Of dat was tot nu toe in elk geval zo geweest...

'Nee,' zei Surinder terwijl ze haar tweede glas met een zucht neerzette.

Nina trok lijdzaam een luisterend gezicht; ze verwachtte een hele preek. Surinder werkte bij een juwelenimporteur, ze regelde de boekhouding en had er bij de diamanthandelaars de wind flink onder. Iedereen was bang van haar.

'Je doet er niks aan, hè Nien?'

Nina concentreerde zich op haar glas en wenste dat ze niet het onderwerp van Surinders aandacht was.

'Wat zei de herplaatsingsambtenaar?'

'Hij zei... Hij zei dat de banen voor bibliothecarissen niet voor het oprapen lagen, zeker niet met alle bezuinigingen. Het meeste werk wordt voortaan door vrijwilligers gedaan.'

Surinder maakte een proestend geluid. 'Van die schattige oude dametjes?'

Nina knikte.

'Maar die kunnen toch helemaal geen advies geven? Over wat een kind van negen na Harry Potter bijvoorbeeld moet lezen?'

'*Het mes dat niet wijkt*,' zei Nina automatisch.

'Precies! Dat bedoel ik! Die kennis! En kunnen ze omgaan met het classificatiesysteem? Het opbergen? De administratie?'

Nina schudde haar hoofd. 'Niet echt.'

'Dus waar moet jij dan naartoe?'

Nina haalde haar schouders op. 'Er komen waarschijnlijk wat adviserende functies in de nieuwe multimediatheek, maar dan moet ik een teambuildingscursus volgen en opnieuw solliciteren.'

'Een teambuildingscursus?'

'Ja.'

'Jíj?' Surinder lachte. ' En, heb je je daarvoor opgegeven?'

Nina schudde haar hoofd. 'Griffin wel.'

'Nou, dat moet je dan in ieder geval doen.'

Nina slaakte een diepe zucht. 'Ja, dat zal wel moeten.'

'Je raakt je baan kwijt, Nina! Je raakt je baan kwijt! De hele middag met een treurig gezicht Georgette Heyer zitten lezen, lost dat niet op, is het wel?'

Nina schudde van 'nee'.

'Dus pak jezelf bij elkaar en dóé wat, ja?'

'Als ik dat beloof, mogen die boeken dan het huis in?'

'Geen sprake van!'

2

Nina kwam nerveus binnen bij de teambuildingscursus. Ze had geen idee wat ze moest verwachten. Griffin was er al, hij zat met zijn enkel nonchalant op de knie van zijn andere been, alsof hij relaxed wilde overkomen. Dat lukte alleen niet echt. Zijn staartje hing vlassig over de rug van zijn lichtelijk grijs geworden witte T-shirt en zijn bril was vettig.

'Cursusclowns,' fluisterde hij tegen Nina om haar op te vrolijken. Maar dat maakte het alleen maar erger en ze frutselde zenuwachtig wat aan haar bloemetjesbloesje. Buiten was het wispelturig lenteweer: de ene minuut viel de regen met bakken uit de hemel en de volgende scheen de zon.

Surinder had gelijk: het was hoog tijd dat ze zichzelf een schop onder haar kont gaf en wat dééd.

Maar soms had ze het gevoel dat de wereld niet gemaakt was voor mensen zoals zij. Mensen als Surinder, met een stevige persoonlijkheid en vol zelfvertrouwen, begrepen dat gewoonweg niet. Als je niet extrovert was, als je jezelf niet constant in the picture zette, niet steeds maar selfies postte, aandacht opeiste en aldoor maar allerlei meningen ventileerde, werd je gewoon over het hoofd gezien – iets wat Nina doorgaans niet erg vond.

Maar nu zag ze wel in dat ze moest oppassen dat ze zichzélf niet over het hoofd zag. Hoeveel boeken ze ook probeerde te redden, wat ze ook deed, haar bibliotheekje ging sluiten. Haar baan verdween en het was niet gewoon maar een kwestie van een andere vinden. Overal waren werkeloze bibliothecarissen. Op elke baan die werd aangeboden kwamen minstens dertig sollicitanten af. Het beroep bibliothecaris was hetzelfde lot beschoren als de reparateur van typemachines, of de fabrikant van faxapparaten. Op haar negenentwintigste was ze al niet meer nodig om de wereld draaiende te houden.

Er haastte zich een jonge man het trapje naar het podium op in het achterzaaltje van de bibliotheek, waar ze zich hadden verzameld, samen met de medewerkers van de twee andere bibliotheken uit de regio die ook moesten sluiten. Er was een hoop geklaag en gemopper onder de deelnemers, over die rotregering en hoe vreselijk het allemaal was, en begrepen ze niet – begrépen ze dan niet – wat bibliotheken wel niet betekenden voor de gemeenschap?

Nina dacht dat ze het best begrepen; het interesseerde hen alleen niet.

'Hallo!' zei de man, die een spijkerbroek aanhad met daarop een roze overhemd met openstaande kraag.

'Ik vraag me af wat hij hiervoor betaald krijgt,' fluisterde Griffin. 'Meer dan wij, wed ik.'

Nina knipperde met haar ogen. Het was haar nooit om het geld gegaan.

'Hallo iedereen!' zei de man, die zo'n stem had die achter aan de zin omhoogging waardoor alles wat hij zei een vraag leek. 'Luister, ik weet dat dit geen ideale situatie is?'

'Hoe kom je erbij?' mompelde Griffin minachtend.

'Maar ik weet zeker dat we aan het einde van de dag allemaal goed met elkaar overweg zullen kunnen... We gaan een beetje bouwen aan ons zelfvertrouwen, een beetje "bonden" met elkaar... Oké?'

Griffin snoof weer minachtend. Maar Nina leunde iets naar voren. Bouwen aan ons zelfvertrouwen? Dat kon geen kwaad.

Het gebeurde toen ze een uur bezig waren. Ze deden 'vertrouwensspellen' om hun geloof in het een of ander op te vijzelen, hoewel ze straks allemaal met elkaar moesten concurreren om de weinige banen die nog te vergeven waren. Nina had al geblinddoekt, slechts geleid door de stemmen van de anderen, door het zaaltje gelopen. En nu stond ze op een tafel, weer met haar ogen dicht, te wachten tot ze zich achterover kon laten vallen. Ze voelde zich tegelijkertijd nerveus en geïrriteerd. Dit was niks voor haar, dat geschreeuw en al dat 'laten zien'.

Mungo, de leider van de cursus, deed steeds heel bemoedigend: 'Denk niet dat er iets is wat je níét kunt,' had hij geroepen. 'Ja?'

Griffin had een zucht geslaakt. Nina had hem echter belangstellend aangekeken. Had ze hier misschien tóch iets aan?

'Er is niets wat je, als je het probeert, níét kunt.'

'O, mooi, dan denk ik dat ik me aanmeld bij het olympische schoonspringteam,' had Griffin gereageerd.

Mungo's glimlach was geen seconde minder breed geworden, hij had alleen zijn broekspijp omhooggeschoven, waarop iedereen verschrikt naar adem hapte – eronder was het gladde plastic van een kunstbeen zichtbaar. 'Ik zou nog steeds een poging wagen,' zei hij. 'Kom op. Wat zouden jullie écht willen doen?'

'Manager worden van een multimediatheek,' reageerde Griffin meteen. Hij was ervan overtuigd, wist Nina, dat Mungo later alles zou doorbrieven aan de grote bazen.

Mungo knikte alleen even. 'Laten we een rondje maken,' zei hij. 'En wees eerlijk, mensen, er zijn hier geen spionnen.'

Nina maakte zich zo klein mogelijk. Ze vond het verschrikkelijk om in het openbaar haar mond open te moeten doen.

Achterin gaf een stugge man die ze niet kende antwoord. 'Ik heb altijd met dieren willen werken,' zei hij. 'Wilde dieren. Ze spotten, aantallen bijhouden, enzovoort. Begrijpen jullie wat ik bedoel?'

'Dat klinkt heel bijzonder,' zei Mungo en hij klonk alsof hij het meende. 'Fantastisch! Kom even naar voren, als je wilt!'

Nina kromp van binnen ineen toen ze allemaal om de tafel moesten gaan staan en de man erop klom en zich achterover liet vallen, in het vertrouwen dat de anderen deelnemers hem wel zouden opvangen. En dat deden ze.

'Ik heb altijd de make-up voor films willen doen,' zei een jonge receptioniste van de servicebalie. 'De grote sterren opmaken en zo.'

Mungo knikte en ze klom ook op de tafel en viel achterover. Nina kon niet geloven dat iedereen dat zomaar deed.

'Ik wil gewoon met boeken werken,' zei Rita. 'Dat is het enige wat ik ooit heb gewild.' Maar gelukkig hoefde ze vanwege haar heupen niet achterover te vallen.

Er werden meer en meer ideeën geopperd, waarbij er veel werd geknikt door iedereen en af en toe geapplaudisseerd. Zelfs Griffin paste zijn eerste antwoord aan en mompelde dat hij eigenlijk striptekenaar had willen worden. Nina deed haar mond niet open. Ze dacht koortsachtig na. Uiteindelijk keek Mungo haar aan.

'Ja?'

'Kom op. Je bent de laatste. Vertel wat je graag zou willen doen. En eerlijk zijn!'

Met heel veel tegenzin schuifelde Nina naar de tafel.

'Ik heb er nooit echt over nagedacht.'

'Tuurlijk wel,' zei Mungo. 'Iedereen denkt na over zulke dingen.'

'Nou, het klinkt in ieder geval belachelijk. Vooral in de huidige omstandigheden.'

'Hier klinkt niks belachelijk,' zei hij. 'En we hebben ons allemaal van een tafel achterover laten vallen.'

Nina klom op de tafel. De rest van de groep keek haar verwachtingsvol aan. Haar mond was opeens droog en haar hoofd leeg.

'Nou,' zei ze terwijl ze voelde dat ze rood werd. Ze slikte moeizaam. 'Nou... ik bedoel... Nou, ik heb altijd... Ik heb altijd van een boekwinkeltje gedroomd. Een kleintje.'

Het was even stil. En toen klonken er her en der in het zaaltje stemmen op: 'O ja!', 'Ik ook!', 'Dat lijkt me heerlijk.'

'Doe je ogen maar dicht,' spoorde Mungo haar vriendelijk aan.

En toen leunde ze achterover, kneep haar ogen stijf dicht en liet zich in de wachtende armen vallen, die haar opvingen en vasthielden en zachtjes terug op haar benen zetten.

En toen ze haar ogen weer opendeed, vroeg ze zich af...

'Een wínkel?' Griffin kraakte het idee natuurlijk weer af. 'Een boekwinkeltje? Ben je gek geworden?'

Nina haalde haar schouders op. 'Ik weet niet,' zei ze. 'Ik kan jouw strips er misschien verkopen?'

Ze voelde zich nog steeds vreemd geïnspireerd. Mungo had haar apart genomen in de pauze en ze hadden erover doorgepraat. Ze had verteld dat ze niks wist van administratie en overheads en voorraden of personeel en alle enorme en verlammende verplichtingen die hoorden bij het runnen van een winkel en dat ze dacht dat ze dat allemaal niet aankon. Hij had vriendelijk geknikt. En uiteindelijk had ze bekend dat ze een hele winkelvoorraad aan boeken in haar auto had liggen en toen had hij gelachen en zijn hand opgestoken om haar woordenstroom te onderbreken.

'Wist je dat er mobiele versies van dat soort dingen zijn?'

'Hoe bedoel je?'

'Nou, in plaats van een winkeltje met kosten voor de huur en zo, kun je het ook op een andere manier aanpakken.'

Hij liet haar een website zien met een foto van een vrouw die een boekwinkeltje had op een schip. Nina kende die foto en had een zucht geslaakt van jaloezie toen ze hem voor het eerst zag.

'Het hoeft natuurlijk geen boot te zijn,' zei hij. Mungo liet nog wat sites zien op zijn computerscherm. 'Ik ken een vrouw in Cornwall die een bakkerij heeft in een busje.'

'Een hele bakkerij?'

'Een hele bakkerij. De mensen kwamen er van mijlenver naartoe.'

Nina knipperde met haar ogen. 'Een busje?'

'Waarom niet? Kun je autorijden?'

'Ja.'

'Dan kun je zo'n busje toch heel goed inrichten als een boekwinkeltje?'

Nina vertelde hem niet dat het haar eeuwen had gekost voordat ze achteruit een bocht om kon rijden. Mungo's enthousiasme was zo aanstekelijk dat het gemakkelijker was om gewoon mee te gaan in wat hij zei.

Later liet ze Griffin een advertentie zien die ze, met behulp van een bewonderende Mungo, in de pauze in de krant had gevonden. 'Kijk!'

'Wat is dat?'

'Een busje.'

'Een stinkende oude frietkraam, zul je bedoelen.'

'Eh... een stinkende oude frietkraam,' gaf Nina schoorvoetend toe. 'Oké, deze is misschien niet zo'n goed idee. Maar kijk eens naar deze.'

'Blijkbaar denk je dat een busje het antwoord op alles is?' mompelde Griffin. 'Er zit gegarandeerd ongedierte in.'

'Nee, ik zei toch: geen frietkraam!' Nina's licht geërgerde toon zorgde ervoor dat Griffin enigszins verbaasd van zijn biertje opkeek, alsof hij een muis had horen brullen. 'Doe normaal. Kijk dan!'

'Tjee, een busje!' zei Griffin ironisch. 'Ik heb geen idee wat je wil dat ik daarover zeg.'

'Ik verwacht dat je zegt, "Wauw, Nina, wat fantastisch dat je je leven in eigen hand neemt en zoiets hebt bedacht"!'

'Ben je verliefd op die Mungo of zo?'

'Nee, Griffin, die is toch veel te jong! Maar ik vond hem inspirerend.'

'Ik snap het niet,' zei Griffin. 'Een busje. Ik dacht dat je een boekwinkeltje wilde beginnen.'

'Dat wil ik ook!' zei Nina. 'Maar ik kan me geen locatie veroorloven.'

'Nee,' zei Griffin. 'En je bent een veel te groot risico voor een bank om geld aan te lenen. Je weet helemaal niks van hoe dat moet, een boekwinkel.'

'Ja, dat weet ik, maar ik weet wel veel van boeken, toch?'

Griffin keek haar aan. 'Ja,' moest hij ondanks zichzelf toegeven. 'Je weet best veel van boeken.'

'En ik krijg natuurlijk een werkloosheidsuitkering,' zei Nina. 'En ik kan mijn Mini Metro verkopen. Ik bedoel... ik kan... ik kan me een busje veroorloven. Nét. En ik heb alle voorraad van de bibliotheek. En een paar handen. En... alles eigenlijk. Ik bedoel, ik kan daar toch mee beginnen? Het busje volstouwen en zien hoever ik kom?'

'Je hebt inderdaad te veel boeken,' zei Griffin. 'Ik had trouwens niet gedacht dat ik dat ooit tegen iemand zou zeggen.'

'Nou...' zei Nina. 'Als ik de voorraad al heb... en ook een busje...'

'Wat dan?'

'Ik bedoel. Ik zie niet wat me dan nog tegenhoudt om rond te reizen en boeken te verkopen.'

Ze voelde zich nu echt opgewonden, er zoemde iets in haar binnenste. Waarom zíj niet? Waarom mocht iedereen dromen hebben en zij niet?

'Waar? In Edgbaston?'

'Nee,' antwoordde Nina. 'Het zal ergens moeten zijn zonder parkeerverboden.'

'Ik denk dat dat... Zo'n plek bestaat niet!'

'Of ergens waar ze het geen probleem vinden. Ergens waar ze me gewoon mijn boeken laten verkopen...'

'Ik denk niet dat het zo werkt.'

'Nou, zoiets als een boerenmarkt, waar iedereen elke week komt om zijn waren te verkopen.'

'Dus je wilt één dag in de week gaan werken en de rest van de week je boekengewassen water geven?'

'Hou nou eens op met alles verpesten met je cynische commentaar.'

'Ik ben gewoon realistisch. Wat voor soort vriend zou ik zijn als ik hier alleen maar zat te knikken en zei: "Ja Nina, verbrand alle schepen op je bijna-dertigste maar achter je voordat je überhaupt weet of je nog een baan hebt of niet, gooi het allemaal weg voor een droom die toch nooit werkelijkheid wordt".'

'Hm,' zei Nina, uit het veld geslagen.

'Ik bedoel,' vervolgde Griffin, 'je kunt nou niet bepaald zeggen dat jij een roekeloze durfal bent. Je bent in de zes jaar dat ik je ken nog nooit te laat teruggekomen van je lunchpauze, je hebt nooit eens ergens openlijk kritiek op, je klaagt nooit ergens over en je bent tijdens een brandalarm nooit langer weggebleven om nog een extra kopje koffie te kunnen drinken – niks daarvan. Mevrouw de brave werkneemster. Mevrouw de perfecte bibliothecaris... En nu wil je opeens een busje kopen en zomaar in het wilde weg boeken gaan verkopen – om zo in je levensonderhoud te voorzien?'

'Klinkt dat krankzinnig?'

'Ja,' antwoordde Griffin.

'Hm,' zei Nina. 'Wat ga jíj dan doen? Ga jij solliciteren bij stripboekwinkels of als illustrator of zoiets?'

Griffin leek even in verlegenheid gebracht. 'Eh...' zei hij. 'God, nee, niet echt. Nee. Ik ga waarschijnlijk solliciteren op een van die nieuwe banen. Dat geeft meer zekerheid. Snap je? Als informatiemakelaar of zoiets.'

Nina knikte droevig. 'Ja, dat moet ik eigenlijk ook maar doen.'

'O, dan hoef ik het niet eens te proberen, als jij ook solliciteert.'

'Doe niet zo raar, natuurlijk wel,' zei Nina terwijl ze haar ogen weer op de krant richtte en ze zich even heel ongemakkelijk voelde. Ze richtte haar aandacht weer op de advertentie. 'Die bus staat waarschijnlijk mijlenver weg.'

Griffin leunde over haar heen om mee te kijken en barstte toen in lachen uit.

'Nina,die bus is niks voor jou!'

'Hoezo niet? Zoeen wil ik juist!' zei ze, waarop ze zichzelf verbeterde: 'Zoeen wílde ik.'

Het busje was wit, hoekig en ouderwets, met grote ronde koplampen. Achteraan in een van de zijwanden van de laadruimte zat een deur met een kleine metalen treeplank die je kon uitklappen. Het zag er heel retro uit, echt schattig eigenlijk, en binnenin was het groot genoeg om er planken aan de wanden te kunnen bevestigen. Het was fantastisch.

'Nou, ik wens je veel succes,' zei Griffin terwijl hij op de tekst wees. 'Kijk! Hij staat in Schotland!'

3

Cathy Neeson had met iedereen apart een gesprek om zijn ‘kerncapaciteiten’ te bepalen. Het was geen sollicitatiegesprek. Natuurlijk was het dat niet. Wat het wél was, was een kille, zakelijke, marteling – maar dat zei niemand hardop natuurlijk. Nina trilde van de zenuwen toen het haar beurt was om naar binnen te gaan.

Cathy keek op met een blik alsof ze haar niet herkende (wat ook waar was, ze was tot drie uur ’s nachts in touw geweest met een kind met kinkhoest), wat Nina nog minder zelfvertrouwen gaf dan ze al had. Cathy wierp een snelle blik op haar papieren.

‘Ah, Nina,’ zei ze. ‘Fijn dat je er bent.’

Cathy keek nogmaals naar haar papieren en fronste licht haar voorhoofd.

‘Dus je deed het werk in de bibliotheek graag?’

Nina knikte. ‘Ja, heel graag.’

‘En de nieuwe richting die we op gaan zul je wel spannend vinden, lijkt me?’

‘Ik vond de teambuildingscursus heel nuttig,’ zei Nina. Om eerlijk te zijn had ze aan weinig anders meer kunnen denken. Over hoe het busje eruit zou kunnen zien als het ergens stond geparkeerd, uitnodigend en blinkend schoon. En hoe ze het zou inrichten en hoe groot haar boekencollectie moest zijn zodat er voor ieder wat wils was en waar ze andere tweedehandsboeken zou kunnen vinden als de bibliotheek helemaal was leeggehaald, en...

Ze besefte dat haar gedachten waren afgedwaald en dat Cathy Neesons ogen strak op haar gericht waren.

(Cathy Neeson had zo'n hekel aan dit onderdeel van haar werk dat ze het het liefst helemaal zou schrappen. Het idee was dat ze ongeschikte kandidaten tactvol ontmoedigde te solliciteren, zodat de procedure minder tijd kostte. Maar Cathy was er niet erg van overtuigd dat de praatjesmakers die tegenwoordig werden aangenomen, *Apprentice*-achtige praatjesmakers, de types waren die ze nodig hadden. Vriendelijkheid en een gezond verstand waren waarschijnlijk veel belangrijker. Maar de directie dacht daar anders over, die viel voor flitsende missionstatements en zelfverzekerd gebral.)

'Dus je denkt er nog steeds over om te solliciteren?'

'Hoezo?' vroeg Nina met een paniekerig gezicht. 'Moet ik dat niet doen dan?'

Cathy Neeson slaakte een zucht. 'Ik zou goed nadenken over hoe jouw kerncapaciteiten in het nieuwe concept passen,' zei ze effen. 'En... veel succes.'

Wat bedoelt ze daar in vredesnaam mee? dacht Nina, terwijl ze onzeker opstond omdat het gesprek blijkbaar was afgelopen.

Nina speurde nog steeds alle advertenties af voor tweedehands busjes terwijl ze zich eigenlijk hoorde voor te bereiden op het sollicitatiegesprek, maar ze kwam nergens zo'n leuke bus tegen als die hoekige witte met zijn gebogen dak en grappige vierkante neus. Er viel niet aan te ontkomen: ze zou naar Schotland moeten.

Griffin stond achter haar en keek met haar mee.

'Dat kun je niet menen,' zei hij.

'Ik wil hem alleen even zien,' protesteerde ze. 'Gewoon, voor het idee.'

'Het is een beetje laat voor "gewoon voor het idee",', zei Griffin. 'Maarre... kan ik je iets vragen?'

'Wat dan?' reageerde Nina, meteen op haar hoede.

'Wil je even naar mijn sollicitatieformulieren kijken?' Hij keek een beetje beschaamd.

'Griffin, je weet toch dat ik op dezelfde baan ga solliciteren!'

'Ja... maar jij bent zoveel beter dan ik in dit soort zaken.'

'Hoe weet je dat ik je niet totaal de verkeerde dingen adviseer zodat je straks een superslechte sollicitatie opstuurt?'

'Omdat je daar veel te aardig voor bent.'

'Misschien heb ik je gewoon een valse indruk gegeven en líjk ik alleen maar betrouwbaar.'

'Vier jaar lang?'

'Dat kán toch?'

'Neuh,' zei Griffin met een zelfgenoegzame blik, waardoor Nina haar kop koffie wel over hem heen had willen gooien. 'Daar ben je veel te lief voor. Je bent te lief om "nee" te zeggen en me niet te helpen en je bent trouwens ook veel te lief om in zo'n grote bestelbus te gaan rijden.'

'Vind je?'

'Yep.'

Hij schoof de formulieren naar haar toe. 'Kun je er even naar kijken en zeggen wat je ervan vindt? Kom op, we zijn toch allebei uitgenodigd voor een gesprek. Je kunt je ongeletterde kameraad net zo goed even helpen.'

Nina nam hem op. Ze wist dat haar sessie met Cathy niet goed was verlopen. Het voelde bijna alsof ze zichzelf saboteerde als ze Griffin hielp. Maar aan de andere kant had hij haar hulp nodig...

Met een zucht pakte ze de formulieren en ze verdiepte zich in talloze onbegrijpelijke alinea's over multimedia, digitaal leren en crowdsourcing. Hoe meer ze las, hoe ongelukkiger ze zich voelde. Was dit wat de wereld tegenwoordig wilde? Want als dat zo was, wist ze niet eens of ze dat wel kón. Terwijl ze Griffin probeerde te helpen met een paar van zijn ingewikkeldste zinsconstructies, kon ze er niet aan ontkomen Griffins tekst over nieuwe concepten en grenzen verleggen en verduurzaming, met haar eigen brief te vergelijken – die kort en bondig was en ging over bibliotheken als het centrum van de gemeenschap en het belang van lezen voor de ontplooiing van kinderen. Griffins brief ging over iets veel groters.

Ze slaakte een zucht en keek nog een keer naar de advertentie.

Het busje was groot, het deed denken aan een ijscowagen met een ouderwetse voorkant. De laadruimte was helemaal leeg en groot genoeg – ze had het op schaal op papier uitgetekend – voor een hele reeks boekenplanken aan beide kanten plus een klein zithoekje met een bank en wat zitzakken op de vloer, waar de kinderboeken konden staan...

Ze staarde dromerig door het openstaande raam de lawaaierige Birminghamse avond in. Buiten hadden twee mannen een luidruchtig gesprek over hoe iemand hen had belazerd met een auto, gilde een groepje tieners van de lach terwijl ze de straat afliepen, toeterden er om de een of andere reden vier bussen vlak na elkaar op het kruispunt en raasde het verkeer over het viaduct vlakbij. Maar Nina hoorde het allemaal niet.

Ze zag het voor zich, tot in de details. Benzine, haar voorraad – het overgrote deel van de boeken die ze had was splinternieuw en in perfecte staat. En nu er zoveel bibliotheken sloten... Was het mogelijk dat er iets moois voortkwam uit iets wat zo vreselijk was?

Ze keek nog een keer naar het adres. Kirrinfief. Ze zocht op hoe je er kon komen. De trein was erg duur, maar de bus...

Ze had nog weken aan vakantiedagen staan die ze nooit had opgenomen. Als ze geen nieuwe baan kreeg, was ze die allemaal kwijt. Dus kon ze maar beter gebruik maken van de laatste paar vrije dagen die voor haar werden betaald.

Voor ze het wist had ze Griffins imponerende sollicitatieformulier nagekeken – en een busticket geboekt voor zichzelf.

4

Nina liet haar boek op haar schoot zakken – ze begon slaperig te worden.

Het was avond en ze zat al de hele dag in de bus met alleen af en toe een korte stop om haar benen te strekken en even rond te wandelen bij het pompstation – een weinig aantrekkelijke plek om te relaxen. Hoewel de dag voorbij was, stond de zon nog vrij hoog aan de hemel. Het bleef hier veel langer licht dan in Birmingham. Hij scheen nog altijd warm door het linkerzijraam waar ze tegenaan leunde terwijl ze over de Forth Road Bridge reden. Het gladde wateroppervlak van de Firth-rivier glansde roze op en even had ze het gevoel dat de bus vlóóg terwijl ze tussen de witte kabels van het enorme bouwwerk door reden.

Nina was nooit eerder in Schotland geweest. Toen ze haar ticket boekte – voor minder geld dan een avondje in de pub – was het tot haar doorgedrongen dat ze op haar negenentwintigste nog maar op heel weinig plekken was geweest. Natuurlijk was ze wel in Narnia en op de prairie van 'het kleine huis' en in Alice' Wonderland geweest, maar toen ze Edinburgh naderden was ze bijna ter plekke uitgestapt bij het zien van de honderden jaren oude keitjes op de smalle straatjes en de weerspiegeling van de loodkleurige hemel in de ramen van de oudste wolkenkrabbers ter wereld. Ze was gefascineerd rechtop gaan zitten toen ze de rijke gistachtige geur werkelijk kon opsnuiven, betoverd door de wirwar van kleine straatjes die als een net in alle richtingen tussen de bredere uitgespreid waren en het sobere, strenge kasteel op een klif midden in de drukke stad, dat er door een reuzenhand leek te zijn neergezet.

En nog reden ze verder, steeds verder noordwaarts. De luchten werden almaar weidser toen ze, met de ijzeren spoorbrug rechts van hen, de enorme brug over reden . Het verkeer dunde steeds verder uit op hun weg langs glooiende akkers en onherbergzaam ogende landschappen en heidevelden.

Niet alleen het verkeer dunde uit, het aantal passagiers ook. In Newcastle, Berwick en Edinburgh waren er veel passagiers uit- en ingestapt, maar nu zaten alleen Nina zelf en een paar oudere passagiers geduldig in de bus, plus enkele bonkige mannen met doorgroefde gezichten die waarschijnlijk in de olie-industrie werkten en af en toe, berustend voor zich uit kijkend, iets tegen elkaar bromden.

Steeds wanneer ze uit haar boek opkeek, zag ze iets anders: het ene moment een enorme bruine vlakte waarop het gouden licht door de hei speelde, het volgende was ze net op tijd om een visarend over de weg te zien duiken in de richting van een loch – ze schrok ervan – en daarna, toen ze de volgende bergkam over waren, piepte de zon ineens tevoorschijn. Ze legde haar boek weg. Als het een somber, regenachtig voorjaarsweekend was geweest, was alles misschien heel anders gegaan. Dan had ze, weggedoken in haar winterjas, de hele tijd zitten lezen, wat woorden gewisseld met degene die het busje te koop had gezet, hem beleefd bedankt, en was ze weer naar huis gegaan om er nog eens over na te denken. Of als er een stevige bries van zee had gestaan en de brug gesloten was geweest voor hoge voertuigen vanwege de sterke wind. Als er een miljoen kleine dingetjes anders waren gelopen...

Want zo gaat het in het leven, hè? Als je tot in de miniemste details zou gaan nadenken over alle kleine dingen die ervoor zorgen dat je een andere koers gaat volgen, de goede dingen, de slechte dingen, dan zou je nooit meer iets durven doen.

En er zijn inderdaad mensen die zo leven, die zich het leven laten overkomen, zonder veel beslissingen te nemen, altijd te bang voor wat de consequenties van iets nieuws proberen zouden kunnen zijn. Natuurlijk is dat in wezen al een besluit. Het leven gaat door en je belandt toch wel ergens, of je daar nou je best voor doet of niet. Aan iets nieuws beginnen is heel moeilijk, maar een paar dingen kunnen daarbij wel helpen.

Die eerste avond dat Nina in Schotland was, was het niet stormachtig en nat en hingen er geen grijze wolken zo laag dat ze de boomtoppen leken te raken. In plaats daarvan was het alsof het hele land zijn beste beentje voorzette voor haar. De avond kleurde goud en het licht zo hoog in het noorden was vreemd en anders. Prachtig. Het leek of er overal waar ze keek grote grijze kastelen stonden en uitgestrekte vergezichten te zien waren, met dartelende lammetjes in de wei en herten die in de verte de bossen in schoten als de bus langskwam. Twee oude mannen die in Edinburgh waren ingestapt spraken zachtjes in het Gaelic met elkaar. Het leek wel alsof ze zongen in plaats van praatten en Nina raakte helemaal opgewonden toen ze hen probeerde te verstaan; ze vond het verbijsterend dat ze technisch gezien nog steeds in het VK waren, waar ze was opgegroeid en haar hele leven had gewoond, maar dat de taal er zo vreemd en anders was.

De weg klom steeds hoger in het ongerepte land, en er leek geen einde aan te komen. In plaats daarvan leek het alsof ze boven de heidegrond zweefden. Nina merkte dat ze de bus in gedachten aanspoorde almaar door te rijden, tot er geen auto's meer waren en nog minder dorpjes, nog minder mensen.

Even voelde ze zich schuldig omdat ze het gevoel had verraad te plegen aan haar geliefde Birmingham met zijn ringwegen en torenflats en politiesirenes en uitpuilende pubs en lawaaierige feesten en altijd vaststaande verkeer. Doorgaans hield ze daarvan... Of, nou ja, vond ze dat leuk. Of... tolereerde ze het.

Maar hier was het totaal niet moeilijk te begrijpen dat de Schotten zichzelf als 'anders' en los van Engeland beschouwden. Nina had het een en ander gezien in het VK, Londen natuurlijk, Manchester, en tijdens vakanties het keurig verzorgde Dorset en Devon. Maar dit hier, dit was iets totaal anders, het landschap dat zich voor haar ontvouwde was veel wilder, ruiger en uitgestrekter dan ze ooit had vermoed, als ze er al een gedachte aan gespendeerd had. Nu en dan doemden er dorpen of kleine stadjes op, met de vreemdste namen – Auchterdub, Balwearie, Donibristle – het landschap ontvouwde zich als in een vreemde taal. Het was verbluffend.

Even na negenen, toen het – al was het pas april – nog steeds licht was, kwam de bus eindelijk aan in Kirrinfief.

Nina was de enige die er uitstapte. Ze voelde zich vreemd en verreisd en enorm ver van huis. Ze keek om zich heen. Er kronkelden twee smalle weggetjes vanaf de heuvels om het dorp heen naar beneden; ze zag een kleine pub, een grijs geverfd restaurant met geschuurde houten tafels, een kleine kruidenier, een bakker, een postkantoortje en een winkel waar je vishengels kon kopen. Er was geen mens te zien, niemand op straat.

Ze werd er zenuwachtig van. In boeken betekende dit meestal dat de volgende persoon die je tegenkwam, je ging vermoorden, terwijl de rest van de dorpsbewoners dat zou proberen te verdoezelen, of in weerwolven veranderde. Doe niet zo idioot, hield ze zichzelf voor. Griffin en Surinder wisten waar ze was. Ze ging naar een busje kijken hier, als een soort verzekering voor als alles zo fout bleef gaan op het werk. Dat was alles. Het was gewoon zakelijk. Normale mensen deden dat de hele tijd. Maar desondanks haalde ze haar telefoon uit de zak van haar jas en checkte die. Geen signaal. Ze beet op haar lip en vermande zichzelf.

De pub heette de Rob Roy en de voorkant was volgehangen met schattige *hanging baskets*. Er zat niemand buiten; het was kil geworden, hoewel er nog steeds een zwak zonnetje scheen dat langzaam afdaalde naar de horizon. Nina ademde diep in en duwde de deur open.

Binnen stonden oude houten tafels (glanzend geboend), zag ze een enorme stenen haard (met droogbloemen erin en allerlei paardentuig erboven). De pub was bijna verlaten, er zaten alleen twee oude mannen aan de bar die zich omdraaiden en haar over hun bier, dat ze duidelijk al de hele avond koesterden, aankeken. Nina moest al haar moed bij elkaar rapen om met een vriendelijke glimlach naar hen toe te lopen – de bus was tenslotte vertrokken en er ging er morgen pas een terug, dus had ze niet veel keus.

'Eh, goedenavond,' begroette ze hen, zich er plotseling van bewust dat ze heel erg Engels klonk. 'Is, eh... de eigenaar er ook?'

'Hij isterffnie.'

Nina had zich nog nooit in haar leven zo opgelaten gevoeld. Ze had geen woord begrepen van wat de man zei en voelde dat ze knalrood werd. Onzeker hield ze haar hand tegen haar keel.

'Eh, sorry?' Ze had het gevoel dat ze bij elk woord dat ze zei, steeds meer klonk als de koningin. Plotseling wilde ze het liefst heel erg ver weg zijn van hier, waar dan ook.

Beide mannen grinnikten en toen zwaaide de deur godzijdank open en kwam er een man met een rood gezicht binnen die een biervat droeg alsof het niks woog.

'Ah, 'daar is 't meidje!' zei hij opgewekt. 'Goeienavond! Ik vroeg me al af of de bus al was geweest.'

'Ja,' knikte ze, enorm opgelucht. Als ze aandachtig luisterde, kon ze hem volgen.

'Ik ben Alasdair. Vertel eens, wat brengt jou hier om deze tijd van het jaar? De sneeuw is nog maar net weggesmolten van de bergtoppen.'

Nina glimlachte. 'Ja, ik weet het. Het is hier prachtig.'

Zijn gezicht werd zachter. 'Ja, inderdaad. Wat kan ik te drinken voor je inschenken?'

Nina herkende geen van de bieren op de tap. Ze vroeg om een mineraalwater, waarop de oude mannen somber hun hoofd schudden en bestelde toen in plaats daarvan een glas van het lokaal gebrouwen bier, dat smaakte als aanlenglimonade met prik.

'Probeer dit maar eens, meidje,' zei Alasdair.

'Kan ik nog iets eten?' vroeg Nina.

Ze begonnen allemaal te lachen.

'Neuh, zo laat 's avonds niet meer,' zei Alasdair. Hij keek op, zijn ogen waren knalblauw onder zijn peper-en-zoutkleurige haar. 'Maar ik kan een boterham voor je maken als je wilt.'

Nina had honger als een wolf; het eten in de pompstations had er niet erg smakelijk uitgezien en kostte een vermogen en ze was zich er terdege van bewust dat ze binnenkort waarschijnlijk geen baan meer had. Ze had gehoopt op een stoofschotel of een hartige pie, iets warms en vullends – eigenlijk had ze, als ze heel eerlijk was, zitten dromen over een vriendelijke boerin en een zelfgebakken appeltaart met room, waarna ze had bedacht dat dat eerder iets was uit een roman van Enid Blyton dan uit de werkelijkheid..

'Eh, ja, graag!' zei ze en de man verdween naar achteren in wat eruitzag als een klein keukentje. Nina voelde zich ongemakkelijk en tuurde strak naar haar telefoon, alsof het toestel het daar opeens van zou gaan doen, en ze vroeg zich af of ze haar boek weer tevoorschijn kon pakken.

Een van de oude mannetjes stelde haar een vraag die ze niet helemaal begreep maar ze raadde dat het 'Wat kom je hier doen?' was. Ze antwoordde dat ze een bestelbusje kwam bekijken dat te koop stond.

De twee mannetjes barstten beiden in lachen uit en gebaarden dat ze met hen mee naar buiten moest lopen. Op het dorpspleintje, waar Nina in het vervagende licht nog net de namen op het oorlogsmonument kon lezen – MacAindra, MacGhie, MacIngliss – sloegen ze een zijstraatje in dat helemaal geblokkeerd bleek te worden door het busje van de advertentie.

Nina bekeek het. Het busje was bedekt met een laag vuil en ze zag ook wat roest op de grille, maar daaronder tekenden zich het prachtige gebogen dak en de grappige voorkant die haar in de advertentie zo hadden aangetrokken duidelijk af. Het belangrijkste verschil echter was dat het ding veel, veel groter was dan ze had gedacht. IJzingwekkend groot eigenlijk. Kon ze zo'n enorm gevaarte wel besturen?

Nu ze de bus zogezegd in levenden lijve zag en het opeens méér was dan een foto of een beeld in haar hoofd, werd ze bekropen door angst. Het idee van een toekomst met werk waarbij ze niet werd beschermd door de veiligheid van een vast salaris, niet kreeg doorbetaald bij ziekte, geen vakantiegeld had en zijzelf in plaats van iemand anders de verantwoording droeg voor de planning en de organisatie... Als dat ooit werkelijkheid zou worden, begon het hier, op de grijze keitjes van dit pleintje, omringd door heuvels waar de laatste flauwe zonnestralen bovenuit piepten, met de geur van dennenbomen en zoete brem in haar neusgaten, het kille briesje dat door de vallei trok en een hemel zo helder dat ze kilometers ver kon kijken.

'Zijn we eindelijk van dat lelijke ding af!' zei een van de oude mannen lachend terwijl de andere haar opnam. Nina's oren begonnen gewend te raken aan hun manier van praten.

'Je bent toch niet echt van plan om Findhorns bus te kopen?' vroeg hij vol ongeloof. 'Dat ding staat hier al weg te roesten sinds het jaar nul.'

'En weet je wel zeker dat zo'n klein meidje zo'n grote bus kan besturen?' vroeg de andere, die daarmee precies hardop zei wat Nina had gedacht. Op de foto had het formaat van de bus vrij normaal geleken, maar nu leek hij gigantisch ouderwets – en angstwekkend.

'Wat wil je ermee?' vroeg een van de mannen een beetje verbaasd.

'Eh... dat weet ik nog niet.' Nina wilde haar idee nog niet prijsgeven, zodat ze zich nergens op vastlegde. Nu ze helemaal hiernaartoe was gekomen, was het opeens zo tastbaar. De mannen wisselden blikken uit.

'Nou, Wullie zal er zo wel zijn...'

De mannetjes draaiden zich om om terug naar de pub te gaan. Nina liep achter hen aan en wierp nog een paar keer een bezorgde blik over haar schouder. De bus was echt heel erg groot. Ze twijfelde opeens enorm, dit was toch helemaal niks voor haar, ze wist plotseling zeker dat het een idioot idee was. Ze ging morgen gewoon terug naar huis, stelde een cv op, schreef net zo'n flitsende sollicitatiebrief als Griffin en beloofde Cathy Neeson dat ze álles zou doen, dat ze er álles voor over had, dat ze zelfs op haar handen zou gaan staan als dat moest, als ze haar baan maar kon houden. Ja, dat ging ze doen. En dan ging ze gewoon weer terug naar de hele dag werken en de hele avond lezen en af en toe een drankje drinken met Surinder, want zo slecht was haar leven niet, toch? Het was helemaal prima. Het was oké. Terwijl zoiets doen als dit... dat zou niemand geloven van haar en er zou ook niemand ín geloven. Het zou een krankzinnige, geweldige vergissing zijn en dus ging ze gewoon naar huis en repte ze er met geen woord meer over – iedereen zou het toch al vergeten zijn.

De cafébaas keek met een brede grijns op toen ze weer binnenkwam.

'Ah, daar ben je,' zei hij en hij schoof een volgeladen bord naar haar toe. Er lag een enorme sandwich op van twee sneden witbrood, dik met boter besmeerd en belegd met een of andere oude, lokaal gemaakte, kruimelige kaas die Nina niet kende, en huisgemaakt zuur ernaast. Er verscheen een glimlach op haar gezicht toen ze dat zag, ze had een reuzehonger en Alasdair knikte haar vriendelijk toe.

Plotseling was het, samen met het zoete bier, een fantastische maaltijd, die ze met een boek voor haar neus rustig aan de bar verorberde.

Alasdair nam haar goedkeurend op. 'Ik hou ervan als ik een meidje goed zie eten,' zei hij. 'Dat is onze eigen kaas, trouwens. Ik heb wat geiten op de hei staan.'

'Hij is echt verrukkelijk,' zei Nina waarderend.

Achter haar ging de deur krakend open. Ze keek om. Er kwam nog een oude man binnen, zwaargebouwd, met diepe vouwen rond zijn blauwe ogen en een oude pet op zijn kop. Hij had een zware stem. 'Is die bus uit Engeland al geweest?' vroeg hij.

'Ha, Wullie!' zei een van de andere mannen. 'Kijk eens, dit is je nieuwe aanstaande koper.'

Wullie keek naar Nina en zijn opgewekte gezicht betrok plotseling.

'Is dit een grap?' zei hij tegen de grijnzende oude mannetjes.

'Eh... Hallo?' begon Nina zenuwachtig. 'Bent u Mr. Findhorn?'

'Hm,' zei Wullie. 'Ja?'

'Ik heb op uw advertentie gereageerd.'

'Ja, ja. Ik wist alleen niet dat je zo'n jong meidje was.'

Nina beet boos op haar lip. 'Ik ben een jong meidje met een rijbewijs, hoor,' zei ze.

'Ja, dat zal best, maar...' Hij fronste zijn voorhoofd. 'Ik ben niet... Ik bedoel, ik verwachtte iemand die ouder is. Van een autobedrijf misschien.'

'Hoe weet u dat ík niet voor een autobedrijf werk?'

Het was een tijdje stil. Aan de andere kant, onder de tap, klonk een soort jankend, grommend geluid en Nina begreep dat er daar een hond moest liggen.

Wullie dacht even na.

'Ben je van een autobedrijf dan?' vroeg hij uiteindelijk.

'Nee, ik werk in een bibliotheek,' antwoordde Nina.

De twee oude mannetjes begonnen kakelend te lachen – ze hadden iets weg van Statler en Waldorf van de Muppets, vond Nina – maar stopten daarmee toen ze hen aankeek met haar strenge 'stilte in de bibliotheek'-blik. Ze begon haar geduld te verliezen. Tien minuten geleden was ze van plan geweest gewoon naar huis te gaan en het busje het busje te laten, maar nu zou ze deze stomme idioot wel eens laten zien dat ze er prima overweg kon met dat waar hij van dacht dat ze er niet mee overweg zou kunnen – al vreesde ze diep vanbinnen dat dat niet zo was.

'Is die bus nou te koop of niet?' vroeg ze luid.

Wullie pakte zijn pet van zijn hoofd en knikte naar Alasdair, die een pint van iets wat '80 Shilling' heette voor hem tapte.

'*Aye*,' zei Wullie berustend. 'Je kunt morgenochtend een testritje maken.'

Nina voelde zich plotseling doodmoe, toen Alasdair haar naar een klein, eenvoudig, maar brandschoon kamertje bracht met een kale plankenvloer en witgekalkte muren. Het lag aan de achterkant van de pub en keek uit over de steile heuvels erachter, waar de zon nu echt achter de horizon verdween.

Buiten klonk een heel orkest van vogels, maar voor de rest was het stil; ergens in de verte hoorde ze misschien een auto, maar verder hoorde ze geen verkeersgeraas, geen sirenes, geen vuilniswagens, geen mensen die herrie maakten op straat en geen buren die een feest gaven.

Ze deed het raam open en snoof. De lucht was zo fris en schoon dat ze er duizelig van werd. Ze klokte een glas kraanwater naar binnen, dat ijskoud en heerlijk verfrissend was.

Nina had gedacht dat ze, ondanks het comfortabele bed en de knisperende witte lakens, lang wakker zou liggen om in haar hoofd een hele lijst op te stellen van alle voors en tegens zodat ze zou weten wat ze nu verder moest. Maar in plaats daarvan sliep ze zodra haar hoofd het kussen raakte terwijl de vogels buiten nog altijd zongen.

'Wat voor worst wil je?'

Nina haalde haar schouders op. Ze had geen idee uit hoeveel soorten worst ze kon kiezen.

'De lekkerste.'

De cafébaas grijnsde. 'Oké, dan wordt het Lorne-worst van Wullies varkens.'

Nina had geslapen als een blok tot iets haar om zeven uur als een wekker had gewekt. Toen ze slaperig uit het raam had gekeken, had ze begrepen dat het een haan moest zijn geweest. Ze had zich aangekleed en was naar beneden gegaan, klaar om een proefrit te maken (alleen voor de schijn) en dan op de bus naar Engeland te stappen, waarna ze haar Schotse avontuur voorgoed zou vergeten. Er moesten toch boekwinkels en dergelijke zijn die personeel zochten. Misschien kon ze daar werken. Het zou minder verdienen, maar ze had nog nooit een boekhandelaar ontmoet die niét aardig was – en zolang ze nog steeds boeken om zich heen had, was het goed.

Het ontbijt bleek een serieuze zaak, een maaltijd om met respect te bejegenen. Ze zat aan de geboende tafel voor het raam waar ze precies kon volgen wat er zoal gaande was in het dorp: schoolkinderen in felrode truien die vrijelijk door de straatjes holden, tractoren waar mysterieuze machines achter hingen, paarden die bezig waren aan een ochtendritje en Land Rovers op weg naar waar ze ook maar naartoe op weg waren.

Alasdair zette eerst een enorme kom pap met honing en dikke verse room voor haar neer – de room was nog warm. Daarna kwamen er een bord met een vierkante plak Lorne-worst, die knapperig en heel smakelijk bleek te zijn, eieren met een goudgele dooier, vast van de kippen achter het café, zo lekker had ze ze nog nooit gegeten, krokant gebakken bacon, black pudding en driehoekige dingen waarvan ze dacht dat het toast was, maar die stukken van een soort dunne aardappeltaart bleken te zijn. Na alleen een boterham de avond ervoor, was ze inmiddels uitgehongerd en ze at alles tot op de laatste kruimel op. Het was verrukkelijk.

'Drink dit maar rustig op,' zei Alasdair terwijl hij haar koffiekop bijvulde. 'Wullie is tot een uur of elf bezig op de boerderij, dus je hebt alle tijd.'

'Het was heerlijk,' zei Nina tevreden.

'Je zag eruit alsof je wel een goed ontbijt kon gebruiken,' zei Alasdair, 'een stevige maaltijd en wat frisse lucht.'

Nina had als kind vaak te horen gekregen dat ze meer frisse lucht nodig had, waarop ze met haar boek in de appelboom klom, achter in hun verwaarloosde tuintje, ver bij de auto vandaan waar haar vader altijd, haar hele jeugd lang, aan had gesleuteld maar die hij nooit aan de praat had gekregen – ze vroeg zich af wat er met het ding was gebeurd. Hier begroef ze zich, verstopt tussen de bladeren, met haar rug tegen de stam en met bungelende voeten, in een Enid Blyton of een Roald Dahl totdat ze weer naar binnen mocht. Het was een goede plek, want ze had ontdekt dat mensen als ze naar je zochten nooit omhoogkeken, wat betekende dat haar broers haar niet zouden vinden en haar niet konden betrekken bij een of ander stom oorlogsspel of, als ze niet mee wilde doen, haar zouden plagen dat ze een boekenwurm was waarbij ze soms het boek uit haar handen gristen en dat naar elkaar overgooiden tot ze huilde.

Ze glimlachte beleefd naar Alasdair.

Nina was dol op koude en natte winterdagen; ze zat graag met haar rug tegen de radiator terwijl de regen tegen het raam kletterde alsof de ruit elk moment aan diggelen kon gaan; ze vond het heerlijk te weten dat ze de hele middag niets hoefde te doen, dat er brood in huis was om te roosteren en roomkaas om erop te smeren en ze zich, onder het genot van een zacht muziekje, behaaglijk kon opkrullen om helemaal op te gaan in het victoriaanse Londen of een toekomst vol zombies of wat ze ook maar wilde. 'Buiten' was het grootste deel van haar leven iets waarvoor je je binnen verschool – terwijl je doorging met lezen.

Nu stond ze op de drempel van de pub. De lucht was verkwikkend, de zon scheen helder en het briesje was fris en koud. Ze ademde diep in. Toen deed ze iets heel uitzonderlijks voor haar doen.

'Kan ik dit hier laten liggen?' vroeg ze aan Alasdair en toen hij knikte, legde ze haar dikke boek op de tafel.

'Ik ben zo terug,' zei ze. Hij stak zijn hand naar haar op en ze stapte naar buiten, voor het eerst in lange tijd boekvrij.

5

Het was opnieuw een prachtige dag, totaal niet wat Nina had verwacht. De hemel zag eruit alsof hij frisgewassen was: een helder ansichtkaartenblauw met donzige wolken die erlangs zeilden. Eigenlijk absurd, peinsde ze, hoe weinig tijd ze op het platteland doorbracht. Vooral omdat er zoveel van wás in het Britse land. Er waren altijd stenen onder haar voeten en de hemel werd ingeperkt door straatlantaarns en de flats waarvan er in Birmingham voor haar gevoel minstens één per week uit de grond werd gestampt.

Ze keek om zich heen. Het zonlicht rimpelde door de bomen en viel in heldere plasjes op de geploegde akkers. Aan de overkant lagen enorme, verblindend gele koolzaadvelden. Op een van de akkers rolde een tractor vrolijk voort, er fladderden vogels voor – als in een prentenboek over het leven op de boerderij. Aan de andere kant lag een wei die zo groen was dat hij wel extra ingekleurd leek. Als een soort spiegeling van de wollige wolkjes aan de hemel erboven dartelden er lammetjes in een wei. Ze huppelden alle kanten op en hapten naar elkaars staartjes. Er verscheen een onwillekeurige glimlach op haar gezicht toen ze het zag.

Dit was zo anders dan hoe haar normale leven eruitzag, dat ze een selfie maakte met de lammetjes op de achtergrond, die ze naar Griffin en Surinder stuurde. De laatste antwoordde onmiddellijk met de vraag of ze was ontvoerd door aliens en hulp nodig had. En even later reageerde ook Griffin met de vraag of ze wist wat 'interface-methodologieën bij bibliotheekconnectiviteit' waren, maar daar reageerde ze niet op en ze probeerde de bezorgdheid die zijn bericht in haar wakker maakte te verdringen.

Nadat ze het dorp had verkend, moest ze constateren dat er geen bibliotheek was. Toen nam ze een van de twee paden die de heuvels op gingen, vanwaar ze op een gegeven moment, dichterbij dan ze had gedacht, de zee kon zien, met een kleine inham waar je naartoe kon klauteren. Ze schudde haar hoofd. Het was hier gewoonweg een paradijsje! Waarom was ze hier helemaal in haar eentje? Waarom, in godsnaam, zat iedereen opgepropt in hetzelfde hoekje van Engeland, in de file naar elkaar te claxonneren, uitlaatgassen in te ademen, etensgeuren van de buren op te snuiven, of met z'n allen op elkaar geperst in een café te drinken? Ze zag dat zich in de verte een enorme zwarte regenwolk vormde, maar dat kon toch niet de enige reden zijn?

Op het verre gebrom van de tractor na, hoorde ze helemaal niets. Daarboven op de heuvel kon ze kilometers ver over het landschap uitkijken. Her en der waren op elkaar lijkende dorpjes te zien, met oeroude zachtgrijze keien en leisteen, en voor haar ontvouwde zich de vallei – groen, geel en bruin – die helemaal naar de witgekuifde zee golfde.

Plotseling had ze het gevoel dat ze lange tijd geen adem had gehaald. Niet echt. Een heel bijzonder gevoel. Ze zoog haar longen vol met de heerlijk frisse lucht en het leek of heel haar lijf die weer uitblies. Ze voelde haar schouders ontspannen alsof die tot haar oren opgetrokken waren geweest, zo hoog.

Misschien was dat ook wel zo... Het was tenslotte al weer een jaar geleden dat ze voor het eerst geruchten hoorden dat de bibliotheek dicht zou gaan. Zeven maanden geleden was hun meegedeeld dat de bibliotheek het onderwerp was van een onderzoek waaruit een advies voort zou komen. Sinds twee maanden wisten ze dat ze moesten sluiten en drie weken geleden had ze gehoord dat ze, als ze niet door de sollicitatie heen kwam voor een van de nieuwe banen, werkloos zou worden. Maar ze zat al veel langer met die onzekerheid, met dat onvermogen haar toekomst te plannen.

Ze staarde voor zich uit en probeerde eerlijk en zonder eromheen te draaien na te denken over haar leven. Het was hier boven helderder, ze kon hier echt ademen en werd niet omringd door een miljoen mensen die maar voortraasden, altijd haast hadden en te weinig tijd, die schreeuwden, holden, dingen deden en bereikten in hun leven waar ze Facebook en Instagram mee volplakten – waardoor je jezelf een sukkel ging voelen.

Sommige mensen begroeven hun angsten in eten, andere in drank, en andere in verlovingen en bruiloften en andere dingen die elke seconde van hun tijd opslokten – voor het geval dat er een onplezierige gedachte in hun hoofd opkwam. Nina pakte altijd een boek als de werkelijkheid, of de grimmigere kant van de werkelijkheid, zich aandiende. Boeken waren haar troost als ze zich triest voelde, haar vrienden als ze eenzaam was. Ze hadden haar hart geheeld wanneer dat was gebroken en haar hoop gegeven wanneer ze gedeprimeerd was.

Maar hoezeer ze zich er ook tegen verzette, het werd tijd om toe te geven dat boeken niet het echte leven waren. Het was haar gelukt om de realiteit bijna dertig jaar op een afstandje te houden, maar nu kwam de werkelijkheid in een razend tempo dichterbij en ze moest nu absoluut iets ondernemen – wat dan ook. Dat was wat Surinder had bedoeld toen Nina haar had gevraagd wat ze vond van het busjesidee. 'Doe gewoon iets. Misschien maak je een fout, maar dan herstel je die weer. Doe je niks, dan heb je ook niets, en kijk je straks vol spijt terug op je leven.'

Plotseling begreep ze dat helemaal. Plotseling klonk alles wat ze had gedacht op de weg hierheen – ik kan dat niet, ik ben niet assertief genoeg, ik ben niet in staat een eigen zaak te leiden, ik bak er vast niks van, ik moet zorgen dat ik mijn veilige baan hou – zwak en zielig.

Terwijl ze omlaagkeek naar de vallei, naar alle dorpjes waar de mensen op hun eigen manier hun leven leefden, niet gestoord door trends, mode, de snelheid van de stad of een of ander belachelijk idee dat je hogerop moest zien te komen, steeds hoger op de carrièreladder, werd ze overrompeld door een gevoel dat ze niet kende. Ze was opgegroeid in een stad, had gestudeerd in een stad en had altijd gewerkt en geleefd in een stad. Maar op de een of andere manier, heel diep vanbinnen, had ze het gevoel dat ze nu thuis was gekomen.

Er schoof een wolk voor de zon en Nina huiverde. Het werd snel koud hier en diep in gedachten verzonken liep ze de heuvel af naar de pub. De twee oude mannen die er gisteren waren, zaten weer op dezelfde plek aan de bar. Een van de twee had haar boek in zijn handen en leek er al helemaal in verdiept.

'Goed boek?' vroeg Nina met een glimlach. Het was een thriller die zich afspeelde op de Noordpool, aan het einde van de wereld, over één man die vocht tegen de ijsberen, de elementen en een mysterieuze aanwezigheid onder het ijs.

De man keek schuldig op. 'O, sorry, meidje,' zei hij. 'Ik keek het gewoon even in en... Ik weet hniet. Het verhaal had me meteen te pakken.'

'Het is een geweldig boek,' zei Nina. 'Als u wilt laat ik het voor u achter als ik het uit heb.'

'O nee, meidje, nee. Zo'n duur boek...' Zijn waterige ogen stonden opeens verdrietig. 'Vroeger hadden we een bibliotheek én een boekwinkel hier, maar die zijn allebei weg.'

Zijn vriend knikte. 'Dat was altijd een leuk uitje als we naar de grote bibliotheek gingen. Met de bus. Een boek uitzoeken. Theedrinken ergens.'

De twee mannen keken elkaar aan.

'Ach ja, de dingen veranderen, Hugh.'

'Zo is het, Edwin. Zo is het.'

De deur van de pub ging knarsend open en daar stond Wullie in de deuropening, met zijn ogen knipperend tegen de duisternis in de bar. Hij wierp een korte blik op Nina en keek toen uitgebreid om zich heen, voor het geval er nog iemand was die hij de eerste keer niet had opgemerkt – om het moment uit te stellen waarop hij iets met haar aan moest. Uiteindelijk kon hij er niet langer omheen en richtte hij zijn ogen weer op haar. Zijn gezicht betrok.

'Ha Wullie,' zei Alasdair, terwijl hij een pint donker bier op de bar zette. 'Hoe gaat het vanmorgen?'

Wullie leek somber terwijl hij naar de bar toe liep en ging zitten.

'Ach, ja,' begon hij.

'De jongedame is klaar voor een proefritje,' verkondigde Alasdair opgewekt. 'Het is maar een klein meidje, maar...'

'Ach ja, dus eh...' zei Wullie nogmaals. Er viel een stilte. 'Tja...' zei Wullie eindelijk terwijl hij zijn versleten pet afzette. 'Ik dacht dat ik hem echt had verkocht deze keer, ik zweer het.'

'Eh? Hallo?' zei Nina terwijl ze een stap naar voren zette. 'Ik ben Nina, weet u nog? Hier om uw bus te bekijken?'

'Ja, ja. Maar eh,' zei Wullie. 'Het is een grote bus, hè?'

Hij nam een flinke slok van zijn pint.

'Ik dacht echt dat ik hem had verkocht deze keer,' zei hij nogmaals. Hij schudde zijn hoofd. 'Ik snap niet waarom niemand hem wil.'

'Ík wil hem misschien,' zei Nina ongeduldig.

'Het is niet echt een bus voor zo'n klein meidje.'

'Ik ben misschien wel klein,' zei Nina. 'Maar ik kan heus wel in die bus rijden en ik ben dat hele eind hierheen gekomen om hem uit te proberen.'

Edwin en Hugh maakten nu een hinnikend geluid. Nina dacht dat ze waarschijnlijk in geen jaren zo'n spektakel in het dorp hadden meegemaakt.

'Het is een grote bus,' zei Wullie weer.

Nina slaakte een geërgerde zucht. 'Mag ik de sleuteltjes alstublieft? We hadden het afgesproken.'

'Ja, maar ik wist niet dat je een meidje was.'

'Ik heet Nina.'

'Ja, maar zo'n buitenlandse naam... Dat kon toch ook...'

'Wullie,' kwam Alasdair tussenbeide. Zijn anders vriendelijke gezicht stond nu streng. 'Dit meidje heeft een heel eind gereisd om jouw bus te zien. Je hebt hem te koop gezet. Ik zie het probleem niet.'

'Ik wil niet dat ze hem in elkaar rijdt, dat is het probleem,' zei Wullie. 'Als ze dat doet zit ik nog verder in de problemen en die heb ik al genoeg!'

'Ik rij hem niet in elkaar!' wierp Nina tegen.

'Hoeveel busjes heb je dan al bestuurd?'

'Nou, niet heel veel, maar...'

'En waar rijd je nu in dan?'

'Een Mini Metro...'

Wullie schraapte veelbetekenend zijn keel.

'Wullie, als je niet ophoudt met onbeschoft doen tegen de jongedame, krijg je van mij geen pint meer.'

'Ah, kom op man, ik ben al zeven uur op.'

Alasdair pakte Wullies glas dreigend op. Wullie begon met een kwaad gezicht in zijn zakken te zoeken; hij had er veel en ze waren diep. Uiteindelijk haalde hij een flinke bos sleutels tevoorschijn die hij op een tafeltje vlakbij gooide.

'Ik moet een onderpand,' snauwde hij.

Nina haalde haar paspoort uit haar tas. 'Is dit voldoende?'

Hij fronste zijn wenkbrauwen. 'Dat heb je helemaal niet nodig om Schotland binnen te komen. Nóg niet.'

De mannen aan de bar giechelden goedkeurend.

Nina had het liefst haar handen in de lucht gegooid als teken dat ze zich overgaf – ze haatte conflicten – maar ze kon, ze wilde het bijzondere gevoel van die ochtend niet vergeten. Ze zou net zo stoer zijn als Katniss Everdeen, zo onverzettelijk als Elizabeth Bennet en zo dapper als Hero. Ze hield zichzelf voor dat ze die enorme bus alleen maar over het pleintje hoefde te rijden en dan kon vertrekken: zich omkeren en terug naar huis gaan, hopen op het beste wat betreft de bibliotheek. Haar bravoure was gedeukt door deze vent, maar het was hem niet gelukt haar helemaal af te schrikken.

Ze griste de sleutels van het tafeltje en zei: 'Ik ben zo terug.'

Ze stapte naar buiten, het plein op. Vanbinnen voelde ze zich onzeker. Ze was het gewend om af en toe een baldadig kind tot de orde te moeten roepen, of mensen tegenover zich te hebben die niet blij waren als ze hun een boete moest berekenen voor het te laat terugbrengen van een bibliotheekboek, maar dat waren geen persoonlijke aanvallen. Dit was anders, dit was iemand die heel duidelijk maakte dat ze hem irriteerde.

De mannen waren achter haar aan de pub uit gelopen en ze kon hun ogen in haar rug voelen prikken. Waar waren alle vrouwen hier? vroeg ze zich af terwijl ze over de keitjes naar het zijstraatje liep waar het bakbeest stond geparkeerd. Ze bleef even staan en staarde naar de ouderwetse ronde koplampen.

'Luister Bus,' zei ze. 'Ik weet niet echt goed wat ik hier doe, maar jij ook niet, hè? Je staat al jaren eenzaam en verlaten in deze straat te staan. Dus help me, dan help ik jou, oké?'

Ze draaide het portier van het slot, wat op z'n minst een begin was.

De volgende uitdaging was erin komen. Er was een treeplank, maar zelfs die was te hoog. Ze trok haar rok tot boven haar knieën en hees zichzelf op. Het was niet elegant maar wel effectief. Ze wankelde even toen ze het portier openmaakte en dacht één seconde dat ze van de treeplank af zou vallen, maar dat gebeurde gelukkig niet en even later zat ze op een grote gebarsten leren voorstoel die gerepareerd was met ducttape.

Binnen in de bus rook het – niet onplezierig – naar stro en hooi. Nina keek om. De bus leek heel lang zo, maar ze hield zichzelf voor dat het geen vrachtwagen was en ze er geen speciaal rijbewijs voor nodig had – iedereen kon dit ding besturen. En dat deden veel mensen ook dagelijks.

Maar het vóélde wel als een vrachtwagen! En het bakbeest stond in een heel smal straatje geparkeerd. De grijze stenen van de huisjes aan weerszijden raakten de bus bijna.

Ze slikte, draaide haar hoofd weer om en bekeek het dashboard en alle hendels en pedalen. Het zag er allemaal vrijwel hetzelfde uit als in een gewone auto, alleen was alles veel verder weg. Ze tastte naar de hendel onder de stoel en trok hem dichter naar het enorme stuurwiel toe.

De versnellingspook was enorm en stroef. Er was geen achteruitkijkspiegel en van wat ze in de zijspiegels zag, werd ze ook niet echt rustig.

Ze staarde een tijdje voor zich uit. Toen wierp ze een blik op de pub waar de mannen naar haar stonden te kijken en iets in haar verhardde, ze zou ze wel eens iets laten zien. Vastberaden ging ze aan de slag: ze stelde de spiegels goed in, checkte minstens vijf keer of de versnelling in z'n vrij stond, stak het sleuteltje in het contactslot en draaide het om.

Er klonk een enorm gebrul op, veel en veel harder dan bij het starten van de Mini Metro. Veel harder dan wat dan ook. Er fladderde een opgeschrikte groep vogels op boven de huizen, die in de lucht verdween. Met ingehouden adem duwde Nina de versnellingspook op hoop van zegen in de eerste versnelling, zette haar voet heel voorzichtig op het gaspedaal en drukte de zware handrem omlaag.

De bus sprong naar voren en viel meteen stotterend stil. Nina dacht dat ze de mannen voor de pub zag lachen en kneep haar ogen tot spleetjes. Ze draaide het sleuteltje terug en probeerde het opnieuw. Deze keer gleed de bus keurig in de eerste versnelling. Hobbelend over de keitjes reed ze het pleintje op.

Ze wist niet precies waar ze heen ging, maar sloeg bij de eerste wat bredere straat die ze zag links af en ronkte even later een heuvel op. De bus bleek een stuk pittiger dan hij in eerste instantie had geleken. Nina schakelde terug naar de tweede versnelling; ze was nog nooit zo'n steile helling op gereden. Ze had uitzicht over de zee en zag grote containerschepen naderbij komen, met lading uit Nederland en Scandinavië en China, stelde ze zich voor, die speelgoed en meubels en papier brachten en olie en whisky mee terug zouden nemen.

Er reed luid toeterend een enorme rode vrachtwagen langs. Ze schrok zich kapot, maar besefte toen dat het gewoon een vriendelijke groet was tussen vrachtwagenchauffeurs. Toen ze een ongewoon scherpe bocht omsloeg, schoot er een pittig sportwagentje vlak voor haar langs, waarvan ze ook schrok. Bibberig parkeerde ze op de eerste vluchthaven die ze zag en zette de motor uit. Ze omklemde het stuurwiel stevig en zag dat haar handen beefden.

Toen draaide ze het raampje omlaag en ademde een paar keer heel diep in, waarna ze zich wat beter voelde en de cabine uit sprong om het vehikel eens goed te bekijken.

Het probleem was, dacht Nina terwijl ze tegen de banden aan schopte, dat ze niet genoeg van busjes wist om te weten of dit ding in orde was. Ze wist niet eens zeker of het wel goed was om tegen de banden te schoppen, hoewel dat wel een soort van tevreden gevoel gaf, zeker als de banden zo groot waren als deze. Ze leken in ieder geval niet versleten. En het lukte haar om de motorkap te openen, hoewel ze niet goed wist wat ze daaronder moest zien. Er was niets verroest en er zat genoeg olie in; zelfs zij kon het oliepeil controleren.

De laadruimte moest worden schoongemaakt. Er lag alleen wat stro, maar dat was geen punt. Ze kon zich makkelijk voorstellen hoe de planken erin konden worden aangebracht, en ook hoe ze een zitje achterin kon maken. De deur in de zijkant ging soepel open en het trapje ernaartoe vouwde probleemloos uit.

Terwijl ze bezig was met haar inspectie voelde ze zich weer enthousiast worden. Plotseling zag ze het weer helemaal voor zich. Ergens parkeren op zo'n prachtige uitwijkplaats als deze. Nou, misschien geen uitwijkplaats. Ergens in een dorp waar de mensen naar haar toe konden komen. De binnenkant in vrolijke kleuren schilderen, met op de planken de beste boeken die ze kende. De mensen aan het boek helpen dat hun leven zou veranderen, of waardoor ze verliefd werden, of over een gebroken hart heen kwamen.

En wat betreft de kinderen: ze kon hun laten zien waar ze in een rivier vol krokodillen konden duiken, of tussen de sterren konden vliegen, of de deur van een kledingkast konden openen...

Ze droomde even weg in haar fantasiebeeld en stelde zich een levendige drukte voor in het busje en mensen die naar haar toe kwamen en zeiden: 'Nina, godzijdank dat je er bent, ik moet een boek hebben dat mijn leven redt!'

Ze sloeg de deur opgewonden dicht.

Ja! Ze kon het! Ze herinnerde zich hoe ze zich die ochtend had gevoeld. Ze zou die ouwe brombeer in de pub wel eens wat laten zien! Ze zou dit prachtige busje van hem kopen en er een succes van maken en alles zou helemaal goed komen. Ze was zo geestdriftig dat de motor onderweg maar vier keer stilviel, ze één keer verdwaalde en een paard liet schrikken waardoor de bekakte vrouw die erop zat op een totaal niet-bekakte manier tegen haar tekeer begon te gaan. Haar gescheld galmde de hele verdere weg naar Kirrinfief in haar oren na en was vast veel traumatischer voor het paard geweest dan voor haar busje.

'Ik ben van gedachten veranderd,' zei Wullie toen ze voorzichtig voor de pub parkeerde. 'De bus is niet te koop.'

Nina staarde hem vol afschuw aan. 'Maar het is me zelfs gelukt om hem achteruit te keren en alles!'

Dat was niet helemaal waar, maar ze had wel bekeken hoe ze de bus in zijn achteruit moest zetten en gedacht dat ze dat wel kon zolang niemand op haar begon te schelden.

'Ik wil hem gewoon niet verkopen.'

'Dat is gewoon seksistisch!'

'Het is mijn bus en het kan me niks schelen!'

Wullie draaide zich om en leek op het punt te staan de pub uit te bonken.

'Alstublieft,' zei Nina. 'Ik heb er plannen mee en er zijn geen andere busjes die daar geschikt voor zijn en ik ben helemaal hierheen gekomen en ik zal er echt heel goed voor zorgen.'

Wullie draaide zich weer om en Nina's hart sloeg even een slag over.

'Nee,' zei hij. Hij liet de deur met een klap dichtvallen toen hij vertrok.

6

Nina wierp een snelle blik op Cathy Neeson, die met haar armen over elkaar aan het eind zat van het rijtje leden van de sollicitatiecommissie. Haar gezicht verraadde niets. Was het nou zo moeilijk om even te glimlachen? dacht Nina. Ze deed haar best in haar nieuwe zwarte kousen waar ze zich aan te buiten was gegaan, en probeerde te zorgen dat haar handen kalm en relaxed leken in plaats van ze in elkaar te klemmen op haar schoot. Hoewel ze zich niet echt goed had voorbereid op dit gesprek, was niemand beter op de hoogte van de ins en outs van boeken dan zij, van het indelen en de catalogiseersystemen en alles wat ervoor zorgde dat de bibliotheek op rolletjes liep.

(Ze kon niet weten dat Cathy Neeson bij zesenveertig sollicitatiegesprekken voor maar twee banen moest zitten deze week, terwijl ze voor allebei de instructie had meegekregen om levendige jonge mensen aan te nemen met een goede babbel, die er aardig uitzagen en voor vrijwel niets wilden werken. En hoewel ze daar tot in de hoogste regionen tegen had geprotesteerd en hen had proberen te overtuigen tot de blaren op haar tong stonden, het had helemaal niets uitgericht. Het topmanagement zat niet in de gevarenzone. Nieuwe kandidaten die jong en goedkoop waren en alles wel wilden doen lagen voor het oprapen. Het waren de ervaren medewerkers, de professionals die verstand hadden van boeken, die eenvoudigweg niet langer nodig waren.)

'Dus in mijn ogen is een bibliotheek die op de wensen van de lezers kan anticiperen en eraan kan voldoen een topprioriteit,' vervolgde Nina, die het gevoel had dat haar woorden in het luchtledige verdwenen en niet werden gehoord terwijl ze uit haar mond tuimelden. Ze had een idiote aanvechting om iets volkomen belachelijks te zeggen om te zien of ze nog steeds bleven knikken of niet.

'Ja,' zei een andere humorloze vrouw in een broekpak en met veel te roze lippenstift op, 'maar hoe zit het met het anticiperen op de wensen van de niet-lezers?'

'Sorry?' vroeg Nina, niet zeker of ze het goed had begrepen. 'Wat bedoelt u?'

'Nou, je wilt aan de behoeften van álle consumenten voldoen, toch?'

'Ja? Eh...' Ze begaf zich op onbekend terrein.

'Dus wat voor ideeën heb je voor de niet-lezers?'

'Nou, we hebben twee keer per week een voorleesuurtje voor de kinderen – daar zou ik graag drie keer van maken; het is zo fijn voor de moeders om een plek te hebben waar ze samen kunnen komen en kunnen kletsen. En ik ken onze kinderboekenafdeling van haver tot gort, dus ik heb altijd iets wat ik de wat tegenstribbelende kinderen kan aanraden. Er komen enorm veel fantastische jongensboeken uit; die zijn zoals we allemaal wel weten altijd wat lastiger te overtuigen... En daarbij organiseren we alfabetiseringsbijeenkomsten voor volwassenen in het gemeentehuis waar we constant mensen die niet goed kunnen lezen op wijzen; als je de taligheid van mensen kunt verbeteren is dat een geweldige bijdrage.'

'Nee, nee, je begrijpt me niet: wat voor plannen heb je in het multimediacentrum voor de niet-lezers? Niet de mensen die niet kúnnen lezen. Maar voor volwassenen die gewoon niet van lezen hóúden?'

Nina zweeg. Ze hoorde het verkeer buiten over de rotonde denderen. Een vuilniswagen keerde met een luid piepend geluid. Er was een enorme herrie toen hij een van de glasbakken leegde die achter de bibliotheek stonden.

'Eh...' zei ze ten slotte terwijl ze hevig bloosde onder de blikken van de vier leden van de sollicitatiecommissie, van wie er een – Cathy Neeson natuurlijk – al op haar telefoon zat te kijken hoe de volgende kandidaat heette. 'Ik zou ze een echt heel erg goed boek aanraden...'

De roze-lippenstiftmevrouw keek eerder teleurgesteld dan geërgerd. 'Ik geloof niet dat je begrijpt waar wij naartoe willen met het mediacentrum.'

Nina kon dat niet ontkennen. Ze begreep er helemaal niks van.

'Je had over interfaces en zo moeten beginnen!' siste Griffin, terwijl ze zich in een koffietentje om de hoek hadden verscholen waar ze aan hun troostrijke frappuccino's lurkten, een te rechtvaardigen uitspatting onder deze omstandigheden.

Buiten regende het, een flinke, vreugdeloze lentebui die alle kleur aan de stad onttrok, waarin de auto's al spetterend door de straten raceten en voorbijgangers ondersproeiden. De mensen keken boos, hun gezichten stonden op onweer. Birmingham was niet op zijn best.

Het koffietentje puilde uit van de boodschappentassen en natte jassen en buggy's en mensen met grote koptelefoons op die boze blikken wierpen op andere mensen die zich naast hen probeerden te wurmen of die in de weg stonden en jonge meiden die giechelend en elkaar bekritiserend één muffin deelden. Griffin en zij zaten aan een tafeltje vol kruimels bij de toiletten, naast een advocaat en diens cliënte die diep verwikkeld waren in een gesprek over haar op handen zijnde scheiding. Het was niet moeilijk om hen af te luisteren, maar Nina vond dat ze zelf al genoeg problemen had.

'Wat voor interfaces?' vroeg ze. Het gesprek was kort na die vraag van de roze lippenstift afgelopen.

'Maakt niet uit: computer, peer-to-peer, of *integrated confluence*,' siste Griffin. 'Het interesseert ze niet zolang je maar een modewoord gebruikt dat ze kunnen afvinken van hun lijstje. En als ze er genoeg kunnen afvinken is het bingo en krijg je je oude baan terug, alleen tegen een veel lager salaris.'

Hij zoog aan zijn rietje om een slok van zijn frappuccino te nemen en keek somber. 'God, ik zou gewoon tegen ze moeten zeggen dat ze op kunnen rotten. Ongeletterde kloteambtenaren.'

'Nou, doe dat dan!' zei Nina plotseling geïntrigeerd. Ze had al zo vaak advies gekregen, dat kon zij nu ook wel een keer geven. 'Je bent slim. Je hebt een diploma. Je bent ongebonden. Je kunt alles doen wat je maar wilt. Je kunt de hele wereld over reizen. Een boek schrijven. Engelse les gaan geven in China. Op een surfstrand gaan chillen in Californië. Ik bedoel, je bent niet oud, je bent niet getrouwd. Je bent vrij om te gaan en te staan waar je wilt. Waarom zeg je niet dat ze kunnen opzouten als je er allemaal zo'n hekel aan hebt?'

'Ja, die dingen doe ik misschien ook wel,' zei Griffin nors. 'Ik zit hier niet voor eeuwig vast. En trouwens, jij bent degene die vreemde expedities onderneemt om naar belachelijke bussen te gaan kijken. Ik zou zeggen dat jij daar dichterbij bent dan ik.'

Nina wist wel dat hij stiekem blij was dat ze met lege handen uit Schotland was teruggekomen. Ze baalde van de implicatie daarvan voor hem: namelijk dat hij zich zorgen maakte over wat het over hém zei, als zij, zielig als ze was, gewoon wegging.

'Ik weet het,' verzuchtte ze. 'Het was een idiote droom. Ik weet het gewoon niet... Ik bedoel, na dat...' Ze huiverde. Ze herinnerde zich Cathy Neesons glimlach die haar ogen niet had bereikt toen ze opstond om weg te gaan, voor het einde van de geplande tijd maar nadat het hele gesprek duidelijk tot een einde was gekomen.

Sinds haar terugkomst uit Schotland sliep Nina niet goed. Het weer was benauwd en grijs en bedrukte haar. Dingen die ze vroeger leuk vond – de levendigheid, de geluiden van de stad om zich heen – gaven haar nu het gevoel dat ze niet genoeg ruimte had om adem te halen. Ze had een heleboel boeken gelezen over mensen die een nieuw leven begonnen, wat haar humeur ook niet echt had verbeterd. Ze voelde zich gevangen en opgesloten waar ze zat, alsof het iedereen behalve haar lukte om weg te komen en interessante dingen te doen met zijn leven.

Ze had de vacaturewebsites afgeschuimd, maar er leek geen plaats meer te zijn voor een bibliothecaris. Wel voor pr-medewerkers en communicatiemanagers en marketingconsultants, maar niet iets wat te maken leek te hebben met het werk dat ze haar hele leven had gedaan en het leukste vond: het juiste boek voor de juiste persoon vinden.

Ze betrapte zichzelf erop dat ze de frisse lucht miste, de uitgestrekte vergezichten, het heldere zonlicht dat van de gele velden weerkaatste, de welig groene, golvende heuvels en de glinsterende, dansende, verleidelijke Noordzee. Het was vreemd dat een plek waar ze maar zo kort was geweest – en waar het uiteindelijk zo vervelend was afgelopen – zo'n diepgaand effect op haar had.

Ze tuurde weer naar haar koffie. Er beende een grote vrouw langs haar tafeltje, die haar bijna in het gezicht sloeg met een gigantische, dure, ik-ben-belangrijk-tas.

'Ik weet het gewoon niet,' zei Nina nog een keer.

'Ach, ik weet zeker dat jij die baan krijgt,' zei Griffin ongelooflijk hypocriet. Het drong nu pas tot Nina door dat hij zijn staartje had afgeknipt.

Haar telefoon ging. Ze keken elkaar aan en waren als verlamd van schrik.

'Ze bellen degenen die door zijn als eerste,' zei Griffin onmiddellijk. 'Goed gedaan. Jij wordt het zeker. Gefeliciteerd. Misschien wilden ze toch de hele tijd al terug naar de ouderwetse stijl.'

'Dit is geen nummer dat ik herken,' zei Nina met een angstige blik op haar telefoon alsof het een levende slang was. 'Maar het is niet uit Birmingham.'

'Dat zal het ook niet zijn,' zei Griffin. 'Het zal wel vanaf een centraal kantoor komen, in Swindon of zo.'

Nina pakte het toestel en drukte voorzichtig op het groene toetsje.

'Nina Redmond?'

De lijn was krakerig en onduidelijk en in het begin kon ze ook weinig verstaan in het lawaaierige koffietentje.

'Hallo? Hallo?'

'Aye. Hallo daar,' hoorde ze. 'Spreek ik met Nina?'

'Ja, met Nina.'

'Aye, met Alasdair McRae.'

De naam zei haar niets, maar het Schotse accent klonk bekend. Ze fronste haar voorhoofd.

'Hallo?'

'Aye, de eigenaar, weet je nog? Van de Rob Roy.'

Er verscheen een glimlach op Nina's gezicht. 'O! Hallo! Heb ik iets laten liggen? Het boek mag u houden, hoor!' Uiteindelijk had ze het niet over haar hart kunnen verkrijgen het mee te nemen.

'O, het was fantastisch, dat boek. Edwin heeft het aan mij gegeven toen hij het uit had.'

'Ik ben blij dat te horen.'

'Toen heb ik het weer aan Wullie doorgegeven.'

'O.'

'Aye, ach, hij was hier en zag er somber uit.'

'Ach, boeken zijn er voor iedereen,' zei Nina in een poging vrijgevig te zijn.

'Tja, nou, in ieder geval, de jongens en ik hebben iets bedacht.'

Het duurde even voordat Nina begreep dat hij met 'de jongens' de twee oude mannetjes aan de bar bedoelde.

'Ja?'

'Luister Wullie, hij weet gewoon niet waar hij over praat. Hij heeft een triest leven gehad, snap je.'

Nou, dat heb ik nu ook, schoot het door Nina's hoofd. Ze was geschokt dat die gedachte überhaupt in haar opkwam.

'Hm?' zei ze.

'Nou, we dachten dat we die bus met z'n drieën eh... wel van hem konden kopen... En hem dan aan jou doorverkopen. Ik bedoel, als je dat wilt.'

Het bleef een tijdje stil. Nina wist niet wat ze moest zeggen. Het kwam zo onverwacht.

'Niet om winst te maken, of zoiets. Ik bedoel, ik denk zelfs dat hij hem goedkoper aan ons verkoopt dan hij aan jou zou doen. Nee, we willen hem alleen laten inzien dat het stom is dat hij niet aan een meidje wilde verkopen.'

'Nou, dat is...' Nina was nog steeds sprakeloos.

'We dachten gewoon... Jij leek ons een meidje dat wel wat hulp kon gebruiken. En dat boek dat je voor ons hebt laten liggen, dat vonden we allemaal geweldig. Ik bedoel, wij zouden wel meer boeken willen hier.' Nina had Alasdair haar plan uiteindelijk verteld en sinds dat moment had hij haar er onophoudelijk mee geplaagd. 'En trouwens, die bus is iedereen hier een doorn in oog. Het was verkeerd van Wullie om hem niet aan jou te willen verkopen, vinden we.'

Dit was duidelijk een lange speech voor de cafébaas, die inmiddels nogal ongemakkelijk klonk. Nina stelde hem haastig gerust.

'Weet u dat zeker? Dat zou echt...'

'Ik bedoel, alleen als je intussen nog geen andere hebt gevonden...'

'Nee, nee, ik heb geen andere gevonden...'

Nina keek op. De regen kletterde nu tegen de ramen van het koffietentje en elke keer als de deur opengìng, bulderde de wind naar binnen. De zaak was overvol, er stond een enorme rij voor de toonbank en de herrie was haast oorverdovend: huilende kinderen en geïrriteerde mensen die elkaar voor de voeten liepen. Ze keek naar Griffin die zijn telefoon checkte. Plotseling sprong hij op, helemaal blij, en gaf een stomp in de lucht.

Nina knipperde met haar ogen. 'Alasdair, dat is echt heel erg aardig van jullie. Ik moet er even over nadenken. Mag ik later terugbellen?'

'Aye, natuurlijk.'

Hij noemde haar een prijs waarvoor hij dacht de bus te kunnen kopen, die veel lager was dan ze had verwacht, en verbrak de verbinding.

'Ik heb hem!' zei Griffin, zijn gezicht rood van opwinding. 'Jaaaa!'

Toen liet hij zijn armen langzaam zakken en richtte zijn blik op Nina. 'Ik bedoel, sorry. Ik bedoel, het is een vergissing denk ik. Jij zou veel en veel beter zijn geweest.'

Nina keek weer op haar telefoon. Er was een e-mail binnengekomen die ze niet eens hoefde te openen om te weten wat erin stond. 'Tot mijn spijt moet ik u mededelen...' was de eerste zin die ze kon lezen.

'Goed gedaan,' zei ze tegen Griffin. Ze meende het bijna helemaal oprecht.

'Ik moet een "dynamisch, jong, multifunctioneel team" gaan leiden,' zei Griffin enthousiast. 'Het zal natuurlijk afgrijselijk zijn... Het spijt me echt voor je,' voegde hij eraan toe toen hij haar gezicht zag.

'Het is oké,' zei ze. 'Echt. Iemand moest die baan krijgen. Ik ben blij dat jij dat bent. Ik zou hopeloos zijn geweest in het leiden van een multi-hoe-heet-het-team.'

'Ja, ik weet zeker dat je het verschrikkelijk zou vinden. Net zoals ik, vrees ik.'

Zijn vingers typten intussen razendsnel en Nina besefte dat hij het al op Facebook had gezet. Ze hoorde de 'leuk'-knop al pingen.

'Ik moet gaan, trouwens,' zei ze zacht.

'Nee, niet doen,' zei Griffin. 'Niet weggaan, alsjeblieft. Kom op, dan trakteer ik je ergens op een borrel.'

'Nee, dank je,' zei Nina. 'Eerlijk, het is oké.'

Griffin keek weer op zijn telefoon. 'Een paar maten van me zitten in een pub hier vlak om de hoek. Ga mee wat drinken. Dan kunnen we bedenken wat je volgende stap moet zijn. Ik moet toch iemand kennen die je kan helpen.'

Hij was energieker dan Nina hem in maanden had meegemaakt. Ze had dringend behoefte aan een kop thee en een rustig plekje ergens om een en ander eens rustig te overdenken.

'Nee, ik moet echt weg,' zei ze. 'Maar gefeliciteerd, hoor.'

Hij stond op toen ze haar jas aantrok en aanstalten maakte te vertrekken. Ze glimlachte flauwtjes naar hem terwijl ze stonden te wachten tot er een hele rij buggy's langs hen heen was gemanoeuvreerd.

'Nina,' zei Griffin, plotseling resoluut toen ze eindelijk een stap naar voren kon doen.

Ze keerde zich naar hem om. 'Ja?'

'Nu we niet meer met elkaar werken... Nu we geen collega's meer zijn en ik het heb uitgemaakt met mijn vriendin... Wil je iets gaan drinken met me? Je weet wel. Gewoon een drankje? Alsjeblieft?'

Ze keek naar zijn bleke, gespannen gezicht en voelde zich plotseling ongemakkelijk. En nog iets vastberadener. Ze aarzelde maar één seconde voor ze haar besluit nam.

'Sorry,' zei ze. 'Ik moet dringend iemand ergens over terugbellen.'

Ze liep langs de buggy's en de boodschappentasjes en de beslagen ramen en de pubers die dingen naar elkaar gooiden en de in elkaar gefrommelde suikerzakjes en het vuile serviesgoed, duwde de deur open en stapte de natte straat op. Buiten trok ze haar capuchon over haar hoofd en haalde haar telefoon tevoorschijn in de wetenschap dat als ze het nu niet deed, ze het nooit zou doen.

'Alasdair,' zei ze toen hij opnam. 'Dank je voor jullie ongelofelijk aardige aanbod. Ik neem het heel graag aan!'

7

Zelfs Surinders enthousiasme begon te tanen nadat Nina de gemeente had gebeld en te horen had gekregen dat een vergunning krijgen om vanuit de bus te verkopen heel lastig zou zijn, zelfs grenzend aan het onmogelijke. Blijkbaar kreeg je die veel gemakkelijker als je gewoon burgers wilde bakken of zompige hotdogs wilde verkopen.

Ze had de man van de gemeente erop gewezen dat het veel waarschijnlijker was dat iemand toevallig werd vergiftigd door een bedorven burger dan door een boek, waarop hij nogal arrogant had geantwoord dat ze dan blijkbaar *Das Kapital* nooit had gelezen – wat ze inderdaad niet had. Maar veel verder waren ze niet gekomen.

Desondanks zat ze toch weer in de bus naar Schotland, gewapend met de *Lark Rise to Candleford*-trilogie plus de hele *Outlander*-serie om in weg te zinken tijdens de reis.

Hoe verder noordelijk ze kwamen, hoe killer het werd, maar de hemel was nog steeds wolkeloos en Edinburgh schitterde in het bijzondere gouden licht toen ze erdoorheen reden. De grote brug voelde net als de vorige keer als de toegangspoort naar het onbekende; en verder en verder naar het noorden ging het weer, de steden en de mensen steeds spaarzamer. In plaats daarvan zag ze kleine dorpjes, kronkelende landweggetjes en lange lome rode treinen door het landschap glijden, talloze vogels over de valleien scheren en overal schapen in het sappige groene gras die zich koesterden in de laatste stralen van de late ondergaande zon.

Ze at minikersentaartjes van het tankstation en verloor zichzelf in de pagina's van haar boek. Toen ze uiteindelijk in Kirrinfief arriveerde, had ze het gevoel dat ze thuiskwam – wat nog werd versterkt door de lachende gezichten van Edwin en Alasdair die haar begroetten toen ze de deur van de pub openduwde.

'Het boekenmeidje!' zeiden ze blij en Alasdair schonk, zonder dat ze het had besteld, een kleine pils voor haar in. Hij moest hebben opgemerkt hoeveel moeite ze de vorige keer had met het lokale bier. 'Wat heb je voor ons meegebracht?'

Nina was natuurlijk goed voorbereid en ritste haar koffer open om er een hele reeks thrillers en misdaadromans uit te halen, waar de mannen gretig op aanvielen.

'En?' zei Edwin na een tijd, 'ga je die bus echt volstouwen met boeken?'

Alasdair zocht vrolijk naar de sleuteltjes van de bus. Nina had hem een cheque gegeven en als hij die inwisselde, was bijna haar hele ontslagvergoeding op.

'Ja, dat is het plan.'

Het was minder erg om naar het werk te gaan nu ze een plan had. Ze moest nog een paar weken, maar het interesseerde niemand echt of ze te lang lunchte, te laat kwam of elke avond ladingen boeken mee naar huis nam – met het gevoel dat ze weeskindertjes van hun ondergang redde – wat ze allemaal deed.

Griffin droeg tegenwoordig een pak met een das. En ook zijn baard was inmiddels verdwenen. Hij begon 's morgens extra vroeg en zat de hele dag voornamelijk in vergaderingen en besprekingen. Hij maakte tegenwoordig een gekwelde indruk, in plaats van zijn gewone verveelde of geërgerde. Op een avond had hij haar aangesproken en gezegd dat ze een aanvraagformulier moest invullen voor alle boeken die ze meenam. 'Serieus?' had ze gevraagd en hij had een gepijnigd gezicht getrokken en Nina was nog nooit zo gelukkig geweest met haar naderende vertrek.

'O, het wordt fantastisch,' zei Edwin. 'Je moet naar Carnie. En naar Bonnie Banks. En Windygates. Daar woont mijn zus. Vroeger hadden ze daar een bibliotheekbus die langskwam, maar die is natuurlijk ook wegbezuinigd. Dus jij bent in ieder geval íéts. Kun je het niet als een bibliotheek gaan doen?'

'Ik vrees van niet,' zei Nina. 'Ik moet ervan leven.' Ze keerde zich om en keek hen aan. 'Jullie weten dat de bus niet hier blijft? Ik rijd ermee terug naar Birmingham.'

De mannen keken haar verward aan.

'Maar hij is toch voor hier?' zei Edwin. 'Daarom hebben we hem juist gekocht.'

'Nee, sorry, maar ik ga ermee terug naar het zuiden,' legde Nina geduldig uit. 'Daar woon ik.'

'Maar in de stad hebben ze helemaal geen boeken nodig,' zei Alasdair. 'Ze struikelen er over de boekwinkels en bibliotheken en universiteiten en dat soort dingen. Zij hebben genoeg! Wíj hebben hier juist zo'n boekenbus nodig!'

'Ja, maar ik wóón in Birmingham!' herhaalde Nina nog een keer. 'Ik moet gewoon terug.'

Er viel een stilte.

'Je zou hier kunnen gaan wonen,' zei Alasdair na een tijd. 'Wij kunnen wel wat nieuw bloed gebruiken hier.'

'Ik kan niet hier gaan wonen, ik heb altijd in de stad gewoond. Ik heb nooit op het platteland gewoond!' zei Nina.

'Kan zijn, maar je hebt ook nog nooit een boekenbus gehad,' zei Edwin met een koppig soort logica.

'Ah... Ik dacht dat we je hielpen zodat je hier kon blijven,' zei Alasdair. 'Ik heb het al mijn vaste klanten al verteld.'

'Ik dacht dat Edwin en Hugh de enige vaste klanten hier waren?' zei Nina.

'Aye, nou, het is duidelijk dat je nog niet half weet hoe het hier is. Iedereen was enthousiast.'

'Ik zou misschien wel willen blijven,' zei Nina. 'Maar echt, dat kan niet! Ik moet terug en de boel daar opzetten. En geld gaan verdienen.'

Er veel weer een stilte. Nina voelde zich vreselijk dat ze hen had misleid, dat was oprecht niet haar bedoeling geweest.

'Maar...' zei Edwin.

'Het spijt me,' zei Nina gedecideerd. Ze was van plan die avond nog terug naar Birmingham te rijden. Ze kon het zich niet veroorloven om te blijven overnachten, zelfs niet in zo'n goedkoop en gezellig kamertje als dat boven het café. En bovendien had Surinder haar duidelijk gemaakt dat ze heel snel een plekje voor de boeken moest zien te vinden, want anders stortte de vloer in of was het definitief exit voor Nina. Duidelijk dus, het probleem was van de baan.

'Ik moet echt gaan,' zei ze ongelukkig. Ze keken allemaal naar de sleuteltjes die op de bar lagen. 'Het is ontzettend aardig wat jullie voor me hebben gedaan,' zei ze nog een keer. 'Nog een keer heel erg bedankt.'

De mannen bromden iets en wendden zich van haar af.

Buiten was het eindelijk bijna donker, in het westen verdwenen de laatste roze zonnestralen achter de heuvels. Zodra de zon verdwenen was, werd het koud en Nina huiverde toen ze naar de bus liep. Ze trok haar jas strakker om zich heen. De bus leek een enorm gevaarte in het nauwe steegje. Ze ademde diep in. Ze had zich nog nooit zo alleen gevoeld, maar ze moest dit doen. Ze kon niet anders. En ze vond wel een manier om het allemaal geregeld te krijgen.

Ze wierp een blik op haar telefoon. Blijkbaar was het haar in de pub gelukt een signaal op te pikken, want haar e-mail was binnengekomen. Bovenaan stond een bericht van de gemeente.

Beste mevrouw Redmond,

Hierbij delen we u mede dat uw aanvraag voor een parkeerkaart klasse 2 (b) verkoop en handel, non-catering) is afgewezen, vanwege de hoogtebeperkingen in het gebied. Het is niet mogelijk om bezwaar te maken tegen deze beslissing.

Nina vloekte. Hard.

Er stond nog meer officiële taal, maar die kon ze niet meer lezen door de tranen die in haar ogen stonden. Het leek wel of alles wat ze deed steeds mislukte. Dit was zowat het enige waarmee ze géén problemen had verwacht: een vergunning om de bus voor het huis te parkeren. Ze keek op naar de bus, die een nog groter bakbeest leek in het nu snel afnemende licht, en besefte opeens hoe stom ze was geweest dat ze er gewoon vanuit was gegaan dat ze die vergunning zou krijgen. De bus was tenslotte een enorm gevaarte en zou als hij voor het huis stond, beneden al het licht voor henzelf én voor de buren wegnemen. Wat had ze nou gedacht?

Dit was een enorme ramp. Ze had bijna haar hele ontslagvergoeding opgemaakt, ze kon echt niet terug naar de pub om te zeggen dat ze van gedachten was veranderd. Ze had geen werk en ze wist dat ze zich niet zo goed op het sollicitatiegesprek had voorbereid als had gemoeten, omdat ze helemaal in beslag werd genomen door haar plannen. En nu was ze gestruikeld over de simpelste, de meest voor de hand liggende drempel.

Ze zou toch moeten verhuizen naar een plek waar ze de bus wel mocht parkeren. Dat zou ze Surinder zo snel mogelijk moeten vertellen. Maar wat als ze het zich niet kon veroorloven om te verhuizen? Zonder vaste baan zou niemand haar iets verhuren. O mijn God! Straks moest ze nog in de bus slapen!

De tranen drupten van haar wangen. Paniekerig keek ze om zich heen. Niemand te zien, natuurlijk. Het dorp was verlaten. Ze had het ijskoud. En ze voelde zich verschrikkelijk alleen.

Om zichzelf moed in te spreken probeerde ze te bedenken wat de heldinnen uit haar boeken zouden doen. Wat zou Nancy Drew doen? Of Elizabeth Bennet? Moll Flanders? Maar ze leken geen van allen voorbereid op zo'n moment als dit. Ze kon geen enkele heldin bedenken die ergens op een godvergeten plek naast een gigantische, onverkoopbare bus stond te bibberen van de kou en geen idee had waar ze in vredesnaam moest gaan wonen.

Nina probeerde zich te vermannen en plekken in Birmingham te bedenken waar ze haar bus wél zou kunnen parkeren. Maar waren die wel veilig? En kon ze hem daar gewoon achterlaten? Ze wist eenvoudigweg niet waar ze heen moest...

Omdat ze geen beter idee had en het ijskoud had, klom ze in de cabine en draaide het contactsleuteltje om.

Er wordt veelvuldig gewaarschuwd om niet te gaan rijden als je moe bent en Nina was doorgaans een voorzichtig mens die dat soort waarschuwingen keurig ter harte nam. Doorgaans.

Maar nu, geschokt en met een kop vol zorgen, rijdend in een enorm vehikel waar ze niet aan gewend was, begon ze in paniek te raken. Ze wist dat ze de weg af moest, maar waar? Ze kon zich niet veroorloven geld te verspillen aan een hotelletje – bovendien was er hier in dit niemandsland geen te vinden, wist ze.

De bus had geen navigatie en haar telefoon had geen bereik en bovendien begon de batterij op te raken. Ze zette haar groot licht aan en reed maar door over eindeloze landweggetjes die haar nergens leken te brengen. Maar voorlopig had ze voldoende benzine in de tank, dus veegde haar tranen weg en probeerde haar paniek te onderdrukken. Ze kwam heus wel ergens. Ze vond echt wel iets.

Voor haar knipperden de rode lichten van een spoorwegovergang, maar de bomen gingen nog niet omlaag, dus reed ze door omdat er nog genoeg tijd was voordat de trein kwam. Ze zag het hert pas toen het al te laat was. Het dier sprong weg voor de rode lichten en rende recht op haar af. Ze zag de enorme zwarte ogen vlak voor de bus langs flitsen, verschrikt, doodsbang en prachtig. Ze trapte automatisch op de rem en de bus kwam slippend en schokkend tot stilstand.

Het hert sprong weg en hupte ongedeerd het bos in. Nina hapte naar adem toen de waarschuwingsbellen begonnen te rinkelen. Ze keek op en zag tot haar schrik dat ze dwars op de rails stond en de bomen voor haar, aan de andere kant van de overgang, omlaagkwamen.

Niet in staat helder te denken, draaide ze het contactsleuteltje om maar vergat in haar paniek de koppeling in te drukken. De bus startte niet, maar ze snapte niet waarom niet.

De lichten van de trein waren nu goed te zien en kwamen op haar af, steeds dichterbij, steeds feller. Ze moest de bus uit, dat wist ze, maar toen ze het portier probeerde te openen, leek dat op de een of andere manier op slot te zitten. In paniek probeerde ze de bus weer te starten, maar opnieuw lukte dat niet.

De radio schetterde in haar oren, haar handen deden niet wat ze wilde en haar vecht-of-vluchtinstinct faalde jammerlijk. Als verlamd staarde ze naar de trein. Er klonk een oorverdovend gepiep en gekrijs en er kwam een idiote gedachte in haar op: hoe haar moeder zich zou schamen als ze anderen moest vertellen dat haar universitair geschoolde dochter zo ontzettend stom was geweest om in haar auto ingesloten te raken tussen de spoorbomen en was gedood door een trein.

Een trein.

Haar mond ging open en ze hoorde zichzelf gillen terwijl de grond schudde en trilde – de trein kwam onverbiddelijk op haar afdenderen.

Nina sloot haar ogen en wachtte op de klap.

8

Het was donker en doodstil. De radio had zichzelf op de een of andere manier uitgeschakeld, ze wist niet hoe. De lichten waren ook uit. Nina knipperde met haar ogen. Was dit het hiernamaals? Ze had niks gevoeld, geen klap, geen pijn. Misschien wás dit het gewoon, was alles voorbij. De duisternis was allesomvattend.

Maar nee: ze zat nog steeds in de bus. Ze kon de portierhendel zien. Ze strekte haar hand ernaar uit en trok eraan. Het portier ging gewoon open, het zat niet op slot. Het was de hele tijd niet op slot geweest. Wat was er in hemelsnaam gebeurd?

Ze pakte haar tas, stapte voorzichtig uit en strompelde – haar benen weigerden haar te gehoorzamen – naar de zijkant van de spoorbaan, waar ze overgaf in een struik.

Ze vond een halflege fles mineraalwater in haar tas en dronk wat, maar niet te veel omdat ze dan misschien weer moest overgeven. Ze beefde over haar hele lijf. Nadat ze een tijdje had geprobeerd haar ademhaling onder controle te krijgen, durfde ze op te kijken. Enkele meters van de ongedeerde bus op de overgang stond de locomotief van een enorme goederentrein, hij torende boven haar uit als een levend monster. Nina dacht dat ze weer moest overgeven.

Er stond een man tegen de zijkant aan geleund, diep in en uit te ademen. Toen hij haar zag, begon hij naar haar toe te lopen.

'Wat...' zei hij. Zijn stem beefde zo dat hij nauwelijks uit zijn woorden kwam. 'Wat de f...' Hij hield zich met veel moeite in. 'Wat... wat verdomme...' Hij hapte naar adem. 'Wat ís dit, verdomme?' schreeuwde hij.

'Ik...' Nina hoorde dat haar stem brak. 'Er was een hert... en ik remde...'

'Een hért! We waren bijna dood vanwege een hért? Ben je gestoord of zo? Stomme idiote... Ben je gek geworden?'

'Ik kon niet... Ik kon niet nadenken...'

'Nee, dat klopt. Je dacht inderdaad niet na! Idioot! Kijk dan! Het is verdomme nog niet eens tien meter...'

Plotseling hoorde ze rennende voetstappen langs het spoor aankomen. Er kwam een andere man in zicht, buiten adem, de rook van de remmen van de trein wolkte om hem heen alsof het mist was.

'Wat is er?' riep hij. Hij had een accent – iets Europees, dacht Nina vaag.

'Dit stomme meidje heeft jou, mij en zichzelf, én de halve bevolking, bijna de dood in gejaagd! Stel dat de benzine was ontploft!' schreeuwde de eerste man, zijn gezicht intussen ongeveer paars van woede.

De tweede man keek Nina aan. 'Gaat het?' vroeg hij.

'Gaat het? Ze heeft verdomme de dood van zowat...'

'Ja, Jim, ja. Ik begrijp het.'

Jim schudde zijn hoofd, hij stond nog steeds te trillen op zijn benen. 'Dit is echt klote. Klote.'

De waarschuwingslichten van de overweg begonnen weer te knipperen en te klingelen en de bomen gingen weer omhoog.

'Dat horen ze niet te doen,' zei de tweede man. 'We zijn nog niet gepasseerd. Gaat het?' vroeg hij opnieuw aan Nina, die besefte dat ze niet op haar benen kon staan en zich met haar rug tegen de bus aan liet zakken.

'Ik neem contact op met de centrale,' zei de eerste man.

De tweede man was stevig gebouwd, merkte Nina ondanks alles op, had zwart krullend haar – iets te lang – vermoeid uitziende, donkere ogen met lange wimpers, hoge jukbeenderen en een lichtgetinte huid.

'Gaat het, ja?' vroeg hij nog een keer.

Nina knipperde met haar ogen, te geschokt om iets te kunnen zeggen.

'Diep ademhalen,' zei hij. 'En meer water drinken, ja?'

Ze probeerde nog wat te drinken, maar dat lukte niet. Ze hapte naar adem, boog voorover en probeerde met haar handen op haar knieën haar adem onder controle te krijgen.

'Ik dacht,' zei ze klappertandend, 'ik dacht dat ik dood was.'

'Er is niemand dood,' zei de man. 'Er is niemand dood. Jim niet en ik niet en jij niet en met de lading is ook alles goed.' Hij nam haar op. 'Je hebt het ijskoud. Kom mee. Kom!' Hij leidde haar naar de trein.

De eerste man was in de locomotief gesprongen en praatte in een radio. Hij stak zijn hoofd naar buiten.

'Ik weet niet wat ik hun moet vertellen.'

'Er is niks te vertellen! Iedereen is oké. Gin, olie, wol. Alles oké. Niemand gewond.'

'Als ik het vertel, komt er een enorm onderzoek. Politie. Dat gaat maanden duren.' Hij keek Nina grimmig aan. 'En dan zit zij zwaar in de problemen.'

'Ja, niks vertellen,' zei de tweede man.

'Ik heb het... ik heb het...' Nina kon nauwelijks praten.

Jims gezicht werd zachter. 'Ik moet wel íéts vertellen. En ze hebben al contact opgenomen. Er mag niemand weg hier.' Hij wierp een blik op Nina. 'O, in hemelsnaam...' riep hij uit. 'Kom dan maar boven voor een kop thee.'

'Ja, thee,' zei de andere man terwijl hij haar zachtjes vooruitduwde. 'Thee is hier het antwoord op alles. Kom in de locomotief! Daar is het warm.'

Nina, die niet wist wat ze anders moest doen, wankelde naar de locomotief en ontdekte dat ze er niet zelf op kon klimmen. Haar armen waren van drilpudding.

De tweede man sprong er lenig in, draaide zich om en stak zijn hand naar haar uit.

'Kom,' zei hij. Hij had een stugge stoppelbaard en harige, gespierde armen, die onder de olie zaten. Hij greep Nina's kleine hand beet en trok haar omhoog alsof ze niets woog.

Binnen was het klein, maar warm. Jim zat voor een enorm

grijs bedieningspaneel en de tweede man gebaarde dat Nina naast hem moest gaan zitten, maar in plaats daarvan zakte ze op de vloer neer en barstte in tranen uit.

De twee mannen wisselden een blik.

'Thee?' vroeg de tweede man uiteindelijk. Hij haalde een paar bekers tevoorschijn.

Jim pakte de thermosfles die naast hem stond, schonk de bekers vol en gaf er een aan Nina, die hem dankbaar aanpakte.

'Niet huilen, meidje,' zei hij. 'Drink dit maar op.'

De thee was heet en Nina begon zich iets beter te voelen.

'Het spijt me,' snikte ze. 'Het spijt me heel, heel erg.'

'O god!' riep Jim uit. 'Al dat papierwerk dat we straks krijgen! De politie is onderweg. Dat wordt eindeloos papieren invullen en verklaringen afleggen.'

'Maar geen gewonden!' zei de tweede man. 'Jij een held, Jim.'

Het bleef lang stil. De machinist zei eerst niets, maar toen gaf hij toe: 'Zo had ik het nog niet bekeken.'

'Maar u bent echt een held,' zei Nina, intussen opgeleefd. 'Absoluut! Ik dacht dat ik dood was! Maar u stopte net op tijd! U hebt mijn leven gered! U hebt mijn leven gered! U stopte net op tijd! U bent fantastisch!'

De woede van de bestuurder leek nu bijna helemaal verdwenen. Hij nam een slok van zijn hete thee.

'Het ging gewoon instinctmatig eigenlijk,' zei hij bescheiden.

'Jij komt in krant,' zei de tweede man met een glimlach en een knipoog naar Nina. 'Met foto.'

'Denk je?'

'U hebt mijn leven gered,' zei Nina nogmaals, blij dat hij niet boos meer was. 'U hebt me gered.'

Jim nam nog een slok thee en glimlachte.

'Ach,' zei hij, 'zulke dingen gebeuren nu eenmaal.'

De politie arriveerde en nam lange verklaringen af van iedereen: de machinist, Jim, die redelijk was bijgekomen van de schrik en geestdriftig aan iedereen die het maar wilde horen vertelde over het bijna-ongeluk en zijn snelle levensreddende rem-actie; de tweede man, de technicus, die Marek heette en de hele procedure probeerde te versnellen; en Nina, die helemaal ontdaan was toen haar werd verteld dat de kans bestond dat ze strafrechtelijk zou worden vervolgd.

Marek kwam tussenbeide en merkte op dat, als er iemand strafrechtelijk zou worden vervolgd, het het hert zou moeten zijn. Nina moest blazen en er werd een arts opgeroepen die zowel Jim als Nina nakeek, en toen besloten de agenten gelukkig dat er verder niets meer hoefde te gebeuren, behalve de bus van het spoor halen.

De nachttrein vanaf Inverness stond achter hen te wachten en de passagiers begonnen nogal geïrriteerd te raken. Er was geen vervangende machinist beschikbaar voor de rest van de rit naar Darlington, dus bood Marek aan om de trein in zijn eentje daarheen te rijden. Het enige probleem was dat Nina absoluut niet in staat was om de bus te besturen en geen van de anderen daarvoor verzekerd was. Een van de agenten was zo vriendelijk geweest om de bus op een parkeerhaven langs de weg neer te zetten en had er een politiesticker op geplakt, maar hoe het nu verder moest met Nina was nog steeds de vraag.

De agenten boden aan haar – net zoals Jim die nog steeds danig van slag was – weer af te zetten bij de pub, maar het was twee uur 's nachts en Nina had geen vriendelijke werkgever die een hotelkamer voor haar betaalde en zelf had ze er het geld niet voor. De tranen stonden bijna weer in haar ogen en ze knipperde hevig om niet in huilen uit te barsten, en wenste wanhopig dat ze wist wat ze moest doen.

Uiteindelijk kwam Marek met de oplossing. Hij richtte zich tot de agenten. 'De trein rijdt over Birmingham...' zei hij rustig. Ze keek hem aan en de twee agenten keken elkaar aan, niet zeker of Mareks suggestie wel volgens de regels was, maar het was wel duidelijk dat zij dan verlost waren van een groot probleem. Jim zwaaide al ten afscheid.

'Goed,' besloot een van de agenten. Hij overhandigde haar

het rapport van het ongeval. 'Nooit meer stilstaan op een spoorwegovergang, oké?'

Nina schudde haar hoofd. 'Nooit meer.'

En toen vertrok iedereen en verdwenen de blauwe zwaailichten en waren Marek en zij opeens alleen in de locomotief. Marek nam contact op met de centrale en de bomen gingen weer omlaag. Deze keer reed de trein, nu er niemand meer in de weg stond, zonder haperen over de spoorwegovergang.

Marek had erop aangedrongen dat Nina een deken omsloeg en gezorgd dat ze het zich gemakkelijk maakte op de stoel naast hem. Na alles wat ze hadden doorgemaakt zat ze een beetje te knikkebollen, maar ze kon niet in slaap vallen. Ze had nog nooit voor in een trein gezeten, als je de keer dat ze als kind een ritje had gemaakt in de Docklands Light Railway niet meerekende. De ramen waren groot en breed en hadden tot haar verrassing – hoewel ze besefte dat het geen verrassing had moeten zijn – doodnormale ruitenwissers. Terwijl het enorme gevaarte langzaam in beweging kwam en vaart begon te maken, leunde ze naar voren om alles te kunnen zien. Ze reden de donkere bossen uit en het heuvellandschap in en ze merkte dat de nachthemel niet inktzwart was, zoals ze zich altijd had voorgesteld maar bestond uit een veelheid aan donkere fluweeltinten bezaaid met sterren en een bijna volle maan. Hij lag als een donkere koepel over het land terwijl ze door de bossen en de heuvels reden; in de struiken langs het spoor lichtten waakzame ogen op en waren er haastige bewegingen, soms sprongen er konijntjes zo snel over de rails weg dat Nina naar adem hapte, maar gelukkig werd er geen een geraakt.

'Net als jij, hè?' zei Marek met een diepe stem terwijl hij oplettend achter het bedieningspaneel stond en de trein door de nacht ratelde.

'Ik schrok ervan,' zei Nina.

'En ik denk Jim zich dood is geschrokken van jóú,' zei Marek.

'Ik vind het vreselijk. Dat was natuurlijk absoluut de bedoeling niet.'

'Weet ik, weet ik,' zei Marek. Er was geen licht in de locomotief, zodat ze beter konden zien wat er buiten gebeurde. Nina kon alleen zijn profiel onderscheiden, zijn stoppelige kin tekende zich af in het maanlicht dat door het raam scheen terwijl ze door donkere stadjes en dorpen raasden.

'Wat doe je eigenlijk op weg zo diep in de nacht?' vroeg Marek. 'Jij bent niet Schots, toch?'

Nina schudde haar hoofd.

'Nee, ik kom uit Chester maar woon in Birmingham. En jij, waar kom jij vandaan?' vroeg ze uit nieuwsgierigheid.

'Letland,' bromde hij.

'Dan zijn we allebei ver van huis,' zei Nina.

Marek reageerde niet.

'Ik... ik reed de bus naar huis,' vervolgde Nina. 'Voor mijn werk.'

'Wat voor werk? Ben je buschauffeur of zo?'

'Nee... En ik rijd niet erg goed,' zei Nina. 'Ik was van... Ik wilde een boekwinkel openen.'

Marek draaide zijn hoofd even opzij om haar aan te kijken. 'Ah,' zei hij, 'een boekwinkel. Heel goed. Mensen houden van boeken.'

Nina knikte. 'Ik hoop het. Ik wilde... boeken naar de mensen brengen. Het juiste boek naar de juiste persoon, snap je?'

Marek glimlachte. 'En waar is jouw winkel? In Birmingham?'

Nina schudde haar hoofd. 'Nee. Ik dacht dat ik een winkeltje kon beginnen in... de bus.'

'In de bus? Een winkel in een bus?'

'Ja, ik weet het, misschien is het helemaal geen goed idee. Ik heb er tot nu toe weinig geluk mee.'

'Dus je rijdt rond op zoek naar mensen die een boek willen?'

'Ja.'

'Welk boek kies je voor mij uit? Geen Russen!'

Ze keek hem aan en glimlachte. 'Nou,' zei ze. 'Misschien iets over mensen die 's nachts werken. Je hebt bijvoorbeeld *Ovian Falls*. Dat gaat over een man in een oorlog die de hele nacht op wacht staat tot het signaal in de ochtend dat ze moeten aanvallen. Het gaat over alles wat er door zijn hoofd gaat voordat ze de berg over moeten om te vechten. Hij denkt aan zijn gezin en aan zijn kindertijd. Het is droevig maar ook grappig en er is een sluipschutter die het op hem heeft gemunt, denkt hij. Dat blijkt te kloppen en op een gegeven moment wordt hij beschoten. Het is een mooi en droevig en spannend verhaal; het hele leven in één nacht.'

Marek knikte. 'Ja, zo is het soms voor mij ook,' zei hij. 'Alleen is de klok de scherpschutter. Geen echte gelukkig. Maar het klinkt als precies het goede boek voor mij. Ik ga kopen, denk ik.'

Nina glimlachte. 'Echt?'

'Ja. Het lijkt een goed boek voor mij. Goed advies. Misschien kunnen we van deze trein een boekentrein maken...'

'Da's een fantastisch idee!' zei Nina. 'Maar, eh, beter maar klein beginnen.'

'Hoe moet het straks? Dan ben jij in Birmingham en staat je bus nog in Schotland.'

'Ja, ik weet het,' reageerde Nina. 'Daar moet ik iets op bedenken.'

'Lijkt me niet handig om zo een boekwinkel te runnen.'

Nina wierp een blik op hem om te zien of hij haar plaagde, maar zijn gezicht stond ondoorgrondelijk.

'Nee, niet bepaald, nee,' zei ze met een zucht. 'Maar in Birmingham kan ik mijn bus nergens parkeren. Ik krijg geen vergunning. Dus ik weet niet goed wat ik moet doen of waar ik naartoe moet. Mijn leven is een en al problemen tegenwoordig.'

Marek glimlachte droevig in de duisternis, ze zag zijn witte tanden glanzen.

'O, dus jij vindt dat je in de problemen zit?' vroeg hij.

'Nou, ik heb geen baan, mijn hele bezit staat op een parkeerhaven in een plaatsje waar ik de naam niet eens van weet, mijn huisgenoot gooit me eruit omdat ze bang is dat het plafond instort door al mijn stapels boeken en ik ben net bijna omgekomen bij een treinongeluk. Dus ja, ik zit wel in de problemen.'

Hij haalde zijn schouders op.

'Wat? Je denkt dat ik voor de grap bijna al mijn spaargeld in een bus heb gestopt die ik niet eens kan besturen?' Ze trok de deken strakker om zich heen. 'Hoe kun je nou vinden dat ik géén problemen heb?'

Marek haalde opnieuw zijn schouders op. 'Je bent jong. Je bent gezond. Je hebt een bus. Veel mensen uit mijn land zouden vinden dat je veel geluk hebt.'

'Ja, misschien wel,' zei Nina zacht.

Ze ratelden over een brug, waardoor er een groep reigers opschrok. Ze vlogen op, hun silhouetten tekenden zich donker af tegen de maan.

'Wauw,' zei Nina. 'Moet je kijken!'

'Je ziet van alles op de nachttrein,' zei Marek. 'Kijk.'

Hij wees op een klein dorp dat helemaal donker was. Er brandde maar één licht achter een raam op een bovenverdieping. 'Daar brandt 's nachts bíjna altijd licht. Wie woont daar? Kunnen ze niet slapen? Hebben ze een baby? Dat vraag ik me altijd af. Wie zijn al die mensen, wat voor levens spelen zich af achter al die ramen, en hoe aardig is het dat wij naar binnen mogen kijken. Heel genereus.'

'Ik geloof niet dat mensen echt graag naast een spoorbaan wonen,' zei Nina met een glimlach.

'O, dan zijn ze zelfs nóg aardiger,' zei Marek. Daarna vervielen ze in stilte.

Toen ze het station van Newcastle binnen reden, wilde Marek dat ze uit het zicht ging zitten omdat ze eigenlijk niet in de locomotief mocht zijn. Het was een enorme herrie op het goederenterrein, dat zo helverlicht was dat het wel dag leek; gebonk en gekletter en geschreeuw van mannen die kranen en katrollen vastmaakten aan de containers op de trein. Wol, had Marek gezegd, voor Nederland en België; whisky natuurlijk, ze kwamen tenslotte uit Schotland; olie; gin. En nu werden er goederen uit China geladen, bedoeld voor koopjeswinkels: speelgoed, peper-en-zoutstellen, fotolijstjes. Bananen en yoghurt en post en van alles en nog wat, dat vanaf de grote kades van Gateshead op vrachtwagens en treinen werd gehesen om 's nachts over het land verspreid te worden – als een netwerk van bloed in aderen – een donkere middernachtelijke wereld waar Nina nauwelijks bij stilstond als ze een theelepeltje kocht, of een pot honing of een nagelborsteltje. Het gebonk en geschreeuw gingen eindeloos door en Nina dutte in in een hoekje van de locomotief. Het was een lange dag geweest.

Ze schrok wakker toen ze door het Peak District snelden, gedesoriënteerd en met een enorme dorst. Marek glimlachte.

'Ah, ik dacht dat je voor de rest van de tijd van de wereld zou zijn,' zei hij. 'Misschien ben jij niet echt geschikt voor nachtwerk, hè? Een nachtbibliotheek is niks voor jou.'

'Wel een leuk idee, trouwens,' zei Nina dromerig. Ze was niet vast in slaap geweest, ze had gezweefd en had het gevoel gehad dat de trein door de lucht reed. 'Dan kun je de voorleesboeken naast een kinderbedje 's nachts omruilen zodat zo'n kind de volgende ochtend wakker wordt met een nieuw verhaaltje.' Ze wreef de slaap uit haar ogen en keek om zich heen. 'Sorry, ik praat onzin.'

De thee in de thermosfles was inmiddels koud, maar Marek bood haar toch een mok aan – die ze leegdronk tot op de laatste druppel.

'Waar droom je van?' vroeg Marek, met het lawaai van de locomotief in hun oren en de radio die af en toe stotterend tot leven kwam.

'O, ik sliep niet echt,' antwoordde ze.

'Nee, ik bedoel: Wat wil je doen? Voor de rest van je leven? Wat is je droom?'

Nina ging rechtop zitten. 'Nou...' zei ze, 'ik geloof... Ik wil iets met boeken, ik wil gewoon boeken om me heen. En boeken aan anderen aanraden: aan mensen met een gebroken hart of die juist gelukkig zijn in de liefde, mensen die blij zijn dat ze op vakantie gaan, mensen die moeten weten dat ze niet alleen zijn op de wereld, kinderen die dol zijn op aapjes en... nou, voor iedereen eigenlijk. En naar plekken gaan waar ze echt behoefte hebben aan boeken.'

'En dat is niet daar? Waar we waren? In Schotland?'

'Eh, ja, misschien, maar daar heb ik nog nooit gewoond en...'

'Birmingham is beter om te wonen?'

'Nee, niet echt. Ik bedoel, helemaal niet. Het is overvol en er is nergens een plek om de bus te parkeren en ze hebben er al bibliotheken en boekwinkels en zo... Niet zoveel als vroeger, maar ze zijn er nog wel.'

'Mm,' zei Marek. 'Maar je vindt Schotland niks?'

Nina dacht terug aan dat moment dat ze op de heuvel stond en over de velden uitkeek, de lage eeuwenoude stenen muurtjes, de ondergaande zon die achter een wolk verdween en toen weer tevoorschijn kwam en lange strepen trok over het enorme, lege land.

'Jawel, het bevalt me wel. Maar ik ken er niemand.'

'Je zou je boeken hebben,' zei Marek. 'En je zou mij kennen. Ik ben best vaak in Schotland. Eventjes. De meeste nachten.'

De eerste tekenen van de dageraad – verblekende sterren, een smalle streep zomers goud – begonnen zichtbaar te worden. De trein reed steeds verder zuidwaarts. De steden werden groter, het duurde eindeloos voor ze erdoorheen waren en het werden er steeds meer – met alleen de namen van de goederenstations om ze van elkaar te onderscheiden. Het verkeer werd steeds drukker terwijl het land langzaam ontwaakte en zich uitrekte.

'Waar woon jij, Marek?' vroeg Nina.

'O, in dezelfde plaats als jij, Birmingham,' zei hij, nu met een zwaar Birminghams accent.

Nina lachte. 'Dat hoor ik!' Wat een toeval dat we allebei in dezelfde stad wonen, dacht ze.

'Het bevalt me niet,' zei hij. 'Birmingham is te duur voor mij, en te druk en te snel. Ik hou meer van rust en stilte en frisse lucht, net als thuis. Ik hou van Schotland, het doet me aan thuis denken. Het is er prachtig en niet te heet.'

'Waarom ga je er dan niet wonen?'

Hij glimlachte. 'Ik ken ook niemand daar.'

In Birmingham hielp Marek haar met uitstappen en wees haar waar de uitgang was. Het was vijf uur in de ochtend, maar al best licht en bitterkoud.

Nina keek hem aan. 'Heel, heel erg bedankt.'

'Bedank Jim maar,' zei Marek. 'Dat hij is gestopt en je niet tot moes heeft gereden . En voorzichtig zijn hier, hoor. Als je straks hier een ongeluk krijgt is het allemaal voor niks geweest.'

Nina glimlachte. 'Ik zal heel voorzichtig zijn, dat beloof ik.'

Ze keken elkaar aan.

Zijn stoppels waren nog duidelijker zo 's morgens, ze waren inmiddels bijna uitgegroeid tot een baardje. Alsof hij haar gedachten las, streek hij met zijn hand over zijn kaak. Zijn donkere ogen twinkelden boven zijn hoge jukbeenderen.

'Veel geluk, boekenmeisje,' zei hij.

Nina had een enorme behoefte aan een hete douche en slaap. De zon schitterde op het metaal van de locomotief. Nina zag dat hij een naam had: The Lady of Argyll. Ze keerde zich om en zette koers naar het eindpunt van de spoorbaan – een eenvoudige houten dwarsbalk die aangaf waar de rails ophielden – en wilde eromheen lopen.

'Wacht! Boekenmeisje!' hoorde ze Marek zeggen. Ze keek om. Marek wapperde met een papier naar haar. Zijn gezicht was rood en hij leek een grote, onhandige beer. Ze fronste haar wenkbrauwen toen hij haar verlegen aankeek.

'Eh...' begon hij. 'Als je wilt... Je kunt een avond met me meerijden om terug te gaan naar je bus. We zijn niet altijd met z'n tweeën. Meestal alleen. En ik weet waar je bus staat.'

Nina zette grote ogen op. 'Mag dat dan?'

'Nee, absoluut niet,' zei hij.

'O...' zei Nina. 'Nou dan is het... Ik bedoel, dank je wel voor je aanbod, dat is echt heel erg aardig... maarre... ik wil jou niet in de problemen brengen.'

'Maak je geen zorgen,' zei Marek, die intussen knalrood was en het papier aan haar gaf. 'Maar, eh... hier.'

Nina zag dat hij er een volkomen onleesbaar e-mailadres op had genoteerd. Ze glimlachte. Er werd luid getoeterd door een van de andere treinen en Nina rende snel en lichtvoetig om het einde van de spoorbaan heen en naar buiten door een hek dat uitkwam op een onopvallende straat in een deel van Birmingham waar ze nooit eerder was geweest. Tot haar vreugde zag ze een klein arbeiderscafé op de hoek. Daar bestelde ze van haar laatste vijfpondbiljet een broodje ham en een mok hete thee. Even later zag ze van achter het raam The Lady of Argyll – nu met veel minder wagons – langzaam het goederenstation uit rijden om de reis naar Londen te vervolgen.

9

Surinder keek niet bepaald vrolijk toen ze slaperig de deur opende.

'Goede reis gehad?' vroeg ze. 'Hoe kan het dat je al weer zo vroeg terug bent?'

Nina overwoog even om haar alles te vertellen, maar zag ervan af en reageerde met: 'Lang verhaal.'

'Nou, zullen we dan maar beginnen? Ik heb een hele dag opgeofferd om al die verdomde boeken hier weg te halen.'

'Eh...' zei Nina terwijl ze zich afvroeg of er tijd was om eerst een kop koffie te maken voordat ze hierin verstrikt raakten. 'Er is een dingetje. Een soort... Nou, eh, ik kan hier niet parkeren.'

'Wat bedoel je?'

'Mijn aanvraag voor een parkeervergunning is afgewezen. De bus is blijkbaar te groot voor Edgbaston...'

'O, dáárom ben je zo snel terug... Je bent met het vliegtuig!'

'Eh... Nee...'

'Nou, in ieder geval heb je die bus niet gekocht dus. Maar Nina...' Surinder klonk gealarmeerd en zette haar lege koffiemok neer op een wankelende stapel historische romans, die prompt omviel, 'wat ga je dan met al die boeken hier doen?'

Op exact hetzelfde moment zei Nina: 'Maar ik heb hem wél gekocht.'

'Wát? Nee!' Surinder keek verward om zich heen, waarbij ze een stapel in nieuwstaat verkerende Orwells omstootte.

Nina kneep haar ogen even dicht. 'Pas op George!'

'Pas op George? Nina, wat héb je in vredesnaam? Ben je gek geworden? Waarom heb je niet eerst uitgezocht hoe het met parkeervergunningen zat voordat je dat verdomde ding kocht?'

'Ik weet het niet. Ik ging er gewoon van uit dat het geen probleem zou zijn.'

'Waarom heb je die bus in godsnaam gekocht terwijl je niet goed wist wat je deed?'

'Dat weet ik ook niet. Ik dacht... Ik was bang dat ik niet meer zou durven als ik daar te lang mee wachtte.'

'Nina!' barstte Surinder uit.

Nina had Surinder nog nooit zo woedend gezien. Ze wenste dat ze niet zo dood- en doodmoe was; de tranen verdrongen zich al achter haar ogen.

'Nina, ik heb geprobeerd geduld met je te hebben als jij een boek kocht omdat er iets misliep of een boek kocht omdat je zo blij was of een boek kocht omdat het regende, of omdat de zon scheen. Al die keren dat je thuiskwam met weer een stapeltje boeken, maar...'

Misschien, dacht Nina later (ze hoopte het meer dan dat ze het echt dacht), misschien was het Surinders schelle stem die alles in gang zette. Misschien was het niet puur en alleen haar eigen fout...

Maar zo voelde het niet toen Surinder druk gebaarde van woede en frustratie en daarbij tegen de nogal wankele trapleuning aan stootte, die onmiddellijk hard begon te wiebelen en een stapel boeken boven aan de trap raakte. Als in slow motion stortte de stapel in en gleden de boeken de trap af, tegen de volgende stapel boeken op de volgende tree aan en de volgende en de volgende enzovoort. Met een donderend geraas viel de hele zooi naar beneden – waarbij onderweg een grote vaas aan diggelen ging – en belandde met zo'n harde dreun op de vloer van de hal dat er een scheurtje in het plafond sprong.

Alles leek zich vreemd langzaam te voltrekken. Nina zag stof uit het plafond komen, een klein wit wolkje dat trillend in de lucht zweefde en in het niets verdween. Maar ze wist dat dit, wat er nu gebeurd was, niet in het niets zou verdwijnen. Voorzichtig wierp ze een blik op Surinder.

Het was de druppel. De allerlaatste. Ze hadden allebei geweten dat die in aantocht was.

'Oké,' zei Nina. 'Oké! Ik ben hier weg.'

Toen het eenmaal besloten was – of eigenlijk toen Nina het had aangekondigd en ze allebei gekalmeerd waren – was Surinder oprecht verdrietig. Ze waren al vier jaar lang huisgenoten en hadden het in het algemeen goed met elkaar kunnen vinden. Surinder zou de rest van Nina's maandhuur gebruiken om de scheur in het plafond te laten repareren, maar verbraste er onmiddellijk een deel van aan een paar flessen prosecco en een enorme zak snoep, en daar zaten ze de hele avond mee in de woonkamer om alles door te praten.

'Waar ga je wonen?' vroeg Surinder.

'Ik weet niet,' zei Nina. 'Maar ik denk dat het daar niet zo duur is. In ieder geval goedkoper dan hier. En dat komt goed uit, want ik heb bijna geen geld.'

'Wat ga je vragen voor de boeken?' vroeg Surinder.

'Dat hangt ervan af,' zei Nina. 'Ik denk dat ik de prijs bepaal op het moment dat ik de klant zie die het boek wil kopen.'

'Volgens mij mag dat niet,' zei Surinder. 'Pas je wel op dat je niet vergeet dat je geen bibliotheek meer bent en de boeken niet gewoon meegeeft?'

'Als ik op een dag ontdek dat ik geen geld meer heb om te eten, zal me dat wel lukken, denk ik.' Nina nam nog een flinke hand snoep.

'Heb je het al aan je moeder verteld?'

Nina trok een gezicht. Haar moeder maakte zich altijd ongerust over alles. Meestal was haar jongere broer Ant het onderwerp, wat Nina uitstekend uitkwam.

'Ik mail haar wel als ik haar een adreswijziging kan doorgeven.'

'Je vertelt haar niet dat je het land uit gaat?'

'Dat klinkt akelig als je het zo zegt.'

'Hm,' zei Surinder, die zowat elke dag even bij haar moeder langsging en zelden thuiskwam zonder een plastic bakje met iets heerlijks erin. Surinder vond Nina's relatie met haar moeder maar vreemd.

'Oké, oké, ik vertel het haar wel,' zei Nina. 'Geef me even de tijd om me te settelen. Dit gaat allemaal in zo'n razend tempo opeens.'

Surinder schonk hun glazen nog eens vol. 'Weet je,' zei ze samenzweerderig, 'wat voor mensen daar heel veel zitten?'

'Ja, ouwe zakken,' antwoordde Nina prompt. 'Ik weet het, ik heb daar alleen maar ouwe mannen gezien.'

'Helemaal niet!' zei Surinder. 'He-le-maal niet! Echt. Er zitten alleen maar stoere kerels.'

'Echt?'

'Tuurlijk! Midden in de natuur? In niemandsland? Boeren! Veeartsen! Misschien is er wel een militaire basis in de buurt. Hikers. Mountainbikers.'

'Hm. Nou, ik weet niet of ik mountainbikers wel leuk vind. Met die strakke jackjes met capuchons en dan maar fietsen in de regen. Nee. Niks voor mij. Bovendien ben ik liever binnen dan buiten.'

'Het was maar een voorbeeld. Geologen. Landbouwstudenten. Boomchirurgen. Mannen, mannen, mannen! Je zult verschrikkelijk in de minderheid zijn!'

'Denk je?'

In de bibliotheek hadden maar twee mannen gewerkt – Griffin en de oude Mo Singh – en acht vrouwen. En in het multimediacentrum werkten zo'n veertig vrouwen, allemaal jong, wist Nina dankzij een enthousiaste e-mail van Griffin.

'Tuurlijk! En hier is er geen een.'

'Nou, jij doet het anders best aardig met de mannen hier.'

Surinder rolde met haar ogen. Ze werd doorlopend mee uit gevraagd en had bijna nooit interesse in zo'n vent, ze klaagde dat ze veel te stads waren en dat ze niet van baarden hield.

'Watjes!' Ze wapperde even met haar hand. 'Geen stoere mannen! Nee, je zult het zien! Keus te over!'

'Ik ga niet voor de mannen,' zei Nina. 'Ik ga voor de boeken.'

'Ja, maar je zult toch niet echt vreselijk teleurgesteld zijn als er zich een paar leuke mannen aandienen?'

'Ik heb het al gezegd,' zei Nina. 'Ze zijn allemaal minstens honderd daar en zitten de hele dag in de pub. En hou op met de hele tijd "Over the Sea to Skye" fluiten.'

10

Het regende. Toen ze in Birmingham woonde, dacht Nina dat ze wel het een en ander wist over regen. Maar dat bleek niet te kloppen. Totaal niet. Als het in Birmingham regende, dook je gauw een café in of bleef je binnen in je lekkere warme huisje met centrale verwarming of ging je naar het winkelcentrum om daar fijn overdekt je boodschappen te doen.

Hier in de Highlands regende, regende, regende en regende het tot je het gevoel had dat de wolken neerdaalden en zwart en groot op je afkwamen om hun meedogenloze buien over je uit te storten.

Nina zou het niet erg hebben gevonden, maar ze moest echt terug naar de bus, die al vijf dagen ergens tussen de velden geparkeerd stond. Ze had zo veel mogelijk in haar grootste koffer gepakt en haar Mini Metro volgestouwd met dozen vol boeken tot ze nauwelijks meer iets door de achterruit kon zien. Al met al maakte het maar weinig verschil en zag je het nauwelijks af aan de hoeveelheid boeken die in het huis achterbleef, maar Surinder had een kater en was in een goede bui, Nina was vertrokken met veel knuffels en zoenen en een laatste tupperwarebakje voor onderweg en de belofte dat Surinder kwam kijken zodra het kon – dus zodra ze de auto had verkocht en een plekje om te wonen had gevonden.

Maar eerst moest ze de bus gaan ophalen. Meteen nadat ze was aangekomen, was ze naar de pub gegaan om Alasdair te vragen of er ergens een taxibedrijf was, hoewel ze eigenlijk al wist dat dat een idiote vraag was. Alasdair had verward gekeken en daarna voorgesteld dat hij kon vragen of Hugh haar een lift kon geven met zijn tractor, maar dat aanbod had ze afgeslagen. Toen was hij zo vriendelijk geweest haar een oude fiets die achter het huis stond uit te lenen.

Het was een ongelofelijk oud vehikel, een zware ijzeren bottenrammelaar met een stevig frame, drie versnellingen en een halfvergane bruine mand voorop. Het enige voordeel was dat het ding enorm zwaar trapte, zodat ze de kou al snel niet meer voelde terwijl ze fanatiek door de regen in de richting fietste van de plek waarvan ze vermoedde dat haar bus daar stond.

Toen ze de kam van de heuvel naderde, viel er even een gat in de wolken die langs de hemel joegen. Plotseling, en maar heel even, scheen er een warme baan zonlicht doorheen. Ze hief haar gezicht als een snakkende zonnebloem. Helemaal op de top stond ze stil. Ze keek om zich heen naar de wolken. Thuis zag ze die nooit, omdat ze meestal aan het zicht werden onttrokken door glas en staal en je onder het lopen bovendien je blik op de straat of op je telefoon gericht hield. Ze veegde de druppels uit haar ogen en schudde ze uit haar haren – die enorm zouden gaan kroezen door de vochtigheid, wist ze, maar wie kon dat wat schelen hier? – en plotseling werd ze beloond: het hield op met regenen, alsof zij dat had afgedwongen, en het gouden zonlicht viel weer op alle kristallen waterdruppels, natte bladeren en felgele koolzaadvelden die helemaal doorliepen naar de baai, waarboven opeens een gigantische regenboog verrees. De wolken raasden nog steeds langs de hemel en maakten een patchworkdeken van zon en schaduw op de velden eronder.

Nina ademde de ongelooflijk zuivere lucht diep in en zag rechts van haar een rode trein parallel aan de autoweg langssnellen. Ze wist dat Marek er niet in zat – het was een passagierstrein – maar desondanks sprong ze op haar fiets en racete de heuvel af, alsof ze een wedstrijd met de trein deed. Ze keek hem na terwijl hij voortraasde, naar Perth, Dundee... Misschien Edinburg, Glasgow en nog verder. Het Verenigd Koninkrijk voelde nu eens niet als dat benauwde, overvolle land zoals ze altijd had gedacht dat het was, hutjemutje, die hoek van Londen en het zuidoosten die zijn grijpgrage vingers steeds verder uitstrekte naar de wereld eromheen, het hele landschap met beton volstortte, met een koffieshop in elke straat en alle mensen opgesloten in hun peperdure rechthoekige flatjes, achter een scherm gekluisterd aan hun wifi, terwijl er nog negen wolkenkrabbers naast hen verrezen die het licht en de wolken en de lucht en het uitzicht wegnamen, en waarover niemand zich druk leek te maken omdat iedereen dacht dat dat vooruitgang was.

Ze haalde haar voeten van de pedalen en suisde omlaag terwijl ze de trein nakeek. En hoewel ze geen werk, geen pensioen, geen partner en geen geld had, alleen een krakkemikkige oude bus, had ze zich nog nooit in haar leven zo vrij gevoeld.

Ze kwam bij de overweg, totaal niet op de plek waar ze had gedacht dat hij was – en ook veel verder weg. Toen ze er eindelijk was, voelde ze zich uitgehongerd. De bus stond nog op de parkeerhaven, precies zoals ze zich hem herinnerde, behalve dat er nu een politiesticker op zat – die ze er waarschijnlijk niet af had gehaald als ze nog in Birmingham woonde voor het geval dat het haar gratis parkeren opleverde. Het bakbeest zag er in de zon een stuk minder ontmoedigend uit dan de vorige keer in het donker.

Toen ze van de fiets stapte begonnen de rode lichten te knipperen en gingen de gestreepte spoorbomen omlaag. Meteen voelde ze zich gespannen; hoe afgrijselijk was het dat ze hier op de rails was stilgevallen en bijna dood was geweest. De paniek en het gevoel van onmacht toen ze het portier niet openkreeg besprongen haar opnieuw en ze dwong zichzelf naar de trein – een klein lokaal boemeltje, maar zelfs dat leek al enorm en lawaaiig – te kijken terwijl die voorbijratelde. Ze huiverde terwijl er een wolk voor de zon schoof en ging onder een boom vlakbij staan. *Het is oké. Het is oké. Niks aan de hand. Alles is goed.* Dat moest ze zichzelf goed inprenten en ze moest zich niet laten meeslepen door haar verbeelding. Het was een bizar ongeluk en de trein was gestopt – zoiets gebeurde geen tweede keer.

Ze vroeg zich af of er nog een andere weg was die de spoorbaan níét kruiste. Dat kon bijna niet anders. Die nam ze van nu af aan altijd, nam ze zich voor, gewoon, voor de zekerheid. Maar meteen daarna gaf ze zichzelf op haar kop en besloot ze dat niet te doen: ze moest het onder ogen zien en ermee dealen. Punt.

De bomen gingen niet omhoog. Ze keek voorzichtig de rails af. En ja, veel en veel langzamer dan de passagierstrein – godzijdank, godzijdank – kwam er een lange goederentrein aan. Hij minderde vaart en ze vroeg zich af of dat was vanwege het bijna-ongeluk.

In een impuls liep ze dichter naar de spoorbomen toe. Ze had Marek niet gemaild – ze kon zijn vreemde hiërogliefen niet ontcijferen – hoewel ze wel aan hem had gedacht. Hij had heel vriendelijk tegen haar gedaan, terwijl het veel logischer was geweest als hij woedend op haar was, en hij had haar een lift gegeven – maar meer dan gewone aardigheid was dat natuurlijk niet. Hij was een stuk ouder dan zij en had ongetwijfeld een vrouw en een gezin, hier of in Letland. Maar desondanks had Nina toen ze een roman las over een donkerogige held haar gedachten laten afdwalen – kort, heel kort – naar zíjn vriendelijke donkere ogen.

Ze leunde met haar hand op de spoorboom om in de cabine van de locomotief te kunnen kijken. Het was waar, de trein begon steeds langzamer te rijden. Ze moesten nieuwe instructies hebben gekregen. En ja, ze kon een kaal hoofd zien en een brede gestalte met een blauwe overall aan. Tot haar verrassing bleek het Jim te zijn; hij moest een dagdienst hebben gekregen. Ze stak haar hand op en begon geestdriftig te zwaaien.

De trein vertraagde nog verder en Jim stak zijn hoofd uit het zijraam. Hij glimlachte, zag Nina opgelucht. Ze kon nauwelijks horen wat hij boven het gebrul van de motor uit schreeuwde maar het klonk als: 'We moeten zo langzaam rijden door mensen zoals jij!' Maar desondanks lachte hij terwijl hij dat riep en toen de wagons met containers langs haar heen begonnen te ratelen, floot de locomotief drie keer.

Nina wachtte tot de hele trein was gepasseerd – vijfenvijftig wagons telde ze – maar Marek zag ze niet. Hij had gezegd dat er niet altijd twee mensen op de trein reden; het had te maken met wat ze vervoerden. Maar, besefte ze, ze had gedacht dat hij misschien op de achterste wagon zou zitten die een soort balkon had vanwaar je de wereld achter je kon zien verdwijnen. Maar hij zat er niet.

Nina opende de laadruimte van de bus. De eerste keer dat ze in de bus had gereden, was ze gestopt op een parkeerhaven waar ze een makelaarsbord in een greppeltje had zien liggen. Ze had het in de bus gegooid. De spijker zat er nog in. In een impuls zocht ze in haar tas naar een pen – ze had altijd een pen bij zich; ze kocht ze zoals andere vrouwen lippenstiften kochten – en begon in dikke zwarte letters te schrijven: HALLO JIM EN MAREK! EEUWIGE DANK VAN NINA. XXX

Ze wist dat de kleur zou uitlopen zodra het weer begon te regenen – waarschijnlijk binnen vijf minuten. Maar desondanks sloeg ze de spijker in de boom en hing het bord op. Toen haalde ze het boek dat ze apart had gehouden uit haar tas – een boeiende geschiedenis van de Baltische staten, geschreven door een Engelse gentleman-avonturier – en wikkelde dat in een plastic zak die ze aan de spijker hing. Na een paar klapjes op de zijkant van de bus en een schietgebedje pakte ze haar sleuteltjes.

11

Nina had het geluk – en dat had ze ook wel verdiend, vond ze – dat degene die haar Mini Metro kocht, nadat ze er alle dozen met boeken uit had gehaald en die in de bus had gezet (waar ze opeens heel nietig leken; ze had echt véél meer voorraad nodig) een chic geklede boerenvrouw was die een boodschappenautootje nodig had. De vrouw wist ook iets te huur waar het blijkbaar geen probleem zou zijn als er een monster van een bus buiten geparkeerd stond.

Ze maakte zich zorgen: wat ze aan huur kon betalen was weinig; Surinder had haar ook maar een schijntje huur gerekend omdat ze zulke goede maatjes waren (voordat Nina haar huis half sloopte). Ze had wat geld van de auto en de allerlaatste resten van haar oprotpremie en was heel zuinig geweest met haar salaris – wat meestal lukte tot ze langs een boekwinkel kwam – maar ze zou het moeten doen van wat ze wist te verdienen met de boeken die ze verkocht.

Ze had de gemeente gebeld, die er geen enkel probleem mee had als ze één morgen per week hier of daar geparkeerd stond en, nog beter, haar beloofde een lijst van boerenmarkten en dergelijke te mailen waar ze een plekje kon huren. Dat leek een goed plan. Maar eerst moest ze er klaar voor zijn en daarom had ze een slaapplek nodig.

De Lennox-boerderij lag een stukje van de weg af net buiten het dorp; het was een prachtig huis dat donkeroranje was geverfd, een kleur waarvan je zou denken dat die veel te veel zou opvallen, maar die in werkelijkheid prachtig paste bij de heuvels eromheen – zelfs in het voorjaar. In de herfst moet het er werkelijk wonderschoon zijn, dacht Nina.

Volgens de vrouw die de Mini Metro had gekocht was de boerin van plan geweest een kleine schuur vlak bij het huis om te toveren in een vakantiehuisje, maar was ze plotseling vertrokken – nogal een schandaal, had de vrouw gezegd zonder er verder over uit te weiden – dus stond het nu voor langere tijd te huur. 'Of liever: het staat er te verkommeren.' Hier was duidelijk iets vreselijk misgegaan, begreep Nina, en ze hoopte dat het niet te verwaarloosd en vervallen zou zijn. Maar aan de andere kant had ze weinig keus.

Toen ze aankwam, na een ingewikkelde routebeschrijving te hebben gevolgd, zag ze er niemand. Ze had gedacht dat de bus meteen zou opvallen omdat hij a) een enorme schaduw wierp op alles waar ze langsreed en b) ze voor de zekerheid dertig kilometer per uur was gaan rijden. Maar toen ze het erf van de boerderij op reed, zag ze alleen een eenzame kip vrolijk pikkend ronddrentelen die haar met nieuwsgierige kraaloogjes aankeek toen ze parkeerde en uitstapte.

'Hallo?' riep ze. Ze was zich opeens akelig bewust van zichzelf. Ze had geprobeerd deze plek op te zoeken in Google, maar had alleen een verbleekt uitziende website gevonden waarvan de foto's er zielig uitzagen en de meeste links niet werkten. Een dode website is triest, dacht ze. Vol hoop toen hij werd gemaakt en nu langzaam aan het vergaan, wegsijpelend in het afvoerputje van Google. Net zoals het vakantiehuisje waarschijnlijk, dacht ze somber, een idee dat half was uitgevoerd en toen was opgegeven en nu wegrotte. Maar aan de andere kant kon ze ook niet in de bus overnachten.

'Hallo?' riep ze nog een keer, waarna ze naar de voordeur liep en aanbelde. Er was niemand, dat zag ze aan alles. Ze slaakte een zucht en tuurde door het keukenraam. Keurig en opgeruimd en heel kaal. Nergens stapels post of vuile vaat. Het leek wel of dít het vakantiehuisje was, maar het was toch echt de boerderij. Aan het einde van het klinkererf, achter de kip, was een garage, maar ze zag nergens iets wat op een huisje leek. Ze zuchtte en checkte het adres nog een keer. Ja, dit was het echt.

Ze keek om zich heen. Ze wist helemaal niets van boerderijen. De enige kennis die ze had, had ze opgedaan tijdens een schooluitje als kind. Ze wist dat er hekken waren die je moest sluiten, dat er overal mest lag, dat je er nooit een hond binnen moest laten en dat er schrikdraad was waarvan je een schok kon krijgen. Al die dingen maakten boerderijen op de een of andere manier best angstwekkend. Maar waar moest ze anders een plek vinden om te wonen? Ze kon zich zelfs de pub niet lang meer veroorloven.

De bergen aan de overkant schitterden in de zon, hoewel het een kille dag was. Nina had haar winterjack aangetrokken en daar was ze nu blij om, hoewel het technisch gezien lente was. Ze trok het strakker om zich heen en probeerde te bedenken wat ze moest doen.

Een halfuur later zat ze met de radio aan voor in de cabine en was ze totaal verdiept in *Fair Stood the Wind for France*, toen er hard op het raampje werd getikt. Ze schrok op en knipperde met haar ogen, wat ze vaak deed als ze werd gestoord terwijl ze helemaal in een boek verzonken zat – dan was ze niet meteen terug in de werkelijkheid.

Naast de bus stond een nogal nors uitziende man met een pet op zijn donkerbruine krullen. Nina draaide het raampje omlaag.

'Eh, hallo,' zei ze, plotseling verlegen.

'Je kunt hier niet zomaar gaan staan! Het is geen camping!' blafte de man.

Nina keek hem een beetje geschokt aan. 'Ja, dat weet ik,' zei ze. Ze trok aan de hendel om het portier open te maken en de man deed onwillig een stap naar achteren. Toen ze uit de bus sprong, besefte ze dat hij uitzonderlijk lang was en een flinke stok in zijn handen had. Hij was nogal imponerend.

'En ik verwacht ook geen leveringen. Ben je de weg kwijt?'

Nina wilde bijna zeggen dat hij geen idee had wat een pijnlijke vraag dat was op dit moment in haar leven, maar stak in plaats daarvan haar kin naar voren.

'Ik kreeg te horen dat ik hierheen moest omdat er een appartementje te huur stond,' zei ze. 'Ik dacht dat u ervan wist.'

Het was even stil. Toen ging zijn hand naar zijn voorhoofd.

'O ja,' zei hij bars. 'Dat was ik helemaal vergeten.'

Het was weer even stil terwijl Nina wachtte op een excuus – dat niet kwam.

'Proberen mensen vaak hier te gaan staan om te kamperen?' vroeg ze terwijl ze een steentje wegschopte.

'Aye,' zei hij. 'Meestal vind ik het geen probleem, als ze het eerst vragen. Of eh... Het hangt ervan af.'

'Van of ze aardig zijn of niet?' vroeg Nina in een poging een glimlachje op zijn gezicht te toveren.

De man gaf geen antwoord, hij slaakte alleen een zucht.

'Wil je het appartementje zien?'

'Eh, ja graag.' Ze stak haar hand uit. 'Nina Redmond.'

De man nam haar op en pakte haar hand. De zijne was sterk, groot en ruw, een werkhand.

'Lennox,' zei hij kortaf.

'Zoals Lewis?' vroeg Nina spontaan. Hij keek zo mogelijk nog barser. Hij was, besefte ze, jonger dan ze in eerste instantie had gedacht.

'Wat je wilt en zeg maar "jij",' zei hij met een vet, melodieus accent en Nina had meteen spijt dat ze het had gevraagd.

'Goed,' zei hij. 'Loop maar mee.' Hij beende met grote stappen over het erf; de kippen die naar buiten waren gekomen toen ze hem hoorden, fladderden alle kanten op.

Een meter of twintig van het huis, weggestopt aan het einde van een platgetreden pad dat Nina nauwkeurig bekeek maar waarvan ze dacht dat de bus het wel aankon, stond een stenen gebouwtje.

'Het is geen probleem als ik de bus hier parkeer?' vroeg ze nerveus.

'Waar heb je in vredesnaam zo'n enorme bus voor nodig?' vroeg Lennox. 'Je bent piepklein.'

'O, en waarom kunnen kleine mensen niet in grote bussen rijden?' vroeg Nina boos. 'En trouwens, mijn lengte is doodnormaal. Jíj bent abnormaal lang.'

'Nou, ik heb in ieder geval geen trap nodig om in mijn bus te stappen.'

'En ik hoef tenminste niet met een kussen op mijn hoofd te lopen omdat ik anders overal mijn hoofd stoot,' zei Nina. Het was vreemd bevrijdend om onbeschoft te doen tegen iemand die daarmee was begonnen. Over het algemeen was ze niet zo brutaal.

'Hm,' bromde hij. 'Je kunt hem hier parkeren. Als je dat voor elkaar krijgt.'

'Ik hoop dat dat geen seksistische opmerking was?' vroeg Nina.

'Nee,' zei Lennox. 'Eh... Ik weet het niet. Moeilijk te zeggen tegenwoordig.'

Nina keek naar de modderige helling naast het gebouw. 'Ik weet zeker dat het geen enkel probleem zal zijn,' zei ze op een toon alsof ze overliep van zelfvertrouwen.

'Je kunt hem waarschijnlijk beter in de versnelling laten staan. Wat je natuurlijk al wist, aangezien je zo bedreven bent in alles,' voegde Lennox er haastig aan toe.

Nina liep naar het gebouw toe om het te inspecteren. Het zag eruit als een schuur.

'Heb je een sleutel?' vroeg ze.

'O, ja, de sleutel,' zei Lennox vaag. 'Daar had ik nog niet aan gedacht. We doen weinig op slot hier.'

'Want als ik het huur, heb ik wel een sleutel nodig.'

Lennox kneep zijn ogen half dicht tegen de zon. 'Ik weet zeker dat ik die wel kan vinden... Ik moet hem ergens hebben.'

De schuurdeur was van dikke planken gemaakt. Het zag er allemaal weinig uitnodigend uit. Nina was plotseling bang dat er helemaal niets verbouwd was, dat het gewoon een ouwe schuur zou zijn met stro op de grond, balken waardoor je de hemel kon zien en één setje bestek. Wat altijd verrukkelijk had geleken als ze er in *Heidi* over las, maar nu waarschijnlijk een stuk minder leuk zou zijn. Ze haalde diep adem terwijl Lennox de deur openduwde en om de hoek naar de lichtknop tastte, die hij omzette.

'O gelukkig,' zei hij. 'Ik wist niet meer of we de elektriciteit hadden aangesloten of niet. Maar blijkbaar wel dus.'

Nina liep achter hem aan. Het rook een beetje muf, zoals het ruikt als ergens lang niet is gewoond, en het was kil. Maar dat merkte ze allemaal niet. Ze merkte er helemaal niets van.

In plaats daarvan deed ze nog een stap naar voren en staarde. Er waren enorme ramen aangebracht in de zuidmuur van het huisje, de kant die tegenover de voordeur lag zodat je de boerderij of de weg of de bergen in het noorden niet kon zien, maar uitkeek over kilometers golvende heuvels, onderbroken door lage stenen muurtjes, plukjes schapen, weilanden vol wilde bloemen en een lange rivier met een bultig bruggetje erover; het leek wel een reclame voor brood.

Het enige wat ze hoorde was een zacht gemekker, terwijl er op het kleine grasveldje voor de ramen een kip rondscharrelde.

'O, mijn god!' riep ze uit. 'Dit is geweldig!'

Toen herinnerde ze zich dat ze weinig huur kon betalen.

'Ik bedoel... Het is... Dit moet geweldig veel werk geweest zijn,' zei ze een beetje stijfjes. Ze liep verder de kamer in. Het was nergens voor nodig dat hij het licht had aangeknipt; de zon was tevoorschijn gekomen en vulde het appartementje met licht. Ze had wel languit op de vloer willen gaan liggen om zich er als een kat in te koesteren.

Het was geen grote ruimte. In een hoek stond en gezellig houtgestookt fornuis, tegen de ene grijze stenen muur een rij keukenkastjes en aan de muur daartegenover hingen boekenplanken. Er was een wenteltrap die naar een mezzanine met een enorm tweepersoonsbed en een badkamer leidde, allebei met grote ramen die uitzicht boden over de heuvels.

Het was een wonder. Een heerlijk toevluchtsoord, zo mooi, dat had ze nooit durven dromen. Ze had nog nooit zó graag ergens willen wonen.

Deze schuur was met de grootste aandacht voor details ontworpen, maar ze schatte Lennox totaal niet in als het interieurdesigntype, ook al kende ze hem maar net.

'Eh...' begon ze voorzichtig terwijl ze de houten wenteltrap afliep. 'Verhuur je dit vaak?'

Lennox keek om zich heen alsof hij al een jaar niet in het appartementje was geweest (wat inderdaad zo was).

'O nee...' zei hij. 'Nee, ik heb het nooit verhuurd. Ik heb niet echt tijd voor al die onzin. Nee, het was...' Hij zweeg even. 'Eh... Mijn vrouw deed al die dingen. Binnenkort mijn ex-vrouw.'

De pijn die in die paar woorden doorklonk zorgde ervoor dat ze voorzichtig was met wat ze zei.

'O,' zei ze zacht. 'Oké.'

Lennox keerde zich om. 'Nou,' zei hij met een zwaai van zijn arm waardoor hij bijna een lamp van een tafeltje af sloeg, 'dit is het. Dus als je het wilt...'

'Eh...' zei Nina. 'Hoeveel...'

Lennox slaakte een zucht. 'God, ik heb geen idee...' zei hij. Toen noemde hij een bedrag dat nog lager was dan Nina had gehoopt.

Ze kon haar vreugde nauwelijks verbergen en voelde zich opeens een beetje schuldig dat ze het appartementje kon huren voor een veel lagere prijs dan het waard was. In Birmingham zou het bedrag nog niet eens voldoende zijn voor een kamer in een studentenhuis. Toen keek ze om zich heen en besefte ze dat hij ongeveer veertigduizend schapen had en zoveel kippen dat hij niet eens in de gaten hield waar ze allemaal liepen – en dus waarschijnlijk geld genoeg. Wat had hij nog nodig? Een nieuwe pet?

'Eh, dat lijkt me goed,' zei ze voorzichtig, met plotseling herinneringen aan de laatste keer dat ze op zoek was geweest naar een woning in Birmingham: alleen maar vreselijke plekken met vochtvlekken op de muren voor een fortuin, met rare mensen, totdat ze het geluk had gehad dat ze bij Surinder terecht was gekomen. 'Ja, heel graag,' zei ze nadrukkelijker.

'Oké.' Lennox haalde zijn schouders op. 'Ik zal je de sleutels geven als ik ze heb gevonden.'

'Ja, ik heb wel sleutels nodig.'

'En de hoofdkraan opendraaien en zo...' Hij gebaarde vaag met zijn hand. 'En andere dingen die je nodig hebt. Heb je lakens? Daar hebben we enorme stapels van. Kate... Ze was van plan alle gebouwen van de boerderij op te knappen. Ze was er heel enthousiast over.' Hij slikte moeizaam. 'Toen viel ze voor de interieurarchitect. Ik wist niet eens dat die vent van vrouwen hield. Maar in elk geval...'

Nina merkte een prachtig schilderij op aan de wand. Het was donker en somber en paste helemaal niet in het keurige interieur.

'Het spijt me dat te horen,' zei ze terwijl ze zich afvroeg hoe het schilderij daar was terechtgekomen.

'O, nou...' zei Lennox. 'Het is tijd om het achter me te laten, schijnbaar. Die vervelende Marilyn Frears uit het dorp schijnt dat in ieder geval te vinden. Ze zeurde erover aan de telefoon, en had het maar over verder gaan, iemand in het appartementje laten...' Hij zweeg plotseling, blijkbaar vond hij dat hij al te veel had gezegd. 'Waarmee ze jou natuurlijk bedoelde...'

'Bedankt, ik beloof je dat ik er goed voor zal zorgen.'

Lennox tuurde plotseling ingespannen naar de deur en zette zijn hand boven zijn ogen.

'Rolt je bus nou van de heuvel af?'

'Wat?' riep Nina uit. 'Nee! Ik heb de handrem erop gezet. Dat kan niet! Ik weet het zeker!'

'Dat ding kan maar beter geen van mijn kippen doodrijden!'

'Mijn bus!' schreeuwde Nina en ze rende de voordeur uit en spurtte zo hard ze kon op haar rubberlaarzen de heuvel af.

'Weg daar!' schreeuwde Lennox die achter haar aan racete en haar al snel inhaalde met die lange benen van hem. 'Weg van die bus!'

De bus maakte steeds meer snelheid en reed op een greppel af langs de rand van het veld. Snel en zonder moeite sprong

Lennox in de cabine – godzijdank heb ik hem niet afgesloten, dacht Nina – en trok de handrem zo hard aan dat Nina een brandlucht rook terwijl ze nog maar halverwege het erf was. Het was stil. Een kip hupte snel weg. Ze zeiden geen van tweeën iets.

Toen liep Nina naar hem toe. 'Die bus van me heeft een doodswens, lijkt het,' zei ze ongelukkig. 'Hij probeert zelfmoord te plegen. Soms met mij erin en soms helemaal uit zichzelf. Misschien rust er een vloek op.'

Lennox klom met een gefronst voorhoofd uit de bus. 'Je zult er beter op moeten letten. Wat betekent dat je de handrem nooit moet vergeten.'

Nina werd knalrood. 'Sorry,' zei ze. 'Ik heb kortgeleden een ongeluk gehad, of liever gezegd: een bijna-ongeluk, en toen kreeg ik de handrem niet omlaag en daarom ben ik een beetje bang hem aan te trekken.'

'Ik vraag me af of je aversie tegen handremmen hier handig is,' merkte Lennox op. 'Als je dat ding op mijn terrein wilt parkeren, doe het dan ook zoals het moet.'

'Oké. Ja. Sorry.'

Lennox keek nog eens in de cabine. 'Wat heb je achterin? Boeken?'

'Mm-mm.'

'Je hebt een bus vol boeken?'

'Nou, nog niet vol,' zei Nina. 'Maar dat is wel het plan, ja. Lees je graag?'

Lennox haalde zijn schouders op. 'Ik zie de zin er niet van in.'

Nina's wenkbrauwen schoten omhoog. 'Echt niet?'

'Nou, ik heb de *Farmers Weekly* en spel die elke week uit. Ik kán lezen, namelijk,' zei hij alsof ze hem ervan had beschuldigd analfabeet te zijn.

'Ja, dat nam ik aan, ja. Maar je leest nooit voor je plezier?' vroeg ze.

Hij bekeek haar. Zijn ogen, met rimpeltjes in de hoeken, staken blauw af tegen zijn zongebruinde gezicht, de uitdrukking erin was nietszeggend. Nina vroeg zich af of het moeilijk voor hem was geweest om haar het appartementje te laten zien dat duidelijk met zoveel liefde en zorgvuldigheid was verbouwd. En hij zag er inderdaad niet uit als een man die ooit iets deed voor zijn plezier.

'Ik heb nooit begrepen,' zei hij hoofdschuddend, 'waarom iemand de moeite neemt nieuwe personages te verzinnen in deze wereld terwijl er al miljoenen sodemieters zijn die me geen zier interesseren.'

Nina was de rest van de dag bezig met verhuizen nadat ze Lennox een maand huur vooruit had betaald. Hij had de envelop met geld nors van haar aangepakt en was toen verdwenen – helemaal tot achter de horizon, waardoor Nina zich afvroeg tot hoe ver zijn land eigenlijk doorliep. Ze pakte haar magere bezittingen uit en borg die op in de ingebouwde kasten – prachtig, veel te prachtig nu ze erover nadacht, voor een eenvoudig vakantiehuisje. Ze konden niet hebben verwacht dat ze deze investering ooit terug zouden verdienen. In nog geen honderd jaar. Ze vroeg zich af of de mysterieuze Mrs. Lennox eenvoudigweg excuses had gezocht om de hulp van de interieurarchitect in te roepen.

Ze streek over de zware gevoerde gordijnen, keek uit over de prachtige velden en vroeg zich af met wat voor vrouw Lennox getrouwd was geweest. Misschien had ze gewoon verlangd naar de stad, net zoals Nina in haar kleine kamertje in Edgbaston dat uitkeek op de lange straat en de huizen aan de overkant, had gedroomd van weidse vlaktes en frisse lucht. Misschien hadden ze beiden de hele tijd het verkeerde leven geleid. Dat was een vreemde gedachte. Ze keek naar de kwaliteit van de lichte eiken vloer, het bad op pootjes in de badkamer en het enorme bed dat bijna net zo breed als lang was en glimlachte wrang in zichzelf. Ja, Mrs. Lennox en zij waren vrijwel zeker totaal anders. Elkaars tegenpolen. Maar voor één keer had Nina eens geluk gehad.

12

Nadat ze haar weinige bezittingen had uitgepakt, wist Nina niet goed wat ze met zichzelf aan moest. Toen viel haar blik op de bus en besefte ze dat die een flinke poetsbeurt nodig had. Het probleem was, drong tot haar door, gewend als ze was om snel even haar Mini Metro'tje te pakken, dat ze als ze nu ergens heen wilde, met die enorme bus moest, een bakbeest dat te groot was voor ongeveer de helft van de dorpsstraatjes. Even overwoog ze de huur van Edwins fiets te verlengen, maar toen vermande ze zich en sukkelde met een kilometer of vijftien per uur in de bus naar het dorp.

Ze was er niet helemaal zeker van of de bus en zij elkaar wel vertrouwden. Onder het rijden peinsde ze erover hoe ze de rest van de boeken vanuit Birmingham naar Schotland moest krijgen. Natuurlijk kon ze erheen rijden om ze op te halen, maar het was zo'n ongelofelijk eind en ze wist niet of ze dat al aandurfde, vooral na haar bijna-doodervaring de vorige keer dat ze op weg was naar Birmingham.

In het dorp was een kleine kruidenierswinkel met een schattige lichtblauwe gevel. Toen ze er binnenstapte, klingelde er een belletje boven haar hoofd en werd ze nors begroet door de vrouw achter de toonbank. Hoewel het winkeltje klein was, leek het echt alles te verkopen.

Nina bekeek de in papier verpakte lamskarbonaadjes. Er stond LENNOX BOERDERIJ op. In Birmingham kwam haar vlees meestal van de supermarkt, en was het verpakt in plastic. Dit was nieuw. Er was ook kip. Ze dacht aan het vrolijke kippetje dat voor haar nieuwe raam rondscharrelde. Natuurlijk, hield ze zichzelf voor, had dat beestje een veel beter leventje dan elke kip die ze ooit had gekocht, maar toch besloot ze het te houden bij bloemkool met een kaassausje. De keus aan lokaal gemaakte kaasjes was ruim, de meeste had ze nog nooit eerder gezien. De vrouw zag dat ze ernaar stond te kijken.

'Kan ik je helpen?' vroeg ze. 'Ik weet dat het nogal ingewikkeld kan zijn.'

'Ik ben hier nieuw,' zei Nina met een glimlach.

'O, dat weet ik!' zei de vrouw. 'Ik ben Lesley. Jij hebt Wullies bus om de een of andere rare reden gekocht terwijl je er niet eens in kunt rijden en je woont in Lennox' geheime paleisje.' Ze lachte nogal ingenomen met zichzelf. Het was een kleine, nette vrouw met een doorgroefd, strak gezicht.

'Geheime paleisje?' vroeg Nina.

'Ja, zeker! Niemand heeft het daar ooit gezien sinds Kate weg is. Hoe ziet het eruit? Ik heb gehoord dat ze er een vermogen aan heeft uitgegeven, ze heeft zelfs mensen helemaal uit Edinburgh laten komen; zelfs Inverness was niet goed genoeg!'

'Oké,' zei Nina.

'Nou?' Lesley sloeg haar armen over elkaar. Blijkbaar moest je in haar winkel niet alleen met ponden betalen maar ook met roddels.

'Het is heel mooi,' zei Nina. 'Bijna helemaal van glas aan de voorkant met een prachtig uitzicht en een kleine mezzanine om op te slapen.'

Lesley slaakte een zucht. 'Dat klinkt goed. Is het geïsoleerd?'

'Dat heb ik niet gevraagd.'

Lesley staarde haar aan. 'Je hebt een huis gehuurd zonder te weten of het geïsoleerd is? Nou, het is wel duidelijk dat je uit het buitenland komt.'

Nina had zichzelf nooit als een buitenlander beschouwd.

'Er is een houtkachel,' zei ze hoopvol.

Lesley keek haar aan. 'O, dan is het goed,' zei ze, maar ze lachte erbij op een manier die Nina een ongemakkelijk gevoel gaf.

Nina zocht allerlei schoonmaakmiddelen uit.

'Waar heb je dat allemaal voor nodig?'

Ze had zichzelf bezworen dat ze de producten van de streek in de winkels in het dorp zou kopen, maar ze merkte dat ze nu al van het idee begon af te stappen.

'Het is voor de bus.'

'Wat ben je daar überhaupt mee van plan? Je ziet er niet bepaald uit alsof je een goede verhuizer zou zijn.'

'Wat ik ermee van plan ben...' begon Nina nogal timide. Ze dwong zichzelf om harder te praten. Dit was haar leven nu, ze moest van zichzelf overtuigd zijn, hoewel ze zich een klein verlegen kind voelde – wat vaak zo is als je alles, werkelijk alles, in je eentje moet doen. Ze ademde diep in. 'Wat ik ermee van plan ben, is een mobiel boekwinkeltje beginnen. Ermee naar plaatsen rijden waar er geen is – zoals hier.'

Lesleys wenkbrauwen gingen omhoog. 'Echt?'

'Eh... ja,' zei Nina terwijl ze rondkeek in de winkel voor het geval dat Lesley al een volledig ingerichte boekenafdeling ergens achterin had en niet blij was met de concurrentie.

'Heb je de nieuwe E.L. James?'

'Helaas niet,' zei Nina verontschuldigend. 'Maar die kan ik bestellen! En volgens mij heb ik ook iets wat u misschien nog wel mooier vindt.'

Lesley keek wantrouwend. 'Dat betwijfel ik.'

'Nou, ik denk van wel. Echt!'

'Ik wéét wat ik mooi vind,' zei de vrouw.

Nina keek omlaag en zocht geld in haar portemonnee. 'Nou, eh, hopelijk zie ik u daar toch een keer.'

Buiten bleek er een groepje mensen om de bus heen te staan. Toen ze de laadruimte opende om haar boodschappen erin te zetten, keken ze nieuwsgierig naar binnen. De boeken stonden nog onuitgepakt in dozen, maar de mensen staken hun handen uit om ze op te pakken en te bekijken.

'Eh... hallo iedereen,' zei Nina verlegen, met haar eigen handen vol schoonmaakmiddelen.

'Is dit de nieuwe bibliotheek?' vroeg een oudere vrouw met een boodschappenkar. 'Die hebben we nodig, een nieuwe bibliotheek.'

De meeste oudere dames knikten instemmend.

'Ik vrees van niet,' zei Nina. 'Het wordt een winkel.'

'Maar het is een bus.'

'Ja, een boekwinkel in een bus,' zei Nina.

'Ik mis die bibliotheek.'

'Ik ook.'

Nina kneep haar ogen even dicht. 'Nou, als alles klaar is, heb ik een heleboel leuke boeken voor jullie.'

Er bleef een jonge vrouw met een buggy naast de bus stilstaan.

'Hallo! Verkoop je boeken?' vroeg ze opgewekt. 'Heb je ook kinderboeken?'

'Natuurlijk!' zei Nina terwijl ze zich overboog naar de buggy. 'Hallo kleintje!'

'Dit is Aonghus,' zei de vrouw. Ze kneep haar ogen tot spleetjes. 'Ik weet dat je ze moet voorlezen, maar hij vindt het oersaai en kruipt weg of probeert in iets te bijten. Meestal is het bijten.'

Aonghus lachte en liet zijn doorkomende tandjes zien.

'Hij scheurt alle boeken aan flarden,' vertelde de moeder. 'Iemand vroeg of we een hond hadden en ik zei bijna "ja"!'

'Heb je stoffen boekjes geprobeerd?'

'Ja,' zei ze somber. 'Die eet hij gewoon op. Dus zijn we weer terug bij karton. Dat is tenminste te hard om door te slikken.'

Nina glimlachte. 'Wacht even,' zei ze. 'Ik ken iemand die exact hetzelfde probleem had.' Ze sprong in de bus en kwam er even later weer uit met een bijna gaaf exemplaar van *Don't Bite Me.* Het was een enorm succesvol kartonnen boekje over allerlei beesten met tanden die kinderen aanmoedigden hun eigen tanden aan te wijzen in plaats van ze te gebruiken.

'Wat is dat voor een boekje?'

'Nou, je moet er heel veel in aanwijzen. Misschien bijt hij niet meer zoveel als hij de tanden moet aanwijzen.'

'Of hij bijt in zijn eigen vingertje,' zei de vrouw hoopvol.

'Dat is een goede leerschool. Bedankt! Ik neem het! Ik heet Moira, trouwens.'

'Leuk jullie te ontmoeten, Moira en Aonghus,' zei Nina terwijl ze zich realiseerde dat ze voor in de boeken een prijs moest zetten. 'En jullie onzichtbare hond, natuurlijk.'

Moira betaalde en gaf het boek opgetogen aan Aonghus, die het meteen hongerig in zijn mond stak.

'Misschien kun je het beter in je tas doen tot je kunt beginnen met aanwijzen,' opperde Nina.

Ze keek Moira glimlachend na en toen was het alsof de sluizen waren opengezet en verkocht ze haar hele voorraad Georgette Heyer en Norah Lofts aan een groepje oude dames, die bleven klagen dat het zo erg was dat de bibliotheek er niet meer was.

Toen ze eenmaal thuis was en de bloemkool met kaassaus had gemaakt (waarna ze zich meteen voornam het pas weer te maken als ze een aparte keuken had of alle deuren en ramen kon openzetten), begon ze aan het schoonmaken van de bus. Tevreden bedacht ze dat ze snel een manier moest bedenken om de rest van de boeken naar Schotland te krijgen, want het leek erop dat haar plan best wel eens zou kunnen werken!

De volgende dag stond Nina voor de ramen in haar huis te genieten van het uitzicht over de velden, waar behendige auerhoenen en zelfs af en toe een valk duikvluchten maakten. Het stikte er van de vogels. En er was zoveel hemel. Er hingen grijze wolken boven de zee die snel naderbij kwamen, ze joegen elkaar na. Er priemde een baan zonlicht tussendoor. Ver weg regende het, een wazige nevel, alsof het land van de buurman werd besproeid. Later op de avond verscheen er een lichtroze lijn aan de horizon, achter de veelkleurige lappendeken van de akkers, de weilanden en de rest van het land. Elke keer als ze boven op Kirrin Hill was, sprongen de koolzaadvelden in het oog, die haast te felgeel afstaken tegen de blauwe stukken hemel. Ze had het gevoel dat het weer voor haar ogen ontstond; de hemel was een enorme koepel van kalm verglijdende en wild wervelende wolken.

Wat betekende dat je meestal een extra trui nodig had, besefte ze. En een jack. Maar dat was het waard.

Het was tijd om naar de spoorwegovergang te gaan. Surinder was er heel duidelijk over geweest tijdens hun laatste met wijn overgoten avondje: ze moest haar angsten overwinnen en gewoon doorgaan met alles. Ze was vreselijk geschrokken en het was dramatisch, maar daar mocht ze haar oren niet naar laten hangen. En daarbij was Nina ook nieuwsgierig – alleen dat, verder niets – of Marek en Jim haar tasje van de boom hadden gepakt.

Het was stom en ze moest er niet te lang bij stilstaan. Iedereen kon dat tasje hebben gepakt. En ze zouden sowieso niet naar buiten moeten leunen in een trein. Ze had al genoeg schade aangericht. Maar desondanks minderde ze voorzichtig vaart en parkeerde de bus op de parkeerhaven vlak voor de spoorwegovergang. Het tasje was weg. Dat betekende natuurlijk niets. Maar, merkte ze plotseling op, er hing een ander tasje, felgeel, aan een ver uitstekende tak.

Stilletjes glimlachend klauterde ze tegen de zijkant van de boom op en dacht terug aan de dagen dat ze als kind in de appelboom klom om in alle rust te kunnen lezen. Ze werkte zich tegen de stam omhoog tot ze een van de lagere takken kon grijpen, trok zichzelf een beetje op en kroop naar de gele tas. Toen ze dichterbij was, kon ze zien dat er NINA op stond, in grote vierkante letters. Met een groeiend gevoel van opwinding boog ze zich naar het tasje toe en maakte het los.

Er zat een poëziebundeltje in, in het Russisch en in het Engels, van een schrijver van wie Nina nog nooit had gehoord: Fjodor Tjoetsjev. Ze glimlachte verheerlijkt. Het was een gebonden exemplaar met versleten stofomslag. Er stond geen naam in.

Voorin zat een klein briefje van Jim met daarin een beetje nors: '*Ik hoop dat alles goed is met je, na alles. Nog een keer sorry voor al mijn geschreeuw. Was erg geschrokken. Marek zegt dat we het misschien kunnen goedmaken door wat spullen van je mee naar Schotland te nemen. Laat maar weten.*' En eronder een e-mailadres.

Plotseling kwam de zon achter een voortsnellende wolk vandaan. Hij scheen warm op Nina's rug, het voelde verrukkelijk. Ze schoof naar achteren op de tak tot ze comfortabel tegen de stam aan leunde en begon te lezen.

Geen woord, kruip weg en ongestoord
Blijft wat jij voelt, wat jou bekoort –
En stil als sterren in de nacht
Komen, en gaan steeds even zacht,
Heel diep in jou je dromen voort,
Bewonder ze – en zeg geen woord.

Ze staarde lang naar het eerste gedicht terwijl ze gedachteloos een blad tussen haar vingers fijnwreef. Wat bijzonder dat iemand die ze zo kortgeleden had leren kennen, en onder zulke uitzonderlijke omstandigheden, exact begreep hoe ze zich voelde. Of beter gezegd: wist hoe hij haar zich beter kon laten voelen.

Het gedicht zag er in het Russisch net zo betoverend uit, hoewel het volkomen onbegrijpelijk was.

Молчи, скрывайся и таи
И чувства и мечты свои –
Пускай в душевной глубине
Встают и заходят оне
Безмолвно, как звезды в ночи –
Любуйся ими – и молчи.

Ze las het gedicht nog een keer en voelde zich een beetje wegzinken in de warme, veilige haven van de grote eik. Ze waarschuwde zichzelf dat ze niet moest indutten, maar het was zo heerlijk stil. Het gezoem van bijen in de wilde boshyacinten en af en toe de roep van een stern hoog boven de bomen waren het enige wat ze hoorde, en ze voelde een bijzondere innerlijke vredigheid.

Tuuut!

Ze schrok op van een claxon en kukelde bijna van de tak.

Tuuut!

Onder haar stond een grote, arrogant uitziende Land Rover die meer dan de helft van de weg in beslag nam. Ze had toch genoeg ruimte overgelaten zodat hij erlangs kon? Wat was het probleem dan?'

'Het gaat best!' riep ze omlaag, maar zonder resultaat. De Land Rover claxonneerde weer. Nina was woedend en had het liefst iets naar beneden gegooid – een eikel of zo, hoewel het daar niet het juiste seizoen voor was. De vogels vlogen op door het afschuwelijke getoeter dat de stilte verscheurde omdat een of andere stomme automobilist bang was om zijn zijspiegel te beschadigen.

Ze liet zich kwaad langs de stam omlaag zakken.

'Niks aan de hand,' riep ze door het ongeopende raampje. 'Je kunt er makkelijk langs. Zo groot is die bus niet!'

Het gezicht dat haar aankeek stond grimmig.

'Nou, ten eerste, is hij wél groot. Hij is enorm.'

Nina besefte te laat dat het Lennox was, haar nieuwe huisbaas, die de Land Rover bestuurde, wat haar paradoxaal genoeg nog kwader maakte. Dit was verdomme zíjn platteland, waarom moest hij dat per se verpesten?

'En ten tweede is die tak waarop je zo languit zat te relaxen helemaal doorgerot. Zie je dat niet?'

Nina keek omhoog en zag dat de bast afbladderde en er groene zwammen uit het kale hout onder de tak ontsproten.

'Hij gaat dood,' zei Lennox, zijn gezicht nog steeds koppig.

'O, dat wist ik niet,' zei Nina.

'Da's duidelijk,' snoof hij. 'Als die tak breekt en je weer op de rails belandt, verdien je een prijs voor roekeloos gedrag. Wat moest je in vredesnaam zo hoog in die boom?'

Nina haalde haar schouders op en hield het boek tegen zich aan. 'Niks.'

'Ik bedoel, er is geen tekort aan bomen hier.'

'Nou, misschien was dit nou net de boom die me beviel.'

Het was even stil en Lennox keek een beetje ongemakkelijk, leek het. Hij wreef met zijn hand over zijn nek.

'En, lukt het allemaal met de boeken?'

Nina keek naar de gedichtenbundel in haar hand. 'O,' antwoordde ze een beetje beschaamd, 'ik moet er meer haast mee maken eigenlijk, maarre... ik kan de huur betalen, hoor!'

'Dat bedoelde ik niet,' zei Lennox, terwijl hij heel licht bloosde. 'Ik heb gehoord dat de vrouwen in het dorp helemaal enthousiast zijn dat je er bent. Ik geloof dat ik de enige ben die het een dom idee vindt.'

'Hoezo? Dacht je dat alleen vrouwen lezen of zo?' vroeg Nina, nog steeds boos. 'Vrouwen vinden mannen die lezen juist ontzettend aantrekkelijk.'

Ze maakte zich meteen zorgen dat ze te ver was gegaan, toen hij uit de Land Rover stapte en zonder haar aan te kijken naast haar ging staan en in de verte staarde. 'O ja?' vroeg hij nors. Toen zuchtte hij diep en knipte met zijn vingers. Meteen sprong er een zwart-witte hond achter uit de auto, die naast hem ging staan. Lennox liet zijn hand zakken en begon het beest automatisch achter de oren te krabbelen. Nina betrapte zichzelf erop dat ze dacht dat dat heerlijk moest zijn, zo'n automatisch geruststellingsapparaat.

'Wat een leuke hond,' zei Nina. 'Enig!'

De hond kwam naar haar toe en rook aan haar hand.

'O, je bent een schatje, hè? Je bent een schatje!' zei ze tegen het beest.

'Het is geen schatje,' zei Lennox kortaf. 'Het is een werkhond. En wij moeten weer aan het werk.'

Nina keek de Land Rover na terwijl hij wegreed; er spatte modder op van onder de banden. Ze zuchtte. Haar huisbaas irriteren stond nou niet bepaald boven aan haar to-dolijstje. Ze wierp een blik op haar boek en het stukje papier dat ze nog steeds in haar hand had. Aan de andere kant had deze dag veel goeds gebracht.

Terwijl ze terug naar de boerderij reed, dagdroomde ze over een knappe, buitenlandse gentleman met verdrietige ogen en een romantisch hart die op zijn onstuimige strijdros door de nacht galoppeerde – of eerder in zijn stalen ros. Ze wist dat ze niet dat soort dingen moest fantaseren, maar ze kon er niks aan doen. Zo zat ze nu eenmaal in elkaar. En nu had ze gelukkig ook een mailadres dat ze kon lezen.

13

Het was spannend om tot middernacht op te blijven om naar de trein te gaan.

Jim had er in zijn mail een paar keer op gewezen dat het totaal en absoluut tegen de regels was en hartstikke illegaal, dus dat ze er met geen woord over mocht reppen tegen wie dan ook. Dat had ze natuurlijk met haar hand op het hart beloofd met het gevoel dat ze in een spionageroman zat.

Ze moest exact om tien over twaalf bij de overweg zijn. Jim ging iets te hard rijden – wat hij nooit deed, had hij ernstig gezegd – en dan aan de centrale doorgeven dat ze moesten stoppen om zich aan het tijdschema te houden. Maar zij zou snel moeten zijn.

Trouw aan haar rol, kleedde Nina zich totaal in het zwart en wond ze een sjaal hoog om haar hals. Ze stuurde een selfie naar Surinder, ze vond het jammer dat die er niet bij was om haar avontuur mee te delen. Maar Surinder reageerde niet eens, wat haar een beetje stak. Toen ging ze naar Facebook om te kijken of daar nog iets gebeurde. Griffins account stond barstensvol met berichten over hoe leuk hij het had in het fantastische multimediacentrum; Nina wist niet goed of dat echt waar was of het betekende dat zijn nieuwe bazen zijn media-accounts in de gaten hielden. En haar andere vrienden en vriendinnen zeiden natuurlijk 'hoi' en zo, maar dat was het wel zo'n beetje. Iedereen had het druk, hield ze zichzelf voor. Ieders leven ging door.

Kordaat liep ze naar de deur en knipte het licht uit. In de boerderij, die ze onder aan de helling kon zien liggen, brandde nog licht. Nina had niet gedacht dat boeren zo laat opbleven.

Misschien was Lennox een uitzondering. Misschien was hij daardoor de hele tijd zo knorrig. Misschien zat hij wel somber met een glas whisky zijn huwelijksfoto's te bekijken. Heel even ging er een vlaag van medelijden door haar heen. Ze wilde niet op die manier aan hem of aan wie dan ook denken. Te gecompliceerd. Zachtjes sloop ze langs de boerderij, hoewel de bus als ze die zo meteen startte natuurlijk genoeg herrie gaf om zelfs een dode wakker te maken.

Toen ze bij de inmiddels vertrouwde overgang kwam en de lichten van de bus doofde, voelde ze zich het enige menselijke wezen in de verre omtrek. Toen, in het besef dat ze ook het enige menselijke wezen in de omtrek wás, trok ze haar sjaal verder omhoog en ze stapte uit.

Het was koud. Er riepen uilen in de bomen, ze hoorde vleugels klapperen en bladeren ritselen in de wind. Vreemd genoeg was het niet aardedonker. De maan en de sterren beschenen het landschap op een manier die in de stad, met zijn felle halogeenlichten, onmogelijk was. De kou in de lucht beet in haar keel en de wereld voelde onwerkelijk.

Plotseling hoorde ze heel in de verte iets: niet meer dan een trilling, daarna het zachte geratel van wielen die vertraagden op de rails en daarna, toen de trein de bocht om kwam, een schokkend fel licht. Er flitste een angstige flashback door haar hoofd – het gevoel dat ze gevangenzat – en ze merkte dat ze instinctief achteromkeek naar de bus om te zien of die nog veilig achter de spoorbomen stond.

De trein leek enorm, gigantisch en zwart, een groot stalen monster. Geen wonder dat mensen er vroeger bang voor waren. Hij reed steeds langzamer, maar bleef een duister en sinister silhouet dat zich tegen de grijze velden aftekende, tot er een licht aanging in de cabine en ze Jims gezicht zag. Naast hem zat nog iemand.

Naast het spoor hoorde ze voetstappen naderen en ze vroeg zich af wie die andere persoon in de cabine van de locomotief was, want plotseling stond Marek voor haar. Hij keek haar stralend aan, zijn tanden wit boven zijn stoppelbaardje in het licht van de trein. Ze bloosde toen ze hem zag, zoals altijd wanneer ze een door romantische verhalen geïnspireerd beeld van iemand in haar hoofd had opgebouwd. Ze voelde zich onmiddellijk belachelijk. Maar zijn glimlach was oprecht; hij was echt blij haar te zien. En zijn zwarte krullen vielen nog steeds over zijn donkere ogen.

'Kom!' zei hij. 'Uitladen!'

Nina grijnsde breed. 'Ja!'

Jim sprong uit de locomotief.

'Opschieten, opschieten!' spoorde hij hen aan. 'We hebben niet lang. De slaaptrein lust ons rauw als we weer voor oponthoud zorgen.'

'De slaaptrein komt altijd te vroeg aan. Ze zouden blij moeten zijn met nog wat extra tijd in bed. En kijk!' zei Marek.

Achter Jim sprong degene van wie Nina een glimp in de locomotief had opgevangen uit de trein. Tot haar verbijstering was het niemand minder dan Surinder.

'Surinder!' gilde ze. Ze rende op haar vriendin af en omhelsde haar stevig. 'Hoe kom jíj nou hier! Ik heb je zo gemist!'

'Het was Mareks idee,' zei Surinder grijnzend. 'Toen ze de boeken kwamen ophalen. Tussen twee haakjes: kun je mij vertellen hoe het je is gelukt om deze twee gigantische hunks al het vuile werk voor je te laten doen?'

'Dat is nou Schotlands hervonden trots als onafhankelijk land,' zei Nina, verbaasd over hoe blij ze was een bekend gezicht te zien, zelfs al na één week. Het drong opeens tot haar door dat ze, ondanks alle nieuwe spannende gevoelens die ze had ervaren sinds haar komst hier – autonomie, vrijheid – ook de eenvoudige vertrouwdheid had gemist van... nou, iemand die je begreep, vermoedde ze.

'Kom op!' zei Marek. 'Aan het werk!'

Ze haastten zich allemaal naar de eerste wagon waar Jim, na een vlugge blik om zich heen – gelukkig was er geen mens te zien – het zeil al losmaakte. Zeventig dozen kwamen eronder vandaan. Nina bekeek ze schuldig.

'O jee, ik had geen idee dat het er zóveel waren!' loog ze.

'Je meent het?' vroeg Surinder, terwijl ze er een optilde. 'Hoe kan dat nou toch, met al die waarschuwingen van mij dat je die rotboeken weg moest halen!'

Nina voelde zich verschrikkelijk schuldig. 'Ik moet echt de slechtste huisgenoot van de wereld zijn geweest.'

Surinder rolde met haar ogen. 'Nou... om eerlijk te zijn heb ik na jou te snel iemand in huis gehaald. Ze zit alleen maar te janken in bad. En als ik haar vraag of het wel goed gaat met haar, zegt ze: "Het gaat best, maar waarom liggen al die boeken hier?"'

Nina fronste haar voorhoofd. 'Dat klinkt vreselijk,' zei ze. 'Misschien is ze depressief. Ik heb een paar fantastische boeken die ik kan aanraden.'

Surinder zette de doos achter in de bus.

'Oké,' zei ze. 'Ik betaal je als we klaar zijn.'

'Nee, echt niet,' zei Nina terwijl de twee mannen grote dozen boeken van de wagon af tilden. 'O, ik ben zo blij je te zien! Waar had je met hen afgesproken?'

'Ik ben naar Inverness gevlogen en heb een lift geregeld. Het was best spannend. Ik had nog vakantiedagen over. Het werk kan doodvallen, instorten doet het toch wel. Maar ik móést daar gewoon even weg.'

Surinder keek toe terwijl Marek bukte en een stapel dozen moeiteloos in de bus laadde.

'Mooi uitzicht hier, trouwens,' zei ze.

'Surinder!' Nina had wat romantischer gedachten.

Surinder keek haar aan. 'Kom op, zeg nou niet dat je dat niet had opgemerkt.'

Nina dacht plotseling aan het gedicht en voelde dat ze bloosde.

'Doe niet zo raar,' zei ze. 'Hij is gewoon een aardige man die ons allebei een dienst bewijst.'

'Een enorme dienst, hij zet er zijn baan voor op het spel.' Surinder keek weer naar Marek. 'Vind je niet dat hij iets van Mark Ruffalo weg heeft?'

'Hou op.'

'Ik vraag het alleen maar!'

'Of een treinmachinist uit Letland op Mark Ruffalo lijkt?'

'Een beetje.'

'Hé, jullie twee, schiet op, ja? Ik wil niet ontslagen worden voor een absoluut illegale actie via de Britse spoorwegen,' zei Jim.

De twee vrouwen begonnen te giechelen.

'En ik heb thee,' voegde hij eraan toe terwijl hij zijn thermosfles omhooghield. 'Dus laad die dozen maar snel over voordat die koud is.'

Ze haastten zich terug naar de trein om meer dozen te halen.

'Gebeurt dat eigenlijk niet heel vaak?' vroeg Nina plotseling terwijl de gedachte in haar opkwam. 'Wordt er niet heel veel illegaal spul over de rails heen en weer gestuurd? Smokkelwaar en zo?'

Marek en Jim glimlachten.

'Niet door ons,' zei Jim. 'Ik heb in de plaats waar ik ben opgegroeid gezien wat drugs aanrichten. Ik wil daar helemaal niks mee te maken hebben. Absoluut niet. Maar dit is iets anders.'

Marek fronste zijn voorhoofd. 'Weet je,' zei hij, 'toen mijn ouders klein waren, werden boeken in mijn taal verboden. Daarom las ik eerst alleen Russisch en pas daarna in de prachtige muzikale taal van mijn geboorteland. Dus... boeken naar mensen brengen is altijd goed, volgens mij. Goed medicijn. Niet fout.'

Ze zaten op de treeplank, gaven de thermosfles met hete, zoete thee aan elkaar door en praatten over boeken. Nina had zo wel willen blijven zitten tot het ochtend werd, maar er rinkelde een telefoon in de locomotief en tegelijkertijd klonk er een luid getoeter achter de goederentrein – de ongeduldige slaaptrein, begreep Nina. Het was tijd voor de mannen om te gaan.

Jim sprong in de cabine en startte de locomotief, die een zwaar dreunend geluid maakte; de grond trilde ervan. Surinder zei dat ze zowat bevroren was en stapte voor in de bus om warm te worden.

Marek en Nina stonden tegenover elkaar en Nina keek glimlachend naar hem op. 'Ik kan je niet genoeg bedanken,' zei ze.

'Jawel hoor,' zei hij vriendelijk. 'Laat zo nu en dan een boek voor me achter. Als je aan ons denkt.'

'Ik zal elke dag aan jullie denken,' zei Nina blozend.

'Nou, elke dag is natuurlijk ook goed,' zei Marek, die ook een beetje rood werd.

'Ik vond je gedichtenbundel heel mooi,' zei Nina. 'Heel mooi.'

'Poëzie is goed voor mensen die in een vreemd land zitten,' zei Marek.

'Ja, ja, dat is zo,' zei Nina.

De locomotief floot lang en luid en Marek sprong op de treeplank terwijl de trein langzaam op gang kwam en wegreed onder de sterrenhemel.

Nina draaide zich om en zag dat Surinder voor in de bus in slaap was gevallen – natuurlijk doodmoe van haar lange dag. Nina bleef naast de bus staan terwijl het geluid van de goederentrein wegstierf en vlak daarna volgde de lange, prachtige blauw- en bordeauxkleurige slaaptrein, met daarin een drukke bar vol passagiers, de harde verstelbare stoelen waarop de minder draagkrachtigen en de ploegenwerkers probeerden even wat slaap te krijgen en de flauw verlichte ramen van de eersteklascompartimenten. Toen de trein vaart minderde en traag de spoorweg over gleed was geen van de passagiers zich bewust van het meisje dat daar alleen in het donker naar hen stond te kijken.

Toen de rails uiteindelijk geen geluid meer maakten, was het opnieuw doodstil en behoorde de brede donkere Highlandsvallei weer aan de uilen, de zich weg haastende eekhoorns, de vriendelijke reeën, de wind die door de bladeren ritselde en de heldere maan aan de hemel. De wereld leek volkomen vredig, en Nina werd vervuld van een diep gevoel van dankbaarheid om de wending die haar leven had genomen – ze had zich in eeuwen niet zo gelukkig gevoeld.

14

Surinder sliep de hele weg terug naar de boerderij en slaapwandelde zowat naar het huisje, waar ze even bij haar positieven kwam en uitriep: 'Echt? Je woont hier? Is het helemaal van jou? Zit er niemand in het bad of zoiets? Jezus, wat is het toch ongelijk verdeeld op de wereld...' waarna ze op de bank neerplofte en weer in een diepe slaap viel.

Nina was klaarwakker, hoewel het al ver na enen was. Ze keek door het kleine achterraam naar buiten en zag dat er nog steeds licht brandde in de boerderij. Er was nog iemand die niet sliep. Terwijl ze zo stond te kijken, zag ze een ander licht aangaan in het huis, en nog een, waarna de deur met een klap dichtviel toen Lennox het huis uit beende. Hij leek te vloeken. Nina sprong op, trok haar laarzen en een jas aan en glipte de deur uit.

'Jezus christus!'

Het was niet haar bedoeling geweest om Lennox te laten schrikken, maar het was al te laat. Hij draaide zich met een ruk om alsof ze daar met een schop in haar hand stond, klaar om hem een klap op zijn hoofd te geven.

'Sorry! Sorry!'

'Wat... wat doe jij hier verdomme buiten? Het is midden in de nacht!'

'Ik weet het! Ik weet het! Het spijt me. Ik vroeg me af wat je aan het doen was.'

'Wat denk je verdomme dat ik aan het doen ben?'

Nina vermoedde dat dat een retorische vraag was omdat ze werkelijk geen idee had.

'Eh... Ik weet niet. Ik dacht dat je misschien een inbreker had gehoord.'

'Ja, dat was ook zo. Dat bleek jij te zijn.'

'O,' zei Nina.

Lennox zuchtte. 'Je bent een echte stadsmeid, da's duidelijk. Wat dacht je, dat boer zijn een baantje van negen tot vijf is? Nou, dat is het niet, hoor! Als je het wilt weten: Ruaridh denkt dat het lammeren niet goed gaat bij een van de schapen in het hoogste veld en ik ga kijken om te zien of we Kyle uit bed moeten bellen. Dat is de dierenarts.'

'O, ja, ik begrijp het,' zei Nina terwijl ze als vanzelf met hem meeliep.

Lennox stond stil bij zijn Land Rover. 'Wat sta je daar nou?' vroeg hij.

Nina haalde haar schouders op. Ze wist niet wat ze moest zeggen, maar ze voelde zich klaarwakker na haar nachtelijke avontuur.

Lennox zweeg.

'Wil je mee? We kunnen misschien wel een stel kleine handen gebruiken.'

'Tuurlijk,' hoorde ze zichzelf zeggen, iets wat helemaal niet bij haar paste, zo'n spontane reactie.

Toen ze instapte was ze verbaasd, maar ook weer niet zo verbaasd, om de hond daar te zien. Hij likte haar hand.

'Hoe heet dat schattige hondje van je?'

Lennox keek geschokt. 'Het is een werkhond, geen schattig hondje. Een professionele boerderijhond. Heel nuttig en waardevol.'

'Heeft hij ook een naam of alleen een barcode?'

Lennox' hand dwaalde onbewust naar de kop van de hond.

'Peterselie.'

Dat was zo'n onverwachte naam – ze had Bob of Rex of zoiets verwacht – dat Nina grijnsde.

'Dag Peterselie,' zei ze. 'Wat een leuke naam!'

Peterselie snoof een beetje en likte haar hand.

'Het is een belachelijke naam,' zei Lennox.

'Nou, ik vind het schattig. Een schattige naam voor een schattig hondje. Hond, bedoel ik.'

Terwijl de Land Rover over het modderige pad de heuvel op hobbelde, voelde Nina zich, anders dan anders, niet verlegen. Ze was niet bang om iets verkeerds te zeggen; het was op de een of andere manier bevrijdend dat Lennox zo bot was. Ze besefte dat hij tegen iedereen zo deed en dat gaf haar het gevoel dat ze net iets brutaler kon zijn dan ze normaal durfde. Ze keerde haar hoofd naar hem toe om hem op te nemen. Hij had een krachtige kaaklijn, blauwe ogen met kraaienpootjes eromheen van het turen over het land, een stevige neus en kin, harde stoppels op zijn wangen en dik krullend haar dat onder zijn pet uit kwam. Hij zag eruit als een man die altijd buiten was; zelfs de auto leek te benauwd voor hem. Hij was gemaakt om met de wind in zijn rug met grote stappen over het moerassige heideland te struinen. Hij had nergens iets zachts, hij was één bonk gespierde hoekigheid.

Plotseling, naar het leek ergens midden in het land – er was nergens een licht te zien – bracht Lennox de auto tot stilstand. Hij pakte een stormlamp van de achterbank en knipte die aan.

'Ruaridh?' fluisterde hij naar het donker.

'Aye, hier baas,' hoorden ze een stem achter hen.

'Waar zit je?'

'Onder het afdak. Ze heeft het zwaar. Een tweeling, zo te voelen. Een hele puzzel.'

Lennox vloekte en beende naar voren, Nina liep struikelend achter hem aan.

'Heb je Kyle gebeld?'

'Aye, hij is bij een kalvende koe aan de andere kant van de berg.'

'Nou, lekker dan,' zei Lennox terwijl hij zijn lantaarn neerzette onder een afdakje, dat hen afschermde tegen de wind. Het maakte een groot verschil.

'Ik weet het, ik weet het, meisje,' bromde hij tegen het zieltogende schaap. Het was voor het eerst dat Nina iets zachts in zijn stem hoorde. 'Het is goed, het is goed, meidje.'

Er stond een enorme pot vaselineachtig spul op de grond. Lennox rolde zijn mouw op, stak zijn arm in een emmer water, en begon hem schoon te schrobben. Opeens had Nina een enorme James Herriot-flashback.

'Je gaat toch niet...' begon ze zenuwachtig, 'je gaat toch niet je arm in haar achterste steken, hè? Dit is niet *All Creatures Great and Small.*'

De roodharige Ruaridh wierp een snelle blik op Nina.

'Let maar niet op haar,' zei Lennox.

'Wat is ze? Stagiaire of zo?' vroeg Ruaridh met zo'n zwaar accent dat Nina het nauwelijks kon verstaan. Toen zei hij nog iets in het Gaelic waar ze echt geen hout van begreep, maar Lennox lachte, wat Nina heel flauw van hem vond. Lennox schudde zijn hoofd.

'Nou, laten we het eens proberen.'

Ruaridh pakte de poten van de ooi vast zodat ze niet kon trappen en Nina kon er niks aan doen dat ze haar hoofd wegdraaide toen Lennox zijn hand in het beest stak.

'O, in vredesnaam!' zei Lennox boos maar tegelijkertijd geamuseerd door haar reactie. 'Oké, je mag dan een stadspoppetje zijn maar je hoeft je ogen nog niet te sluiten voor de werkelijkheid. Wil je dat dit schaap haar lammetjes krijgt of niet?'

'Ja, ja,' zei Nina. 'Ik heb alleen nog nooit zoiets gezien.'

'Nee, dat heb je als je er alleen maar over leest,' zei hij pesterig. Toen fronste hij zijn voorhoofd. 'Ah, ik krijg er geen grip op. Mijn handen zijn te groot. Kom op, kleintje. Kom op.'

De ooi blaatte het uit van pijn.

'Ik weet het, ik weet het, sorry meidje,' zei Lennox terwijl hij bleef proberen. 'Verdomme, het lukt me niet. En jou ook niet!'

'Nee,' zei Ruaridh terwijl hij zijn grote ruwe handen liet zien. 'Ik kreeg mijn hand en de poten er niet tegelijk uit.'

'Nee, ik ook niet.'

Het was even stil en toen keek Lennox Nina aan. 'Ik heb je

meegenomen om te kijken of je ons kon helpen, maar dat kun je kennelijk niet, daar ben je een veel te teer stadspoppetje voor.'

Nina ademde diep in. Ze had talloze verhalen over beesten gelezen, niet speciaal omdat ze er zo dol op was, maar simpelweg omdat ze als kind alle boeken die ze te pakken kon krijgen had verslonden. Boeken over kalligrafie, over het ontrafelen van codes, over buikspreken: er was echt niets in de kinderbibliotheek wat aan haar leeslust was ontsnapt – ze had gewoon álles gelezen.

Maar beesten 'in het wild', dat was iets wat ze niet kende. Ze was nooit dichter bij een lammetje geweest dan het vlees op haar bord op paaszondag, of een glimp vanuit de trein als ze even opkeek uit haar boek. Dit grote, sterk ruikende, paniekerige beest vóór haar was iets totaal anders en ze had geen idee hoe ze ermee om moest gaan.

Nerveus deed ze een stapje naar voren. Ze voelde dat Lennox naar haar keek en besefte dat hij ervan overtuigd was dat ze het niet aankon. Geïrriteerd rechtte ze haar rug. Hij vond haar al een waardeloze stadse trut, maar zo gemakkelijk kwam hij er niet vanaf!

'Ik kan het... ik kan het misschien proberen,' zei ze voorzichtig. Lennox' wenkbrauwen gingen een heel klein beetje omhoog.

'Weet je dat zeker?'

'Kan ik het erger maken dan het is?'

'Misschien. Nog nieuws van Kyle?'

Ruaridh keek op van zijn telefoon. 'Nog steeds bij het kalven.'

Lennox slaakte een hopeloze zucht en keek Nina weer aan. 'Hm,' zei hij.

'Wil je nou dat ik het probeer of niet?' zei Nina boos en ook bang.

'Nou, die ooi is een stuk meer waard dan jij. Dat is alles.'

De ooi blaatte weer klaaglijk van de pijn en ze knepen alle drie hun ogen even dicht.

'O god... Oké, doe het maar,' zei hij en hij knielde naast het arme beest neer. 'En probeer de boel niet erger te maken.'

Nina waste haar handen en armen grondig in het zeperige water, smeerde ze dik in met vaseline en probeerde de geur niet te ruiken. Toen raakte ze het schaap voorzichtig aan.

Lennox grinnikte. 'Het is een schaap, hoor. Ze bijt niet!'

'Nou, het is een levend beest,' zei Nina. 'En die kunnen altijd bijten.'

'Ze zal anders niet lang meer hebben als je nu niet opschiet,' zei Lennox terwijl het arme dier kronkelde en draaide van de pijn.

Nina zette zich schrap en stak haar hand naar binnen. Ze was linkshandig, dus Lennox sprong meteen op om aan de andere kant naast haar neer te hurken.

'Goed,' zei hij. 'Wat voel je?'

'Een heleboel zachte nattigheid,' zei Nina een beetje paniekerig. Ze voelde dat haar arm en haar hand werden fijngeknepen. 'Ik kan niet...'

'Oké, oké. Relax, probeer eraan te wennen. Je zit tenslotte niet elke dag met je hand in een schaap.'

'Nee,' beaamde Nina.

'Doe je ogen dicht,' zei Lennox, 'dan kun je beter voelen wat je voelt.'

Nina deed haar ogen dicht en inderdaad maakte dat een groot verschil. Onder haar vingers begon ze het lammetje te onderscheiden; een neusje, oren en een hele kluwen poten.

'Hij zit helemaal in de war!' zei ze. 'Ik voel veel te veel poten. O nee!'

'Oké,' zei Lennox. Zijn mond vertrok.

'Waarom heeft hij zoveel poten?' Nina begon een beetje hysterisch te worden. Het voelde als een spinachtige alien.

'Nou, misschien zit er meer dan één lammetje in haar buik?' opperde Lennox.

'O ja!' reageerde Nina opgelucht. 'Een tweeling. Natuurlijk. Dat zei je ook. Ja, dat klopt beter.'

Ruaridh maakte een proestend geluid en Lennox keek hem waarschuwend aan. Hij kwam overeind en liep – met een behoorlijk sceptische blik – weg om fris water te halen.

'Oké,' zei Lennox. 'Wat je nu moet doen is vier poten van hetzelfde lammetje te pakken zien te krijgen. Snap je?'

Nina knikte. Ze kon ze allebei voelen nu, als een puzzel in elkaar verwikkeld, zoals Ruaridh al had gezegd.

Snel en voorzichtig begon ze elk pootje van een van de lammetjes uit te vouwen totdat ze vier hoefjes in haar hand had. Het voelde vreemd genoeg als het verschonen van een dekbed.

'Ik heb er een!' zei ze.

'Geweldig!' zei Lennox. 'Nu zachtjes trekken. Echt zachtjes, niet te veel. Een beetje maar.'

Het lammetje schoof iets naar voren, maar toen bleef het hangen.

'Het zit vast,' zei Nina terwijl de ooi weer een jammerklacht van pijn liet horen.

'Geen paniek,' zei Lennox terwijl hij een touw tevoorschijn haalde. 'Hier, pak dit en wind het om de hoefjes.'

Nina staarde hem aan. 'Ga je dat lammetje eruit trekken met dit touw?'

'Tenzij jij liever een keizersnede doet?' gromde Lennox, terwijl hij snel een strop van het touw maakte die hij aan haar gaf.

Haar handen waren ongelofelijk smerig en hoewel het schaap van binnen heel erg warm was, was het onder het afdakje ijskoud. Ze had haar jack uit moeten trekken en haar mouwen op moeten rollen, dus zat ze daar met blote armen. Ze huiverde terwijl ze het touw aanpakte en haar hand weer terug in het schaap stak. Na een paar vruchteloze pogingen lukte het haar de strop om de vier pootjes te krijgen.

'Oké,' zei Lennox. 'Zit het goed? Want als ik ga trekken en het gaat los, moeten we weer helemaal opnieuw beginnen.'

'Boer zijn is heel anders dan ik dacht,' zei Nina met een bezorgde blik op het touw in Lennox' handen.

'Er zijn dingen die je niet in boeken leest,' gromde Lennox.

'Doe het nou maar, ik bevries zowat,' zei Nina.

'Oké,' zei Lennox. 'Eén, twee, drie!'

Nina haalde haar hand weg en toen, zachtjes, met niet te veel kracht en zonder te rukken, trok Lennox het touw langzaam naar zich toe – eerst heel traag en toen sneller – en plotseling plopte er een doorweekt, klein, nieuw, met zijn oogjes knipperend lammetje uit.

'O!' zei Nina. 'O! Mijn hemel!'

Lennox keek haar met tot spleetjes geknepen ogen aan. 'Wat dacht je dan dat eruit zou komen? Een in folie verpakt stukje vlees van de supermarkt?'

En toen, met een opgeluchte lange zucht, perste het schaap krachtig en golfde het tweede lammetje eruit op het hooi. Het keek wazig en verward om zich heen en Nina hapte naar adem.

'O! Wauw!'

Nina waste haar handen grondig terwijl Lennox de pasgeboren lammetjes droogwreef met vers hooi, hun bekjes en hun neusjes nakeek en de ooi de nageboorte eruit perste. Toen, verbazingwekkend, alsof ze niet op een enorm traumatische manier ter wereld waren gekomen, kwamen de kleintjes blind en op wankele pootjes overeind terwijl ze heel zachte mekkergeluidjes maakten. Ze waren betoverend schattig en Nina kon haar ogen niet van ze afhouden.

'O, mijn god!' zei ze. 'Moet je zien! Dat is toch fantastisch! Fantastisch!'

Ze keek geboeid toe terwijl de pasgeboren lammetjes op de een of andere manier, instinctief, naar hun moeder toe scharrelden die intussen uitgeput op haar zij lag en precies de plek waar ze melk konden drinken wisten te vinden. Nina moest er tot haar verrassing bijna van huilen. De ooi, die zoveel pijn had gehad en volkomen uitgeput was, richtte zich half op en begon – op een nogal onelegante manier – haar jongen schoon te likken.

'Goed gedaan,' zei Nina tegen haar. 'Goed gedaan, moedertje.'

Lennox glimlachte.

'Het kan me niks schelen dat je me uitlacht,' zei Nina. 'Dit is echt helemaal fantastisch.'

'Ik lach je niet uit,' zei Lennox. 'Ik ben het juist met je eens. Dat ik al veel lammetjes geboren heb zien worden, betekent niet dat ik dat niet iets ongelofelijks vind. Elke keer weer. En het zijn ook lieve kleine dondersteentjes.'

Hij gaf ze allebei een paar vrij ruwe klapjes op hun rug.

'Kom,' zei hij. 'Thee.'

Toen Nina opstond, besefte ze dat ze tot op het bot verkleumd was. Tot haar verrassing was er al een streepje van het eerste daglicht te zien in een hoekje van de hemel.

In de boerderij smeulde de houtkachel nog. Lennox vulde hem bij en pookte hem op en verdween toen naar de keuken om water op te zetten voor thee. Nina ging zich nog maar een keer goed wassen, hoewel ze zich neerlegde bij het feit dat ze vanaf nu waarschijnlijk altijd naar schaap zou blijven ruiken.

De badkamer in de boerderij intrigeerde haar: hij was spiksplinternieuw en supermodern, met een inloopdouche, een bad, een jacuzzi en overal glimmend marmer. Het leek wel een heel, heel luxe hotel, met dikke witte handdoeken overal.

'Mooie badkamer,' zei ze toen ze eruit kwam. Lennox knikte kort en toen bedacht Nina pas – als ze niet zo moe was geweest had ze dat vast al eerder gedaan – dat Kate daar natuurlijk verantwoordelijk voor was. Natuurlijk.

De woonkamer leek in de verste verte niet op de woonkamer van een boerderij. Het was een en al blank minimalistisch Scandinavisch hout, inclusief de vloer. Het paste niet echt bij Lennox, vond Nina. Zijn kleren waren schoon, maar wel zo oud en verbleekt dat het leek of hij ze van iemand had geërfd. Hij leek te groot, te hoekig voor dit decor – het was sober, ja, maar zo zorgvuldig ontworpen om sober te lijken, met allerlei artistieke halmen in vazen en geweien aan de muur, dat het er uiteindelijk wat overdone uitzag.

Ze keek om zich heen of ze een boekenplank zag, maar die viel nergens te bekennen. In plaats daarvan stond er een tijdschriftenmand, wit natuurlijk, vol *Farmers Weekly*'s en helemaal onder op een paar oude *Interiors*. Ze vroeg zich af of die er bewust nog lagen of dat Lennox ze gewoon niet gezien had.

Ze liep naar het vuur toe, waar Peterselie zich al voor had uitgestrekt. Nina duwde hem wat opzij, ging naast hem zitten en staarde in de vlammen. Lennox gaf haar een mok thee waarin hij een flinke scheut whisky had gegooid, ontdekte ze al kuchend nadat ze een slok had genomen.

'Wat is dit?' vroeg ze.

'*Hot toddy*,' zei Lennox. 'Daar krijg je het warm van.'

'O ja,' zei ze, 'lekker.'

Ze nam nog een slok en liet de zachte rokerige warmte door zich heen vloeien.

'Je lijkt erg tevreden met jezelf.'

Ze keek naar hem op. 'Ik bén ook tevreden met mezelf,' zei ze. 'Ik heb die lammetjes gered en nu zit ik heerlijk warm voor een vuur whisky te drinken naast een schat van een hond. Dit is toch geweldig!'

Lennox glimlachte breed. 'Oké, je hebt het verdiend, maar niet in slaap vallen voor het vuur, hè?'

Maar het was al te laat. Nina's kin zakte al op haar borst en voordat ze het in de gaten had, was ze diep in slaap.

'Goed gedaan, vanavond,' voegde Lennox er nog aan toe, maar dat hoorde ze al niet meer.

15

Uiteindelijk sliep Nina bijna tot de lunch in Lennox' huis.

Ze werd wakker onder een crèmekleurige kasjmieren deken op de moderne crèmekleurige bank. Zonlicht stroomde door de ramen naar binnen. Even had ze totaal geen idee waar ze was. Langzaam kwamen de gebeurtenissen van de nacht terug en hoewel ze nog steeds groggy was, wist ze dat ze moest opstaan vóór Surinder uit haar huisje kwam benen en haar naam begon te schreeuwen.

Lennox en Peterselie vielen nergens te bekennen. Nina vroeg zich af of ze überhaupt hadden geslapen. Ze glimlachte een beetje toen ze dacht aan de knorrige Lennox die een deken over haar heen had gelegd. En ze schaamde zich er ook een beetje voor: één teug whisky en ze was helemaal van de wereld geweest. Duidelijk niet gebouwd voor het leven op het platteland, zou hij wel denken.

De zon scheen zo fel door de ramen dat ze het gevoel had in een warm land te zijn; Spanje of zo, tot ze de deur opendeed en de koude wind dwars door haar heen blies en ze de wolken door de lucht zag racen alsof ze dringend ergens heen moesten. Ze lachte.

'Goedemorgen Schotland!' zei ze hardop.

Ze trok haar rubberlaarzen aan, die ze bij de achterdeur had laten staan en liep over het erf tussen de kippetjes door die daar rondscharrelden en vroeg zich af hoe het met de lammetjes zou zijn. Misschien mocht ze ze wel een naam geven, schoot het door haar hoofd, maar ze besefte tegelijkertijd waar ze voor waren bedoeld – waar boerderijen voor dienden – en gaf zichzelf op haar kop omdat ze zo naïef en sentimenteel was.

Bij de deur van haar huisje stond een mandje. Ze bukte zich. Het zat vol eieren. Nog warm. Sommige hadden rare vormen, totaal niet zoals je ze in de winkel tegenkwam. Ze glimlachte onwillekeurig en pakte het mandje op. Lennox moest het daar hebben neergezet.

Surinder lag nog te doezelen op de bank, wat eigenlijk een beetje jammer was omdat ze zo'n heerlijk bed had op de mezzanine en ook omdat het zo'n prachtige dag was. Nina begon koffie te zetten.

'Ben je al buiten geweest?' vroeg Surinder slaperig. 'Dat is gek! Zo ben je helemaal niet! Normaal moet je in het weekend minstens drie uur lezen voordat je te porren bent om naar de winkel op de hoek te gaan om wat bacon te halen.'

'Eh,' zei Nina. 'Ten eerste is het na elven. En ten tweede heb ik vannacht niet hier geslapen.'

Surinder schoot overeind.

'Wát? Vertel!' zei ze. 'Je bent achter de trein aan gerend en hebt hem ingehaald in Edinburgh?'

Nina schudde haar hoofd, duwde de filter van de cafetière omlaag en sneed wat brood. Ze was volkomen uitgehongerd.

'Roerei?' vroeg ze opgewekt, verbaasd dat ze zich niet veel vermoeider voelde. 'Van de kipjes op het erf.'

Surinder kneep haar ogen tot spleetjes en keek naar een bijzonder dik exemplaar dat buiten het raam heen en weer waggelde.

'Je wilt dat ik iets eet wat uit de kont van een kip komt?' vroeg ze.

'Je eet toch eieren! Je eet altijd eieren!'

'Ja, maar deze zijn nog warm. Getver. Van de kont van een kip!'

'Nou, zo'n ei komt niet eens uit de kont van een kip, het komt uit haar...'

'Ja, ja, ik weet het. Nog erger dus!'

Nina barstte in lachen uit. 'Serieus, dat kun je niet menen. Je bent écht raar. Waar dacht je dan dat eieren werden gemaakt? In een bakkerij?'

'Nee,' zei Surinder.

'Maar ik haal de eierschalen er toch vanaf? Er zit echt niks vies aan...'

'Ja, ja, doe dat maar.' Surinder sloot haar ogen. 'En ik wil niet zien dat je ze klaarmaakt.'

Nina legde een paar plakken bacon die ze bij de kruidenier in het dorp had gekocht en die afkomstig waren van een boerderij in de buurt in de pan – het rook echt verrukkelijk – deed wat brood in de luxe broodrooster en zette uiteindelijk twee enorme borden met roerei op de geloogde houten tafel. Surinder, die haar afschuw van verse eieren vergeten leek te zijn, viel meteen aan.

Plotseling stopte ze met eten. 'O, mijn god!' riep ze uit. 'Wat heb ik al die jaren in vredesnaam naar binnen gewerkt?'

Nina schonk een scheutje romige verse melk in haar koffie. 'Hoe bedoel je?'

'Deze eieren! Die bacon! Ik bedoel, het smaakt allemaal fantastisch! Dit krijg je nergens zo in Birmingham!'

'Nee,' zei Nina. Ze keek spijtig naar haar lege bord. Ze had zo'n enorme honger gehad dat ze alles naar binnen had geschrokt zonder er veel van te proeven. 'Het is heerlijk, hè?'

'Het is meer dan heerlijk! In een biologisch eettentje is dit peperduur! Komt alles uit deze streek?'

'Tuurlijk,' zei Nina. 'Dit is wat ze doen in deze contreien.'

Surinder knipperde met haar ogen. 'Weet je,' zei ze zacht, 'iedereen vond het volkomen gestoord dat je hiernaartoe ging.'

'En dat zeg je nu pas?' vroeg Nina. 'Echt? Iedereen? Ze zeiden juist dat ze het geweldig vonden dat ik zo moedig was en gewoon wegging en mijn leven volkomen omgooide en zo.'

Surinder rolde met haar ogen. 'Ja, nou, ze moesten toch íéts zeggen. Weet je nog dat Kelly trouwde met die Fransman die ze op de markt had ontmoet?'

'O ja!' herinnerde Nina zich. 'Ja, toen deden we allemaal net of we hem helemaal geweldig vonden.'

'Ja...'

Ze zwegen even.

'En hij was niet eens echt Frans,' zei Surinder.

Nina grinnikte. 'O ja! Dat was ik helemaal vergeten!'

Surinder pakte nog een geroosterde boterham en gebaarde naar de grote ramen.

'Maar nu... Kijk nou toch! Ik bedoel, eigenlijk ben je misschien wel een genie!'

'De zon schijnt vandaag,' merkte Nina op. 'Maar dat gebeurt niet vaak. Nou ja, ongeveer elke tien minuten. Dan gaat het regenen, daarna sneeuwen en daarna hagelen, en dan schijnt de zon weer.'

'Verbijsterend,' zei Surinder. 'En vertel me nou maar eens wat je vannacht hebt uitgespookt, of anders zul je ervan lusten!'

Nina glimlachte. 'Ik heb twee lammetjes ter wereld gebracht. Nou ja, geholpen. Nee, ik heb het helemaal zelf gedaan. Met hulp.' En ze vertelde wat er was gebeurd.

'O, shit man!' zei Surinder. 'Ik wíst het! Vier jaar geen spoor van een vent in je buurt en je verhuist hierheen en vijf seconden later gaat het alleen nog maar over mannen. Ik wíst het! Dus toen ik sliep ben jij naar de boerderij gegaan... Is die boer een lekker ding trouwens? In mijn hoofd hebben ze altijd rode appelwangetjes en rubberlaarzen aan en een hooivork en kijken ze altijd vrolijk.'

'Je denkt aan een plaatje van een boer. In een kinderboek,' merkte Nina op.

'O ja,' zei Surinder. 'Oké, verras me. Dreads? Knotje? Sandalen?'

'Nee,' zei Nina. 'Nee, je hebt gelijk, niet zo'n type. Hij is knorrig. Ligt in scheiding. Hij is groot en gespierd en heeft scherpe gelaatstrekken. Beetje verdrietig.'

'O, oké,' zei Surinder. Ze dacht even na. 'Lijkt hij op de boer in *Babe*?'

'Nee!' zei Nina. 'Je moet niet denken aan de boeren die je op de tv ziet of in een boek. Hij is gewoon een man die echt bestaat. Een jonge vent. En hij is toevallig boer.'

'Nou, ik vind het helemaal niet zo gewoon,' zei Surinder. 'Alle mannen die ik ken zijn geobsedeerd door auto's, gaan wielrennen in het weekend, vertellen daar eindeloze, saaie verhalen over en kletsen maar door over hun Fitbits, laten zo'n stomme baard groeien en zitten op Tinder. Zo zijn de echte mannen tegenwoordig.' Ze dempte haar stem. 'Geen bal aan.'

'Je lijkt ze anders best leuk te vinden.'

Surinder negeerde haar opmerking. 'En daarbij ben je bij hem op de bank in slaap gevallen en heeft hij niet eens iets geprobeerd. Dat klinkt ook helemaal niet zoals de echte mannen die ík ken.'

Ze zuchtte diep.

'Oké. Wat gaan we vandaag doen? Als het boeken uitpakken is, kun je de pot op. Ik heb Marek die boeken al helpen inpakken.'

'Prima,' zei Nina. 'Wat ik absoluut níét ga doen, is met veel diepe zuchten uitpakken terwijl jij hier op de bank ligt te luieren.'

'Kan me geen zier schelen,' zei Surinder. 'Dit is de heerlijkste bank waar ik ooit in mijn leven op heb gezeten. Ik geloof niet dat dit zo'n bank van de tv-reclame is die in het pinksterweekend vrijwel gratis weggaat.'

'Nee, dat geloof ik ook niet,' zei Nina. 'Ik denk dat dit een bank is waarvoor helemaal geen reclame wordt gemáákt. Ik denk dat je deze bank moet smeken om bij je te komen wonen in ruil voor stapels geld en vele bloedoffers.'

'En zo'n bank die als hij denkt dat je het niet waard bent, gewoon niet komt,' vervolgde Surinder. 'Dan blijft ie gewoon lekker in zijn eigen paleisje staan. Oeps!'

'Heb je er nou koffie op gemorst?'

'Die meubels van jou maken me zenuwachtig.'

'Mij ook!' zei Nina met een blik om zich heen. 'Zullen we naar buiten gaan?'

'Maar ik zou hier op de bank blijven liggen!' protesteerde Surinder. 'Ik heb er vakantie voor opgenomen!'

Nina reageerde niet. Met een martelaarsgezicht trok ze haar

rubberlaarzen aan, schonk nog een keer koffie in en ging naar buiten waar ze in het kille zonnetje de bus schoon begon te maken.

Het was haar gelukt om de planken die ze in Inverness had besteld op te hangen – in de wanden van de bus zaten groeven die daarvoor waren bedoeld – en dus zette ze nu de radio aan, schrobde de wanden en de vloer tot die werkelijk smetteloos waren en begon toen aan de leuke taak de boeken af te stoffen en te bedenken wat waar moest staan.

Fictie aan de rechterkant, besloot ze, meteen waar je binnenkomt, omdat de meeste mensen daarnaar op zoek waren; non-fictie links en de kinderboeken achterin, zodat ze echt de bus in moesten. Ze had een paar kleurige zitzakken gekocht zodat de kinderen daar tijdens het voorleesuurtje op konden hangen. Haar verkoopvergunning hing aan de binnenkant van het raam. Wat in Birmingham hoofdschudden en afkeurende geluiden had veroorzaakt, was hier met een glimlach aan haar overhandigd.

Ze zong mee met de radio en richtte alles in. Hoewel ze er de hele middag mee bezig was, leek het niet lang te duren voordat ze de laatste doos openmaakte. Ze slaakte een kreet van verrassing. Er zaten geen boeken in, maar allemaal spulletjes die ze door de jaren heen had verzameld en die iets met boeken te maken hadden. Ze had zich altijd afgevraagd waarom ze ze kocht ('die zooi' zoals Surinder het noemde), maar nu besefte ze, terwijl ze de kale wanden van de bus bekeek, waarom – zonder dat ze het zelf wist.

Ze hing sprookjesachtige lichtslingers op en zette her en der grappige boekensteunen neer: een vuurtoren en een Gruffalo voor de kleintjes. Ze had een setje enorme bronzen letters met gloeilampen erin die b-o-e-k-e-n spelden, die ze buiten kon zetten als ze de bus ergens parkeerde zodat de klanten zagen dat ze er was. De ingelijste Moeder de Gans-prints die een ouderwets alfabet vormden, hing ze op de kinderafdeling en in de rest van de bus een slinger vlaggetjes bedrukt met pagina's uit een oud boek.

'Die bus gaat ontzettend rammelen,' merkte Surinder op toen ze met twee koppen thee in haar handen over het erf naar de bus toe kwam. Ze morste een beetje omdat ze op haar hoede was voor de kippen.

'Nee hoor,' zei Nina. 'Ik ga niet harder dan dertig kilometer per uur. Nooit. Kan me niet schelen wie er achter me zit. Ze zullen gewoon geduld moeten hebben.'

Ze haalde een busje blauwe verf tevoorschijn.

'Oké,' zei ze. 'Ik heb hier iets voor je te doen.'

'Neeee!' kreunde Surinder. 'Ik heb nog steeds slaap. Ik maak er een puinhoop van.'

'Dan schilderen we het gewoon over!' zei Nina. 'Kom op. Je bent er zo goed in!'

Surinder stak haar onderlip naar voren, maar Nina wist hoe prachtig haar handschrift was en hield vol. Surinder werd doorlopend gevraagd om trouwkaarten en zo te schrijven en klaagde daar non-stop over, maar deed het uiteindelijk altijd.

'Echt?'

'Ik maak morgenochtend weer een heerlijk ontbijt voor je,' zei Nina. 'Wacht maar tot je de worstjes hier proeft.'

Surinder kreunde. 'Serieus?'

'Echt, zoiets lekkers heb je nog nooit gehad! O, en ik geloof dat ik ook nog wat typisch Schotse zoetigheid heb voor bij de thee.'

'Wat voor zoetigheid?'

'Dat is een verrassing,' zei Nina die de ronde, in rood zilverpapier verpakte Tunnock's-cakejes zelf nog niet had geproefd. 'Als jij begint, ga ik ze opzoeken.'

Surinder fronste haar voorhoofd. 'Voor de laatste trouwkaarten kreeg ik champagne en alles.'

'Cakejes en worstjes,' zei Nina. 'Ik verwen je grondig!' Ze beende terug naar haar huisje.

'Wacht even!' riep Surinder achter haar. 'Hoe heet die bus in vredesnaam?'

Nina draaide zich om. 'O,' zei ze. 'Dat had ik nog niet bedacht.

Kun je er niet gewoon BOEKENBUS op zetten?'

'Nee,' antwoordde Surinder. 'Dat klinkt als een rijdende bibliotheek.'

'Hm. BOEKENWAGEN?'

'Nee, dat klinkt als een vrachtwagen voor boeken die ergens geleverd moeten worden.'

'KOOP UW BOEKEN HIER?'

'Wat is dat nou voor een naam!'

'NINA'S BOEKENBUS?'

'Je bent geen educatief televisieprogramma voor kleine kinderen. Hoewel je je eigenlijk wel zo kleedt.'

Nina slaakte een zucht.

'Wat?' zei Surinder. 'Je hebt hier jaren van gedroomd, dat is duidelijk. Ik bedoel, kijk maar naar die zooi die je al had verzameld. Ik geloof absoluut niet dat iemand die zo'n boekenobsessie heeft als jij, nog geen naam heeft bedacht.'

'Nou,' zei Nina. Ze leek in verlegenheid gebracht en staarde naar haar voeten. Ze had de naam nog nooit hardop gezegd, hem eigenlijk nog nooit aan zichzelf toegegeven.

'Ik wíst het!' riep Surinder. 'Ik wíst het! Schiet op. Vertel het maar aan tante Suur.'

Nina haalde haar schouders op. 'Je vindt het vast stom...'

'Je bent naar een ander land verhuisd met een berg boeken en een bus,' zei Surinder. 'Ik vind je allang superstom.'

'O ja,' zei Nina. 'Ja, dat zal wel.'

Ze trapte tegen een steentje.

'Nou,' zei ze. 'Ik heb altijd gedacht dat ik als ik een klein boekwinkeltje had – en ik heb altijd maar een klein winkeltje gewild – dat ik het dan misschien... HET NOG-LANG-EN-GELUKKIG WINKELTJE zou noemen.'

Surinder staarde haar aan. Nina voelde dat ze knalrood werd. Het bleef lang stil.

Surinder deed een stap naar voren en tuurde de bus in. Het was Nina zelfs gelukt om een lamp in de hoek op te hangen, er lag een kleed op de vloer dat ze met dubbelzijdig tape had vastgeplakt en er stond een tafeltje met een gemakkelijke stoel ernaast, zodat er een echt leeshoekje was. Surinder glimlachte en draaide zich om.

'Ja...' zei ze. 'Ja! Dat klinkt goed! Dat klinkt echt goed!'

'Echt?' vroeg Nina.

'Ja!' zei Surinder. 'Kijk dan, zelfs een stoel! Dat is zo schattig. En het is een sprookjesachtige naam. Ik vind het echt een goede naam. Ja!'

Ze pakte de verf en de kwast en Nina begon breed te grijnzen.

'Bedenk wel dat die stoel uitnodigt om er de hele dag lekker in te gaan zitten lezen. Stel dat iemand dat doet?'

'Dan heeft die iemand dat blijkbaar nodig. Maar ik sta toch nergens een hele dag. We zijn meer zoals de landen boven de Magic Faraway Tree: we komen en gaan ongemerkt.'

Surinder lachte. 'Nou, zorg dat je er geen ongeluk mee krijgt,' zei ze, terwijl ze haar mouwen oprolde. 'Voor de tweede keer.'

'Hm,' zei Nina, die een beetje bezorgd was of de feestverlichting niet te overdreven was. 'Op dit moment ben ik banger dat alle zekeringen straks doorslaan.'

Ze haalde de koekjes en bleef toen staan kijken naar Surinder die de naam eerst ruw opzette met krijt en toen met duidelijke, nauwkeurige streken en in een prachtig handschrift HET NOG-LANG-EN-GELUKKIG BOEKWINKELTJE op de zijkant van de bus schilderde. Nina was nog nooit zo gelukkig geweest.

Na een hele tijd was Surinder tevreden over haar werk. Ze stapten allebei naar achteren om de bus te bekijken en Nina, die intussen twee biertjes had gehaald, tikte met haar flesje tegen dat van Surinder om te proosten.

'We hadden een lint moeten hebben,' zei Surinder, 'om door te knippen.'

Nina bekeek haar winkeltje, vanbinnen veel groter dan ze had gedacht. Het was prachtig, met de keurige rijen boeken, de zitzakken en zelfs een klein bibliotheektrapje dat ze had weten te redden toen het nieuwe hoofd had gevraagd wat ze daar in het multimediacentrum mee moesten.

Ze zetten de achterdeuren wijd open, telden tot drie en startten de bus.

De feestverlichting en de grote metalen letters sprongen aan – het leek wel Kerstmis – en de vlaggetjes wapperden in de wind.

'Hoera!' schreeuwde Surinder en ze klapte spontaan in haar handen.

Nina kon alleen maar kijken – verbluft. Het was als een droom die tot leven was gekomen: de bus vol boeken met de heuvels erachter, vlinders die fladderden tussen de madeliefjes en een uil die riep in de verte. Het was ongelofelijk en ze kon niet stoppen met glimlachen.

'Kom, we gaan boeken verkopen!' riep ze vrolijk. 'Waar zullen we beginnen?'

Precies op dat moment draaide er een Land Rover luid toeterend door het hek het pad op. Nina keek op haar horloge. Het was bijna zes uur. Natuurlijk was het nog volop licht. Ze draaide zich om. Doorgaans toeterde je niet op een boerderij, de kippen werden er paniekerig van. Ze zette haar hand boven haar ogen en zag een groep mannen met rode wangen en vrolijke gezichten in de auto zitten.

'Lennox!' schreeuwde er een. Ze leken verrast toen ze Nina en Surinder zagen terwijl ze op het erf tot stilstand kwamen. Nina schrok toen ze zag dat ze allemaal een kilt droegen.

'Wauw!' riep Surinder. 'Kijk nou toch eens hoe jullie eruitzien.'

'Kijk naar jezelf,' pareerde een van de mannen meteen in het zangerige plaatselijke accent. 'Wij zien er fantastisch uit. Jíj zit onder de verf!'

'Wat ís dit?' vroeg een van de anderen, met een blik op de bus. 'Ziet er cool uit!'

'Dat is onze boekenbus,' vertelde Surinder.

De man sprong uit de Land Rover.

'Wat voor soort boeken hebben jullie?'

De andere mannen lachten en begonnen te joelen.

'Aye, heb je *Noddy in Speelgoedland* voor hem?'

'Hou je kop. Ik kan tenminste lezen. Het enige wat jullie doen is naakte vrouwen bekijken op internet, zeikerd.'

'Eh... Wil je even binnen kijken?' nodigde Nina hem uit.

Er ging weer gejoel op, maar de man sprong vrolijk de bus in en begon te bekijken wat er op de planken stond. Na een tijdje stapten de anderen uit nieuwsgierigheid ook uit.

'Ziet er tof uit,' zei de man die eerder brutale opmerkingen had gemaakt schoorvoetend.

Nina durfde niet te vragen of ze naar iets speciaals toe gingen, voor het geval ze altijd in een Schotse rok liepen. Sommigen hadden een smokingjasje aan boven hun rok, zag ze, dus het moest wel iets bijzonders zijn. De kilts zagen er zo allemaal bij elkaar geweldig uit. Ze wist dat de ruiten bij bepaalde clans en families hoorden; ze vond de oudere kamgaren exemplaren in verbleekte tinten rood en groen het mooist, hoewel de diepe paarstinten ook prachtig waren, gecombineerd met de crèmekleurige kniekousen over welgeschapen kuiten eronder. Alle mannen zagen er sterk en gezond uit en het was duidelijk dat het allemaal boeren waren.

'Waar blijft Lennox, verdomme? Waarom doet hij er zo lang over?'

'Hij is de hele nacht op geweest omdat er een ooi problemen had met lammeren,' zei Nina om hem te verdedigen.

Ze barstten allemaal in lachen uit.

'Ach jee, alsof wíj een hele nacht slaap krijgen in deze tijd van het jaar.'

'Waar gaan jullie naartoe?' vroeg Surinder.

'Boerenjongensdans,' antwoordde een man met knalrood haar en groene ogen. 'Zijn jullie niet daarom hier? Ik dacht dat jullie voor het feest kwamen.'

'De boerenjongensdans?' zei Surinder. 'Jezus, wat ís dit? 1932?'

Nina was even afgeleid: Lennox kwam het huis uit, hij zag er enigszins beschaamd uit omdat hij zo opgedirkt was. De mannen floten en juichten goedmoedig.

Hij droeg een zachtgroen tweedjasje over een effen crèmekleurig hemd. Zijn kilt was ook zachtgroen met een fijn rood ruitje, er hingen bijpassende kwastjes aan zijn kniekousen en hij had stevige brogues aan zijn voeten. Zijn haar was platgekamd, maar niet met veel succes, want er sprongen hier en daar al weer weerbarstige krullen op.

'Schiet op, man!'

Nina was een beetje teleurgesteld dat Lennox niets had gezegd over de dansavond. Maar nee, dat was ook normaal, dacht ze. Het had niets met haar als persoon te maken. Het was gewoon zo dat hij haar huisbaas was en zij van hem huurde. Haar meevragen naar een dansavond was wel het laatste wat ze kon verwachten. Dit was zíjn sociale leven. Zij was hier nieuw en zou haar eigen vrienden en kennissen moeten vinden.

'Heb je die meidjes niet meegevraagd?' vroeg iemand.

'Ik wist niet eens dat er twéé meidjes waren,' zei Lennox terwijl hij op Surinder afliep en haar de hand schudde. 'Leuk je te ontmoeten.'

'Ooo!' riep Surinder uit met een blik op Nina. Ze was duidelijk nogal onder de indruk. 'Ik heb nog nooit iemand in een kilt ontmoet. Prettig kennis te maken, eh... sir.'

Nina moest een giechel onderdrukken en Surinder wierp haar een vuile blik toe.

Lennox trok zijn wenkbrauwen op. Toen kreeg hij de bus in het oog. Nina stond er wat ongemakkelijk naast.

'Wauw!' zei hij. Hij deed een stap terug om hem goed te bekijken. 'Kijk nou toch eens!' Hij leek oprecht geïmponeerd.

De man die binnen in de bus naar de boeken had staan kijken, kwam naar buiten. Hij liet triomfantelijk drie boeken over de Tweede Wereldoorlog zien.

'Kijk eens wat ik heb gevonden! Ik neem ze!'

'Hij leest liever dan dat hij met een meidje danst,' zei een van de mannen.

'Ik geloof niet dat ik hem dat kwalijk neem, als je sommige meidjes die daar komen ziet,' zei een ander, die onmiddellijk tot stilte werd gemaand door de anderen. 'O, ze zijn allemaal reuzeleuk en charmant, bedoel ik,' zei hij met een hoogrode kleur.

Nina pakte blij het geld voor de boeken aan – prachtige nieuwe hardcovers, glanzend en in perfecte staat. Ze dacht dat hij er zeker van zou genieten.

'Nou,' zei de roodharige kerel, die Hamish heette. 'We kunnen maar beter opschieten. Straks is het beredruk. Gaan jullie mee?' vroeg hij met een knikje naar Nina en Surinder.

Nina wierp instinctief een blik op Lennox.

'Ga gerust mee als jullie daar zin in hebben.' Hij zei het onverschillig, alsof het hem niets uitmaakte of ze meegingen of niet. 'Er zijn altijd meidjes tekort bij dit soort dingen.'

'Nou, dan moeten jullie eens naar Birmingham komen,' merkte Surinder op. 'Daar krioelt het van de meiden. Er zijn er veel te veel.'

Er viel een ongemakkelijke stilte. Ze stonden een beetje nerveus bij elkaar op het erf.

'Ja, tuurlijk gaan we mee,' zei Surinder uiteindelijk.

'Echt?' vroeg Nina zenuwachtig. Het idee van een groot, lawaaierig dansfestijn waar ze niemand kende, joeg haar schrik aan. Ze zou veel liever rustig een biertje drinken met Surinder en dan een historische roman gaan lezen, als iedereen dat goed vond.

'Kom op, Nina. Sufkop!' zei Surinder. 'Ik ben niet helemaal hierheen gekomen om op de bank te zitten en toe te kijken hoe jij de hele avond zit te lezen.'

Hamish wierp een blik op zijn horloge. 'Hoe snel kunnen jullie klaar zijn?'

'In twee uur, hoogstens drie,' antwoordde Surinder. 'Haha, grapje!'

'Woeha!' zei Surinder, 'wat zou je zonder mij moeten?' Ze stonden naast elkaar in de badkamer hun lippen te stiften.

'Ik weet niet,' zei Nina. 'Mijn waardigheid behouden?'

Surinder negeerde haar. 'Ik vraag me af hoe erg ze snakken naar seks.'

'Surinder!'

'Nou! Er zijn alleen maar mannen hier. Allemaal heerlijke, gespierde boerenjongens... Ik bedoel... Het is idioot... Ik geloof niet dat ik al een andere vrouw dan jou heb gezien sinds ik hier ben. En al helemaal niet een vrouw die er zo lekker uitziet als wij.'

'Surinder, alsjeblieft... Ik woon hier net!'

'Ja, maar ík ben op vakantie. Zouden ze pina colada's hebben hier?'

'Dat betwijfel ik ten zeerste.'

Nina had er niet aan gedacht om iets feestelijks in te pakken, dat had niet op het lijstje gestaan van dingen die ze dacht hier nodig te hebben.

Ze had gelukkig wel een leuk gebloemd zomerjurkje bij zich. Het was helemaal niet gekleed en ze had ook geen sieraden, maar tot haar verbazing zag ze, toen ze het jurkje aanhad, dat ze aardig bruine benen had van het buiten zijn in de zon, dus stond het best leuk.

Ze borstelde haar haren uit haar gezicht, een beetje jarenveertigstijl, deed op aanraden van Surinder knalrode lippenstift op, en nam zich voor er maar het beste van te maken.

Surinder was, zoals altijd, voorbereid op alle eventualiteiten en trok een glittertopje aan alsof ze al die tijd had geweten dat ze zouden worden uitgenodigd voor een enorm feest.

De mannen strooiden met complimentjes toen ze twintig minuten later naar buiten kwamen en maakten gewillig plaats voor hen op de houten banken in de Land Rover.

Lennox deed nauwelijks een mond open en Nina vermoedde dat hij spijt had dat hij hen had uitgenodigd. Nou, jammer dan. De zon stond nog altijd hoog aan de hemel, de velden kleurden goud, de wind was eerder lekker fris dan bijtend en alles leek helemaal goed. Ze keerde haar hoofd om voor nog een laatste blik op haar bus en glimlachte van tevredenheid.

'Je bent er trots op, hè?' vroeg Lennox toen hij haar zag kijken.

'Nou, je hoeft niet zo verbaasd te klinken.'

'Nee, nee,' zei hij en hij verviel weer in zwijgen.

Ze reden over kronkelende landweggetjes, gingen af en toe de top van een heuvel over en konden dan helemaal tot aan de zee kijken. Over de heuvels marcheerden grote windmolenlegers als schildwachten.

'Dat je me nou niet hebt gezegd dat ik een windjack mee moest nemen,' zei Surinder. 'Als er iets is wat al die lelijke windturbines hier duidelijk maken...'

'Ja,' zei Nina bijna trots. 'Zoveel erger dan rijen en rijen identieke nieuwbouwhuizen en outletstores.'

Ze hoorden de dansmuziek al van verre. Aan het einde van een steil, modderig pad omlaag stonden rijen tractors en Land Rovers geparkeerd, voor een enorme schuur die met bloemen was versierd. Buiten zaten talloze jonge mannen in kilts op hooibalen bier te drinken en uit te dampen.

'Een jaar of vijfentwintig geleden,' zei Hamish met een ondeugende blik in zijn groene ogen, 'was dit bedoeld om je toekomstige vrouw te ontmoeten.'

'Echt?' vroeg Surinder.

'Maar dat is natuurlijk niet meer zo, het is geen veemarkt...'

'Dus tegenwoordig komt niemand hier zijn toekomstige partner meer tegen?'

Er viel een ietwat ongemakkelijke stilte.

'O, ja, dat wel. De meesten eigenlijk.'

'Ik geloof dat ik die tijd van al die jaren geleden wel leuk had gevonden,' merkte Surinder vrolijk op.

Binnen in de schuur was het ongelofelijk warm door de drukte en al die tegen elkaar geperste lijven. Het rook er allesbehalve naar vee, maar in plaats daarvan naar deodorant, aftershave, te zware parfums, bier, en pijptabak.

Het was er bovendien een enorme herrie. In de hoek stond een band: vier man – met een viool, een *bodhrán* (trommel), een fluit en een accordeon – die in ijltempo stonden te spelen. Aan een kant bevond zich een bar van houten tonnen met lange planken erop waarachter tieners in een razend tempo pints van het lokale 80 Shilling-bier tapten, en nonchalant enorme glazen gin-tonic of wijn op de bar neerzetten. Al het geld werd simpelweg in een grote pot gegooid. De rij voor de bar was lang. In de andere helft van de schuur werd... hm, Nina wist eerst niet goed wat ze daar precies aan het doen waren. Het leek nergens op, totdat ze zich erop begon te concentreren. De mannen wervelden de vrouwen in een halsbrekend tempo rond en het duurde even voordat ze begreep dat ze aan het dansen waren. Het zag er gevaarlijk uit.

'Wauw,' zei ze. Het was een hoop om allemaal in zich op te nemen. Er waren duidelijk veel meer mannen dan vrouwen, maar toen ze de vrouwen die er waren bekeek, begreep ze dat ze veel te simpel gekleed was. De vrouwen hadden hoog opgestoken haren en zwaar opgemaakte gezichten. Ze waren allemaal in avondjurk, sommigen zelfs in het lang – veel zwart kant en diep uitgesneden decolletés – en ze droegen allemaal hoge hakken.

Vergeleken met hen was Nina totaal niet feestelijk gekleed, maar daar zat ze niet mee, ze was toch niet bezig om indruk op iemand te maken (daar werd ze op feestjes vaak zo nerveus van). Ze voelde zich juist licht en luchtig en dat Surinder een blik op haar wierp en opmerkte: 'Wauw! Je ziet er echt uit als een boerenmeiske!' stak haar niet. Waarschijnlijk bedoelde ze het als een compliment.

Nippend aan hun drankjes kletsten ze met de mannen, ook al hadden die ogen op steeltjes en draaiden ze hun hoofd van de ene naar de andere kant zodra er een meisje in vol ornaat langs paradeerde. Nina vond het prima om gewoon te luisteren naar hun gesprekken over soorten bemesting, tractoronderdelen, vleesmarkten en nog wat onderwerpen waar ze de ballen verstand van had.

Na een paar pintjes waren de mannen toe aan een dansje. Nina en Surinder bedankten allebei een paar keer, deels omdat ze niet op jacht waren zoals de jongens – tenminste... Nina was niet op jacht, Surinder twijfelde nog – en deels omdat ze geen idee hadden hoe het moest.

Van een afstandje zag het dansen er nog steeds angstwekkend uit: de meiden werden alle kanten op gegooid door de jongens en het gebeurde regelmatig dat er iemand tegen een schragentafel aan botste of struikelde. Maar het ging er allemaal vrolijk en gemoedelijk aan toe en iedereen lachte, terwijl de herrie intussen flink toenam en het deel van de vloer dat in beslag werd genomen door de wild rondtollende dansers steeds groter werd. Hier en daar werden de hoge hakken uitgeschopt.

Lennox, zag Nina, bleef resoluut aan de kant van de dansvloer staan. Ze glimlachte naar hem en stond op het punt hem te vragen hoe het met de lammetjes ging, toen hij naar een bekende zwaaide aan de andere kant van de dansvloer – een oudere man die een niet erg flatterende geruite broek droeg. Ze raakten onmiddellijk in een diep gesprek verwikkeld.

De mannen om haar heen hadden het nu over de samenstelling van veevoer, en Nina slenterde, wat moediger door de stevige gin-tonics, naar Lennox toe.

'Hallo!' zei ze. 'Ik wilde vragen hoe het met de lammetjes is.'

Beide mannen staarden haar nogal onbeleefd aan.

'Goed,' zei Lennox kortaf en hij richtte zich onmiddellijk weer tot zijn vriend. Nina was beledigd. Ze was de hele nacht op geweest om deze zak te helpen en hij had eerst niet gewild dat ze meeging naar het dansfeest en nu negeerde hij haar zelfs gewoon!'

'Je danst niet?' vroeg ze een beetje schalks.

Lennox fronste. 'Nee, dank je,' zei hij kortaf.

De andere man staarde in de verte.

'Ik vroeg je niet ten dáns,' zei Nina geërgerd en beschaamd. 'Ik vroeg het me gewoon af.'

'Nee,' zei Lennox. 'Niks voor mij.'

De stilte begon ongemakkelijk te worden en Nina overwoog zich stilletjes terug te trekken, toen er gelukkig een jongeman naar haar toe kwam die nerveus vroeg of ze wilde dansen. Ze stond op het punt hem beleefd te bedanken, toen ze Surinder tot haar verrassing in de armen van een of andere kerel naar de dansvloer zag walsen.

'Wat. Doe. Je?' fluisterde Nina.

'Kom op!' riep Surinder. 'In vredesnaam! We zijn hier niet voor niets! We kunnen net zo goed een kansje wagen.'

Nina schudde haar hoofd. 'Je bent gestoord!' zei ze, voordat ze besefte dat de man die haar had gevraagd – hij heette Archie – heel teleurgesteld keek en zich duidelijk voor gek voelde staan. Zijn maten stonden allemaal vanaf de andere kant van de schuur naar hen te kijken, dus met een snelle blik naar links, waar Lennox diep in gesprek was met zijn vriend, stak ze haar hand naar hem uit.

'Tuurlijk! Graag!' zei ze overdreven hard, terwijl Archie net zo rood werd als zijn haar. Terwijl hij haar meenam naar de dansvloer – wat Nina het gevoel gaf dat ze als een gladiator de arena in werd geleid – fluisterde ze hem toe: 'Je zult me moeten vertellen wat ik moet doen. Ik heb geen idee hoe dit in zijn werk gaat.'

Archie keek meteen minder benauwd en zette zijn borst een beetje op.

'Maak je niet ongerust! Ik neem je onder mijn hoede! Volg me maar gewoon.'

In het begin kon Nina helemaal niemand volgen. Het leek een beetje op de rupsbaan van de kermis, waar je moest gillen als je harder wilde. Er werd een hoop geschreeuwd en geroepen, de mannen deden een soort wedstrijdje armenzwaaien en eerst leek het alleen maar een enorm strijdgewoel, een rugbyspel op de dansvloer.

Toen, terwijl Archie haar geduldig alle bewegingen voordeed, begon ze de reeks passen, draaien en klappen langzaam te herkennen en voor ze het wist wervelde hij haar rond over de dansvloer. Enthousiast en opgewonden ging ze op in de dans en de muziek, en net toen ze het doorhad, stopte de band met spelen en moest zij ook wel stilstaan, hijgend en teleurgesteld.

De tweede dans had ze meteen te pakken: er werd een grote kring gemaakt en iedereen zette acht passen opzij en dan weer acht terug. Archie grijnsde breed naar haar terwijl hij haar van de kring af draaide en weer terug. Toen ze weer op haar plek stond, bleek hij een plaats opgeschoven te zijn en stond er een forse bebaarde jongen tegenover haar die nu haar danspartner was.

Aangemoedigd door de uitgelaten sfeer, de alcohol en het gevoel dat ze onvoorstelbaar ver van huis en een heel nieuw iemand was, stortte Nina zich er helemaal in. Ze had altijd een goed gevoel voor ritme gehad en bewoog zich van nature sierlijk, maar voor dansen in het openbaar had ze nooit genoeg zelfvertrouwen bezeten. Hier kon het niemand iets schelen en maakte iedereen gewoon plezier; er keek niemand. Hiet ging er niet om of je knap was, er sexy uitzag of opviel, het ging erom jezelf in de dans te verliezen en enthousiast mee te doen, alsof je een zieltje zonder zorgen was, zelfs zonder gedachten; het was dansen als uitlaatklep en Nina kwam er al snel achter dat ze het geweldig vond.

De sfeer in de schuur maakte haar duizelig; ze hoorde Surinder hard lachen en een paar dansparen verderop tegen de tafels aan stoten. Ze had het gevoel dat ze in en uit de dansende kring wervelde als onderdeel van een groter geheel en nauwelijks nog een individu was, terwijl de muziek intussen steeds harder en opzwepender werd.

Toen de dans ten einde was, applaudisseerde ze geestdriftig met iedereen mee, maakte een diepe reverence en dronk gretig van het flesje lokale cider dat Archie haar aangaf.

'En nu,' kondigde de leider van de band aan, 'is het tijd voor de "Dashing White Sergeant".'

Nina trok haar wenkbrauwen op naar Archie die enthousiast knikte. Om hen heen werden partners uit elkaar gehaald en ergens anders toegevoegd.

'Wat gebeurt er?'

'Deze dans is in drietallen. We moeten nog een meisje hebben. Of nog een man.'

Ze keken om zich heen. Iedereen was al verdeeld en alle meisjes waren op. En achterin stond een groep grote mannen met rode koppen die duidelijk niet wilden dansen en zich concentreerden op hun bier.

Nina keek om zich heen. Er was niemand. Behalve... Ze zocht naar Lennox, maar die was nog steeds druk in gesprek. Goed. Ze had hem toch niet willen vragen, maakte ze zichzelf wijs. Het lukte Archie om Fat Tam te strikken, die ook met hen in de Land Rover had gezeten, en ze sloten zich aan bij een ander drietal met twee meisjes, zodat ze een groepje van drie mannen en drie vrouwen hadden.

Archie vertelde kort hoe de dans ging: eerst maakten ze een kring met zijn zessen en draaiden ze de ene kant op en daarna de andere. Dan brak de kring op in twee drietallen die tegenover elkaar stonden. De middelste van het ene drietal (Nina) danste met beide mannen aan weerszijden van haar én met de man die in het midden stond van het drietal tegenover haar. Vervolgens deed iedereen een stap opzij, pakte elkaar bij het middel, draaiden een rondje en dook dan uiteindelijk onder de armen van het drietal tegenover hen door, waarna de dans opnieuw begon maar nu met het volgende drietal dat tegenover hen stond.

Nina fronste haar voorhoofd. Het leek heel ingewikkeld, maar toen ze eenmaal bezig was begon ze het patroon te zien, de eenvoudige schoonheid van de twee drietallen die zich vormden en naar elkaar bogen en dan weer uit elkaar vielen. Van boven moest het lijken op het ontvouwen van bloembladeren.

Haar luchtige zomerjurk was ideaal terwijl ze werd rondgewerveld door haar danspartners, en haar ballerina's perfect om op te dansen. Haar wangen kregen kleur in haar anders zo bleke gezicht en haar haren dansten rond haar schouders terwijl ze geestdriftig meedeed, zich voor het eerst in lange tijd niet bewust van zichzelf.

(Surinder, die op een gegeven moment in dezelfde kring belandde als zij, dacht dat als deze omgeving de kleine, verlegen Nina zoveel goed deed, Schotland misschien een veel beter idee was geweest dan ze had gedacht.)

Tegen het einde van de dans dook Nina onder de armen van het drietal tegenover haar door en stond ze opeens recht tegenover Lennox. De twee meiden aan weerszijden van hem – hij was degene in het midden, net zoals zij – waren nogal aangeschoten en giechelden en flirtten met hem, maar hij leek er niets van te merken. Hij danste goed, merkte Nina op, goed in de maat. Hij draaide de gillende meiden zonder moeite om en om en ving ze weer op. Beheerst.

Toen het haar beurt was om met hem te dansen, keek ze hem boos aan.

'Ik dacht dat je niet danste,' zei ze, hoewel ze daar meteen spijt van had omdat het nu leek of het haar iets kon schelen dat deze stomme chagrijnige boer wel graag danste met een of andere blonde del en niet met haar. Toen pakte hij haar bij haar middel en tolde haar rond, waarbij haar voeten loskwamen van de vloer, merkte ze. Ze voelde zich een distelpluisje dat door de lucht zweefde, haar haren wapperden als een vlag achter haar aan en haar jurk fladderde om haar benen. Toen hij haar weer op de grond zette, keek ze naar hem op, maar hij tilde haar meteen weer op alsof ze niets woog en wervelde met haar de andere kant op, waarna hij haar op precies hetzelfde plekje terugzette en ze niets anders kon doen dan glimlachen en een buiging naar hem maken en weer verder dansen, hoewel Nina merkte dat ze aarzelde, heel even maar, en probeerde zijn blik te vangen.

Maar hij was al weg en de rest van de avond zag ze hem niet meer.

Nina en Surinder stapten in de truck die iemand had geregeld om hen naar huis te brengen. Surinder wilde naast Fat Tam zitten merkte ze, dus dook ze verder naar achteren, waar Archie zat met drie harige mannen die al vast in slaap waren. Door de ochtendmist reden ze naar het dorp, de velden baadden in een roze-gouden licht en glinsterden van de dauw. Tot Nina's stomme verbazing was het al na vieren geweest toen de muzikanten hun instrumenten inpakten en de meisjes overal in het hooi naar hun schoenen begonnen te zoeken. Ze was doodop maar vooral gelukkig en blij van het dansen en al het plezier dat ze had gehad.

'Die moeten meteen aan het werk straks,' zei Archie, die nog wakker was en met zijn sproetengezicht breeduit naar haar lachte. 'Ik ook, trouwens.'

'Echt?'

'Aye. Uitslapen is er niet bij als je boer bent.'

Ze naderden de met keitjes bestrate weg naar de boerderij van Lennox.

Archie keek haar aan.

'Hier moet ik eruit,' zei Nina. 'Bedankt! Heel erg bedankt voor deze fantastische avond. Die had ik echt nodig!'

Archie boog zich naar haar toe. 'Kan ik... Mag ik je misschien...'

'Nee, doe dat maar niet,' zei Nina. 'Het was geweldig vanavond maar ik geloof niet... Ik denk dat we het hierbij moeten laten. Hoewel je een fantastische dansleraar bent!'

Hij glimlachte. 'Dank je!' Hij nam haar op. 'Je bent niet van hier.'

'Merk je dat nu pas?'

'Nee, nee. Ik bedoelde alleen... Ik weet dat je niet van hier bent. Maar ik vind dat je hier heel goed past. Dat is lang niet bij iedereen zo.'

Nina straalde van genoegen. 'Dank je wel!' zei ze.

Archie bonkte op de zijkant van het busje en de chauffeur stopte. Nina stond op en gaf Surinder een por (waarop Fat Tam teleurgesteld 'Ahhh' naar Surinder riep) en pakte haar hand vast omdat ze meer had gedronken dan zijzelf. Na een 'Zie je!' naar iedereen, stapten ze allebei uit.

'Het is super hier!' begon Surinder buiten meteen. 'Het is gewoon... het is gewoon goed hier! Ik vind hem leuk, die Fat Tam.'

'Hij jou ook,' zei Nina. 'Hij vrat je zowat op, alsof je zijn ontbijt was.'

'O ja?' vroeg Surinder. 'Of had hij misschien gewoon honger? Ik wil wel een lekker ontbijtje, trouwens! Dat had je me beloofd!'

16

Allebei de meiden sliepen een gat in de dag. Ze stonden om een uur of elf op. Surinder zette koffie en samen bekeken ze de 'aardappelscones' die Nina had gekocht, waarna ze besloten ze te bakken en met boter te besmeren, wat beter bleek te smaken dan ze voor mogelijk hadden gehouden.

'Wat een prachtige dag!' riep Nina uit toen ze zaten te ontbijten voor het grote raam.

'Wel veel wind,' merkte Surinder op.

'Ja,' legde Nina geduldig uit, 'dat is juist lekker, dan krijg je het niet te warm.'

'Je bent hier al helemaal thuis,' zei Surinder.

'Niet zo thuis als jij. Ik heb hier nog geen DNA uitgewisseld met iemand.'

'Sinds wanneer ben jij zo brutaal?' vroeg Surinder terwijl ze nog een aardappelscone naar binnen schrokte. 'O, mijn god, dit is zó lekker!'

'Geen idee,' antwoordde Nina, die er echt over nadacht. Het was haar zelf ook opgevallen. Ze was klaar met eten en liep naar de voordeur om die open te zetten en te genieten van de warme zon en het koele briesje. 'Ik geloof... ik geloof sinds die boeken weg zijn uit je huis en ik een goed thuis voor ze heb gevonden.'

Surinder knikte. 'Ja, dat zou best kunnen. Psychologisch gezien is er een gewicht van je af gevallen.'

'En ook een werkelijk gewicht,' beaamde Nina. 'Maar inderdaad. Nu kunnen we weer gewoon vriendinnen zijn zonder dat jij je de hele tijd aan mij ergert.'

'Omdat mijn plafond op het punt van instorten stond,' zei Surinder.

'Ja, precies. Een werkelijk gewicht. Weg.'

'Er is me nog iets anders opgevallen,' zei Surinder.

'Wat dan?'

'Je hebt geen boek in je handen.'

'Nou, ik ben net op weg naar de boekenbus. Met al mijn prachtige boeken, en dan ga ik de weg op om wat boeken te verkopen.'

'Ja, ja, ik weet het. Maar je hebt niet zitten lezen tijdens het ontbijt.'

'Ik praatte met jou.'

'Je hebt geen boek mee naar bed genomen.'

'We waren dronken en het was vier uur in de ochtend!'

'Je hebt niet meer de hele tijd een boek bij je, alsof het een reddingsboei is.'

'Dat deed ik helemaal niet.'

'Hm,' zei Surinder.

'En wat is er trouwens verkeerd aan lezen?'

'Niks, helemaal niks. Dat heb ik je al duizend keer gezegd,' zei Surinder. 'Maar het lijkt er eindelijk op dat je het allebei doet: lezen én leven. Enzovoort.'

Nina keek uit over de wilde bloemen in de weide links van de laagste akker. Ze golfden zachtjes in de wind. Vanuit de bossen kwam de flauwe geur van wilde hyacinten.

'Mmm mm,' zei ze.

'Je weet dat ik gelijk heb,' zei Surinder. 'Je wordt hier gelukkig. Dat zie ik.'

'Nee hoor, dat is het niet,' zei Nina. 'Ik wil gewoon nog zo'n aardappelscone.'

'Je eet ook meer,' zei Surinder. 'Ook een heel goed teken!'

'Hou op! En, o god, ja! Ik ga aan het werk. Jij kunt hier lekker blijven liggen en niksen.'

'Dat is precies wat ik van plan ben,' zei Surinder. 'Heb je iets te lezen voor me?'

‘Hou op! Enne, als boer Knorrepot langskomt?’
‘Ja?’
‘Dan zeg je niks. ’t Is een klootzak.’
‘Begrepen!’

17

Het was winderig maar helder en Nina trok een trui aan over haar grijze jurk met daaronder een legging. De boekenbus zag er, ook zonder de drie verkochte boeken over de Tweede Wereldoorlog, nog even geweldig uit als de dag ervoor. Ze checkte of alle canvas riemen strak waren aangetrokken zodat de boeken niet van de planken vielen, ging achter het stuur zitten en controleerde of de handrem aangetrokken was en de versnelling in z'n vrij stond, zoals ze nu altijd deed voordat ze ook maar iets anders ondernam. Toen ademde ze diep in en startte de bus.

Het was marktdag in Auchterdub, een dorpje in de buurt. Ze had alles van tevoren uitgezocht, dus ze reed er zonder problemen naartoe. En het was inderdaad druk bij de kramen met eigengemaakte kazen (en soms een beetje ongepasteuriseerde melk onder de toonbank als je het lief vroeg), strooien poppen, verse eieren en enorme uitstallingen van grote, kussenachtige cakes tjokvol heerlijke ingrediënten. Ze nam zich voor later een gemberkoek te kopen.

Er waren huisgemaakte worsten: van hert, rund en zelfs struisvogel. Er waren jonge artisjokken, aardappelen met de donkere aardklonten er nog aan, enorme diepgroene kolen, frisse jonge sla, kastomaten die er nog klein en een beetje vreemd uitzagen en bloemkolen en wortelen die er al prima uitzagen. Nina had gehoord dat de aardbeien in het seizoen uit hun mandjes puilden, zo rijk was de oogst dan.

Er stonden Land Rovers, Jeeps en allerlei andere met modder bespatte auto's in de smalle straatjes met kinderkopjes en langs de grijze stenen muren geparkeerd, maar Nina vond haar vooraf gereserveerde plek zonder moeite en zette de bus daar opgewekt neer. Voordat ze de grote verlichte letters had buitengezet, verdrongen de marktbezoekers zich al rond haar bus. En toen ze de deuren openzette, doken vooral de vrouwen meteen naar binnen om te kijken wat ze had.

Nina keek trots naar binnen. De voorraad zag er keurig en aanlokkelijk uit; ze had een paar van de mooiste boekomslagen met de voorkant naar het publiek uitgestald en die ochtend in een moment van gekte nog een kroonluchter opgehangen aan het plafond, waar ze nu blij om was omdat het ding zo gezellig wiegde in de wind.

In de bus stond een vrouw om zich heen te kijken. 'Mijn hemel,' zei ze met een glimlach, 'ik weet gewoon niet waar ik moet beginnen.'

'Ja, dat gevoel ken ik,' zei Nina.

De vrouw keek omlaag naar de drukke peuter in zijn tuigje die nu vrolijk aan een zitzak sabbelde. 'Ik ben er een beetje uit... Toen ik zwanger was, heb ik alleen maar boeken over baby's gelezen en nu weet ik niet meer wat ik moet lezen.'

Nina's hart maakte een sprongetje en ze kwam meteen in actie.

'Nou,' zei ze, 'misschien is dit iets.' Ze pakte een prachtig boek dat vertaald was uit het Russisch en *We Are All Big Girls Now* heette. Het was een reeks korte hoofdstukjes over de ervaringen van een jonge moeder, geïllustreerd in prachtige kleuren – alsof het een middeleeuws getijdenboek was. Het varieerde van diepgravende – over het doorgeven van de vrouwelijke bloedlijn – tot enge verhalen over Baba Yaga waarmee de grootmoeder van de schrijfster haar als kind bang had gemaakt, tot de eenvoudige logistieke problemen van een peuter die zijn sneeuwpak steeds uit wil doen in het ijskoude Sint-Petersburg. Het was een boek dat Nina een heel diep moedergevoel had bezorgd, hoewel ze daarvoor nooit over het moederschap had nagedacht, en ze had nog nooit een jonge moeder ontmoet die er níét van had genoten.

Het gezicht van de vrouw lichtte op toen ze de prachtige illustraties zag.

'Perfect!' zei ze. 'Thomas! Niet doen! Ophouden! Nu!'

Maar Thomas luisterde niet; hij had het grootste, mooiste boek over bussen en vrachtwagens en graafmachines en vorkheftrucks ontdekt en had het al in zijn handjes.

Nina wendde haar blik een beetje beschaamd af; ze was er niet aan gewend dat mensen voor hun boeken – tenzij ze te laat werden teruggebracht – moesten betalen en dan had ze de boete altijd weggewuifd als iemand er arm of ongelukkig uitzag.

De vrouw keek naar de prijs en zei: 'Weet je wat? Ik neem dit ook! Misschien houdt dat hem rustig onder het boodschappen doen en probeert hij niet alle koffiebroodjes te pakken te krijgen.'

Nina merkte dat het helemaal geen probleem was om het geld aan te pakken en wisselgeld terug te geven.

De volgende die binnenkwam was een oude dame die een zucht slaakte en zei dat ze niet had beseft dat alle boeken zo nieuw waren. Tegenwoordig schreef er niemand meer zoals vroeger, begreep Nina wat ze bedoelde? Het was zo jammer, want het enige wat ze wilde was een modern boek maar met ouderwetse waarden en normen. Nina bleek precies te weten wat ze bedoelde en ze haalde een leuke serie tevoorschijn die *St Swithin's* heette, over een jonge verpleegster – Margaret, zo geruststellend – die in een ziekenhuis gaat werken en niet wordt verstikt door enorme bergen papierwerk en reorganisaties, maar die het lukt om in de multiraciale wereld van vandaag te leven en eenvoudigweg van al haar patiënten te houden en hen te verzorgen, waar ze ook vandaan komen. Daarbij gaat ze er ook nog regelmatig op uit om heldhaftige reddingsacties te ondernemen en is ze in de eerste fase van een opwindende maar ook uiterst kuise liefdesaffaire met de knappe, bijzonder moedige chirurg dokter Melchitt.

'Probeer dit maar eens,' zei Nina met een glimlach. 'Als u het niks vindt mag u het ruilen, maar als het u wel bevalt, zijn er nog zevenenveertig andere delen van deze serie.'

De vrouw keek al blij toen ze de achterflap las en zei: 'Nee, volgens mij is dit precies wat ik wil. Heb je ook een groteletterversie?'

Nina vloekte inwendig. Het probleem was dat de groteletterboeken zo gewild waren en zo vaak werden uitgeleend dat ze in een te slechte conditie waren geweest om mee te nemen.

'Nee,' zei ze. 'Maar ik beloof u dat ik die de volgende keer wél voor u heb.'

Daarna had ze constant mensen over de vloer, sommigen kwamen alleen even kijken wat ze had en anderen waren op zoek naar specifieke titels. Als ze niet wisten wat ze wilden, probeerde Nina erachter te komen van wat voor soort dingen ze hielden en gaf hun dan advies. Terwijl ze bezig was af te rekenen en geld aannam – en pinbetalingen via een slimme app op haar iPhone die Surinder haar had aangeraden – zag ze buiten een jong meisje staan. Ze leek een jaar of zestien, droeg een bril, had nog wat puppyvet en zag er ongemakkelijk uit. Ze droeg een vest met lange mouwen waarvan ze de uiteinden over haar vuisten had getrokken. Er zaten grote gaten in waar haar duimen doorheen staken.

'Hoi,' zei Nina voorzichtig. Het meisje keek verschrikt op en deed een paar passen naar achteren.

'Het is oké, hoor!' zei Nina met haar hartelijkste glimlach. 'Je kunt gewoon binnenkomen,' zei ze. 'Ik vind het geen punt. Kijk maar lekker rond, je hoeft echt niks te kopen.'

'Nee, nee, hoeft niet,' zei het meisje. Ze liep weg, met gebogen hoofd.

Haar eerste dag was met meer succes verlopen dan ze voor mogelijk had gehouden en later die middag reed ze tevreden terug met een fles prosecco, waarmee ze met Surinder proostte op hun enorme (relatief gezien) succes. (Nou, ik heb de naam tenslotte geschilderd, zei Surinder.) Ze zaten in de woonkamer en Nina deed de administratie en checkte welke boeken ze moest bestellen.

'Dat is nou de minder leuke kant van een eigen bedrijf hebben,' merkte Surinder op.

'Wacht maar tot ik een lekke band heb,' zei Nina. 'O, mijn god, wat ben ik moe!'

'Ga dan naar bed!'

'Ik was eigenlijk van plan... ik was eigenlijk van plan om even naar de overweg te gaan. Naar Marek zwaaien.'

'Serieus?' vroeg Surinder. 'Wat is dit? *The Railway Children*?'

'Nee. Ik heb... ik heb een boek dat hij waarschijnlijk wel mooi vindt.'

Het was een heel oude, maar in perfecte staat verkerende uitgave van *I Am David*. Ze had geen idee of hij het al had gelezen of niet, maar ze dacht dat hij het wel iets zou vinden. Ten slotte wist hij een beetje hoe het was om te zwerven.

Surinder keek haar streng aan. 'Weet je dat wel zeker?'

Nina bloosde. Ze wilde niet bekennen hoeveel ze aan hem had gedacht, aan zijn vriendelijke, melancholische, poëtische karakter. Hij was zo exotisch, zo triest.

'Gewoon een ideetje,' zei ze.

'Nou, misschien kun je dat ideetje beter ten uitvoer brengen als je wat slaap hebt gehad.'

18

Na een paar dagen die drukker waren dan ze ooit had durven dromen, besloot Nina dat het tijd was om een voorleesuurtje te starten. Het was bewolkt en grijs, dus nadat ze het schoolbord buiten had gezet, had er zich binnen de kortste keren al een groep ouders met kinderen voor de bus verzameld.

Ze las de kinderen het verhaal voor van de negen prinsen die de hemel weefden, en ze zaten met hun snotterige neuzen en melkgebitjes helemaal geboeid te luisteren. Daarna verkocht ze een heleboel boeken maar was het ook een enorme zooi, vooral als de kinderen kleine zusjes of broertjes hadden meegenomen. Ze was aan het schoonmaken en had net een doekje in haar hand toen ze opkeek en het meisje weer zag staan.

Het meisje straalde iets uit wat Nina herkende. Een hebberigheid, een verlangen naar boeken, een radeloosheid om iets te lezen te pakken te krijgen.

'Hé, ben je er weer!' zei Nina opgewekt. 'Kom erin. Kijk rustig rond!'

Lomp – haar houding was verschrikkelijk – klom het meisje de twee treetjes naar de bus op. Eenmaal binnen lichtte haar gezicht op. Het veranderde haar totaal; ze had een leuke lach.

'Mooi,' zei ze zo zacht dat Nina haar nauwelijks kon horen. Ze liep naar de boekenplanken, betoverd, liet haar vingers langs de titels glijden en glimlachte bij het zien van bepaalde boeken alsof het oude vrienden waren.

'Naar wat voor boek ben je op zoek?'

'O.' Het gezicht van het meisje betrok. 'Ik kan het niet betalen om er een te kopen. Hé, deze staat verkeerd!' Ze pakte een

Daniel Clowes tussen twee Frank Darabonts uit.

'O! Dank je,' zei Nina verrast. Het meisje gaf haar het boek aan en bekeek de boeken met een geoefend oog.

'Hou je van boeken?'

Het meisje knikte. 'Ja, heel veel. Het was zo rot dat de bibliotheek sloot. Ik heb... Bij mij thuis zijn er geen boeken.'.

'Helemaal geen?'

'Nee. En als die er waren zou mijn moeder ze verkopen. Als ze tenminste wist wat het waren...' Ze zei het niet sarcastisch of vol zelfmedelijden; het was gewoon een constatering.

Nina zag dat de kleren die het meisje aanhad heel goedkoop waren en niet warm genoeg voor het winderige weer. Ze keek peinzend om zich heen naar de na-het-voorleesuurtje-puinhoop.

'Eh...' begon ze. 'Ik kan hier af en toe wel wat hulp gebruiken, maar ik kan je niet veel betalen...' Ze kon zichzelf niet eens betalen als ze had getankt en iets opzij had gezet om voorraad te kunnen kopen en af en toe een broodje. 'Het zou alleen maar een halfuurtje zijn zo nu en dan, en dan mag je daarna een boek meenemen. Wat vind je van dat idee?'

Het meisje keek blij op. 'Echt?'

'Het is geen baantje,' vervolgde Nina haastig. 'Ik wil je niet uitbuiten of zoiets. Het is alleen even snel opruimen.'

Maar het meisje was de kinderboeken al aan het ordenen op leeftijd en hoogte, zodat de kleinsten de kleurigste en leukste zelf van de onderste plank konden pakken.

'Hoe heet je eigenlijk?'

'Ainslee.' Het meisje draaide zich niet eens om.

'Oké, dank je wel, Ainslee,' zei Nina en ze liep terug naar de voorkant van de bus, waar ze een hele reeks populaire vroeg-negentiende-eeuwse romans verkocht aan een vrouw uit de streek. Ze had een enorme labrador bij zich, was gekleed in een wollige tweedjurk en had een bizar accent. Pas toen ze een enorm chequeboek tevoorschijn haalde – Nina wilde zeggen dat ze geen cheques accepteerde, maar de vrouw kocht een ongelofelijke hoeveelheid boeken en was ook nog vrij angstaanjagend – zag ze dat de vrouw Lady Kinross heette. Toen wist ze niet goed waar ze moest kijken.

'Dat is die deftige mevrouw van verderop,' zei Ainslee toen ze weg was. 'Haar huis heeft wel honderd kamers. In sommige ervan is ze nog nooit geweest.'

Na een minuut of twintig had Ainslee alles keurig opgeruimd en geordend en was ze begonnen de vloer aan te vegen. Nina voelde zich een beetje beschaamd. Ze stond erop een kop koffie voor haar te gaan kopen en keek toen de bus rond op zoek naar een boek voor haar.

Even later wist ze precies wat het moest zijn, hoewel het vreselijk duur was: *Fore Girl*, een graphic novel die was geschreven door een Zuid-Amerikaans meisje en ging over een superheldin in Rio die stal van de absurd rijken en haar buit uitdeelde aan de armen in de favela's. Het was grappig, romantisch en supervet en Ainslees gezicht begon helemaal te stralen. Haar trieste, geslagen houding was totaal veranderd.

'Mag ik nog een keer komen?' fluisterde ze.

'Graag!' zei Nina. 'Zaterdag? Dan is het marktdag.'

Ainslee beefde bijna van blijdschap. Nina zag dat ze het boek ongelofelijk voorzichtig onder in haar tas stopte, tussen allerlei andere boeken en schriften met ezelsoren. Nina vreesde dat ze het zo zorgvuldig wegstopte om het te verbergen voor nieuwsgierige ogen. Ainslee merkte dat ze naar haar stond te kijken, bloosde hevig en haastte zich weg. Nina keek haar peinzend na.

'Ik moet Marek een bericht sturen,' zei Nina. 'Serieus. Niet voor de lol, maar zakelijk.'

'Je bedoelt dat je een grote smokkellijn wilt opzetten?' vroeg Surinder, die zo aardig was de boekhouding te doen in ruil voor eten: de uitstekende verse vis, het fruit, de kazen en de groenten van de regio waar ze beiden zo enthousiast van werden. 'Nou, ik weet niet echt of dat oké is.'

Nina zuchtte. 'Maar ik wist niet... ik wist niet dat we het zo druk zouden hebben.'

Het was waar. Overal waar ze kwam, op elke markt waar ze stond, werd ze overrompeld door mensen die al heel lang een bibliotheek of boekwinkel in de buurt hadden moeten missen.

'Ik snap het,' zei Surinder. 'Het is wennen hè, dat je niet meer om vier uur al klaar bent met je werk.'

'Dat was alleen op woensdag!' protesteerde Nina. 'Niet elke dag! Maar één keer per week. En trouwens, wanneer ga jíj weer aan het werk?'

Surinder haalde haar schouders op. 'O, ik heb nog wéken aan vakantiedagen.'

'Ja, maar ik dacht dat je naar Vegas of L.A. of Miami wilde, iets wat beter past bij jouw geweldige persoonlijkheid,' zei Nina. 'Dat zijn exact de woorden die je gebruikte. Ik heb je nooit horen zeggen: "Ik ga naar het Schotse platteland om daar een beetje te boekhouden."'

'Ja, dat weet ik, maar...' Surinder leek een beetje in verlegenheid gebracht en staarde naar haar voeten.

Ze droeg... 'Zijn dat nieuwe kaplaarzen?' vroeg Nina. (Surinder had inderdaad een paar modieuze gebloemde laarzen aan.) 'Ik denk dat je in Las Vegas weinig behoefte zult hebben aan nieuwe rubberlaarzen.'

'Wat weet jij daar nou van?'

Nina moest toegeven dat Surinder een punt had, maar ze kneep haar ogen tot spleetjes en keek Surinder wantrouwend aan.

'Heb jij Fat Tam toevallig gebeld?'

'Heb je niks mee te maken.'

Nina wist uit ervaring dat ze beter van onderwerp kon veranderen. 'Maar in ieder geval, ik vroeg me af,' begon ze nerveus, 'wat vind je ervan als ik Marek vraag...'

'Je zorgt dat hij in de problemen komt,' zei Surinder met een waarschuwende blik in de ogen.

'Het is alleen zo dat Griffin me heeft verteld dat er weer

een bibliotheek wordt gesloten, die probeert van haar boeken af te komen en die ze goedkoop aan mij wil verkopen.' Nina had Mareks e-mailadres al aan Griffin gegeven om het vervoer van de spullen voor te bereiden, maar dat nog niet met Marek besproken. 'Ze blijven maar bibliotheken sluiten, de ene na de andere,' zei Nina moedeloos.

'Tsja, dat is vreselijk,' zei Surinder.

'Ja, vind ik ook!'

'Maar je mag niet riskeren dat Marek in de problemen komt! Ik dacht dat je hem graag mocht.'

'Ik zie het zo: hij brengt de boeken in veiligheid,' zei Nina. 'Hij laat ze vrij in de wereld, snap je? Het is goed wat hij doet.'

'Het is alleen tegen de wet. Stel dat Marek in het geheim dynamiet vervoerde?'

'Boeken zijn toch geen dynamiet!'

'Wat dacht je van *Mein Kampf*?'

'Surinder!'

'Wat? Ik zeg gewoon dat je hem vraagt om iets te doen wat verboden is.'

'Ik denk niet dat hij dat erg vindt.'

'Nee, omdat jíj het bent die het vraagt. Wat het nog erger maakt.'

'Oké,' gaf Nina toe. 'Je hebt vast gelijk.'

'Ik heb zeker gelijk!'

'Ik wilde het alleen maar vragen. Ik dacht dat hij dat wel zou willen doen.'

'Ik weet wel zeker dat hij dat wil doen. En dus moet je het hem niet vragen, Nien! Ik weet dat je tegenwoordig een enorm succesvolle zakenvrouw bent, maar ik zeg je: niet doen! Het is verkeerd!'

Nina zweeg. Toen zei ze: 'Goed. Oké. Ik zal het niet doen. Ik probeer wel een andere manier te bedenken.'

'Mooi.'

'Wat gaan we vanavond doen?'

Surinder wendde haar blik een beetje beschaamd af. 'Ik... ik ga uit,' zei ze. 'Een soort van. Ik heb een soort van date.'

Nina stond op. 'Nee! Echt? Nee!"

'Wat? Geloof je niet dat iemand me mee uit heeft gevraagd?'

'Tuurlijk wel, idioot! Wie is het?' vroeg Nina. 'Fat Tam, neem ik aan?'

'Nee. Hij was meer een opstapje naar de echte Highlander. Hij heet Angus. Of Fergus. Iets met "gus" in ieder geval.'

'Je weet niet eens hoe hij heet?'

'Stevige, gespierde armen. Brede mannelijke borstkas. Krullenkop.'

'Je klinkt alsof je het over een boom hebt. Wat was er mis met Fat Tam?'

'O, dat was gewoon een opwarmertje,' zei Surinder. 'Nee, het is een andere leuke vent van de *ceilidh*. Ik versta geen woord van wat hij zegt, zelfs zijn naam niet, dus dat maakt weinig uit.'

'Waar gaan jullie naartoe?'

'O, eten in een sterrenrestaurant en daarna naar een geweldige musical,' zei Surinder. 'Grapje! Naar een pub natuurlijk. Wat anders?'

Surinder ging zich klaarmaken en Nina was lichtelijk jaloers. Ze had de boekenbus wel willen gaan opruimen, maar dat had Ainslee al gedaan en bovendien was de voorraad enorm geslonken. Ze besloot een kop soep op te warmen en iets te gaan herlezen, iets over kostscholen of zo, daar knapte ze altijd van op.

'Ik meen het! Niet eropuit gaan om Marek te ontmoeten! Geen rare dingen doen!' zei Surinder streng toen ze klaar was.

'Dat was ik helemaal niet van plan! En doe jij nou maar niks raars met die vent van wie je niet eens weet hoe hij heet!'

'Dat bedoel ik niet! Ik bedoel dat vervoer. Dat jij nou goed terechtkomt nadat je je baan kwijt bent geraakt, betekent niet dat dat voor iedereen geldt!'

'Ik zal het niet doen.'

Toen draaiden er koplampen het kiezelpad op en reed er een enorme auto voor.

'Oooo!' zei Surinder opgewonden. 'Daar heb je de Zweinstein-

Expres.' Ze zoende Nina op beide wangen en danste de deur uit, terwijl er een bonk van een kerel uit de SUV stapte om het portier voor haar open te houden. Daarna reden ze weg de mistige avond in; waar om acht uur de zon nog lang niet onder was.

Nina probeerde te lezen, maar ze kon bij hoge uitzondering haar aandacht er niet bijhouden. De woorden zwommen voor haar ogen. Ze werd afgeleid door het geblaat van de lammetjes in de velden en vroeg zich af of het een van de lammetjes was die zij ter wereld had helpen komen. Toen pickerde ze over voorraad voor de winkel, want in Schotland bleek nergens een plek te zijn waar ze kon inkopen wat ze nodig had. Ze had online gezocht en was daarbij bijna in de val van prachtige eerste edities en oude manuscripten getrapt die in Edinburgh te koop waren.

Nee. Ze wist dat er een bron bestond van geweldige, goed verkoopbare, bijna gratis boeken die hier met vreugde zouden worden begroet en haar in staat zouden stellen haar winkel draaiende te houden. En ze wist hoe ze eraan moest komen. Het enige wat ze moest regelen was...

Ze besloot shortbread te gaan bakken om haar gedachten af te leiden. Alleen boter, room en bloem, door elkaar gemixt: eenvoudig en heerlijk en zo gedaan. Ze maakte veel te veel. Ze zat ernaar te staren en besloot een deel ervan in een doosje te doen dat Surinder voor haar had gekocht, dat ze in een leuk tasje deed dat ze toevallig had. Het was pas kwart over negen en nog steeds licht. Ze ging gewoon een eindje lopen. De trein kwam pas over een paar uur, dus ging ze niet naar de overgang. Gewoon een stukje lopen.

Ze trok haar laarzen aan en liep langs de rand van de wei omhoog, tuurde naar de wieken van de windmolens die langzaam rondwentelden in de verte en de lammetjes die achter de afrastering dartelden, sprongen en elkaar uitdaagden.

Ze pakte een handvol gras en stak die uitnodigend uit naar een lui ogende ooi die met haar lammetjes naar haar toe kwam en het kalmpjes oppeuzelde, terwijl haar kroost onder haar buik melk bij haar dronk. Het was een vredig tafereeltje dat haar deed glimlachen. Toen sjokte ze verder. Ze had beweging nodig na een hele dag in de bus zitten; het begon kil te worden en ze trok haar jack strakker om zich heen.

Ze was er verbaasd over hoe graag ze haar winkeltje draaiende wilde houden nu ze had gezien dat het kon, nu ze wist dat er mensen waren – overal – die evenveel van boeken hielden als zijzelf. Maar hoe kon ze in vredesnaam genoeg voorraad krijgen?

Ze zag hem in de boom hangen voordat ze er was. Hij hing hoog; als je er niet naar op zoek was, gedachteloos naar de spoorwegovergang was gelopen en niet precies wist welke boom het was, zou je hem waarschijnlijk niet zien.

Het was een grijze kamgaren tas met een vierkante bodem aan een touw met een contragewicht, dat zorgvuldig over een tak was geworpen; de trein had waarschijnlijk nauwelijks hoeven vertragen.

Voorzichtig klom ze in de boom – Lennox' woorden indachtig dat hij voor een deel was verrot – en tuurde in de tas. Hij zat propvol met wilde bloemen: sterk ruikende gele brem, wilde hyacinten, narcisjes, lelietjes-van-dalen en gipskruid. Het was prachtig. Uitbundig. Zonder zichzelf toe te staan na te denken over wat ze deed, bond ze het tasje met shortbread en een boek aan het einde van een tak. Als ze langzaam reden, konden ze het ding er zo vanaf vissen.

Ze liet zich omlaagglijden. Het begon nu echt donkerder te worden. Ze stak haar gezicht in de tas met bloemen en snoof. Onderin lag ook nog lavendel. Het rook verrukkelijk en helemaal blij liep ze terug naar huis.

Daar bleek Lennox in het halfdonker op een bankje voor de boerderij te zitten. Eerst zag ze niet goed wat hij aan het doen was en knikte ze alleen naar hem. Hij bromde iets terug. Toen keek ze beter. Hij was bezig... Ze schoot in de lach en kon zich niet inhouden: 'Hij lijkt sprekend op je,' zei ze.

Lennox keek naar haar op. Hij was bezig een piepklein lammetje de fles te geven.

'Heb je liever dat zo'n kleintje verhongert?' bromde hij.

Nina rolde met haar ogen. 'Natuurlijk niet. Maar jij zegt altijd tegen mij dat ik wakker moet worden en de werkelijkheid van het boerenleven niet zo moet romantiseren. Wat is er met hem aan de hand?'

Lennox keek met een ongewoon zachte uitdrukking op zijn gezicht op het lammetje neer. 'Zijn moeder wil hem niet. Dat gebeurt soms.'

'Waarom? Had ze nog een tweede lammetje?'

'Nee, alleen dit. Maar soms worden ze verstoten. Niet alle moeders zijn blij met hun kinderen.'

'Dus heb je hem geadopteerd?' vroeg ze.

Lennox haalde zijn schouders op. 'Neuh, ik doe alleen de avondvoeding. De jongens zijn al naar huis.'

'Het werk is nooit klaar voor een boer,' zei Nina, oprecht onder de indruk.

'Nee, klopt. En? Jij komt terug van een date?'

Nina stond zichzelf maar één seconde het beeld toe van Mareks lange wimpers boven zijn hoge jukbeenderen. 'Nee, daarvoor is het nog te vroeg.'

Lennox zette het lammetje op de grond dat naar het hondenhok drentelde waar het blijkbaar bij Peterselie sliep.

'Niet voor mij,' zei hij kort. 'Ik kruip erin. Welterusten.'

Nina liep verder naar haar huisje en werd nauwelijks wakker toen Surinder binnenkwam, heel erg laat en nogal aangeschoten, hard giechelend en iemand tot stilte manend.

19

'Jij loopt met je hoofd in de wolken,' zei Surinder.

Nina trok een gezicht. 'Nou, jij ligt met je kont in mijn bed, dus moet ik wel iets anders doen.'

Op de een of andere manier was Surinders korte vakantie uitgemond in een enorm lang verlof. Het weer was ongelofelijk mooi, volkomen uitzonderlijk voor Schotland – als de jassen die de mensen voortdurend met zich meesleepten een goede indicatie vormden – knalblauwe luchten met af en toe heel hoog een wolkje.

Nina had, zoals ze had beloofd, niets ondernomen, geen contact met Marek opgenomen en hem nergens om gevraagd.

Maar desondanks waren de boeken gekomen.

Griffin had het zelfstandig met Marek geregeld en stuurde haar de voorraad van de laatste bibliotheek die had moeten sluiten. Hij had er een rekening voor een klein bedrag bij gedaan en een nogal dringend briefje waarin hij zei dat ze, als ze ooit iemand nodig had, contact met hem moest opnemen omdat hij krankjorum werd van al die verwende kinderen met wie hij moest werken. Hij wilde gewoon weer tussen de boeken zitten en geen politieagent hoeven spelen voor vervelende pubers die het beveiligingssysteem van de bibliotheek probeerden te omzeilen om toegang te krijgen tot enorme hoeveelheden porno – wat een fulltimebaan bleek te zijn.

Marek had de boeken eenvoudigweg naast de spoorlijn gezet, waarna Jim haar een mail had gestuurd en ze had de boeken de volgende ochtend opgehaald.

'Je hebt een boekensmokkelnet opgezet,' merkte Surinder op.

'Dit is echt niet oké. Als de politie hem in de gaten krijgt... En hoe moet het als de spoorwegen erachter komen dat hij elke keer stilstaat daar? Als hij zijn baan kwijtraakt? Is het dan nog steeds een leuk spel?

In elke doos zat iets kleins van Marek: een grapje, een gedicht, zelfs een schattige tekening van een hond. En elke dag pakte Nina er weer een paar uit als ze klaar was met het stillen van de boekenhonger van de mensen in Lanchish Down, Felbright Water, Louwithness, Cardenbie, Braefoot, Tewkes, Donibristle of Balwearie, waar ze de bus parkeerde en de meest zinderende romances, engste misdaadverhalen en bloedigste Japanse verslagen over seriemoordenaars verkocht (die, was Nina's ervaring, altijd naar de vriendelijkst uitziende mensen gingen, want hoe keuriger iemand eruitzag, hoe verdorvener zijn literaire smaak – het moest met een kosmisch evenwicht te maken hebben).

Ze verkocht ook een hoop exemplaren van *The Hamlet Cookbook*, dat geschreven was door een vrouw die naar een klein eilandje van de Hebriden was verhuisd en niets anders at dan wat grassen die op het eiland groeiden – wat gepaard ging met een hoop borrelen en koken. Maar je viel er wel enorm van af. Surinder kon misprijzend doen wat ze wilde, maar ze kon niet ontkennen dat Nina er een succes van begon te maken.

Ainslee zag er net zo verlegen uit als altijd terwijl ze de laatste doos uitpakte, maar slaakte toen een kreet van vreugde.

'Wat is er?' vroeg Nina terwijl ze zich naar de doos overboog.

'Een hele doos *Up on the Rooftops*,' zei Ainslee. 'Een hele doos! Dit is een heel kostbare schat!'

'De originele?'

'Ik heb nooit... Ik bedoel, er was er een op mijn oude school, maar die mocht ik nooit aanraken.'

'O, mijn hemel. Mijn hemel. Ze kunnen niet hebben geweten wat die waard zijn. Anders hadden ze ze wel verkocht.'

'Maar jij hebt ze toch gekocht?'

'Ik heb honderd dozen afgenomen, ongezien, boeken afkomstig uit een bibliotheek die werd opgedoekt. Dus dan weet je niet echt wat je krijgt. Maar dit... dit is inderdaad heel kostbaar!'

Het was een stapel hardcover eerste edities van het beroemde boek over drie kinderen die Londen moeten doorkruisen zonder de grond aan te raken; ze waren gebonden, hadden een gouden kaft en vele prachtige tekeningen.

'O mijn god,' zei Nina terwijl ze bukte, 'zullen we de deuren gewoon dichtdoen en de hele middag onze favoriete stukjes aan elkaar voorlezen?'

'Ainslee?' hoorden ze buiten roepen. Ze keken allebei om zich heen.

'Wie is dat?'

'Niemand,' zei Ainslee met een boos gezicht. 'Kunnen we de deuren dichtdoen?'

'Niet echt,' zei Nina terwijl ze naar achteren liep.

'Ainslee!' klonk het harder buiten.

'Niet nu, Ben!' gilde Ainslee terug, harder dan Nina had verwacht. 'Ik ben bezig. Ga weg.'

Nina haastte zich het trapje af. Beneden stond zo ongeveer het vuilste joch dat ze ooit had gezien. Hij moest een jaar of acht zijn. Zijn haar was met een keukenschaar geknipt, dat was duidelijk, zijn wangen waren grauw en plakkerig en zijn vingernagels zwart.

'Hoi,' zei Nina.

Het joch keek haar boos aan. 'Ainslee!' riep hij. 'Ik wil eten!'

Ainslee kwam naar buiten. Boos. 'Ik heb gezegd dat je hier niet mag komen.'

'Er is niks voor het ontbijt!'

'Er liggen puddingbroodjes in de kast, dat heb ik je gezegd.'

'Die heb ik gisteren opgegeten.'

'Nou, dat is je eigen schuld dan.'

Het joch trok een gezicht alsof hij in tranen ging uitbarsten.

'Is dit je... broertje?' vroeg Nina. Ze probeerde niet nieuwsgierig of bemoeizuchtig te klinken.

Ainslee kwam tegenwoordig 's morgens vóór school en Nina

was begonnen haar te betalen voor haar werk.

'Aye,' antwoordde ze. Met tegenzin haalde ze het geld dat Nina haar de dag ervoor had uitbetaald tevoorschijn.

'Mag ik naar de bakker?'

'Aye, maar dan wegblijven hier!'

Nina zei niets, ze was bang iets verkeerds te zeggen, maar vond de hele situatie maar niks.

'Waar is je moeder?' vroeg ze voorzichtig.

Ben keek met een brutaal gezicht naar haar op. 'Hou je kop,' zei hij en hij griste het geld uit Ainslees hand.

Ainslee ging verder met het uitpakken van de boeken, haar gezicht gesloten en afwerend. Nina zag wel dat ze niks moest zeggen en deed dat ook niet, maar richtte al haar aandacht op een van haar vaste klanten die alleen boeken wilde die zich afspeelden in een postapocalyptische wereld. Het maakte hem niet uit of het zombies waren, de griep of een atoombom waardoor iedereen was omgekomen; het ging hem erom dat er bijna niemand meer over was waar hij last van zou kunnen hebben.

Nina's blik dwaalde af naar buiten. Het joch hing nog steeds rond op het plein, kauwde op een worstenbroodje en staarde naar de bus. Ze stonden opnieuw in Kirrinfief, waar Ainslee woonde. Ze glimlachte hem bemoedigend toe. Toen de klant weg was, ging ze Ainslee weer helpen met de prachtige gouden edities van *Up on the Rooftops*.

Plotseling was het joch weer binnen. Hij keek mee over Ainslees schouder.

'Wat is dat?'

'Ga weg,' snauwde Ainslee. 'Ik heb je gezegd dat je hier niet moet komen.'

'Je mag hier wel komen, hoor,' zei Nina, ook al wierp Ainslee haar een boze blik toe.

'Ziet er saai uit,' zei Ben. Maar hij tuurde nog steeds naar de omslag met daarop de drie kinderen en Robert Carrier, de duif, met een hoge hoed op, afgetekend tegen de koepel van St. Paul's Cathedral.

'Naar Galleon's Reach... om de koningin van de Nethers te ontmoeten,' zei Ainslee dromerig. 'O, ik zou het heerlijk vinden om dit voor de eerste keer te lezen.'

Nina knikte instemmend. 'Elke keer dat ik stopte met lezen, kon ik niet geloven dat ik niet kon vliegen.'

Ainslee knikte. 'Je hebt hier een heel dorp vol kinderen die het nog nooit hebben gelezen.'

'Ja, het is nog steeds heel populair, hè?' merkte Nina op. 'Hoe zouden ze anders weten hoe het is om te vliegen?'

'Niemand kan vliegen,' zei Ben minachtend. Hij had een zakje chips tevoorschijn gehaald en kruimelde op de vloer van de bus terwijl hij at. Ainslee keek hem geërgerd aan.

'In dit boek wél,' zei ze, 'dat is wat jij niet snapt van lezen, stommerd.'

'Wat? Dat het allemaal verzonnen gelul is?'

'Je mag er wel even naar kijken als je wil,' zei Nina, hoewel zijn plakkerige vingers haar wel wat nerveus maakten – de boeken waren kostbaar tenslotte.

Ben haalde zijn schouders op en draaide zijn gezicht af. 'Stom gedoe.'

'Nou, je kunt er ook niks van, hè? Hij gaat niet naar school...' zei Ainslee.

'Kun je niet zorgen dat hij wel gaat? Of kan je moeder dat niet doen?' vroeg Nina.

'Hij luistert gewoon niet.'

'Lezen is voor watjes,' barstte Ben opeens uit. Zijn oren waren knalrood. 'Het is stom. Ik moet het niet.' En hij smeet zijn chipszakje boos op de vloer, sprong de bus uit en holde weg over het plein.

Ainslee slaakte een zucht en haalde haar schouders op. 'Zo gaat het altijd,' zei ze. 'Ik kan er niks mee.'

Nina keek hem na. 'Maar de school? Kan de school er niks mee?'

'Ze hebben hun handen van hem afgetrokken,' zei Ainslee. 'Hij gáát gewoon niet. Mijn moeder kan het niks schelen. De school ook niet; ze vinden hem een "ondermijnende invloed".' Ze boog haar hoofd. Dit was een lange speech voor haar. 'En er is geen andere school. Alleen acht kilometer verderop. Het kan niemand iets schelen, volgens mij.'

'Wil je dat ik maatschappelijk werk bel?'

Ainslee sprong op, haar gezicht stond paniekerig. 'Nee! Alsjeblieft! Nee! Dat kan niet. Dan halen ze ons uit elkaar!'

'Ze zijn tegenwoordig heel goed, hoor,' zei Nina, die via de bibliotheek vaak te maken had gehad met sociaal werkers. 'Ze zijn heel vriendelijk en behulpzaam. Echt.'

Ainslee schudde haar hoofd, er blonken tranen in haar ooghoeken. 'Alsjeblieft. Doe het niet. Alsjeblieft. Alles is goed met ons. Echt. Alles gaat goed.' Ze zag er zo beklagenswaardig uit dat Nina niet goed wist wat ze ermee aan moest.

Er kwam een ander kind binnen. Goedverzorgd en goedgekleed, samen met haar moeder.

'O, kijk!' zei de moeder. 'Die boeken heb ik in geen jaren gezien! *Up on the Rooftops*! Tjeetje!' Haar nogal gespannen gezicht verzachtte plotseling. 'O, dat vond ik zo'n heerlijk boek. Het gaf me het gevoel dat ik kon vliegen.'

Het meisje keek haar nieuwsgierig aan. 'O? Mag ik het hebben?'

'Natuurlijk, schatje. Dan gaan we het samen lezen. Ik denk dat je het prachtig vindt!'

Ainslees gezicht stond strak toen Nina het geld aanpakte, het hoogste bedrag dat ze ooit voor een boek had geïncasseerd.

20

Er begon een patroon te komen in de dagen. Wanneer Nina klaar was met haar werk, maakte ze de kassa op en begon dan te bedenken wat ze voor Marek zou achterlaten aan hun boom. Dat had zich ontwikkeld tot een heuse flirt. Sommige dagen wilde ze iets grappigs doen, op andere iets serieus. Sommige dagen schreef ze hem alleen wat haar bezighield en dan schreef hij terug. Het drong tot haar door dat ze in geen jaren brieven had geschreven, er eens goed voor was gaan zitten om haar gedachten op papier te zetten in plaats van met één druk op de knop een mail te verzenden. Ze schreef langzamer en meer vanuit haar hart.

Ze zag altijd Mareks grote puppy-ogen voor zich; herinnerde zich zijn zorg voor haar. Hij schreef haar over de dingen die hij miste van thuis, over grappige dingen die hij door de ramen van de huizen had gezien. Zijn Engels was gebroken en zijn spelling kon vreemd zijn, maar hij had een mooie, vaak bijzondere manier van zich uitdrukken en ze begreep hem perfect.

Hoe vaak Surinder haar ook vertelde dat het niet echt was, dat ze in een fantasiewereld leefde – ze kon er niets aan doen. Want zelfs met Surinder in haar huis en de nieuwe mensen die ze elke dag ontmoette in de boekenbus voelde ze zich nog steeds een beetje eenzaam; een nieuwkomer, helemaal in haar eentje in dit groene hoekje van de wereld. Dagdromen over Marek hield haar warm, een heerlijk idee dat ze de hele dag in haar hart koesterde als ze mijmerde over dingen die hij misschien leuk vond, wat hem aan het lachen zou maken, wat een leuk pakje zou zijn in de tas. De ene avond was het een klein beeldje van een beer dat ze voor een paar cent op de markt had gekocht, een andere keer een boek over de kunst van houtsnijden waar niemand belangstelling voor had, een miniatuurflesje whisky dat ze als reclame uitgedeeld had gekregen in een van de grote plaatsen of een bos sterk geurende heide. En hij liet zakjes snoep uit zijn moederland achter, een bewerkt potlood dat hij misschien wel zelf had gemaakt, nieuw handgeschept papier, dat ze bewaarde als een schat.

En toen, op een avond, toen ze over het laantje langs de velden liep en zich afvroeg hoe het in vredesnaam nog helemaal licht kon zijn om halfelf 's avonds, opende ze het laatste briefje in zijn bekende handschrift, dat eruitzag alsof de pen te klein was voor zijn grote, sterke hand.

Zaterdag, stond er alleen. *Geen slaaptrein.*

Haar hart begon meteen sneller te kloppen. Wat de delicate, ongewone aanloop tot een romance was geweest, veranderde opeens in iets werkelijks.

Elke nacht dacht ze voor ze insliep aan Marek, aan zijn lieve, vreemde buitenlandse manier van dingen doen, zijn onverstoorbaarheid. En de onverwachte relatie die op de een of andere manier tussen hen was ontstaan. Ze wist dat de boom bij de spoorwegovergang, al was hij dan ziek, voor hem even belangrijk was als voor haar. Zijn briefjes vol poëzie en af en toe een zinnetje in zijn eigen taal voelden zo rijk en romantisch. Ze had ze bewaard. Allemaal.

Avonden waarop hij niet werkte of er niets aan de boom hing, waren altijd een teleurstelling. Avonden waarop er een tasje heen en weer waaide in de wind maakten haar enorm blij.

Maar nu... Elkaar weer in levenden lijve ontmoeten. In de werkelijkheid. Haar hart sloeg over van opwinding.

Surinder was, zoals gewoonlijk, niet onder de indruk.

'Wat ga je doen? Vrijen in een wagon? Stel dat je er pikzwart uit komt? Van de kolen?'

Nina moest iets wegslikken. 'Tuurlijk niet. Het is gewoon... gewoon een kans om elkaar te zien en te kletsen.'

Surinder snoof.

'Ah, kom op Surinder. Het is gewoon... het is gewoon zo lang geleden.'

'En Ferdie dan?'

'Ferdie telt niet.'

Technisch gezien was Ferdie Nina's laatste vriendje, een broodmagere, hologige dichter die na een evenement was blijven hangen in de bibliotheek omdat ze de enige was die hem wilde aanhoren. Ze hadden zo'n beetje gedatet, hoewel hij heel erg van streek raakte als hij het idee had dat zij niet goed genoeg naar zijn gedichten luisterde, die werkelijk verschrikkelijk waren en óf over de dood gingen, óf over de haat voor zijn vader. Aan de andere kant was het daardoor gemakkelijk geweest om het uit te maken, Nina had alleen maar hoeven zeggen dat ze de metaforen in zijn laatste werk, getiteld 'Alles is zwart (17)' niet goed begreep, en hij was in woede uitgebarsten en had haar een cultuurbarbaar genoemd. Ze had gehoord dat hij daarna het dichten had opgegeven, naar de kapper was gegaan en nu bij een bank in Aston werkte, maar of dat waar was wist ze niet.

'Nou, hij heeft anders knap lang in mijn keuken rondgehangen.'

'Dat was geen echte relatie, hè? Net zoals met Damien.'

'O ja. Bij hem ging je weg omdat je de wereld wilde zien en uit wilde en heel veel dingen wilde doen, waarna je de acht jaar daarop alleen maar op je kamer hebt zitten lezen.'

'Ja, precies! En nu is Marek er en is het allemaal heel spannend en vol mogelijkheden! Jij zegt toch altijd dat ik eruit moet en meer van het leven moet genieten?'

'Ja, maar niet met een of andere vent die je in de trein hebt ontmoet.'

'Hoezo niet? Mensen leren elkaar op de vreemdste plaatsen kennen. Jij hebt de Gus in een schuur ontmoet!'

'Ja, en toen zijn we gaan daten en konden we het goed met elkaar vinden!'

'Pfft, je hebt liggen neuken op mijn bank, bedoel je.'

'Dat is daten! We emmeren niet over poëzie en gedragen ons niet als kinderen in een tienerfilm of zo.'

'Nou, daar gaat het hier om. We gaan elkaar beter leren kennen, met elkaar daten.'

'Waarom komt hij niet gewoon overdag hierheen?' vroeg Surinder.

Daar had Nina geen antwoord op.

'Zie je wel? Hij is net zo verslaafd aan al dat romantische gedoe als jij. Dat fantasieleventje dat jullie met elkaar hebben, waarin hij je bloemen stuurt en zo, wat hij kan blijven doen omdat het allemaal in jullie hoofd zit. Het zal wel leuk zijn en zo, maar het is niet echt. Het is nergens op gebaseerd. En elkaar om middernacht ontmoeten in een goederenwagon ook niet.'

'Het is geen goederenwagon. Het is een spoorwegovergang. En het is... romantisch.'

Surinder rolde met haar ogen. 'Nou, leuk voor je. De Gus komt langs en we gaan zelf een afhaalmaaltijd maken – wat betekent dat we een maaltijd zouden laten thuisbezorgen als dat hier kon, wat dus niet zo is – en een filmpje kijken.

'Wacht even. Ben je hierheen verhuisd? Ben je hier ingetrokken? Met de Gus?'

'Ik ben op vakantie,' zei Surinder afgemeten, op precies dezelfde toon als waarop ze elke morgen haar baas te woord stond als die belde om beleefd te vragen wanneer ze terugkwam.

'Ga je nog uitzoeken wat het eerste stuk van zijn naam is?' vroeg Nina.

'Ach, dat is niet belangrijk op dit moment.'

'Nou, probeer erachter te komen voor je met hem trouwt!'

Het was bijna midden in de zomer. Hoewel je nog steeds een jasje nodig had als de zon onder was, stonden de velden er weelderig bij: wilde bloemen, rijpende oogsten, wuivende lange grassen. De grond werd in de winter doorweekt en daarna ontsproot alles overal, in elke haag of vrij plekje dat beschikbaar was; een orgie van bloemen en planten, het hele platteland stroomde ervan over.

Dat was ook hoe Nina zich voelde, alsof ze na een lange, lange winter op het punt stond uit te barsten, haar oude huid trots af te gooien, haar beschermende jas van boeken en dikke kousen en een gebogen hoofd. Ze was verschrikkelijk nerveus en kon zich nergens op concentreren. En ze was boos op Surinder: was zij juist niet degene geweest die zei dat ze meer móest léven? Dat ze moest ophouden zichzelf te begraven? Nou, dat deed ze nu toch? Eruit gaan. Léven. En nog een spannend leven ook, geen afhaalmaaltijden en films op tv. Niet luisteren naar iemand die alleen maar klaagde over het gebrek aan kansen die een dichter kreeg in Birmingham en hoe onbegrepen hij was. Dit waren enorme bossen bloemen – poëzie, échte poëzie en, geloofde ze, diepe gevoelens. Ze ging de nachttrein nemen.

21

Het was, bij uitzondering, warm genoeg om te gaan zitten schommelen op de spoorboom en dus deed ze dat, genietend van het zachte gekraak tussen de andere geluiden van de nacht. Ze had het gevoel dat ze in de Magic Faraway Tree zat, met het bos fluisterend om zich heen.

Ze deed haar ogen dicht en mijmerde weg met een glimlach om haar mond en een hevig kloppend hart, het platteland vol leven om haar heen. Toen ze wakker werd uit haar halve droom, zag ze de lichten van de enorme trein, met zijn kreunende assen en de zware cadans van de wielen, naderen in de verte.

Nina's hart maakte een sprongetje toen de trein vertraagde. Ze checkte: make-up... bij elkaar passende lingerie... Dat ze zich zo had voorbereid voelde een beetje vreemd. Maar aan de andere kant. Nou. Het was een date. Een ongewone, bijzondere date. Dat wel. Maar toch een date. Eindelijk, eindelijk gebeurde het: ze las er niet alleen maar over, dit was echt. Ze stond hier. Nerveus veegde ze haar handen af aan haar rok – een wijde, in jarenvijftigstijl, met een riem en een eenvoudig topje en een vest erop.

De trein vertraagde nog verder, hij gleed steeds langzamer over de rails, het remmen veroorzaakte die kenmerkende geur van asbest die ze altijd vies had gevonden maar haar nu deed denken aan de nacht waarin ze Marek had ontmoet. Uiteindelijk kwam het gevaarte schokkerig tot stilstand. Toen klonk het alsof de locomotief langzaam de adem uitblies.

Het was opeens doodstil en Nina voelde haar huid prikken van opwinding. Haar hand ging naar haar mond. De trein stond stil, er was geen zuchtje wind en er gebeurde niets.

Doordat ze zo langzamerhand de dienstroosters kende, wist ze dat Jim niet op de trein zat vanavond; Marek was in zijn eentje. En er kwam ook geen slaaptrein achter de goederentrein aan, dus een streng tijdrooster was er niet, of in ieder geval niet iemand die daar heel erg op lette. Alleen zij tweeën, helemaal alleen, midden in de Highlands.

De deur van de cabine ging langzaam open en Nina deed een stap naar voren. En nog een. Ze ademde zwaar van de zenuwen en opwinding.

Marek kwam niet naar buiten en even ging er een paniekvlaag door haar heen, dat híj er niet was maar iemand anders, die haar zou gaan vertellen hoe gevaarlijk het was om midden in de nacht rond te hangen bij een spoorwegovergang.

Nog steeds niemand. Ze zette haar tanden op elkaar en glipte onder de dichte spoorboom door. Er was hier nooit iemand 's nachts, dat zou vanavond toch ook niet zo zijn? Dat zou pas echt pech zijn! Maar de weg was verlaten, net zoals altijd; de boeren en hun families lagen in bed, diep in een welverdiende slaap.

Ze liep naar de locomotief – er hing een enorme slang goederenwagons achter – met kleine stapjes, ze was te nerveus. En toen was ze er en keek ze op.

Marek stond tegen de deur van de locomotief geleund. Zijn geloken donkere ogen stonden enigszins behoedzaam; zijn haar krulde wild – zoals gewoonlijk. Toen hij haar zag, brak er een brede glimlach door op zijn gezicht.

'Ik dacht... Ik wist niet zeker of je kwam,' zei hij, knipperend met zijn ogen. Hij leek verbaasd dat ze er was, dat ze echt voor hem stond, alsof ze een vleesgeworden droom was.

'Je hebt me uitgenodigd,' zei Nina.

'Ja, ja, dat is zo.'

Ze keken elkaar secondelang aan. Toen stak Marek zijn hand naar haar uit in de doodstille nacht om haar op de locomotief te helpen, en Nina legde haar hand in de zijne.

In de kleine ruimte binnen in de locomotief wisten ze geen van beiden goed wat ze moesten zeggen. 'Ik heb... ik heb een picknick bij me,' zei Marek met een onzeker gezicht. Nina glimlachte. Zij had niets meegebracht vanavond, omdat ze hem in het echt zou zien.

'Dat klinkt heerlijk,' zei ze. 'Hebben we daar tijd voor?'

Marek haalde zijn schouders op. 'Ik denk... ik denk het is geen probleem.' Hij gaf een liefkozend klapje op het bedieningspaneel. 'Ik heb aan de centrale doorgegeven dat ik een technische stop moest maken. Ze hebben geen bezwaar.'

'Oké. Dat is geweldig!'

Ze klommen weer uit de locomotief en vonden een zacht stukje gras. De trein onttrok het landschap achter hen aan het zicht en hield de wind tegen en Marek haalde een kleed tevoorschijn, dat hij met veel aplomb uitspreidde.

'Wauw!' zei Nina. 'Een middernachtelijke picknick!'

Met een serieus gezicht maakte Marek de meegebrachte rieten mand open, waarin allerlei hapjes bleken te zitten die Nina niet kende: kleine met vlees gevulde deegballetjes, flensjes gevuld met kaas of fruit, ingelegd zuur en heerlijk frisse, scherpe radijsjes. Ze probeerde alles en genoot. Hij haalde ook een klein flesje champagne en een rietje tevoorschijn. Nina slaakte een blije kreet.

'Ik kan als machinist niet drinken, maar ik dacht dat jij het misschien...' zei hij verlegen. Hij maakte het flesje heel voorzichtig open en Nina moest giechelen omdat ze het allemaal zo fantastisch vond. Hij nam ook een slokje en trok een gezicht, waarna hij erop aandrong dat ze meer at van alles wat hij had meegebracht. Ondertussen kletsten ze over van alles en nog wat.

Toen ze waren uitgegeten, vervielen ze allebei in stilzwijgen. Nina merkte dat ze alleen maar naar zijn grote werkhanden en de donkere haren op de rug ervan kon kijken en moest denken aan de kleine briefjes die hij daarmee had geschreven, de gedichten en de enorme tas wilde bloemen die hij voor haar had achtergelaten. Hij was plotseling zo dichtbij en ze vroeg zich af wat er zou gebeuren als ze zijn hand gewoon pakte...

Ze wierp een korte blik op hem. Hij zat naar haar te kijken met een dromerige, hoopvolle blik in zijn donkere ogen. Hij probeerde nonchalant over te komen, maar het was overduidelijk dat hij zich niet zo voelde. Zijn blik was gespannen en intens en plotseling overrompelend aantrekkelijk. Nina liet haar hand, bijna toevallig, richting de zijne glijden.

En toen gleed zijn hand ook naar de hare toe en plotseling bedekte hij haar hand compleet, strelend en liefkozend. Ze schoof verder naar hem toe en hij trok haar zowat op zijn schoot en draaide zijn gezicht met zijn volle zachte lippen en zijn enorme bruine ogen naar het hare en toen kusten ze elkaar als vanzelf. Plotseling drong het tot Nina door dat alles wat ze in haar hoofd had gefantaseerd, nu ook echt gebeurde. Dat was het laatste wat ze dacht voordat hij zijn sterke armen om haar heen sloeg en ze zich in zijn omhelzing verloor; dicht tegen hem aan gedrukt, zijn mond op de hare, de wereld smolt weg.

Plotseling scheen er, als uit het niets, een helder licht over de heuvel; er kwam een Land Rover hun kant op razen. Toen de bestuurder zag dat de spoorbomen dicht waren, begon hij luid te toeteren van frustratie. Marek en Nina schoten hijgend uit elkaar, allebei enorm geschrokken. Nina tuurde naar de auto. De stem die eruit kwam was luid en bekend en sneed scherp door de stilte.

'Wat is hier godverdomme aan de hand? Haal die klotetrein hier weg!'

Marek sprong op en liep naar de spoorboom, waar Lennox uit de Land Rover was gestapt. Hij was furieus.

'Sorry, we hebben een technische...' begon hij.

'Haal godverdomme die trein hier weg! Nu!'

Nina ging naast Marek staan. Lennox slaakte een geërgerde zucht.

'O, ik had kunnen weten dat jij hier iets mee te maken had. Wat doe je hier verdomme?'

'Jezus, waarom ben je zo woedend?' vroeg Nina ronduit. 'Het

is midden in de nacht. Waar moet jij zo snel naartoe?'

Toen zag ze pas dat hij een lammetje in zijn armen droeg. Er zat bloed op zijn jack.

'Wat is er met hem aan de hand?' vroeg ze vol afschuw.

'Loslopende hond,' mompelde Lennox. 'Ze moeten hem niet aan de riem hebben gehouden. Klotebeest. Ik had hem moeten afmaken.'

'Een hond afmaken?'

'Als hij mijn schapen aanvalt, dan doe ik dat! Schiet op met die verdomde trein!'

Marek was al in de locomotief gesprongen en bezig de trein op te starten. Hij keek radeloos op Nina neer.

'Ga met me mee,' zei hij.

Nina staarde hem aan, terwijl Lennox haar woedend opnam. Ze voelde zich verscheurd. Mareks donkere ogen keken smekend. Lennox gromde van ongeduld.

'Dat... dat kan ik niet,' zei ze.

Marek knipperde met zijn ogen en knikte.

Ze staarden elkaar een lang moment aan.

'En ik moet...' zei Marek.

'Ik weet het,' zei Nina, zonder haar ogen los te maken van de zijne. Ze kon voelen dat Lennox zowat ontplofte van woede en frustratie terwijl de trein heel langzaam begon te rijden.

Plotseling, zich nauwelijks bewust van wat ze deed en tot haar eigen verrassing, rende Nina naar de treeplank, sprong erop en kuste door het geopende raampje een verraste Marek op zijn mond; zijn lippen waren zacht en warm en ze wilde niets liever dan bij hem blijven, maar ze wist dat dat niet kon, en terwijl hij zijn hand van de dodemansknop haalde om de trein te vertragen, sprong ze lichtvoetig terug op de grond.

Lennox was terug naar de Land Rover gelopen en keek hoe de trein langzaam aan snelheid won en steeds harder ging. Toen hij de overweg over was, wiep hij een minachtende blik op Nina en deed het portier open.

In een impuls rende Nina naar hem toe.

'Ik kan je niet meenemen,' zei hij kwaad, 'ik ben op weg naar Kyle.'

Het lammetje, kon ze nu zien, had een grote scheurwond in zijn zij en blaatte meelijwekkend.

'O,' zei ze. 'Kan ik hem vasthouden? Het arme ding.'

'Nee,' zei Lennox kortaf. 'Moet jij jezelf niet voor een trein gooien of zo?'

'Waarom doe je toch altijd zo gemeen?'

'Omdat ik probeer het leven van een gewond dier te redden. Dus sorry dat dat je belachelijke liefdesleven in de war schopt.'

'Het is nergens voor nodig om zoiets te zeggen,' zei Nina kattig. 'Je bent mijn huisbaas, geen politieagent.'

Lennox startte de Land Rover.

'Als jij zomaar treinen stilzet en diep in de nacht in het openbaar god weet wat uitvreet, mag ik daar wel een mening over hebben, lijkt me.'

De koplampen van de Land Rover beschenen de restanten van de picknick – de champagnefles lag zielig op z'n kant in het natte gras. Ze staarden er allebei naar.

Lennox wierp nog één blik op Nina, die beefde van de kou maar vooral van woede.

'Wéét je wel iets over hem?' zei hij. 'Want ik ken mannen die van ver komen om hier keihard te werken en de rotste diensten te draaien omdat die beter betalen – en dat doen ze altijd... altijd voor hun gezin.'

En toen reed hij abrupt weg en bleef Nina alleen en ontzettend boos achter.

Nina keek de rode lichten na die verdwenen in de verte. De chagrijnige, verbitterde, klootzak. Hoe durfde hij? Wat had hij ermee te maken? En wat wist hij ervan?

Ze had Marek niet veel gevraagd over zijn achtergrond, maar het was allemaal zo lief geweest en zo heerlijk dat ze er gewoon aan toegegeven had, het was zo romantisch. Hij had het nooit over familie in Letland, dus vroeg ze er nooit naar, zo eenvoudig was het. Ze wilde er niet over nadenken, dat er ergens op een koude besneeuwde vlakte in een klein dorp, of in een Russisch appartementencomplex, mensen op hem wachtten. Mensen die hem vertrouwden, van hem afhankelijk waren.

Ze draaide zich om om boos terug naar het dorp te lopen, toen de Land Rover terugkwam en het portier werd opengegooid.

'Ik kan je dus niet hier alleen achterlaten in het donker, hoewel híj dat blijkbaar wel kan.'

'Ik red me heus wel.'

'Ja, maar dat dacht je ook toen je in een halfdode boom klom en gezellig een dansje maakte op het spoor, dus sorry, maar ik vertrouw er niet op dat jij je wel redt.'

Lennox reed haar zwijgend terug naar huis en keerde toen weer om, met het lammetje nog steeds in zijn jack. Ze bedankte hem nauwelijks.

Nina kon niet slapen. Ze dacht terug aan het gevoel van Mareks mond op de hare. Zijn prachtige zachte lippen, zijn grote sterke handen. Er school een dichter in hem. Dat wist ze zeker. Ze konden niet in zijn taal communiceren, maar ze voelde gewoon dat het zo was.

Tegen vieren zag ze de lichten van de Land Rover over het plafond glijden en wist ze dat Lennox terug was, maar dat zorgde er alleen maar voor dat de woede weer in haar oplaaide. Ze hoorde heel zacht gemekker toen het portier openging en een zacht gemompel, waardoor ze nog geïrriteerder raakte: het was duidelijk dat hij wel lief en aardig kon zijn, zolang het maar tegen iets met vier poten was.

Toen ze de kippen hoorde ontwaken en Lennox twee uur later weer weg hoorde rijden, had ze nauwelijks een oog dichtgedaan. Ze was supergespannen, nog erger dan ze in Birmingham was geweest. Ze hees zichzelf uit bed en stond eeuwen onder de douche, wat haar alleen nog maar meer naar haar bed deed verlangen. Nee! Ze moest werken. Ze had een eigen bedrijf. Zo was het nu eenmaal.

Surinder lag in haar eentje op de bank te slapen terwijl Nina in de keuken koffie maakte met het dure super-de-luxe espressoapparaat. Daarna beende ze boos naar de bus. Het weer weigerde koppig zich aan haar stemming aan te passen en de zon scheen stralend. Nina knipperde met haar ogen en zette zo ongeveer voor de eerste keer sinds ze in Schotland woonde haar zonnebril op.

22

Een boek voor de woedenden. Nina moest bijna lachen toen ze het zag, want het was precies wat ze zocht – een enorme serie wraakverhalen, variërend van gesmolten zilver gieten in de ogen van een inbreker tot het oprichten van een heuse piratenvloot.

Hij kan me niks schelen, dacht ze. Hij interesseert me geen zier. De zak.

Maar Marek wel, Marek wilde ze terugzien en hem kussen in het maanlicht. Ze zuchtte diep en keek op haar horloge.

Edwin en Hugh staken het plein over naar de pub om daar een biertje te drinken in de zon en Nina zwaaide naar hen. Ze zwaaiden opgewekt terug en gebaarden dat ze bij hen moest komen zitten. Maar dat wilde Nina niet, hoewel ze hun maar moeilijk kon uitleggen waarom. Ten eerste kon ze niet drinken omdat ze moest rijden en ten tweede was het pas net na achten 's ochtends. Maar ze wist wat ze eigenlijk wilden en haalde dat tevoorschijn: de nieuwste labyrintische saga van het subcontinent, Hugh had de smaak echt te pakken. Het was eigenlijk een bedankje voor alles wat ze voor haar hadden gedaan, dat ze haar hadden geholpen de bus te kopen. Hugh stond er altijd op om te betalen en Nina zorgde ervoor dat er geen prijs voorin stond zodat ze haar lippen kon tuiten en zeggen: 'Het spijt me heel erg, Hugh, maar deze is één pond vijftig', waarna hij een gepijnigd gezicht trok en zij een korting aanbood, die hij dan galant weigerde. Op die manier kregen zij hun boeken supergoedkoop en kon Nina hen bedanken, en waren ze allemaal tevreden.

Ainslee kwam meestal rond deze tijd even langs; hoewel Nina haar elke dag heel hartelijk verwelkomde, gedroeg ze zich nog steeds alsof ze niet welkom was en kwam gebogen en met neergeslagen blik naar de bus toe schuifelen alsof ze onzichtbaar probeerde te zijn. Maar vandaag was ze nergens te bekennen.

Er kwam wel iemand anders. Een smoezelig, brutaal kind in een rafelig sweatshirt en een korte broek met korsterige knieën eronder: Ainslees kleine broertje.

'Ben?'

Het kind haalde zijn neus op. Er zat opgedroogd snot om zijn neusgaten en ook op zijn vuile shirt zaten lange korrelige strepen. Hij kwam met een afwerend gezicht op haar afslenteren.

'Ainslee komt niet vandaag.'

'O? Waarom niet?'

'Ze heeft... kweenie.'

Nina fronste haar voorhoofd. 'O, heeft het iets met school te maken?'

'Aye.'

'Heeft ze examens?'

Ben schudde zijn hoofd. 'Nee,' zei hij. 'Nee, ze mag geen examen doen, hebben ze gezegd. Ze zit alleen maar te janken en zo. Ach, examens zijn toch stom.'

Nina keek om zich heen. Het was nog niet druk; omdat ze zo chagrijnig was, was ze veel te vroeg opgestaan na haar doorgehaalde nacht. Ze geeuwde. Er waren nog alleen een paar oude mannen die hun hond uitlieten en wat vrouwen die een beetje ronddrentelden om te zien wat er allemaal te koop was.

'Waarom mag ze geen examen doen?' vroeg ze. 'Dat is vreselijk! Ze is een slimme meid!'

Ben haalde zijn schouders op. 'Kweenie.'

Nina knipperde met ogen. 'Oké,' zei ze uiteindelijk, denkend aan Ainslees afschuw toen ze probeerde meer te weten te komen over haar leven thuis. 'Oké. Dank je wel dat je me het bent komen vertellen.'

Ben bleef hangen. Ze zag dat hij naar binnen keek, naar de rode en gele zitzakken. Ze wachtte even.

'Wil je binnenkomen?'

'Nah.'

'Oké.'

Maar Ben bleek nog steeds niet weg te willen.

'Ik ga denk ik even op het trapje zitten,' zei Nina vriendelijk. 'Lekker genieten van de zon. En misschien wat lezen.'

Ben haalde zijn neus weer op. 'Hm,' bromde hij.

Nina wilde eigenlijk vragen of hij geen school had die dag, maar ze vermoedde dat hem dat vaak werd gevraagd, dus deed ze het niet. In plaats daarvan pakte ze een exemplaar van *Up on the Rooftops* – ze had ze allemaal verkocht op twee na (en ze er ook een voor zichzelf achtergehouden) – en nam dat mee naar het trapje, terwijl ze terugdacht aan hoe ze er als kind absoluut van overtuigd was dat ze, als ze maar de juiste magische duif ontmoette, St. Paul's als kompas aanhield en 'noord voor de waarheid, west voor nieuw, zuid voor de bron, maar 'oost altijd oost' goed onthield, alles uiteindelijk goed zou komen.

'Oost, altijd oost,' zei ze hardop terwijl ze Ben in de gaten hield. Hij deed ongeïnteresseerd maar ging ook niet weg.

Toen zag ze Hattie aankomen, een moeder van vier kinderen die allemaal jonger dan vijf waren. Meestal zag ze eruit alsof ze hoopte dat iemand haar uit haar lijden zou verlossen.

'O mijn god,' zei ze blij, 'jij bent vroeg!'

'Jij ook!'

'Je maakt een grapje! Het is bijna halfnegen! Ik ben al vier uur op en toe aan lunch... Euan! Niet doen! Laat die hond met rust! Tildie! Tildie!'

In de buggy zette de tweeling een keel op. Hattie had overal waar ze ging een kring van kruimels om zich heen en dat was nu niet anders.

'Heb je vandaag een voorleesuurtje?'

Hattie probeerde Nina doorlopend te verleiden om een voorleesuurtje in te lassen, zodat ze alle vier de kinderen bij haar kon achterlaten, maar Nina weigerde dat resoluut en mompelde dan iets van 'niet veilig' als een soort afweermechanisme, waarop Hattie een keer droevig had gereageerd met de woorden: 'Nou, ik vind het geen punt hoor, als je er een kwijtraakt, dan heb ik er nog zat over', waarna ze dat een beetje te schel had weggelachen.

Nina knipperde met haar ogen. 'Oké, maar alleen als jij erbij blijft.'

Mag ik niet één klein relaxpauzetje?' vroeg Hattie. 'Dat is het enige wat ik vraag. Een petieterig weekendje New York?'

'Ik wou dat dat binnen mijn magische boekenkrachten lag,' zei Nina. 'Maar ik kan je wel wat glamour-wereldreisachtige dingen aanbevelen, als je wilt?'

'Ja!' zei Hattie. 'Dan lees ik dat in de twee seconden die ik heb als ik mezelf in de wc heb opgesloten en ze het nog niet in de gaten hebben.'

Nina zakte op het trapje neer en begon voor te lezen uit *Up on the Rooftops*. De tweeling was meteen stil – niet omdat ze het verhaal konden volgen, maar omdat de cadans van iemand horen voorlezen altijd een kalmerend effect heeft op baby's; Griffin had een theorie dat het evolutionair in de genen van kinderen zat om te luisteren naar verhalen, zodat ze in de buurt bleven en niet in het bos terechtkwamen om daar te worden verslonden door mammoeten.

En toen de drie kinderen uit het verhaal nadat ze duizend treden waren opgeklommen boven op een gebouw waren gestrand, merkte ze dat de smoezelige Ben steeds dichterbij was geschoven en nu in kleermakerszit vlak voor haar onder aan het trappetje zat.

Aan het einde van het verhaal klapte ze het boek dicht. Er werd diep gezucht, in het bijzonder door Hattie. 'Ik ben dol op dat boek,' zei ze. 'Dank je wel! Tien minuten rust en stilte. Dat is mijn record dit jaar.'

Nina glimlachte. De kinderen begonnen te zeuren om meer.

'O mooi!' riep Hattie. 'De bakker is open! Ik ga ze allemaal lekker plakkerig laten worden, dan moeten ze in bad. Daarmee red ik het wel tot halftien. Gewoon uit interesse en niet om het een of ander, hoe laat maak jij een fles wijn open? 's Avonds, 's middags of voor de lunch?'

'Zie je later,' zei Nina met een glimlach, terwijl ze tactvol een stel plakkerige vingertjes losmaakte van het boek.

'Ik koop het,' zei Hattie.

Hierna zou er nog maar één exemplaar over zijn. Nina keek Hattie aan.

'Ik heb het echt nodig,' zei Hattie.

'Oké,' zei Nina, die het eigenlijk jammer vond dat ze het moest verkopen.

Ze keek het groepje na terwijl ze met een hoop herrie over de keitjes in de richting van de bakker liepen; een van de kinderen krijste luid.

'Maar hoe gaat het verder?' vroeg een stem bij haar voeten. 'Wat gebeurt er daarna?'

Nina keek omlaag. 'Een heleboel dingen,' zei ze.

Ben tuitte zijn lippen teleurgesteld. 'Dat wil ik weten,' zei hij. 'Is er een film van?'

'Ja,' zei Nina, 'maar die is verschrikkelijk.'

'Hoezo?'

'Het ligt niet echt aan de film,' zei Nina. 'Maar je kent het gevoel dat je hebt als je naar een film kijkt, dat je kunt zien wat er gebeurt?'

Ben knikte.

'Nou, als je een boek leest, lijkt het of je er middenin zit, of je eraan meedoet!'

'Zoals in een computerspel?'

'Nee, computerspellen zijn leuk, maar je hebt nog steeds een toetsenbord en een scherm voor je, toch? Met lezen ben je echt ín het verhaal.'

Ben kneep zijn ogen half dicht. 'Alsof je er echt bij bent?'

'Ja, alsof je er echt bij bent. Alsof je in het hoofd van de schrijver zit. Alsof je meemaakt wat de mensen in het boek meemaken.'

Ben keek haar lang aan en schoof met zijn gympen over de straatstenen. Het bleef lang stil.

'Dat klinkt best leuk.'

Nina had behoefte aan nog een kop koffie en stond op om er binnen een voor zichzelf in te schenken uit haar thermoskan. Toen ze weer naar buiten ging, had ze *Wij gaan op berenjacht* bij zich.

Ze keek Ben aan. 'Wil je meekijken?'

Ben keek het hele plein rond om zeker te weten dat niemand hem zag en er geen andere jongens in de buurt waren. Toen haalde hij zijn schouders op. 'Goed.'

'Nou, kom naast me zitten dan.'

En zo zaten ze met z'n tweetjes op het trapje in de ochtendzon en ploegden zich met grote moeite, heel langzaam en met veel gemor van Ben door het boek heen.

Toen het uit was, stonden ze op. Het leek bijna of Ben 'Dank je wel' ging zeggen.

'Waar ga je nu naartoe?' vroeg Nina voorzichtig. 'Naar huis?'

Ben haalde zijn schouders op. 'Misschien.'

'Je kunt ook naar school, weet je,' zei ze zo vriendelijk als ze kon, alsof Ben een bang beestje was dat zou schrikken als ze hem aanraakte. 'Als je zou willen.'

'De andere kinderen zijn gemeen. Ze zeggen dat ik smerig ben.'

Hij was, ontegenzeggelijk, smerig. Nina slaakte een zucht. Ze kon Ainslee misschien wat meer geld toestoppen en suggereren dat ze daarmee een nieuw sweatshirt voor Ben kocht.

'Je kunt je wat opfrissen in de koffieshop,' stelde ze voor. 'Dat vinden ze niet erg. En gewoon naar school gaan, je niks van die andere kinderen aantrekken. Laat ze lekker in hun sop gaarkoken.'

'Ik haat het daar. Alleen maar stomme mensen die stomme dingen zeggen en over groenten eten en zo zeuren.'

'Ik weet het,' zei Nina.

Ze keek het joch na terwijl hij over het plein wegliep – hij ging inderdaad de koffieshop binnen, zag ze – en toen stapte haar volgende klant binnen. Het was McNab, een boer die elke week kwam en gek was op sciencefictionwesterns. Gelukkig hadden er een hoop in de dozen gezeten omdat er weinig belangstelling voor was. Ze had geprobeerd hem te interesseren voor echte westerns of ruimteheldenverhalen, maar daar wilde hij niets van weten, dus had ze Griffin gemaild en was ze naarstig op zoek op het internet naar alles met een omslag van een cowboy met een ruimtehelm. Toen ze klaar was met Mr. McNabs verhaal over hoe je een paard op Mars temde (neutronteugels), was Ben uit het zicht verdwenen.

Ze maakte zich de hele ochtend ongerust terwijl ze de klanten bediende. Tot haar vreugde waren er al veel mensen die regelmatig terugkwamen.

'Dit is jouw schuld,' zei Mrs. Gardiner, terwijl ze een dik boek meenam over een indianenvrouw die terug in de tijd werd getoverd en op het hof van Henry VIII belandde – die meteen probeerde haar tot zijn zevende echtgenote te maken. Het zat vol enerverende passages waarvan je hart sneller ging kloppen. 'Ik ben gewoon verslaafd aan boeken geraakt.'

'Mooi,' zei Nina, die nog steeds met Ben in haar hoofd zat toen Surinder haar kwam halen voor een snelle lunch.

'Waar jij geluk mee hebt...' begon Surinder. Ze zaten in de tuin van het cafeetje zaten en aten *cullen skink*, een romige vissoep waar ze allebei helemaal dol op waren, met grof boerenbrood erbij en lokaal gerookte zalm (die zo anders smaakte dan de vette rubberachtige substantie die ze kende uit de supermarkt en die ze zich heel af en toe kon permitteren, dat het wel een heel andere vis leek).

In de zon met een halfje *lager shandy* voor zich voelde Nina haar chagrijnigheid een beetje wegtrekken.

'Waar heb ik geluk mee?' vroeg ze. 'Want ik voel me nou niet bepaald een van de gelukkigen der aarde op dit moment.'

'Nou, je kunt het voor gezien houden voor vandaag, toch? Je hebt al goed verkocht. Je kunt naar huis gaan en een dutje doen.'

Dat was nog niet in Nina opgekomen, die uit gewoonte hele dagen werkte en bovendien de winkel niet sloot als er nog enige kans was dat ze iets verkocht. Na jaren een vaste baan te hebben gehad, was het een verrassing voor haar om te ervaren hoe leuk ze het vond om ondernemer te zijn, te zien wat werkte en wat niet, de voorraad op peil te houden en natuurlijk het juiste boek aan de juiste persoon te adviseren. Dat laatste was hetzelfde plezier als ze had beleefd aan het werk bij de bibliotheek, maar als mensen een boek kochten was dat voor altijd, en dat voelde intenser.

'O ja...' zei ze.

'Nou, kun je dat niet doen? Je verdient genoeg, toch?'

Nina fronste haar voorhoofd en vertelde over Ainslee en Ben.

'O, god,' zei Surinder. 'Dat moet je melden.'

'Ainslee heeft me gesmeekt dat niet te doen.'

'Ja, maar je weet niet wat er aan de hand is,' zei Surinder. 'Het kan echt heel vreselijk zijn bij haar thuis. Een akelige stiefvader die afgrijselijke dingen doet. Ze kan een loyaliteitsconflict hebben. Kinderen blijven vaak hun familie verdedigen, ook al hebben ze het heel slecht.'

'Ja,' zei Nina, 'ja.'

'Dus eh, gisteravond...' Surinder maakte haar zin niet af maar liet die in de lucht hangen.

'Ah,' zei Nina moedeloos. 'Mijn god...' En ze vertelde Surinder alles.

'O,' zei Surinder. 'Nou, misschien heeft Lennox wel een punt. Ik bedoel, waarom heeft Marek je niet uitgenodigd om naar een normale plek te komen?'

'Lennox is een betweterige klootzak.'

'Of misschien stuurt Marek al zijn geld naar zijn gezin.'

Nina reageerde niet.

'O, kom op,' zei Surinder. 'Wat dacht je dat er zou gebeuren? Dat Marek je in zijn sterke, mannelijke armen zou sluiten?'

Daar wilde Nina ook niet op reageren.

'Of dat hij een stevige beurt gaf op de vloer van de bus?'

'Je hoeft echt niet zo expliciet te zijn.'

'Maar daar dacht je aan, wedden?'

'Maar het is eeuwen en eeuwen geleden!'

Surinder lachte en schudde haar hoofd. 'Je fantasie is echt op hol geslagen, man!'

Nina voelde dat ze rood werd. 'Ja, ik weet het.'

'Ik bedoel, het is niet écht, weet je nog?'

Nina dacht terug aan zijn zachte lippen op de hare, de verrassing op zijn gezicht.

'Wel,' zei ze. 'Het is wél echt. En ik wil wat romantiek in mijn leven. Is dat zo verkeerd?'

Surinder haalde haar schouders op. 'Romantiek is hier zat te vinden. Vijf keer meer jongens dan meiden. Keus uit een miljoen mannen. Alleen moet jij weer hopeloos verliefd worden op die ene die midden in de nacht voorbijkomt en niet kan stoppen. Dit gaat niet over Marek. Dit gaat over jóú!'

Nina schoot in de verdediging.

'Ha,' zei Surinder. 'Je komt het liefst over als een watje, maar vanbinnen ben je zo taai als een leren lap.'

'Iedereen ziet er vanbuiten anders uit dan hij of zij is,' wierp Nina tegen.

'Ik niet!' zei Surinder, en Nina moest toegeven dat ze daar misschien wel gelijk in had.

'Moet je horen,' zei Surinder. Nina keek op. Door Surinders toon wist ze eigenlijk al wat er ging komen. 'Ik moet gaan. Als ik nu niet terugga, word ik ontslagen!'

Ze liepen van de pub naar de bus. Nina werd plotseling overvallen door een enorme vermoeidheid en stond abrupt stil.

'Nee!' zei ze. 'Echt?'

'Nou, het enige wat ik hier heb gedaan is eten en jou op je kop zitten,' merkte Surinder op, niet geheel ten onrechte. 'Ik moet terug aan het werk. En van jou zo hard zien werken krijg ik trouwens een schuldgevoel.'

'Het was superleuk dat je er was. En de Gus, hoe staat het daarmee?'

Surinder glimlachte flauwtjes. 'Nou, het is in ieder geval goed te weten dat hij er is. En ook dat ik het kán, snap je?' zei ze.

'Mannen aantrekken die ik echt leuk vind.'

Terwijl de bus de heuvel op reed, kwam de boerderij onder hen in zicht, de oude stenen muren glansden goudkleurig in de zon.

'Ik ga het echt missen hier,' zei Surinder. 'Je hebt echt geluk, wist je dat?'

'Vind je?'

'Zeker!' zei Surinder. 'Volgens mij heb je gevonden wat je graag doet, op een plek waar je dat wilt doen. De meeste mensen lukt dat niet. In de verste verte niet.'

'Maar ik voel me eenzaam,' zei Nina.

'Je maakt elke dag nieuwe vrienden,' zei Surinder. 'Maar zorg wel dat geen fantasievrienden zijn, ja? Ga met echte mannen om. Daar is geen gebrek aan hier.'

Ze keken allebei naar Lennox die niet ver van de weg waarover ze reden, door de velden struinde.

'Je zou zelfs kunnen proberen het aan te leggen met die hotte huisbaas van je!' zei Surinder.

'Hij is helemaal niet hot,' zei Nina.

Surinder telde af op haar vingers. 'Zowat een meter negentig, krullend haar, lenig lijf van het goede soort, gespierd, blauwe ogen, krachtige kaaklijn, redt pasgeboren dieren, loopt supermannelijk, heeft een geweldig huis. Nee, niks aantrekkelijks aan.'

'Hij is niet aantrekkelijk omdat het een zak is.'

'Nou, dat was die jongen die je op school leuk vond ook,' bracht Surinder haar in herinnering.

'Ten eerste zat ik toen nog op school en ten tweede zit hij vast.'

'Dat bewijst des te meer dat het waar is wat ik zeg!'

Terug in het appartementje keek Nina toe terwijl Surinder inpakte.

'Ga je... Geeft Marek je een lift terug?' Ze móést het vragen.

'Ben je gek! Nee, want ík weet wanneer ik iemand beter met rust kan laten. Ik vlieg vanaf Inverness.'

'Invernish,' corrigeerde Nina automatisch. Er was een groep

eilanders op de markt geweest die bijna al haar fictie had gekocht en ze had opgepikt hoe zij de plaatsnaam uitspraken. 'Wil je een lift?'

Er werd geclaxonneerd op het erf. Het was de Gus. Surinder rende naar buiten en vloog hem om de hals, ze sloeg haar benen om zijn middel terwijl ze elkaar hevig kusten. Nina zuchtte, ze kon er niets aan doen. Dit was wat ze wilde. Een heerlijke romance. Iemand die blij was haar te zien. Waarom kon dat Marek niet zijn?

'Ga niet weg!' zei de Gus.

'Kom dan naar Birmingham,' zei Surinder terwijl ze haar tas achter in de SUV gooide.

'O, dat is niks voor mij, denk ik. Ik gedij niet goed in steden,' zei de Gus. 'En mijn hond is er nergens welkom.'

'Nergens in de hele stad? Kom nou!' zei Surinder.

'In de hele stad. En gewoon lopen kun je er ook al niet, iedereen loopt in de weg.'

Ze kusten elkaar weer terwijl Nina naar de auto liep om afscheid te nemen.

'Zorg dat ze terugkomt!' zei de Gus. Zijn sproeten waren nog duidelijker door de zon. 'Snel. En dan voor altijd!'

'Ze doet nooit wat ik wil,' zei Nina glimlachend.

'Eh, sorry, maar andersom ook niet!' zei Surinder door het open raampje. Ze raakte Nina's arm aan. 'Deze plek past echt bij je. Echt. Volgens mij hoor je gewoon hier.'

'Dus ik ben nooit meer welkom in Birmingham?' vroeg Nina grijnzend.

'O mijn god! Zeker wel. Je móét zelfs komen. Het huis ligt nog steeds vol met die verdomde boeken van je!'

23

De zomervakantie betekende grote hoeveelheden kinderboeken en dikke romans; liefdesverhalen maar ook veel literatuur omdat mensen de tijd hadden om nu eens iets te lezen waar ze al jaren niet aan toegekomen waren. Nina merkte dat ze een hoop klassiekers verkocht.

Op haar ronde door de dorpen kreeg ze van iedereen te horen waar ze met vakantie gingen en wat voor soort boek ze graag mee wilden nemen en Nina gaf adviezen en tips. Er werd zo vaak aan haar gevraagd of ze naar het midzomerfestival ging, dat ze bijna besloot om dat te doen. Intussen had ze maatschappelijk werk gebeld over Ainslee en Ben – het voelde afschuwelijk toen ze dat deed – en aan de andere kant van de lijn was er diep gezucht en gezegd dat ze hen op de lijst zouden plaatsen maar nogal achterliepen met hun werk dus dat dat wel even kon duren voordat ze eraan toe waren. Nina had met een omweg geprobeerd Ainslee te vragen naar de examens en Ainslee had meteen haar afwerende, ondoordringbare pubergezicht opgezet en was vier dagen niet naar de bus gekomen. Nina vond het vreselijk dat Ainslee de bezoekjes aan haar misschien ook zou kwijtraken en hield haar mond er verder over; ze stopte haar alleen zoveel geld toe als ze kon missen.

En ze had meer dingen aan haar hoofd. Wat specifieker: een briefje met alleen 'Kom alsjeblieft' erop in een houten doos met prachtig houtsnijwerk die aan een tak van de boom had gehangen.

Ze twijfelde. Ze wilde haar vaste klanten niet missen; haar drukke verkoopdagen.

Aan de andere kant wilde ze graag haar oude huisje nog eens zien en ontdekken of ze zich nu echt een ander mens voelde of dat ze niks was veranderd; en om Surinder te zien natuurlijk – iedereen uit het dorp had naar haar gevraagd; ze had blijkbaar nogal indruk gemaakt. De Gus had last van liefdesverdriet en kocht allemaal boeken over eigengereide loners die een eenzaam leven leidden en en passant nog wat misdaden oplosten. Bovendien had Griffin haar getipt over een boekenveiling in Birmingham die binnenkort plaats zou vinden en voelde ze zich eindelijk dapper genoeg om het hele eind met de bus te rijden.

Maar boven alles wilde ze Marek zien. Ze wilde hem zo verschrikkelijk graag zien. Ze dacht de hele dag aan hem.

Dus besloot ze te gaan. Ze was van plan Lennox te vertellen dat ze een paar dagen wegging, maar ze zag hem niet dus liet ze het maar zo, niet dat het hem ook maar iets zou interesseren. Maar ze kocht een lekker bot voor Peterselie zodat hij wist dat ze hem zou missen.

Het was vreemd om terug in de stad te zijn. Nina besefte dat ze eraan gewend was geraakt dat iedereen in het dorp haar groette en alles over haar en haar winkeltje wist. De snelheid waarmee dat was gegaan was verrassend en ze was erdoor ontroerd; het was fijn om met naam en toenaam gegroet te worden op het postkantoor, bij de bank en hier en daar wat voor iemand te kunnen doen.

Surinder, die haar om de hals was gevlogen, fronste daarna haar voorhoofd.

'Het is vreselijk hier; veel te warm en op elk postzegeltje gras zitten afgrijselijke dikke mannen in korte broeken en sandalen. Getver! Harige tenen! Het is afstotelijk. Ik mis Schotland zo. En jij kunt 's nachts tenminste slapen.'

'Het ruikt hier raar,' zei Nina. 'Heb ik dat echt nooit eerder gemerkt?'

'Nee, dat is mij ook opgevallen,' zei Surinder. 'Toen ik terugkwam hier. Het stinkt naar vuilnisbakken en rottend eten en autodampen.'

Algauw liepen ze op straat. Het asfalt was plakkerig en de lucht erboven trilde van de hitte. Er stond geen zuchtje wind. De mensen zaten te niksen op de stoep voor hun huis. Het terras van het café op de hoek puilde uit van de drinkende mensen die veel herrie maakten. Het was overal druk en warm.

'Ik ben niet meer gewend aan zoveel mensen. Het is veel te druk hier.'

'Ja, oké, oké,' reageerde Surinder. 'Kun jij mijn baas niet zover krijgen dat hij een filiaal in Kirrinfief opent? Ik geloof niet dat ik zo ver kan forenzen.'

Nina glimlachte. 'Ja, dat lijkt me een goed idee. Het enige wat we daar nog nodig hebben is een grote stinkende stad die er midden in de natuur wordt gedumpt. Je kunt naar Perth verhuizen.'

Surinder slaakte een zucht. 'Ik dacht het niet...' Haar toon veranderde: 'Ik ben niet zo moedig als jij, Nina. Ik kan mijn leven niet zo rigoureus veranderen als jij. En mijn moeder, hoe moet het met haar?'

'Jíj hebt me aangespoord om de stap te zetten!' merkte Nina op.

'Ja, maar ik dacht niet echt dat je het zou dóén. Het was gewoon een manier om mijn huis terug te veroveren op al die boeken.'

Griffin zwaaide naar hen vanaf de andere kant van de (veel te drukke) bar. Hij zag er vreemd uit zonder baard, droeg een belachelijk T-shirt met een foto van een wasbeer erop en had een rare beanie op zijn hoofd.

'Griffin?'

Hij kwam naar hen toe met drie flesjes cider en gaf hun allebei een knuffel.

'O godzijdank! Volwassenen! Godzijdank,' verzuchtte hij.

'Hoe gaat het?'

Griffin hield Nina op armlengte van zich af en zei: 'Hoe gaat het met jóú? Je bent veranderd.'

'Helemaal niet,' zei Nina. 'Alleen ben ik nu veel buiten in de zon.'

Griffin schudde zijn hoofd. 'Nee, dat is het niet. Je ziet eruit... je hebt appelwangetjes gekregen.'

'Bedoel je dat ik dik ben geworden?'

'Nee, maar je ziet er... steviger uit.'

'Rot op, Griffin!'

'Nee, nee, zo bedoel ik het niet. Je ziet er... sterker uit? Stoerder. Minder breekbaar.'

'Ik ben geen foto uit *Back to the Future*!'

'Ik weet niet wat ik zeg. Sorry. Mijn hersens verweken door die baan. Maar neem maar van me aan dat je er goed uitziet. Meer dan goed.' Nina zag aan de manier waarop hij naar haar keek dat hij het meende.

'Jij ook!' zei ze, hoewel ze vond dat hij er een beetje gek uitzag. Hij probeerde duidelijk bij het coole, jonge team te passen. Hij had zelfs ringetjes in zijn oren.

'Hoe gaat het met je werk?'

Griffin trok een gezicht en nam een enorme slok. 'Zullen we het daar maar niet over hebben? Het is heerlijk jullie te zien maar als je begint over hoe geweldig je leven nu is en dat je je eigen uren kunt kiezen en met een schattig boekwinkeltje over het platteland toert, hang ik mezelf op.'

'Oké,' zei Nina. 'Het is allemaal vreselijk.'

'Niet waar,' zei Griffin. 'Surinder heeft me er uitgebreid over verteld. Ze zegt dat het er fantastisch is en prachtig en dat ze meteen teruggaat als ze weer vakantiedagen heeft.'

'Of misschien meld ik me wel gewoon ziek,' vulde Surinder hem aan.

'Waarom kom je niet ook gewoon een keer?' stelde Nina aan Griffin voor.

Griffin schudde zijn hoofd. 'Nee. Als ik het leuk vind, ga ik zo verschrikkelijk balen. Echt enorm. Ik moet elke morgen om zeven uur beginnen en me door al het personeelspapierwerk heen ploegen, daarna naar regiobijeenkomsten over nieuwe ontwikkelingen, dan, als ik terug ben, alle computers die zijn vastgelopen omdat ze elke dag vastlopen weer aan de gang krijgen, dan bejaarden van negentig voordoen hoe ze die moeten gebruiken omdat ze alle kleine bankfilialen hebben gesloten zodat die arme donders niet bij hun geld kunnen. Eigenlijk komt het erop neer dat er een hele generatie in een voor hen onbegrijpelijke wereld is geworpen en er maar twee opties voor hen zijn: leren typen of verhongeren.'

Hij nam een grote slok cider.

'Weten je nog hoe leuk het vroeger was als het voorleesuurtje begon?' zei hij tegen Nina.

'Daar had je juist altijd zo'n hekel aan!' zei Nina boos. 'Al die plakvingertjes op jouw Frank Millers.'

'Ja, dat zei ik altijd, dat ik er een hekel aan had.'

'En dat had je ook! Je haatte het!'

'Nou, ik kan je vertellen dat het paradijslijk was vergeleken met nu. Het was heerlijk. Toen kwamen de mensen om boeken te halen of een krantje te lezen of te vertellen van wat voor soort dingen ze hielden. Nu komen de mensen omdat ze radeloos zijn. Ze zijn van de wereld afgesneden omdat ze geen internet hebben of hun AOW is stopgezet en ze de eindjes niet aan elkaar kunnen knopen en er niemand meer is die hen helpt vanwege alle bezuinigingen. Ik ben bibliothecaris, maar tegenwoordig ben ik een IT-onderhoudswerker met psychologische, therapeutische en maatschappelijke neventaken. Plus zit ik meestal met een negentienjarig personeelslid dat op de wc zit te huilen omdat ze te weinig zelfontplooiing ervaart in haar baan.'

Nina zweeg, ze wist niet goed wat ze moest zeggen.

'Je zou ook daar moeten gaan wonen!' zei Surinder.

'Doe het zelf! We zijn niet allemaal zo cool als Nina.'

Nina vond zichzelf absoluut niet cool maar ze had er ook geen behoefte aan hun dat duidelijk te maken.

Ze namen hun drankjes allemaal mee naar buiten. Naast het terras was een vechtpartij aan het ontstaan, die blijkbaar om een meisje met hoogblonde haarextensies draaide die het zo te zien spannend vond het middelpunt te zijn.

In een hoek zat een luidruchtig en vrolijk groepje tieners, helemaal opgedoft en opgefokt, zonder naar een woord van elkaar te luisteren. De mensen wrongen zich langs de andere cafébezoekers heen om naar de bar te komen. Nina besefte dat ze gestrest was. Haar hart klopte te snel en ze werd overvleugeld door de hoeveelheid mensen om zich heen, de stank van uitlaatgassen, de herrie van toeterende auto's, rinkelende glazen en hard gepraat en gegil en het hele gedoe van een vrijdagavond in een zomerse, drukke stad.

En ze wist al hoe de avond zou eindigen; met meiden die hun schoenen kwijt waren, een hoop geroep en geschreeuw op straat, gillenden sirenes van ambulances – en vroeg zich af, nogal onaardig, hoe gauw Surinder naar huis zou willen.

Uiteindelijk bleek ze daar helemaal niet zo lang op te hoeven wachten. Griffin werd dronken en somber en zag eruit alsof hij in tranen ging uitbarsten en toen arriveerde er plotseling een hele groep leuke, jonge, vrolijke mensen, verwachtingsvol en giechelig, en een van hen riep Griffins naam omdat ze bij hem werkte.

Hij veranderde meteen in een energieke, goedgehumeurde vent en begon taal uit te slaan als 'chillen' en 'zó 2019', waarop Surinder en Nina elkaar aankeken en zich stilletjes terugtrokken. Samen wandelden ze in het donker in de benauwde avond huiswaarts.

'Nu is het nog licht th-' Nina had eigenlijk 'thuis' willen zeggen, maar maakte er haastig 'daar' van.

Ze kwamen langs twee krijsende katten die boven op een muurtje in een gevecht waren verwikkeld en hoorden iemand 'rot op!' schreeuwen. Een paar huizen verder stond er keiharde dansmuziek op en werd er ook geschreeuwd om stilte. Er kwam een open auto met piepende banden de hoek om scheuren, waar ook weer blèrende muziek uit opklonk. Hij reed veel te hard en ze schrokken allebei. De inzittenden van de auto lachten hard en begonnen toen naar een groep meiden aan de overkant van de straat te fluiten.

Surinder slaakte een zucht. 'En? Je wilt natuurlijk niets liever dan terugverhuizen naar hier, zeker?'

Nina schudde haar hoofd. 'Ik ga de bus nog één keer tot de nok toe volstouwen met boeken en dat is het dan. Volgens mij heb ik hier niets meer te zoeken. Ik heb net een heleboel voorraad gekocht op een veiling.'

Surinder knikte. 'Ik wist niet... Ik weet niet waarom, maar ik dacht dat het daar de een of ander ijskoude woestenij zou zijn en ik, als ik bij jou was, alleen maar een beetje mannen in rokken uit zou zitten lachen, smerige haggis voorgeschoteld krijgen en songs van The Proclaimers zou meebrullen.'

'The Proclaimers zijn fantastisch!'

'O mijn god, je bent al zo Schots geworden,' zei Surinder. 'Het is belachelijk.'

'Maar ze zijn écht fantastisch!'

Maar Surinder had nog meer op haar lever: 'En zo is het... zo is het helemaal niet,' zei ze langzaam terwijl er boven hen een politiehelikopter in de lucht bleef hangen die een enorme herrie maakte. 'Het is... het is heel bijzonder daar. Een plek waar je van gaat houden. Ik bedoel, het doet je gewoon wat. Die enorme velden, die zon die in de zomer zowat niet ondergaat, de manier waarop mensen voor elkaar zorgen.'

'Nou, dat moet wel,' zei Nina. 'De dichtstbijzijnde spoedafdeling zit honderd kilometer verderop.'

'Je hebt gewoon het gevoel dat je kunt ademhalen daar, dat alle dagelijkse beslommeringen er minder toe doen. Dat je er rustig de tijd hebt je leven te overdenken, wat je nou echt wilt, in plaats van van hot naar her te rennen, van je werk naar een café, naar een date, naar de sportschool, enzovoort.'

'En natuurlijk al die vreselijk aantrekkelijke mannen,' vulde Nina met een glimlach aan.

'Ja, die ook,' beaamde Surinder. 'Als je van sproeten houdt, zoals ik.'

'Ga dan met me mee terug. Er is ruimte zat.'

Surinder schudde haar hoofd geërgerd toen ze voor het hekje van hun kleine rijtjeswoning stonden en zag dat iemand een zakje hondenpoep boven op het lage muurtje van de voortuin had achtergelaten. Ze keken er allebei naar en zuchtten diep.

'Nu we het er toch over hebben... Heb je nou een afspraak met je donkerogige vreemdeling?'

Nina haalde een beetje nerveus haar schouders op. 'Ik heb een briefje voor hem neergelegd. Hopelijk zie ik hem morgenavond.' Ze haalde haar telefoon tevoorschijn. 'Ik wacht tot hij op een hedendaagse manier contact met me opneemt.'

Surinder grinnikte. 'Ach, moet je jou zien! Met iets wat niet op papier staat kun jij niet overweg!'

'Nee, zo is het echt niet', maar eigenlijk had Nina het jammer gevonden afscheid te nemen van hun geheime plek waar ze boodschappen voor elkaar achterlieten; het spannende van hun romantische boom. 'Maar hij heeft me niet geappt.'

'Misschien ben jij wel te middeleeuws geworden om met je telefoon om te kunnen gaan.'

Nina stak haar tong uit. 'Kom nou maar gewoon met me mee.'

'Dat kan ik niet,' zei Surinder. 'Ik ben te laf. Ik durf mijn baan en mijn hypotheek enzovoort niet achter te laten. En daarbij: wat moet ik daar doen? Eem kei in administratie zijn is niet voldoende, snap je.'

'Ik weet zeker dat je wel iets kunt vinden.'

'Maar stel dat dat niet zo is? Dan zou ik in een baan vastzitten die ik haat en waarin ik ook nog niks verdien. Ik vind mijn werk nou ook niet leuk, maar het betaalt tenminste goed. Wat verdien jij?'

Nina kneep haar ogen even dicht. 'Ja, het is niet veel.'

'Nee,' zei Surinder. 'Dus kun je nooit een huis kopen, op vakantie of je een nieuwe auto veroorloven.'

'Ik heb de bus toch!'

'Ja, ja. Maar jij vindt dat allemaal geen punt. Je vindt het juist heerlijk. Ik kan dat niet. Zo leven.'

Surinder staarde naar het petieterige, armzalige voortuintje en de auto's die voorbijraasden over de straat.

'Thee?'

Nina had om hun hulp gesmeekt en opnieuw hadden haar lieve vrienden gereageerd op haar oproep. Griffin kwam de volgende ochtend opdagen. Hij had een enorme kater en droeg nog, zoals beide meiden meteen opviel, hetzelfde T-shirt als de avond ervoor. Hij bleek in het café een meisje te hebben versierd en voelde zich er een beetje ongemakkelijk bij om dat te vertellen, maar was tegelijkertijd trots op zichzelf. Nina was een beetje kritisch maar toch ook wel blij dat hij weer wat beter in zijn vel zat.

'Maar ik weet niet hoe ik nu verder moet,' zei hij terwijl Nina koffie en een uitgebreid ontbijt voor iedereen bestelde. 'Ik bedoel, moet ik haar bellen, een appje sturen of wat?'

Nina peinsde dat ze nog steeds geen reactie van Marek had. Misschien was hij van gedachten veranderd. Was hij haar al helemaal vergeten. Vond hij het wel genoeg zo. Ze probeerde niet elke twee seconden op haar telefoon te kijken.

'Stuur haar een Instagram van een kop koffie,' opperde Surinder. 'Dat zal ze echt wel snappen.'

Griffin keek tevreden. 'Dat ga ik doen!'

Het veilinghuis was een vervallen, donker gebouw onder de bogen van een verlaten treinstation.

De man die er de leiding had gromde iets en knikte toen Nina hem haar papieren liet zien. Binnen lagen enorme stapels boeken die afkomstig waren van de ontruiming van een huis. Nina was het liefst gaan zitten om ze stuk voor stuk door te kijken, maar daar was eenvoudigweg niet genoeg tijd voor; ze moest terug aan het werk. Maar na Griffins tip, had ze de lijst online zorgvuldig doorgenomen en een bod gedaan. Ze kon de boeken goed gebruiken; ze was niet, zoals de meeste kopers, op zoek naar zeldzame eerste edities, maar wilde hedendaagse verkoopbare boeken en deze collectie stelde niet teleur: ladingen recente fictie en non-fictie van een nette lezer die de ruggen van de boeken niet brak. Ze had geluk.

Het was opnieuw een hete, klamme dag; het asfalt smolt zowat op de straten. Het was vreemd om zonder jas naar buiten te gaan. Dat had ze al zo lang niet gedaan, dat ze steeds het gevoel had dat ze iets miste.

Ze voelde al dat er iemand naar haar keek voordat ze hem zag. Ze draaide haar hoofd om terwijl Surinder en Griffin in het schemerdonker onder de bogen gezellig stonden te kibbelen. Eerst was hij slechts een donkere figuur die aan kwam lopen door de straat. Toen werd steeds duidelijker wie hij was en ze sprong op.

'Marek?'

Hij glimlachte zijn luie puppylach en stak zijn handen naar haar uit.

'Hier ben ik.'

'Maar hoe wist je-?'

'Je vriendin Surinder zei dat je hulp nodig hebt vandaag. Zij heeft me gevonden.' Zijn stem verzachtte. 'Als Nina hulp nodig heeft, ben ik er.'

Nina knipperde met haar ogen. Ze dacht terug aan zijn kussen, zijn zachte lippen op de hare; hoe ze ernaar had verlangd zich dichter tegen zijn grote berenlijf aan te drukken. Ze merkte dat ze bloosde.

'Ik ben zo blij je te zien...'

Hij boog zijn hoofd om haar te kussen, maar op de een of andere manier belandde zijn mond op haar oor, wat niet ideaal was, terwijl Griffin en Surinder het zonlicht in stapten en Surinder Marek een klap op zijn rug gaf en Griffin hem begroette en lichtelijk achterdochtig opnam op een manier die duidelijk maakte dat hij, ondanks de jonge meiden die hij oppikte in cafés, nog danig geïnteresseerd was in met wie Nina omging.

'Hoe gaat het met Jim?' vroeg Nina, maar Marek haalde alleen glimlachend zijn schouders op en ze begonnen enorme dozen vol boeken naar de bus te sleuren, waarin Surinder en Nina de laatste boeken uit Surinders huis al hadden gestouwd.

Nina was enthousiast over wat ze in de dozen aantrof: oude uitgaven van kinderboeken met dun tissuepapier ertussen om de afbeeldingen erin te beschermen, handgemaakte met bladgoud versierde omslagen, en volkomen gave hardcovers – het leek of de eigenaar of eigenaresse, wie dat ook was, eenvoudigweg alles had gekocht, zonder erover na te denken of het gelezen zou worden of niet. Nina vroeg zich af hoe het moest voelen om alles te kunnen kopen wat je wilde, zoveel boeken te kunnen aanschaffen zonder je zorgen te maken over geld.

Regelmatig zag ze iets waar ze meteen in wilde duiken, maar ze wist zichzelf te beheersen totdat het meeste werk was gedaan. Nu moest ze alleen nog terugrijden naar Schotland met al die boeken achterin, wat meer een taak voor een langeafstands-vrachtwagenchauffeur was, maar zodra ze alles op de plaats van bestemming had, zat ze maandenlang goed.

Toen de bus was volgeladen, slenterden ze naar een parkje in de buurt waar ze, met enige moeite, een vrij plekje vonden. Eerst ruimden ze de rotzooi die anderen hadden achtergelaten op zodat ze konden gaan zitten en hun ijsjes konden opeten, die ze hadden gekocht bij een karretje aan de ingang waaruit keiharde muziek schetterde om te laten weten dat het er stond. Overal zaten mannen met blote bovenlijven en iedereen zat zo dicht op elkaar dat Nina hun aftershave kon ruiken. De zon brandde op haar hoofd en ze verlangde naar een briesje, als was het slechts een zuchtje wind.

Griffin lag op zijn buik te appen met zijn nieuwe vriendin en lachte hysterisch en een beetje te hard, vond Nina. Na een tijdje sprong hij op en zei met een ironisch rollen van zijn ogen: 'Sorry, de plicht roept... of liever: Judy roept.' En de anderen glimlachten beleefd. Toen keek Surinder Nina aan en vroeg: 'Heb je je sleutel nog?' Toen Nina knikte zei ze: 'Goed, ik maak me uit de voeten hier, weg uit dit kippenvelpark... Zie je later. En niet te véél later!'

Nina omhelsde haar en keek haar na terwijl ze zich gracieus een weg baande door de drukte en de hopen vuilnis die altijd achterbleven na een warme dag. Haar hart klopte als een razende en ze wierp een korte blik op Marek, die met gebogen hoofd naar het gras staarde. Zijn nek was rood. Er viel een stilte.

'Eh,' zei ze uiteindelijk, omdat ze de stilte niet langer kon verdragen. 'Hoe... hoe gaat het met je?'

Marek tilde zijn hoofd op en keek haar met een intense blik aan. 'Nina,' zie hij. 'Laten we een stukje lopen?'

Nina stond op. Ze voelde dat hij net zo nerveus was als zij, maar dat was niet iets wat haar geruststelde. Ze liepen door de lengende schaduwen het park uit in de richting van het kanaal. Er gleden bootjes traag voorbij in het avondlicht, de mensen zaten op terrassen voor cafés en restaurants op luide toon met elkaar te praten, anderen lieten honden uit of schreeuwden in telefoons zonder te zien waar ze liepen – het gewone leven in een stad op een zomerse dag.

Maar Nina's aandacht was bij Mareks hand die onder het lopen nonchalant heen en weer zwaaide en ze vroeg zich af of ze die zou vastpakken. Het was een vreemd gevoel, zo samen, in het daglicht, als een stel op een date. Ze waagde nog een snelle blik op hem. Hij deed hetzelfde bij haar en ze glimlachte hem toe.

'Hierheen,' zei hij zacht en verrast deed ze wat hij zei en liep ze achter hem aan een zijstraatje in. Plotseling voelde ze zich een beetje nerveus, maar toen Marek naar haar lachte, verdween dat weer. Toen ze bij een prachtig klein binnentuintje uitkwamen, ademde ze verbluft in. Nina was er nooit geweest; je moest weten dat het er was. Het was omheind en er was een hekje onder een boog met een schattig bordje met CRAIGHART COMMUNITY GARDEN erop, door kinderen geschilderd en versierd met bloemen en vlinders.

Er stonden kolen en worteltjes en er was een stel kinderen met hun oma bezig het onkruid tussen de strakke rijen te wieden, hun stemmetjes klonken op in de warme avond. Verder waren er maar weinig mensen. Er zoemden hommels en bijen rond en het rook er naar kamperfoelie van een struik die iemand in de bloemperken rondom de groenten had geplant.

'O!' riep Nina uit. 'Ik heb nooit geweten dat dit hier was! Het is fantastisch! Zo mooi!'

'Net als jij,' zei Marek eenvoudig terwijl hij haar meetrok naar een afgelegen hoekje waar een bankje stond. Ze gingen zitten en Nina schoof dichter naar hem toe. Ze keek in zijn donkere ogen. Het was een heerlijke avond geworden...

'O Nina,' zei hij, terwijl hij haar hand pakte. 'Sinds ik in dit land ben... Ik kwam hier van zover weg en alles is zo anders en vreemd. En toen kwam jij in mijn leven en jij bent zo aardig en lief en slim, mijn Nina. En ik vind het zo fijn om dingen van jou te krijgen en dingen naar je te sturen.'

Ze schoof als vanzelf dichter naar hem toe.

'Ik was bijna,' ging hij verder. 'Ik woon in één kamer met allemaal andere mannen. Het is zo zwaar. Ik werk de hele nacht en kan overdag niet slapen omdat er altijd herrie is en ik ben verdrietig en ik mis thuis, o ik mis thuis zo erg, en mijn kleine jochie, zo erg. Het is zwaar hier en niemand doet vriendelijk en alles is zo duur en Nina, jij hebt meer voor me gedaan dan je beseft, je hebt me zoveel dingen gegeven die me gelukkig maken...'

Onder het praten trok hij haar tegen zich aan, maar Nina bevroor plotseling. Ze trok haar hand weg alsof ze was gestoken.

'Je hebt een zoontje?' vroeg ze, en ze dacht meteen terug aan die arrogante Lennox die dat al had gesuggereerd.

'O ja!' zei Marek met een zucht, blijkbaar hoorde hij niets aan de toon waarop ze het vroeg. 'Ik zal je een foto laten zien.'

'En hij woont bij zijn moeder?' vroeg ze, nog steeds in de hoop dat hij gescheiden was. Dat kon, toch?

Hij haalde een versleten portefeuille tevoorschijn. 'Kijk,' zei hij terwijl hij er een foto uit haalde.

Het kleine joch was Mareks evenbeeld: grote bruine puppy-ogen, lange wimpers. Naast hem zat een slank blond meisje, een schoonheid, dat verlegen lachte naar de camera.

'Wie is dat?' Nina's hart bonkte.

'Mijn zoontje, Aras,' zei Marek, bijna in tranen. 'En dat is Bronia.'

Nina tuurde naar de foto. 'Je vrouw?'

'Nee, nee... Mijn vriendin. Aras' moeder. Ze woont bij míjn moeder.' Marek keek haar niet aan.

'Dus jullie zijn nog samen?'

Hij keek haar verward aan. 'Hoe bedoel je?'

'Jullie zijn een paar?'

'Ja. Ik werk hier één jaar. Zo ver van thuis. En ik ben zo eenzaam, Nina. Zo eenzaam. En toen was jij er opeens en... leek het of de zon ging schijnen! En had ik iemand om mee te praten en aan te schrijven en aan te denken...'

'Maar je schrijft ook naar huis?'

'O ja. En ik bel elke dag. Maar wat kan ik vertellen? Ik verdien geld. Ik ben bedroefd, zij zijn bedroefd. Mijn moeder en mijn vriendin maken ruzie. Aras doet dingen en ik ben er niet bij. Hij begint te praten en ik ben er niet. Als ik bel zijn ze verdrietig en boos op me en zit ik met al die andere mannen in de kamer en dan zeggen ze: "Jij bent elke avond weg, Marek. Wat doe je? Zit je altijd in cafés? O, Marek, jij hebt het leuk en wij zitten maar hier en we hebben meer geld nodig en..."' Zijn stem stierf weg. 'Het is zo zwaar, Nina.'

Nina slikte met moeite. Haar emoties waren honderdtachtig graden gedraaid, van verwarring en boosheid naar medelijden.

'Maar wist je niet... dacht je niet dat ik misschien geen man wilde die een vriendin en een baby heeft? Je hebt een gezin, Marek. Hoe kan ik daar nou tussen komen?'

Marek haalde zijn schouders op. 'Ik weet het niet. Het is anders hier, misschien? Alles is anders hier...' Zijn stem brak, zo hoopvol klonk hij.

Nina schudde haar hoofd, bijna in tranen. 'Nee. Niet zó anders. Ik zou nooit... Ik ben niet zo iemand die...'

'Maar dat dacht ik ook niet van je!' onderbrak hij haar. 'Dat heb ik nooit gedacht! Je was altijd zo speciaal voor me, Nina. Zo speciaal. Niet zoals andere meisjes!'

Zijn wangen waren nu knalrood, hij hield zijn portefeuille nog steeds geopend in zijn hand.

Onder de weelderige groene boom raakte Nina zijn arm zachtjes aan. 'O, Marek.'

Hij keek haar lange tijd aan en ze zag de hoop langzaam sterven in zijn ogen.

'Het spijt me,' zei hij. 'Het spijt me heel erg. Ik had niet mogen denken...'

'O nee,' zei Nina terwijl ze haar best deed niet te huilen. 'O nee. Ik begrijp dat je het dacht. Ik begrijp het...'

Marek keek haar in de ogen. 'Toen je me kuste in de trein, was ik zo gelukkig. Zo gelukkig...'

Nina schudde haar hoofd. 'Ik denk dat je beter naar huis kunt gaan, Marek. Zorg dat je daar gelukkig bent. Thuis.'

'Als ik meer geld heb verdiend. Als ik voor mijn familie kan zorgen en een goede baan kan krijgen en de kwalificaties ervoor heb... Ik moet doen wat ik moet doen. Ik moet een goede man zijn.'

Nina sloeg haar armen om hem heen en gaf hem een voorzichtige knuffel.

'Ik vind je een heel goede man,' zei ze. 'En ik denk dat het allemaal goed komt.'

'Ik ben geen goede man,' zei Marek triest.

'Maar denk eens aan Aras,' hield Nina vol. 'Denk eraan hoe hard hij jou nodig heeft en hoe erg jij het nodig hebt om hem te zien.'

Marek knikte. 'Ik weet het. En ik zal algauw machinist op de trein in Letland kunnen worden en naar huis kunnen...'

Ze waren opgestaan en weer gaan lopen, langs de kinderen en hun grootmoeder in de tuin en terug naar de drukke, lawaaierige straat.

'Maar ik zal het missen,' zei hij. 'Niet dit hier. Niet Birmingham. De mannen en de kamer en... Nee. Dat niet. Maar Schotland. Ik zal Schotland missen. Het ruikt er zoals thuis, het regent er net zo vaak en je kunt er de sterren zien. En ik zal jóú missen.'

Hij keek er zo ongelukkig bij, dat Nina het liefst haar arm door de zijne had gestoken. Maar ze waren bijna bij de plek waar ze haar bus had geparkeerd.

'Ik moet gaan,' zei ze.

Marek knikte. Zijn gezicht stond verslagen en zijn hele houding was moedeloos.

'Wil je nog dat ik boeken voor je meeneem?'

'Nee,' zei Nina. 'Ik moet het... Je hebt me enorm geholpen, maar je kunt erdoor in de problemen raken. Je hebt te veel geriskeerd voor mij. Te veel. En ik ben egoïstisch geweest; het was verkeerd van me dat ik dat niet inzag, en ook fout dat ik nooit heb gevraagd of je een gezin had. Ze hebben me gezegd dat ik dat moest doen, maar ik heb niet geluisterd. Het is mijn schuld.'

Marek haalde zijn schouders op. 'Het was niet jouw fout. Het was mijn voorrecht.'

Surinder lag op de bank toen Nina, in tranen, binnenkwam.

'Ik heb je gewaarschuwd.'

'Ja, ik weet het. Ik weet dat je dat hebt gedaan. Ik heb er in mijn hoofd gewoon te veel van gemaakt.'

'Je leest te veel.'

'Ik had een verdwaalde romantische held van hem gemaakt.'

'Nou, hij is machinist, dan kun je niet verdwalen.'

'Je weet wat ik bedoel. Ik wilde gewoon... gewoon... ik wilde ook eens een keer iets. Dat er iets gebeurde. Dat het leuk was.'

Surinder kwam overeind. 'Ik vind het oprecht rot voor je. Echt. Ik weet dat je hem heel leuk vond. Ik ook, trouwens.'

'Eigenlijk vond ik hoe ik dácht dat hij was leuk.'

'En hij was absoluut weg van jou. Absoluut! Iemand neemt niet zomaar zulke risico's op zo'n enorme goederentrein als hij daar geen goede reden voor heeft en niet heel erg op iemand is gesteld.'

'Ik denk eerder dat hij zich aan iedereen had vastgeklampt die aardig tegen hem was.'

'Echt niet. Hij is superknap! Dat zie je zelf toch ook! Hij kan elk café binnenlopen en de vrouwen komen op hem af als vliegen op stroop. Nee, ik denk dat hij ook een romanticus is. Jullie waren twee dromers.'

Nina zuchtte diep. 'Nou, het is nu in ieder geval voorbij. Hij heeft een kind en een vriendin en een heel leven.'

Surinder gaf haar een dikke knuffel.

'Ik vind het echt rot voor je. Echt. Het was mooi geweest als het iets had kunnen worden.'

'Ja, dat is zo,' zei Nina. 'Dat is zo.'

'Maar je kunt het ook anders bekijken: er zijn nu al twee mannen die je meer dan leuk vinden! Marek én Griffin! Blijkbaar heb je een goede vibe, Nina!'

'Pfft. Griffin had gewoon een oogje op me omdat er niemand anders in de buurt was, en ik denk dat Marek dacht dat ik makkelijk was en mijn slipje wel uit wilde trekken voor hem.'

'Volgens mij niet. Hoewel je dat wel gedaan zou hebben.'

'Ja, nou, hou maar op.'

Surinder keek op de klok. 'Moet je echt vanavond vertrekken? Kom op, je bent eigen baas!'

'Ik moet wel omdat er dan weinig verkeer is en ik ongeveer een miljoen kilometer moet rijden. Plus moet ik aan het werk en geld verdienen, zodat ik de benzine kan betalen en af en toe een flesje pinot grigio. Dus...'

Surinder keek haar aan.

'Nee, het heeft geen zin om hier te blijven en te gaan zitten zwelgen in mijn verdriet.'

'Ook niet als ik de hapjes betaal?'

Nina schudde haar hoofd. 'Nee,' zei ze nogmaals. 'Ik wil het zelfs niet overwegen. Ik moet naar huis en de radio keihard aanzetten en de rest van mijn leven nooit meer een trein zien.'

Ze omhelsde Surinder en gaf haar een stevige knuffel, drukte haar op het hart dat ze heel gauw weer naar Schotland moest komen en Surinder knuffelde haar terug en beloofde dat ze, zodra het niet zo warm meer was in Birmingham, zou komen, omdat ze het overal koud kon hebben. En ze voegde er een waarschuwing aan toe: dat Nina niet meer zo in haar fantasie moest leven maar verstandig moest worden.

'Ga gewoon op zoek naar iets échts,' fluisterde ze. 'Iets échts!'

Toen Nina in het rumoer van de zaterdagavond langs het treinstation reed en de lange treinen op de zijsporen zag staan, begon ze, ondanks zichzelf, toch te huilen. Zou het dan nooit gebeuren? Alle anderen ontmoetten iemand met wie ze een relatie kregen, maar bij haar, als dat eindelijk eens gebeurde, was het iemand die al een vriendin hád, of eerder haar eigen fantasiebeeld over iemand dan hoe die werkelijk was.

'Zoek iets échts,' had Surinder gezegd, maar hoe moest dat als ze niet eens wist wat echt was?

24

'Ben je er klaar voor?' vroeg Lesley, de vrouw van het kruidenierswinkeltje. Ze had al vanaf het begin haar neus opgetrokken voor de boekenbus, voor Nina's aanbevelingen en ze had haar twijfels geuit over de hele onderneming. Hoewel het steeds duidelijker werd dat haar sombere voorspellingen niet uitkwamen, kwam ze nog steeds binnen om, onder het maken van ontevreden geluiden, te bekijken wat ze had. Nina was vastbesloten iets te vinden wat haar beviel.

Tot nu toe waren historische, romantische en komische boeken niet in de roos geweest, en ook een boek over kinderontvoeringen was niet goedgekeurd. Waargebeurde misdaden hadden een sprankje interesse opgewekt, maar tot nu toe was Lesley nog niet vol enthousiasme binnengestapt en was er nog geen 'ja, dit is het boek dat mijn leven gaat veranderen!' uit haar mond gekomen. Er was maar weinig wat haar gelukkig kon maken, zo leek het wel.

'Klaar voor wat?' vroeg Nina.

Achter in de veilingruimte onder de bogen in Birmingham had een grote rol bruin pakpapier gelegen. Ze had de man ernaar gevraagd en hij had gezegd dat die er al lag toen hij het pand huurde en hij er niets mee van doen had, dus hadden ze die ook in de bus geladen. Nu begon ze expert te worden in het inpakken van de boeken – als cadeau of om gewoon mee naar huis te nemen – vastgebonden met het goedkope boerentouw dat in elk dorpje te vinden was.

Lesley kneep haar ogen half dicht en keek haar aan. 'Zondag natuurlijk!'

'Ik snap het nog steeds niet,' zei Nina.

'Hoelang woon je nou al hier?'

'Tien minuten?'

'Het is midzomer dan, *sassenach*. Het midzomerfestival.'

'O ja, iedereen heeft het steeds over het festival...'

'Ben je heidens of wat? Elk jaar op de langste dag is er een festival, dat weet toch iedereen! Als we niet worden weggeregend, wordt er gedanst en gefeest. En als we wegregenen, dan doen we dat ook allemaal, maar dan in de schuur bij Lennox.'

'Nou, dan kan ik maar beter komen,' zei Nina. 'Ik woon daar.'

'Aye, dat weet ik,' zei Lesley gnuivend. 'Dat weet iedereen. Hoe gaat het met hem, de arme man?'

'De arme man?' sputterde Nina. 'Hij is... nou, hij is onbeschoft en nogal irritant, als je het echt wilt weten.'

'Aye,' zei Lesley. 'Maar hij heeft ook zo'n rottijd gehad met Kate.'

'Wat was dat eigenlijk voor een vrouw?'

'Kakkerig,' zei Lesley, 'Chic. Heel anders dan jij.'

'O, nou, bedankt.'

'Het was hier allemaal niet goed genoeg. Ze klaagde over de pub en alle oude mannen die daar steeds buiten zitten.'

Nina dacht dat daar wel iets in zat.

'En over het dorp, dat hier niets te doen is.'

'Maar er is hier juist heel veel te doen!' riep Nina uit. En dat was zo, je kon je nauwelijks op straat vertonen of je werd ergens bij betrokken. Er waren festivals en koren en schoolfancyfairs en *shinty*-wedstrijden. Er was juist verbazend veel te doen voor zo'n klein dorp. Nina was zo langzamerhand gaan begrijpen dat dat kwam omdat ze zo ver weg zaten van alle grotestadsattracties, en het weer zo vaak niet meewerkte, waardoor ze op elkaar aangewezen waren in de lange winteravonden en op moeilijke dagen. Het was echt een dorpsgemeenschap, niet een lange reeks rijtjeshuizen met mensen die toevallig naast elkaar woonden. Dit was heel iets anders en dat had ze in Schotland pas ontdekt.

'Aye, nou, waarschijnlijk vind je er toch niks aan, aan het feest.

En ik geloof niet dat er iets voor mij bij is hier.'

Nina pakte een boek dat ze goed kende en nam Lesley op. Deze vrouw werkte lange uren, woonde boven de winkel, waarschijnlijk alleen, en leek altijd boos over haar lot en waar haar leven op was uitgedraaid. Nina vroeg zich af of het misschien iets voor haar zou zijn.

'Probeer dit eens,' zei ze vriendelijk terwijl ze *The Heart of Shattered Glass* aan haar gaf.

Lesley bekeek de omslag wantrouwend. 'Nee, dat is niks voor mij denk ik.'

'Probeer het gewoon eens, dan hoor ik wel wat u ervan vindt.' Nina dempte haar stem voor het geval dat iemand anders haar zou horen. 'Als u het niks vindt, reken ik u niets.'

Het was een erezaak voor Nina geworden iets te vinden wat Lesley beviel. Ze leek gewoon iemand die het juiste boek heel erg nodig had. Dat was, daarvan was Nina overtuigd, voor iedereen te vinden. Gold dat maar voor alles in het leven...

'Ik haat de langste dag,' zei Ainslee, die gretig op de nieuwe boekendozen was aangevallen en ze met heel veel eerbied uitpakte, waarbij ze enthousiaste uitroepen slaakte over elke glanzende hardcover, kostbare eerste editie of ongebroken rug. Het bleek een geweldige collectie te zijn. Nina had Ainslee beloofd dat ze boeken mocht lenen als ze ze keurig behandelde.

'Hoezo?'

Ainslee zuchtte diep. 'O, iedereen verkleedt zich in stomme kleren en dan gaan ze de hele nacht dansen en zingen en idiote dingen doen. Het is helemaal niks.'

'Echt niet? Het klinkt juist leuk.'

'Nou, dat is het niet. Ik snap niet waarom de mensen niet gewoon thuis kunnen blijven en naar hun eigen muziek luisteren in plaats van al die herrie en dat gejengel te moeten horen.'

'Gejengel?'

'Ja, doedelzakken en trommels en zo. En ze maken een groot vuur. Het is echt stom.'

'Je moet echt komen,' zei dokter MacFarlane, de huisarts, die bijna likkebaardend toekeek terwijl Ainslee de dozen uitpakte voor het geval dat er obscure Amerikaanse gangsterverhalen uit de jaren twintig van de vorige eeuw bij zaten die hij nog niet had gelezen. 'Iedereen komt.'

'Nou, dat is pas een goede reden om iets te doen,' merkte Ainslee op terwijl ze met haar ogen rolde.

Vanuit haar ooghoek zag Nina dat Ben naar de bus toe kwam slenteren en het trapje op kwam. Ze legde *Up on the Rooftops* tegenwoordig naast de kassa, zodat hij dat zelf kon pakken als hij wilde, en ze zag dat hij dat nu inderdaad deed, er voorzichtig mee ging zitten en de tekst op de achterflap spelde – hij ging langzaam met zijn vinger langs de woorden en bewoog zijn lippen. Ze glimlachte en besloot nog niet naar hem toe te gaan.

'Wat voor kleren?' vroeg ze.

'O, de mannen in kilts natuurlijk, maar de meidjes, de meidjes zien er echt pront uit.'

Nina woonde lang genoeg in Schotland om te weten dat dat een compliment was. Sinds ze met haar bus rondtrok, was ze zich anders gaan kleden: minder onopvallend. Ze keek naar Ainslee die vandaag knalpaarse eyeliner op had die nogal vloekte met haar Wimbledongroene haar. Nina vond het een goed teken dat ze zichzelf op die manier begon uit te drukken en zei er verder niets over. Ze had geprobeerd met Ainslee te praten over de examens, maar ze was meteen dichtgeklapt en er was niets meer uit haar gekomen.

'Het wordt geweldig,' zei de dokter, die tot Nina's verrassing een boek met op de voorkant een schoolmeisje dat onder schot werd gehouden door een alien met een laserpistool in zijn hand had en zei: 'Ik neem deze.'

'Wauw, ik heb het nog niet eens geprijsd,' zei Nina. 'U bent snel.'

Hij overhandigde haar wat contant geld en zei: 'Ik verheug me op je komst vanavond.'

'Mag ik ook naar het festival?' vroeg Ben smekend aan Ainslee terwijl ze hem mee de bus uitsleepte om naar huis te gaan.

'Nee!' was het antwoord.

Als ze aan het werk was, ging het prima, maar 's avonds thuiskomen in een leeg huis, zonder Surinder om haar op te vrolijken, zonder middernachtelijke wandelingen om naar uit te kijken, zonder leuke cadeautjes of mooie gedichten of tekeningetjes te hoeven bedenken om in de boom te hangen, was echt moeilijk.

Overdag zag ze heel veel mensen, maar de avonden, waarop het eindeloos licht bleef en je jezelf moest dwingen om om halfelf naar bed te gaan hoewel het nog klaarlichte dag leek buiten, kropen heel traag voorbij.

Ze had helemaal niets meer van Marek gehoord en was ook niet naar de spoorwegovergang gegaan om te kijken of hij iets had achtergelaten voor haar. Ze wilde het niet weten. Maar ze voelde wel dat hij zelf wel wist hoever ze waren gegaan en hoe dicht ze bij het maken van een afschuwelijke fout waren geweest.

Of misschien wist hij dat wel niet, dacht ze op een avond toen ze diep in zelfmedelijden was verzonken, halverwege een beker Mackies ijs. Misschien dacht hij was afgewezen door zo'n Engels meisje dat het niet zo nauw nam met alles en was hij al weer bezig met de volgende. Misschien dacht hij wel nooit meer aan haar. Ze zuchtte diep. Dat Griffin en Surinder meenden dat ze het zo geweldig had hier, maakte het nog erger. Ze had het gevoel dat er geen weg terug was, ook al zou ze dat willen. Wat niet zo was. Maar o, ze voelde zich zo alleen...

Triest startte ze haar uiterst trage internetverbinding op en opende haar Facebookpagina. Surinder had erop aangedrongen dat ze een Facebookaccount moest opzetten voor haar boekwinkeltje, wat ze eerst een belachelijk idee had gevonden maar juist heel handig bleek te zijn, alleen al omdat iedereen wist waar ze wanneer zou staan en ze dus te vinden was voor klanten.

Verder had ze een bericht ontvangen van ene Orkney Library – dat kon niet zijn echte naam zijn, besloot ze – de bibliotheek op Orkney waarin stond dat de bewoners van de eilandengroep, als ze ooit wilde uitbreiden of ergens anders wilde gaan verkopen, haar van harte welkom zouden heten en grote behoefte hadden aan een boekenbus als aanvulling op de prachtige boekwinkel in Kirkwall. Ze had het bericht met een glimlach gelezen. Ze voelde zich al heel ver verwijderd van alles en iedereen, maar Orkney zou echt het einde van de wereld zijn. Maar als ze de Highlands ooit te snel en te druk zou vinden... Ze sloeg het bericht op voor het geval dat.

Er werd geklopt op de voordeur. Ze keek om zich heen, verbaasd. Ze kreeg bijna nooit bezoek. Soms een kind dat radeloos op zoek was naar de volgende Harry Potter/Malory Towers/Narnia, dat ze meestal voor hen opzocht omdat ze zich zo goed herinnerde hoe het voelde als je wanhopig graag verder wilde lezen.

Tot haar verrassing was het Lesley van de kruidenierswinkel die voor de deur stond. 'Hallo,' zei ze. 'Eh, kan ik u helpen? De bus is nu eigenlijk niet geopend, maar als u iets nodig hebt...'

'Nee,' zei de vrouw. 'Ik wilde alleen maar zeggen... Ik heb dat boek uit dat je me aanraadde.' Er sprongen tranen in haar ogen.

Nina keek op haar horloge. 'Wauw, dat is snel!'

The Heart Shattered Glass was een moedige, wanhopige schreeuw van een verlaten vrouw, die het in vier dagen had geschreven aan de rand van de afgrond waarin ze al haar wereldse goederen weggooide, een voor een, peinzend over hun betekenis. Het had de wereld stormachtig veroverd door de eerlijkheid en de scherpte waarmee de auteur haar gevoelens had verwoord. Het feit dat de schrijfster vervolgens razend verliefd was geworden op de uitgever van haar boek en met hem was getrouwd, maakte het alleen nog maar populairder. Het boek verdiende echt wereldwijde faam.

'Het was... Ze beschrijft het precies... Precies hoe het voelt.'

Nina keek naar de geremde, ontevreden vrouw met wie ze had geprobeerd contact te maken en verbaasde zich er voor de zoveelste keer over hoeveel sterke emoties er schuil konden gaan achter een beheerst en streng uiterlijk. Lesley zag eruit als een eenvoudige winkelierster van middelbare leeftijd die kalmpjes haar werk deed en verder niets.

Het feit dat ze zich helemaal kon verplaatsen in een Amerikaanse vrouw die wanhopig haar verdriet had uitgestort in een boek, bewees maar weer eens dat er in iemand net zo'n grote wereld huisde als in die daarbuiten. Boeken waren het beste middel wist Nina – buiten, soms, muziek – om grenzen te doorbreken; om de interne met de externe wereld te verbinden.

Ze glimlachte warm. 'Dat is fantastisch! Wilt u even binnenkomen voor een kopje thee?'

Lesley schudde haar hoofd. 'Nee, nee, ik moet verder. Ik wou alleen zeggen dat het niet klopt wat ik zei...'

'Waarover?'

'Over het festival. Je moet gewoon gaan!'

Nina schudde haar hoofd. 'Nee, ik moet eens een nacht goed slapen. Dat lukt me slecht omdat het zo lang licht is!'

Lesley keek haar streng aan. 'Doe niet zo belachelijk. Het is maar één keer per jaar! Je bent jong, je hebt geen partner. Alle vrijgezellen moeten erheen, dat is de regel.'

'Echt?' vroeg Nina. 'Eerlijk?'

Ze voelde zich nog steeds gekneusd na Marek en ze was er nog zeker niet aan toe om uit te gaan en met allerlei mensen te moeten feesten. 'Ik weet niet of ik dat wel wil.'

Lesley fronste haar voorhoofd. 'Weet je,' zei ze, 'ik heb mijn jeugd aan die man verspild. We trouwden op ons eenentwintigste en gingen op school al met elkaar. Ruim dertig jaar, tot mijn vijftigste en toen ging hij er opeens vandoor. Ik had zelfs nooit aan een andere man gedácht. O, Bob was een zak, maar ik nam gewoon aan dat iedereen zo was. Ik dacht er niet over na. En nu is het te laat voor me!'

'Nee, het is helemaal niet te laat!' protesteerde Nina.

Lesley sloeg haar ogen ten hemel. 'Ik heb rimpels vanaf mijn kruin tot aan mijn behaarde tenen en ik ben altijd aan het werk,' zei ze. 'Dat is nog het wreedste wat hij heeft gedaan: me niet verlaten toen ik nog de kans had iemand anders te ontmoeten, toen ik nog een beetje appetijtelijk was. De vrouw die dat boek heeft geschreven en ik, we weten allebei dat we beter verdienen. Maar zelfs ík weet dat ik niet gekroond ga worden als de koningin van het midzomerfeest. Maar jij, jij...

Ze haalde een plastic kledingzak uit haar boodschappentas.

'Hier,' zei ze. 'Deze past je wel. Ik was net zo'n mager scharminkel als jij.'

'Ik ben helemaal geen mager scharminkel!' protesteerde Nina.

'Nou, Lennox zei anders dat hij je, als je een van zijn lammetjes was geweest, had achtergelaten in de heuvels.'

'Wát? Wát zei hij?' zei Nina woedend, maar Lesley luisterde niet en stak haar vastberaden de kledingzak toe.

Nina keek naar het gekreukelde plastic.

'Echt, ik geloof niet... Ik geloof niet dat ik dat kan.'

Lesley fronste haar voorhoofd. 'Nou,' zei ze. 'Je bent hierheen gekomen en dat is beter uitgepakt dan ik dacht, moet ik toegeven. Maar je bent niet alleen hier om geld van ons te krijgen voor boeken. Je bent hier in de Highlands. En in de Highlands vormen we één geheel. Zo is het nu eenmaal. Je kunt niet alleen maar nemen, je moet ook iets teruggeven. Er hebben veel mensen ongelofelijk hard gewerkt om deze avond tot een succes te maken en je bent hun waardering en een bezoek verschuldigd.'

'Zo had ik het nog niet bekeken,' zei Nina, want dat was ook zo.

Lesley stak de kledingzak weer naar haar uit. 'Pak aan. Het wordt een fantastische avond. Geniet van elke seconde! En laat iedereen zien dat je hier thuishoort.'

'Niet te geloven dat ik zowat word gechanteerd om naar een feest te gaan...' mopperde Nina, maar desondanks voelde ze een kleine steek van opwinding.

Zodra Lesley weg was, stroopte Nina de plastic kledingzak voorzichtig omhoog. Toen ze zag wat eronder verborgen ging, ademde ze verbouwereerd in.

Het was een witte jurk, die in niets leek op een bruidsjurk. Hij was van eenvoudige chiffon met een hoge hals, een smalle taille en een wijde rok tot op de knie. Er zat een lichtgroene sjerp bij met twee spelden, maar wat Nina echt bijzonder vond, was het diepgroene fluwelen lijfje dat aan de voorkant werd dichtgeveterd en duidelijk óver de jurk moest worden gedragen.

Het was gewoonweg prachtig! Ze kon niet bedenken waar het geheel haar aan deed denken, maar toen schoot het haar te binnen: de illustraties van Sneeuwwitje en Doornroosje in ouderwetse kinderboeken. Ze glimlachte en spreidde de jurk op het bed uit.

Ze wenste vurig dat Surinder er nu was. Die zou het werkelijk hilarisch hebben gevonden. Nina keek op haar horloge. Het was zeven uur, over een uur zou het feest beginnen. Ze beet op haar lip. Ze móést wel gaan nu. Ze wist zeker dat zij, en haar winkeltje waarschijnlijk ook, flink in de problemen zouden komen, als ze niet ging nu Lesley haar de jurk had gebracht.

Lesley bleek helemaal gelijk te hebben wat betreft de maat. Nina stapte snel onder de douche om haar haren te wassen, die ze daarna los liet in plaats van ze zoals gewoonlijk in een staartje te binden. Het zou wijd uit gaan staan maar daar viel weinig tegen te doen. Toen liet ze de witte jurk over haar hoofd glijden. Hij viel om haar heupen alsof hij voor haar was gemaakt en voelde lichter en soepeler dan ze had gedacht. Een jurk om in te dansen, dat was duidelijk. Toen wrong ze zich in het losse lijfje, dat haar middel en haar ribben omsloot, maar haar borsten vrijliet.

Met enige verbazing bekeek ze zichzelf in de spiegel. Doorgaans droeg ze vrij vormeloze kleren waarin ze vrijelijk kon bewegen. Maar deze jurk, samen met haar platte ballerina's eronder, voelde ongelofelijk comfortabel. En hij was ook heel uitdagend vergeleken met wat ze normaal aan had.

Plotseling werd ze overvallen door een paniekvlaag dat niemand anders zo gekleed zou gaan en dit een gemene grap was die met haar werd uitgehaald. Maar toen herinnerde ze zich dokter MacFarlane en zijn beschrijving van alle pronte meiden en besloot dat dat niet waar kon zijn... Toch?

Blozend bewonderde ze zichzelf in de spiegel. Haar lijfje maakte haar taille supersmal en deed haar borsten, die gewoonlijk klein en weinig indrukwekkend waren, op een aantrekkelijke manier opzwellen. Geen wonder dat ze zich vroeger zo kleedden, dacht Nina. Ze probeerde een draai en glimlachte naar zichzelf toen ze zich opeens realiseerde dat er iemand in de deuropening stond.

Met een kreet van schrik draaide ze zich om en besefte dat het Lennox was.

Heel even stond hij openlijk naar haar te staren en toen herstelde hij zich.

'Sorry! Sorry!' zei hij heftig. Hij stak zijn handen op en deed een paar passen naar achteren. 'De deur stond open...'

Nina had deur open laten staan nadat Lesley was vertrokken om het zomerse briesje binnen te laten.

'Ik schrok me dood!' zei ze.

'Het spijt me! Echt! Ik ben helemaal niet het soort huisbaas die zomaar... Mijn god, hoe laat is het?'

Nina glimlachte. 'Het is niet erg. Ik schaam me alleen omdat je me hebt betrapt toen ik voor de spiegel stond.'

Hij keek haar aan, maar nogal nerveus, alsof hij dat liever niet deed. 'Dus je gaat naar het festival?'

'Nee,' zei Nina een beetje kattig, 'dit trek ik altijd aan als ik een avondje wil bankhangen.'

Lennox schoot in de lach alsof hij het niet kon inhouden. 'Nou,' zei hij, 'het staat je goed, vind ik.'

'Klets niet.'

'Ik klets niet! Je ziet er leuk uit. Alsof je voor één keer je vest hebt uitgetrokken.'

'Ik draag helemaal geen vesten!'

'Je denkbeeldige vest. Je bibliothecaressevest. Het lijkt of je...' Dit was een lange speech voor Lennox en hij leek een beetje overmoedig te worden. 'Het lijkt altijd of je een vest om hebt om jezelf kleiner en onbetekenender te maken dan je werkelijk bent.'

Nina knipperde met haar ogen.

'Alsof je niet wilt dat iemand je opmerkt,' vulde Lennox aan.

'Voor het geval ze me willen achterlaten op een heuvel.'

'Huh?' reageerde Lennox verward.

'Laat maar.'

Hij draaide zich om om te gaan. Halverwege het pad bleef hij stilstaan en keek om. 'Je kunt niet met deze doodskist gaan. Wil je een lift?'

'Ga jij dan ook?' vroeg Nina verrast.

'Zeker, als ik wil dat de mensen mijn wol nog kopen,' zei Lennox gnuivend. 'Weinig keus, hè?'

Nina glimlachte. 'Goed. Misschien begin je deze keer eerder met dansen.'

Hij fronste zijn voorhoofd niet begrijpend, blijkbaar was hij het dansfeest in de schuur al weer vergeten.

'Dacht het niet,' zei hij terwijl hij verderliep naar het huis. 'Zie je over twintig minuten.'

'Heb je twéé kilts?' vroeg Nina verbaasd toen ze hem twintig minuten later zag. Ze had geprobeerd haar haar te temmen maar zonder succes, dus had ze het vanaf haar voorhoofd in twee strengen gedraaid en die, als een soort kroon, achter op haar hoofd vastgezet. De sjerp had ze in haar slaapkamer laten liggen omdat ze geen idee had wat ze ermee aan moest. Ze zag dat hij dezelfde kleur en ruit had als Lennox' kilt; een zacht groengrijs.

'Heb jij twee spijkerbroeken?' gromde Lennox. Hij had zijn haar gewassen, het viel in zachte krullen en werd nu niet verborgen onder zijn pet. En zonder zijn waxjas aan viel het Nina ook weer op hoe breedgeschouderd hij was; slank gebouwd maar gespierd. Niet sportschoolgespierd – ze kon zich niet voorstellen dat een boer nog aan krachttraining moest doen – maar ook niet mager, gewoon goed geproportioneerd. Het groen-grijze van zijn kilt maakte zijn ogen nog blauwer.

'Ja, maar...' Nina hield haar mond, dit gesprek leidde nergens toe.

'Waar is je sjerp?'

'Eh, ik wist niet wat ik daarmee moest.'

'Haal hem dan.'

Hij stond naast de Land Rover en speldde de sjerp ernstig en met aandacht vast op haar schouder en haar heup. Toen hij hem rechttrok, stonden ze opeens ongemakkelijk dicht bij elkaar en Nina merkte dat ze haar adem inhield. Ze gaf zichzelf onmiddellijk een flink standje en wilde voorin instappen, maar zag toen dat Peterselie daar al lag.

'Danst Peterselie graag?'

Lennox haalde zijn schouders op. 'Hij houdt van een feestje. Meer dan ik, in ieder geval.'

'Zal ik achterin gaan zitten?'

'Doe niet zo idioot. Kom op Peterselie, schiet op.' De hond sprong meteen op de achterbank.

Nina ging zitten en krabde de hond goedmoedig achter de oren. 'Je bent een mooie jongen.'

Peterselie likte haar hand. Lennox wierp er een snelle blik op.

'Je doet wel heel sentimenteel met die hond.'

'Maar hij is zo lief,' zei ze. Liever dan jij verdient, dacht ze.

'Kate zei altijd dat hij veel te aardig voor me was,' merkte Lennox op, alsof hij haar gedachten las.

Ze bonkten het hobbelige pad in stilte af. Er was meer verkeer op de weg dan normaal, deels omdat er nooit auto's te zien waren en omdat ze nu allemaal, gevuld met vrolijke en enthousiaste mensen – en godzijdank, heel veel witte jurken met pronte borsten erboven – de heuvel op reden naar Coran Mhor. Nina keek uit het raampje; Lennox had duidelijk weer geen zin in een praatje. Het was een heldere, dromerige avond, met een paar donzige wolkjes aan de hemel waar de zon onbeweeglijk leek te blijven staan.

'Hoe gaat het met de machinist?' vroeg Lennox opeens nogal bot.

Nina keek hem geschrokken aan. 'Sorry?'

'Ik bedoel, komt hij ook of wat?'

'Eh... Nee. Nee, natuurlijk niet! Nee, het is niets... Het was niet...'

Lennox wierp een snelle blik op haar. 'Niet wat je had gedacht?'

Het bleef lang stil.

'Hij had... Hij bleek al een gezin te hebben.' Nina haatte het om dat hardop te zeggen en het aan hem te bekennen. 'Niet dat het jouw zaken zijn.'

Lennox zweeg en gaf de hond, die zijn kop tussen hen in had gestoken, een paar liefkozende klapjes.

'Sorry,' zei hij na een tijdje, 'dat had ik niet moeten vragen. Ik had een slecht gevoel over hem. Iets in de manier waarop hij mijn blik ontweek.'

'Misschien was hij gewoon bang, je doet best angstaanjagend en chagrijnig.'

Lennox keek verrast. 'Huh? Zo doe ik helemaal niet!'

Nina begon hard te lachen. 'Nee hoor, helemaal niet.'

'Ik werk gewoon hard, dat is alles. Mensen denken dat een boerderij hebben gemakkelijk is, maar het is zwaar...'

Hij zag de uitdrukking op Nina's Gezicht.

'Wat?'

'Niks.'

'Wat?'

'Nou, wie denkt er nou dat boer zijn een makkie is? Maar desondanks zie ik Fat Tam vaak in de pub zitten met andere boeren en plezier maken. Er zijn zat mensen met zware banen, maar daarom hoef je nog niet constant ongelukkig te zijn.'

Lennox zei even niets.

'Nee,' zei hij uiteindelijk, 'dat zal wel niet. Ik geloof... De laatste paar jaar...' Hij zweeg en keek naar de groene heuvels waar ze aan voorbij reden. 'De laatste paar jaar... eh... waren moeilijk enne... ik weet niet of je snapt wat ik bedoel... maar het is alsof zitten somberen... een soort gewoonte is geworden.' Hij keek neer op zijn kilt. 'Maar ik ben nu uit, toch?'

Nina keek hem plagend aan. 'Ik weet het niet? Ga je de hele avond weer met een chagrijnig gezicht aan de bar staan?'

'Hoezo? Dat doe ik helemaal niet.'

'Wel! Op dat dansfeest in schuur deed je dat wel! Je hebt bijna de hele avond staan praten met een of andere vent en iedereen verder genegeerd.'

Lennox slaakte een zucht. 'O aye, díé avond.'

'O aye, díé avond,' deed Nina hem na. 'Tsja, met alle feesten en partijen die hier worden gegeven, ís het ook moeilijk om het allemaal bij te houden. Het is tenslotte een aaneenschakeling van vermaak hier!'

Lennox kneep zijn ogen half dicht en hield zijn blik op de weg gericht. 'Aye, ik herinner het me.'

Nina keek naar hem en wachtte tot hij er verder over uitweidde, en dat deed hij ook na een tijdje.

'Dat was... Ranald, mijn advocaat,' zei hij met een zucht. 'Hij wilde me face to face spreken.'

Zijn handen omklemden het stuur. 'O god! Sorry, Nina, ik wilde je het nog niet vertellen... niet totdat ik het zeker wist. Ik heb geprobeerd het op te lossen maar ik denk niet dat dat lukt. Het spijt me dat ik je dit moet vertellen, en zeker op een feestelijke avond als deze, maar ik kwam... eerder vandaag, kwam ik... naar je toe om je te vertellen...'

Nina keek naar hem. Zijn gezicht was rood.

'Ik... Kate wil de boerderij. Of ze wil dat ik de boerderij verkoop.'

'Wát?' Nina dacht aan de dure, gevoerde gordijnen, de prachtige meubels die zo zorgvuldig waren uitgekozen, de aandacht die overal aan was besteed. Iemand met zo'n goede smaak, met zo'n oog voor schoonheid; zo'n fijnzinnig iemand zou toch niet zomaar binnen komen banjeren om alles kapot te maken?

Ze besefte hoe egocentrisch ze was. Zíj huurde gewoon iets. En dat was helemaal niets vergeleken met wat Lennox overkwam.

'O mijn god!' zei ze. 'Ze kan je toch de boerderij niet afpakken!'
'Ze doet haar best,' zei Lennox.
'Maar is die boerderij al niet generaties lang van je familie?'
'Dat doet er niet toe,' zei Lennox. 'Ik bedoel, ze was ook familie, een tijdje.' Hij zweeg.
'Maar... heeft ze geen baan, geen inkomen?'
Lennox haalde zijn schouders op. 'Dat schijnt er ook niet toe te doen.'
'Maar zíj is toch bij jou weggegaan?'
'Doet er ook niet toe.'
'Maar... wat ga je doen als je geen boerderij meer hebt?'
Lennox knipperde hevig met zijn ogen. 'Geen idee,' zei hij langzaam. 'Opnieuw beginnen, neem ik aan. Op de boerderij van iemand anders werken?'
Nina kon zich Lennox op de een of andere manier niet als knecht voorstellen.
'Dat kán toch niet!' zei ze heftig. 'Ik heb gezien hoe hard je werkt!'
'Nou, de advocaten lijken dat niet belangrijk te vinden.'
Ze hobbelden langzaam het met diepe bandensporen doorgroefde pad op. Nina was zich er danig van bewust dat ze nog minder in de stemming waren voor een feest dan ooit. Maar ze moest het vragen.
'Waarom zijn jullie uit elkaar?' vroeg ze zachtjes. 'Viel ze echt gewoon voor een ander, of was dat maar een excuus?'
Het bleef lang stil.
'Nou, is dat niet duidelijk?' vroeg Lennox.
'Omdat je een chagrijnige ouwe vent bent?'
'Eh, nee, dat wilde ik helemaal niet zeggen,' zei Lennox, duidelijk gekwetst.
'O, hm.'
Weer bleef het lang stil.
'Ze voelde zich begraven hier,' zei Lennox. 'Ze had het gevoel dat ik haar iets anders, méér had beloofd. Nee, dat is het niet. Dat had ik niet. Ik had haar niets voorgespiegeld. Ze wist waar

ze in stapte en ze dacht dat dat oké zou zijn, dat ze het aankon om hier zo geïsoleerd te zitten. Maar dat kon ze niet.'

Hij staarde uit over de gouden heuvels.

'De winters zijn hier heel erg lang, snap je,' zei hij. 'Het is zwaar, het is zwaar om de vrouw van een boer te zijn. Dat is niet voor iedereen weggelegd.'

'Hoe hebben jullie elkaar leren kennen' vroeg Nina.

'Ik zat op de landbouwschool in Edinburgh... zij zat op de kunstacademie.' Hij glimlachte. 'Ik had het kunnen weten, hè?'

Nina hield haar hoofd schuin. 'Maar waarom wilde ze dan mee hierheen als ze eigenlijk in de stad wilde blijven en een coole kunstenaar wilde zijn?'

'Ze dacht dat het goed zou zijn voor haar werk. Zichzelf de isolatie te gunnen die ze nodig had om een echt grote kunstschilder te worden.'

Nina dacht aan het meditatieve kunstwerk aan de muur.

'O!' drong het tot haar door. 'Dat heeft zíj geschilderd! Dat schilderij in mijn maisonnette. Dat was nooit in me opgekomen.'

Ze zag de donkere, dreigende kleuren weer voor zich, zo niet passend bij de rest van het huisje.

'Ja, inderdaad,' zei Lennox. 'Ze wilde het niet ophangen. Dat heb ik gedaan. Ik dacht... ik dacht dat het haar zou opvrolijken.'

'En... was dat ook zo?'

'Niet echt. Maar ik vind het prachtig.'

'Dat is het ook,' zei Nina overtuigd. 'Het is echt prachtig. Maar waarom... waarom wil ze de boerderij van je afpakken? Ze had er toch juist een hekel aan?'

'Ik denk dat ze krap zit,' zei Lennox. 'Het is duur voor kunstenaars om te proberen het te maken in de stad. Het is niet goedkoop daar. Volgens mij heeft ze wat lesgegeven, wat ze... Ik kan me niet voorstellen dat ze daar ook maar één seconde van geniet. Dat is niks voor haar. En zij zegt dat het voor mijn bestwil is, dat ik onder de steen uit moet komen waar ik onder zit volgens haar, ik moet een minder zware baan nemen, ophouden zo hard te werken.'

'Daar zit wat in.'

Lennox keek haar aan. 'Denk je dat echt?'

'Ik hoor je dag en nacht bezig,' zei Nina. 'Ik zie je kilometers verderop door de heuvels banjeren.'

Lennox fronste zijn voorhoofd verward. 'Maar zo ben ik nou eenmaal,' zei hij. 'Het is geen werk, het is een manier van leven. Míjn manier van leven. Zíj vond het maar niks, maar dat is niet echt mijn probleem. Ík hou ervan. Ik zou nooit... man, ik kan echt niet de hele dag opgesloten zitten in een kantoor. Achter een computer zitten. Dat zou echt een marteling voor me zijn. Ik ben geen kunstenaar zoals zij en niet slim zoals jij. Zoals jij iets bedenkt wat de mensen hier nodig hebben en dat dan aanbiedt, zulke dingen kan ik helemaal niet.'

Nina werd verlegen van zijn compliment.

'Ik denk,' zei ze, 'ik denk dat je allerlei dingen kan. Als er één ding is wat ik heb geleerd, is het dat je nooit weet of je iets kunt tot je het hebt geprobeerd.'

'Maar ik hou van wat ik doe, ik hou van dit land.'

Nina keek hem aan. 'Er moet een oplossing zijn. Er moet een manier zijn waarop je kunt blijven.'

Lennox haalde zijn schouders op en stak toen zijn hand uit. Ze waren nu boven op de heuvel en de vallei strekte zich voor hen uit met de spoorrails er dwars doorheen. Nina wendde haar blik af. Op de top van de volgende heuvel was het druk: heel veel mensen, gestreepte tenten en felgekleurde kraampjes. Ze hoorden een geluid dat klonk als het tikken van regen op een dak maar toen ze dichterbij kwamen besefte ze dat het geluid van trommels kwam. Ze kneep haar ogen tot spleetjes. Er stond een groep jonge mannen in kilts met ontblote bovenlijven die ingesmeerd waren met modder op enorme bodhráns te slaan. Het was een enorme herrie. Af en toe gooide een van hen zijn hoofd naar achteren om te huilen als een wolf.

'Goh, gaan er veel van dat soort traditionele dingen gebeuren?' vroeg Nina.

Voor het eerst glimlachte Lennox echt. Hij had een prachtige lach, allemaal lachrimpeltjes om zijn ogen. 'O, nog veel meer,' zei hij.

Toen betrok zijn gezicht weer. 'Sorry dat ik je moest vertellen dat je misschien uit je woning moet.'

Nina knipperde met haar ogen. 'Het is oké,' zei ze. 'Ik heb... ik heb om eerlijk te zijn net een aanbod gekregen ergens anders.'

Lennox' wenkbrauwen schoten omhoog. 'Echt?' vroeg hij voorzichtig.

Nina slikte. Ze wilde niet weg uit Kirrinfief, helemaal niet. Maar ze zag er het nut niet van in Lennox een nog slechter gevoel te geven over alles dan hij al had.

'Hoe je het ook doet, los het op met Kate,' zei ze, 'en maak je geen zorgen om mij.'

Lennox parkeerde de Land Rover op een weiland naast rijen andere auto's. Hij keek haar aan en knikte.

'Aye,' zei hij maar zijn gezicht stond ongerust.

'Ik meen het,' zei Nina.

Lennox stapte uit en liep als vanzelf om de auto heen om haar te helpen uitstappen. Nina was bijna vergeten dat ze een jurk aan had en dat was niet bepaald handig om in en uit Land Rovers te stappen. Hij stak zijn grote, eeltige hand uit en die greep ze vast.

'Waar wilde je dan misschien naartoe gaan?' vroeg hij, terwijl ze lichtvoetig uit de auto sprong.

'O, Orkney,' zei ze luchtig.

Lennox bleef stokstijf staan. 'Artney?' zei hij op de manier waarop het in de regio werd uitgesproken. 'Je wilt naar Artney? Is het hier nog niet geïsoleerd genoeg naar je smaak?'

'Als ik hier nergens kan wonen, zal ik wel moeten,' antwoordde Nina.

'O,' zei Lennox. 'Aye.'

Ze stonden onhandig tegenover elkaar. Het trommelen werd steeds luider en de bries voerde ook het geluid van doedelzakken mee. Er joegen kleine wolkjes langs de hemel alsof ze elkaar achternazaten. Nina hoorde kinderen lachen.

'Weet je wel zeker dat ik wel de juiste outfit hiervoor aanheb?'

vroeg ze en Lennox nam haar van top tot teen op.

'Je ziet er fantas…' Hij onderbrak zichzelf. 'Weet je wat?' zei hij. 'Ik heb zin om dronken te worden. Doe je mee?'

'Wat? En alle kleine babylammetjes dan?'

'De kleine babylammetjes dartelen in het rond en eten mijn distels op. En het is de langste dag, wat betekent dat het verplicht is dronken te worden. Wist je dat niet?'

Alsof het zo was afgesproken, kwam er een enorme gezette man, zwaaiend met een hoorn, naar hen toe rennen. Nina herkende hem als de postbode, hoewel hij erg goed was vermomd – rood geschminkt en met enorme slingers fruit en bloemen rond zijn gevulde schouders gedrapeerd.

'Bacchus is hier! Bacchus is hier!' Hij duwde haar de hoorn in haar handen. 'Aanbid de God van de Langste Dag!'

'Wat is dit?' vroeg Nina wantrouwend.

'Het is midzomer,' zei de man. 'We maken plezier en magie. Water zal in wijn veranderen en bloemen wijzen ons de weg. En het is vijf pond.'

'Dat is geen antwoord op mijn vraag,' zei Nina, maar ze nam toch een klein, voorzichtig slokje. Het smaakte een beetje vreemd – zo'n beetje als wijn met frambozen erin – maar het was fris en sprankelend en ze lachte en gaf de hoorn door aan Lennox die er een flinke slok uit nam en glimlachend tien pond betaalde, waarop Bacchus riep: 'Kom, kom, feest mee! En vergeet ook uw lokale postkantoor niet.' Toen kwamen er drie jonge meiden (die anders rondhingen bij de bushalte in het dorp, er dan ontevreden uitzagen en klaagden over van alles en nog wat) op hen af huppelen met bloemenkransen waarvan ze er een aanboden aan Nina.

'Nee, nee, dank je,' zei Nina.

'Het is om de lokale gidsen te steunen,' zei een van de meiden en Nina sloeg haar ogen ten hemel.

'Je moet diepe zakken hebben als je naar het midzomerfestival gaat,' zei Lennox. 'Dus, kom op.'

Nina boog haar hoofd en liet hen de bloemenkrans op haar hoofd leggen.

Het was, eerlijk gezegd, een geweldig feest. Er renden kleine kinderen in het rond, de meisjes met bloemen in hun haar en in de wind wapperende jurken en de jongens, net als hun vaders, in kilts met wijde witte shirts erop die hier en daar met de kleine zwaardjes die ze in hun kniekousen droegen zwaaiden.

Bij het hek waar ze hun kaartjes kochten, stond een grote boog versierd met pioenrozen en andere bloemen die de lucht bezwangerden met een zoete geur. Lennox moest bukken om eronder door te kunnen en toen ze binnen waren, ontvouwde zich een buitengewoon tafereel voor hen.

Helemaal op de top van de heuvel brandde een enorm vuur, de vonken vlogen ervan af. Overal op het gras stonden musici op het ritme van de zware trommels op hun violen te spelen en in het midden stond wat Nina in Engeland een Meiboom zou noemen, hoewel dit vreemd gebogen ding helemaal niet paste in de herinneringen aan de volksdansen uit haar kindertijd.

Deze was groter en wilder, met een complete boomstronk aan het eind, vol groene bladeren, een belofte van wouden en wijnranken. Ze merkte op dat er steeds een stelletje naar de boom toe liep, een van de ranken om hun pols wikkelde en dan ieder aan een kant, in tegengestelde richting, om de stam heen liep terwijl ze de rank weer van hun pols wikkelden totdat ze elkaar giechelend en kussend weer ontmoetten – waarna de ranken weer werden vastgemaakt aan de Meiboom en de ceremonie opnieuw begon met een ander paartje. Er moest wekenlang aan het ding zijn gebouwd.

Plotseling kwam een enorme figuur tevoorschijn, de kinderen schrokken ervan en Nina ook. Het was, begreep ze na een tijdje, een groene man op stelten. Hij was van top tot teen bedekt met bladeren en zag eruit alsof hij bij het bos hoorde. Hij leidde het trommelen, regelde de paartjes en was blijkbaar de algemene ceremoniemeester.

Er werden meer hoorns rondgedeeld, boordevol met de vreemde wijn. Nina dronk er met kleine slokjes van, hoewel ze voelde dat het drankje meteen naar haar hoofd steeg, dat de muziek en de trommels en het geruis van de wind door de bomen haar bloed sneller deden stromen. Alles voelde rijk en wild en vreemd, hoewel ze wist dat het maar een evenement was, en eigenlijk een inzamelingsactie voor het dorp.

Ze merkte dat ze langzaam gescheiden raakte van Lennox en werd opgenomen in de groep vrouwen, die allemaal in het wit waren. Sommigen droegen maskers en de meesten hadden bloemen en linten in hun haar, wat het moeilijk maakte om iedereen te herkennen. Zelfs als dat wel lukte, was er alleen tijd om even te zwaaien voordat ze weer werd weggevoerd op het getij van de mensen, lachend en dansend terwijl de kinderen gillend voor hun voeten langsrenden. Ze merkte dat ze nieuwe vrienden maakte en oude groette en het verschil tussen hen niet goed meer wist; het was sowieso onmogelijk om een praatje te maken in de herrie van de muziek en het geknetter van het vuur, dus zat er niets anders op dan zich mee te laten voeren door de menigte.

Toen, gecommandeerd door de groene man die van geen 'nee' wilde horen, moesten ze twee grote kringen om het vuur maken, elkaars handen vastpakken en in de ene kring met de klok mee en de andere tegen de klok in op het ritme van de trommels en de melodie van de doedelzakken en de violen een vreemde stampende dans uitvoeren, steeds en steeds sneller, tot Nina helemaal buiten adem en duizelig was, overrompeld door alles, maar hard lachend niet in staat was om te stoppen.

'Aanschouw de riten van Midzomer,' dreunde de man door een megafoon. 'Aanschouw de mannen en de meidjes en de geest van groei en vernieuwing en de kortste nacht en de langste dag, en we zullen het vieren, Moeder Aarde, dank voor het fruit en de bloemen in overvloed.'

En iedereen juichte en klapte en toen viel iedereen giechelend op het gras neer, maar bleven de muzikanten doorspelen, hun muziek wild en vreemd in de zoete avondlucht, met zware geuren van lavendel, wilde tijm, vingerhoedskruid, kamperfoelie, boterbloemen, venushaar en gipskruid. Iemand vertelde Nina op ernstige toon dat ze er van elke soort een moest plukken, zeven bloemen voor zeven nachten, en dat haar ware liefde dan zou komen. Toen de meisjes er van allemaal een hadden geplukt, vlochten ze de bloemen zorgvuldig in elkaars haar, terwijl ze dronken uit de hoorns die steeds werden doorgegeven. Zodra ze klaar waren, kwamen de mannen naar voren, ze grepen lachend hun handen vast om met ze te dansen. Nina had het helemaal naar haar zin. De avond ging in een roes voorbij tot er uiteindelijk om half twaalf, toen het donkerder en killer werd, Schotsgeruite dekens werden uitgedeeld en iedereen bij het vuur ging zitten om te wachten op de sterren.

Terwijl de hemel diepdonkerblauw werd – niet zwart, niet hier, niet om deze tijd van het jaar – hield het trommelen abrupt op en zwegen alle instrumenten, op één doedelzak na, alsof de god Pan zelf tevoorschijn was gekomen en kilometers ver weg een betoverende zachte melodie speelde.

En toen doofde zelfs die muziek langzaam uit en was het een moment dood- en doodstil in de koele avondlucht, alsof de aarde zelf haar adem inhield. Toen, heel ver weg in het oosten, boven de zee, zagen ze een flauwe schemer in het donkere blauw. Een bleekgroen en roze licht, zo flauw en subtiel dat het voelde als vingers die licht over de pianotoetsen glijden.

Er klonk een collectieve zucht uit de menigte. En toen begon iedereen te juichen en te joelen en sprong iedereen op om te proberen een foto te maken, wat het moment nogal verpestte, maar dat merkte Nina nauwelijks. Ze was als betoverd en staarde naar de flauwe schemerende kleuren van het noorderlicht die zich aftekenden tegen de nachtelijke lucht. Ze had nog nooit zoiets prachtigs gezien, iets wat zo verbijsterend mooi was, en ook nooit iets gelezen dat daarbij in de buurt kwam.

Toen schreeuwde de groene man een commando en begonnen de trommels en de violen weer te spelen, nog harder en sneller dan eerst. Maar Nina hoorde ze niet echt en zag niet dat iedereen zijn dekens weggooide en weer begon te dansen om het vuur; ze stond doodstil naar de hemel te staren terwijl de menigte om haar heen weer doorging met feesten.

Plotseling voelde ze dat er iemand naast haar stond en ze draaide zich met een ruk om. Het was Lennox. Hij zei niets, keek net zoals zij naar de hemel en knikte. Toen stak hij zijn hand uit en raakte de hare zachtjes aan.

Er ging een schok door haar heen, het was alsof ze haar hand brandde en ze trok hem verschrikt weg. Hij keek haar heel even aan, stapte toen terug in de kolkende menigte en was zo snel verdwenen dat het leek alsof ze het had gedroomd.

Uren later zat Nina met een stel nieuwe net gemaakte vrienden te kijken naar de zon die opkwam terwijl hij nog maar net onder was. Ze zat nog steeds te piekeren over haar eigen reactie en Lennox gebaar, wat dat betekende, áls het tenminste iets betekende en ze het niet verkeerd had geïnterpreteerd.

Ze had intuïtief afwerend gereageerd. Het was ook nog maar zo kortgeleden dat ze zich pijnlijk had gebrand; dat ze had gedacht dat ze wist wat de ander wilde terwijl dat helemaal niet zo was. Dat kon ze niet nog een keer aan. En ondanks het feit dat ze die avond in de auto voor het eerst een fatsoenlijk gesprek hadden gevoerd, vond ze Lennox over het algemeen onbeschoft en kortaf, en ze wist van wat hij haar verteld had dat hij op dit moment een emotioneel lastige tijd doormaakte.

Ze dacht terug aan Mareks grote, droevige, jongehondenogen en zuchtte diep. Was er nou nergens een single man die er voor haar wilde zijn? Of was dat iets wat alleen in romans en sprookjes bestond?

Ainslee liep voor haar langs. Ze werkte hier, had Nina opgemerkt, ze had geholpen het geweldige ontbijt te serveren dat bij de toegangsprijs was inbegrepen: grote kannen met verse, romige melk om door enorme pannen pap te roeren, waar zout, suiker of honing in werd gedaan; broodjes met gerookte ham uit de regio; Lorne-worstjes, *kedgeree* of roerei met gerookte zalm uit het Loch vlakbij en genoeg thee en koffie om iedereen te ontnuchteren, hoewel er ook nog genoeg mensen waren die van de roze bubbelwijn dronken.

'Het is super hier, echt een geweldig feest,' zei Nina.

'Aye,' zei Ainslee.

'Is het leuk om hier te werken?'

Ainslee haalde haar schouders op. 'Niet echt, maar ik kan het geld goed gebruiken.'

'Is alles goed thuis?'

'Aye,' antwoordde Ainslee kortaf en Nina besefte dat ze te veel bubbels had gedronken en te vrijpostig was. 'Sorry,' zei ze.

'Wie is die chagrijn daar?' Ainslee keek over haar schouder.

Nina keek. Lennox stond aan de bar whisky te drinken. Toen hij zag dat ze naar hem keek, draaide hij zich snel naar zijn vrienden.

'O, mijn huisbaas,' zei ze. 'Een vervelende ouwe zak.'

'Het is Lennox, toch? Van de Lennox-boerderij? Hij is stokoud,' zei Ainslee.

'Hij is pas net in de dertig!'

'Ja. Echt stokoud.'

'Eh, oké...'

'Maar het is wel een lekker ding. Voor zo'n ouwe vent.' Ainslee bloosde hevig.

'Vind je?'

Ze knikte. 'Ik bedoel... Niet dat het iets uitmaakt wat ik vind...'

'Ainslee,' zei Nina terwijl ze zich naar haar over boog. 'Dat moet je nooit geloven, dat het niet uitmaakt wat jij vindt.'

Ainslee keek haar een moment aan. Toen hoorden ze allebei dat haar naam werd geroepen door degene die de leiding had over de serveersters.

'Dus je gaat voor hem?' vroeg ze met een samenzweerderig lachje.

'Eh... nee,' zei Nina, 'maar ik stel je mening op prijs.'

Ainslee knikte alsof het nu eenmaal zo was dat haar mening altijd werd genegeerd en liep weg in de ochtendschemer.

Er stond een hele rij taxi's en auto's die dienstdeden als taxi te wachten om de feestgangers thuis te brengen. Sommige mensen waren ter plekke out gegaan en zouden straks klam en vochtig wakker worden. Hier en daar stond een tentje van iemand die zich goed had voorbereid. Nina voelde zich helemaal nuchter na ongeveer vier mokken koffie en deelde een taxi met een paar mensen uit het dorp die ze op het feest had leren kennen – blij dat Lennox nergens te bekennen viel. Haar haren waren losgeraakt en over haar eyeliner durfde ze niet eens na te denken.

'Hebben jullie een leuke avond gehad?' vroeg de chauffeur. 'Toen ik jong was ging ik ook altijd. Het was een geweldige plek om meidjes te ontmoeten!'

'En, hebt u er een ontmoet daar?' vroeg een stomdronken meisje dat op de achterbank zat geperst.

'Mijn vrouw,' zei de man. 'En die laat me er niet meer naartoe gaan, behalve om te werken. Maar het was altijd leuk. Hebben jullie het noorderlicht gezien vannacht? Ik heb het nog nooit eerder gezien in de zomer.'

'Het was fantastisch,' zei Nina terwijl ze eraan terugdacht. Als ze dat ongemakkelijke moment met Lennox vergat, was het echt een van de allerleukste avonden geweest die ze ooit had meegemaakt. Ze dacht terug aan avondjes uit in de stad, maar het was zeker waar: dit viel nergens mee te vergelijken. Ze ging dan wel niet veel uit hier, maar als ze ging was het ook echt fantastisch. Ze wenste dat Surinder erbij was geweest, die zou hebben genoten. En de Gus had ook naar haar gevraagd, ze dacht niet dat hij met iemand anders was weggegaan.

Maar nu, nu ze zich dankbaar op haar bed liet neerzakken nadat ze haar mooie witte jurk had uitgetrokken en gecontroleerd op vlekken – ze leek er redelijk ongeschonden vanaf gekomen, alleen wat modder hier en daar; ze moest een mooie set nieuwe boeken voor Lesley zien te vinden om haar te bedanken, vooral nu ze wist waar ze van hield – dacht ze niet terug aan het wilde dansen of de zoete wijn of het prachtige groene licht aan de horizon. Ze moest helaas vooral denken aan de uitdrukking op Lennox' gezicht toen ze haar hand had teruggetrokken, en met een toenemend ongemakkelijk gevoel besefte ze dat ze dat niet had gedaan uit afkeer, of uit angst of iets dergelijks, maar dat dat waarschijnlijk wel op haar gezicht te lezen had gestaan.

Ze had haar hand zo snel weggetrokken om wat ze voelde. Het moment dat hij haar aanraakte had ze een schok gekregen, een elektrische schok, en was er een diepe, verzengende hitte in haar binnenste opgevlamd.

Daar wilde ze – kón ze – nu niet over nadenken, de problemen die dat zou kunnen veroorzaken, omdat ze op het punt stond haar huisje kwijt te raken en alles te verliezen waarvoor ze zo hard had gewerkt.

(En ze dacht geen moment aan de trein die een paar kilometer verder westwaarts was gestopt en doelloos op de overweg stond, terwijl de machinist naast een lege boom met zijn hoofd uit het raam leunde en ook naar het verbijsterende licht aan de horizon keek en dacht dat niemand, niemand zich ooit zo eenzaam had gevoeld als hij.)

25

De ochtendzon viel over haar beddensprei toen Nina laat wakker werd, maar zich vreemd genoeg prima voelde toen ze opstond, ondanks de hoeveelheid drank en het eindeloze dansen van de nacht ervoor. Na een lang bad, waarbij ze het idioot dure badschuim in het water goot dat ze nooit eerder had durven gebruiken en dat in een mandje klaarlag alsof ze in een chic hotel zat, (het maakte haar nu minder uit, ze werd er toch uit gezet hier), voelde ze zichzelf zelfs herboren.

Zo lang ze maar niet aan Lennox dacht.

Ze knipperde met haar ogen toen ze ging zitten om haar haar te kammen. Dit was een ongelofelijk slecht idee. Lennox was een gekwetste ziel – op rubberlaarzen, verdomme – die zijn masker één avondje had laten zakken: die zelf had gezegd dat hij dronken wilde worden.

Hij voelde zich vast net zo in verlegenheid gebracht als zij nu. Misschien wel erger. Het beste wat ze kon doen, het enige eigenlijk, was hem negeren, want als hij op een dag kwam binnenwandelen, al gauw waarschijnlijk, om haar te vertellen dat ze eruit moest omdat Kate de hele boerderij kreeg, wel, dan moest ze dat aankunnen. Toen ze haar computer checkte, bleek ze weer een vriendelijk bericht uit Orkney te hebben met het voorstel gewoon eens een kijkje te komen nemen; het noorderlicht was dat jaar bijzonder mooi. Ze glimlachte. Misschien moest ze dat maar eens doen. Het was geen slecht idee om een paar dagen weg te gaan hier.

Maar alles echt moeten achterlaten zou moeilijk zijn. Ze dacht terug aan de vorige avond en glimlachte onwillekeurig. Maar zo waren de Schotten – altijd vriendelijk en gastvrij, vooral in deze regio. Al betekende dat niet dat ze er echt bij hoorde.

Ze wist niet goed wat ze met zichzelf aan moest. Ze wilde niet kniezend blijven rondhangen op de boerderij, ze wilde Lennox nu echt niet tegenkomen. Nee. Ze trok eropuit, geld verdienen, de voorraad van de bus aanvullen, zorgen dat alles tiptop in orde was. Ze moest zichzelf als een nomade proberen te zien, iemand die ervan hield rond te trekken, die graag reisde en steeds ergens anders was.

Hoewel het zondag was en de winkels in het dorp niet open waren, besloot ze toch naar Kirrinfief te gaan. Hoe eerder hoe beter. En het was goed, besefte ze, om nu zo ver mogelijk uit de buurt van Lennox en zijn stomme boerderij te blijven. Bij het idee dat hij misschien wel langskwam om zijn excuses te maken voelde ze zich al bij voorbaat enorm beschaamd en ongemakkelijk. Ze zag weer voor zich hoe hij naar haar had gekeken toen hij haar voor het eerst in haar witte jurk had gezien.

Nee, sprak ze zichzelf vermanend toe. Ze beeldde zich dingen in. Alweer. Zoals ze altijd deed, volgens Surinder. Het was niets. Of op zijn hoogst was hij een eenzame boze man die zich afvroeg of ze zich door hem zou laten verleiden. Ze woonde vlakbij op de heuvel tenslotte, hoe makkelijk was dat niet. Maar daar was ze totaal niet op uit.

Toen dwaalden haar verraderlijke gedachten af naar hoe zijn grote eeltige hand op de hare had gevoeld.

Nee. Nee. Nee. Verder. Ze moest verder. Dit was niet haar thuis, niemand zou het echt merken dat ze weg was. Dit was een tussenstop, dat was alles, een manier om een onbevredigende carrière in te ruilen voor iets wat ze wél graag deed. Het leven ging door hier en zij ging ergens anders heen. Niemand zou haar missen.

Her bleek hartstikke druk te zijn in het dorp, omdat het ongewoon mooie weer maar aanhield, wat hoogst uitzonderlijk was voor dit deel van de wereld, en de oude met kinderkopjes geplaveide straatjes waren vol mensen. De pub was open en Edwin en Hugh zwaaiden, van achter een van de houten tafeltjes die buiten waren gezet, vrolijk naar haar, beiden met hun gebruikelijke 80 Shilling-biertje voor zich.

Ze bleef even staan voor een praatje zoals ze altijd deed en overhandigde hun een van haar laatste ontdekkingen: een koude-oorlog-onderzeeërthriller voor Edwin, het soort boeken waar hij dol op was, ook al eindigden ze allemaal ongeveer hetzelfde, en een hedendaagse romcom voor Wullie – wie had dat ooit gedacht – die een keer per ongeluk zo'n boek in handen had gekregen en nu dol was op het hele genre, totaal niet van zijn stuk gebracht als hij werd geplaagd met het feit dat hij altijd boeken las met een zachtroze omslag.

Terwijl Nina om zich heen keek in het dorpje in de zon, viel haar iets op: iedereen, werkelijk iedereen, zat te lezen. Mensen in hun tuin, een oude dame in een rolstoel hij het oorlogsmonument, een klein meisje dat afwezig met haar beentjes zat te bungelen op een schommel, volkomen verdiept in *What Katy Did*.

Bij de bakker stond iemand te lachen om een stripboek; achter het koffiestandje probeerde een meisje tegelijkertijd te lezen en een cappuccino te maken.

Nina was verbluft. Het kon toch niet zo zijn dat ze een heel dorp in lezers had veranderd. Maar toen ze haar Nog-Lang-en-Gelukkig Boekwinkeltje opende en de mensen blij uit hun huizen kwamen omdat ze op een zondag open was, leek het er wel op.

'De kinderen zij zowat gestopt met Minecraft!' zei Hattie. 'Nu willen ze natuurlijk boeken over Minecraft lezen, maar dat is wat mij betreft nog steeds een wonder!'

'Ik weet niet meer wanneer ik ben opgehouden met lezen,' bekende een oudere man terwijl hij een van de mooiste uitgaven van Sherlock Holmes oppakte die Nina ooit onder ogen had gehad; ze wilde hem eigenlijk niet kwijt en had er een enorm hoge prijs op gezet in de hoop dat ze hem niet zou verkopen

– wat nu blijkbaar toch ging gebeuren. Maar dat was natuurlijk wel handig om haar verhuizing te kunnen betalen.

'Ik geloof dat ik gewoon nergens meer boeken zag,' vertelde de man verder. 'In de bus was iedereen vroeger aan het lezen, maar nu zitten ze op hun telefoon of die grote telefoons, ik weet niet hoe die dingen heten.'

'Een tablet. Misschien lezen ze daar wel op,' zei Nina loyaal. Zij was ook dol op haar e-reader.

'Ja, ik weet het,' zei de man. 'Maar ik kan het niet zien, begrijp je. Ik kon nooit zien wat ze lazen en vragen of het goed was of de titel onthouden om er later naar op zoek te gaan. Het was alsof alle boeken op een dag in één klap verdwenen waren.'

Nina keek hem aan. 'Ja, ik begrijp wat u bedoelt, echt, ik ken dat gevoel.'

Samen bewonderden ze de Sherlock Holmes die een met de hand bewerkte leren omslag had en prachtige zijdeachtige schutbladen.

'Je wilt dit niet graag kwijt, hè?' vroeg de oude man.

'Nee, niet echt,' zei Nina.

'Ik zal er goed voor zorgen, dat beloof ik.'

'Oké,' zei Nina terwijl ze zijn cheque aannam en die opborg in haar oude blikken trommeltje.

'Je mag het wel af en toe wel een bezoekje komen brengen, hoor,' zei de oude man een beetje flirterig.

Nina grijnsde. 'O, ik weet niet of ik nog lang hier in de buurt ben,' zei ze. Ze probeerde luchtig te klinken, alsof het haar weinig uitmaakte, hoewel ze niet het gevoel had dat dat lukte.

Ze zat onopvallend naar Ben te kijken die op het trapje zat en zachtjes een boek spelde, ze kon zijn lippen woorden zien vormen terwijl hij elke tien seconden even opkeek – voor het geval dat een voorbijganger hem zou betrappen – toen Ainslee naar hem toe kwam en hem op zijn kop gaf.

'Je moet niet zomaar het huis uit lopen! Ik dacht dat je kwijt was!'

'Ik ben niet kwijt.'

'Ja dat zie ik, maar je gaat er gewoon vandoor zonder iets te zeggen!'

Nina fronste.

Ainslee siste: 'Als ze je zien... als ze zien dat je over straat zwerft, Benny...'

'Kan me niks schelen.'

'Je krijgt er spijt van.'

'Echt niet.'

Hij keek omlaag naar zijn boek en Ainslee slaakte een wanhopige zucht. Toen richtte ze zich tegen Nina.

'Ik wist niet dat je open was vandaag.'

'Dat ben ik ook niet echt,' zei Nina. 'Ik kwam gewoon hierheen om... om...'

Ze wist niet goed hoe ze het moest uitleggen en veranderde van onderwerp.

'Vond je het feest gisteren niet leuk? Ik vond het geweldig.'

Ainslee haalde haar schouders op. 'Het was saai.'

'Er waren heel veel leuke jongens, leek me,' zei Nina in een poging een lachje op haar gezicht te zien, maar zonder resultaat.

Ainslee keek chagrijnig om zich heen in de bus. 'Er is niks te doen...'

'Ja, dat klopt,' zei Nina die uit nervositeit een aanval van schoonmaakwoede had gehad. 'Om eerlijk te zijn heb ik je vandaag niet nodig.'

Ainslee haalde haar schouders op en stapte het zonnige marktplein weer op, haar zware oogmake-up en slecht geverfde haar zagen er vreemd uit in het vroege ochtendlicht.

'Kom mee, Ben,' snauwde ze en het joch legde zijn boek met tegenzin weg – Nina zou later alle vingerafdrukken eraf vegen – en slenterde met gebogen hoofd achter haar aan.

Dat was het moment dat Nina een besluit nam. Ze had het lang genoeg niet gedaan en als ze hier nog maar kort was, maakte het niet uit of de mensen haar een bemoeial vonden. Ze wachtte even, sloot de bus rustig af en glipte de straat op om de twee kinderen te volgen.

Het centrum van het dorp had met keitjes geplaveide straatjes en waaierde uit in minder aantrekkelijke straten, totdat je uitkwam bij grijze sociale woningbouw uit de jaren vijftig aan de rand van het dorp. Sommige huisjes waren keurig verzorgd en opgefleurd met bloembakken en andere waren wat meer verwaarloosd, maar ze keken allemaal uit over de prachtige groene velden.

Zelfs als je totaal geen geld had, dacht Nina, was het hier nog steeds de mooiste plek om op te groeien.

Ainslee en Ben liepen op het meest verwaarloosde huis af. De voortuin lag vol rotzooi, er stond zelfs een oude stoel zonder poten en overal slingerde kapot speelgoed. Er lag alleen een soort pad van gebroken tegels, de rest was gewoon kale grond. De deur zat onder de butsen en de krassen en ruitjes erin waren allemaal gebarsten. De boel zag er volkomen verwaarloosd en armoedig uit.

Nina slikte. Ze merkte plotseling dat ze nogal bang was. Ze zag sombere scenario's voor zich, waarin Ainslee door een afschuwelijke stiefvader werd thuisgehouden, of ouders had die verslaafd waren en niet de moeite namen om voor hun kinderen te zorgen. Ze wist eigenlijk niet of ze hier de moed wel voor had. In de bibliotheek vroeger had ze wel met diverse sociale probleemgevallen te maken gehad; vaak waarschuwden ze maatschappelijk werk als iemand bijvoorbeeld elke dag kwam en dan in slaap viel omdat hij duidelijk nergens anders naartoe kon, of als de vaste klanten zich steeds slechter begonnen te verzorgen. En omdat veel mensen de bibliotheek ook als vraagbaak gebruikten, een soort onofficieel adviesbureau, wist ze vaak de weg naar hulp.

Maar dit was anders. Ze bemoeide zich met iets wat haar niet aanging, onmiskenbaar. Ze probeerde zichzelf gerust te stellen met de gedachte dat het om een kind ging, een kind dat niet goed werd verzorgd, dat vuil was en rondliep in smerige kleren, dat nog maar nauwelijks kon lezen op zijn achtste en niet naar school ging. En dan was er ook Ainslee nog, die alleen opfleurde als ze in haar eentje met haar boeken was, en totaal geen interesse had in andere dingen in het leven. Daar zat waarschijnlijk een serieus probleem achter, veel erger dan een gewoon tienerprobleempje.

Desondanks voelde Nina zich een enorme bemoeial, iemand die zich opdrong in het leven van anderen en irritant was; de stadse meid die haar neus in andermans zaken stak omdat ze dacht dat ze het beter wist, terwijl ze er helemaal niets mee te maken had. In de bibliotheek was het anders geweest, daar vroegen de mensen om hulp of waren ze er oprecht dankbaar voor. Maar hoe voorzichtig ze het ook had gevraagd, Ainslee wilde het er duidelijk niet over hebben. Alleen, er was wel een kind bij betrokken...

Ze zuchtte besluiteloos. Wat was goed? Blijven of gaan? Ainslee functioneerde. Toch? Hoewel Nina terugdacht aan dat afschuwelijke gesprek dat ze geen examen had gedaan. Dat was niet goed voor zo'n slimme meid als zij. Ze zou nu op zoek moeten zijn naar een vervolgopleiding, zich erop moeten verheugen het huis uit te gaan. Ze zou niet zomaar wat moeten blijven rondhangen, ruziënd met haar broertje, en helemaal niets plannen voor de toekomst. Misschien kon Nina gewoon een vriendelijk gesprekje met de ouders voeren? Ze ervan proberen te overtuigen hoe slim Ainslee was? Ja! Dat was een idee! Dat ging ze doen!

Vastberaden liep ze naar het tuinhekje toe. De hendel was kapot en het ding hing wiebelig in de scharnieren. Ze glipte er voorzichtig door en liep naar de voordeur. Het was akelig stil op de straat, er reden geen auto's; boven de bomen cirkelde alleen een eenzame torenvalk. Nina bleef er even naar staan kijken, zijn stille koninklijkheid bewonderend en een beetje jaloers op zijn ongecompliceerde sociale verplichtingen.

Toen beende ze vastberaden op de voordeur af en klopte meteen op de deur zodat ze niet meer van gedachten kon veranderen.

26

Het bleef lang stil. Er brandde nergens licht in het huis en als Nina niet had gezien dat de kinderen allebei naar binnen waren gegaan, zou ze hebben gedacht dat er niemand was. Toen werd er iets geroepen door een stem die Nina herkende als van Ainslee, het klonk als 'niet opendoen!'.

Maar het was al te laat, want er werden zo te horen al allerlei grendels weggeschoven aan de andere kant van de deur.

'Nina!'

Bens smoezelige gezicht kon zijn vreugde niet verbergen en door die brede grijns leek hij in niets op het norse joch dat ze voor het eerst had ontmoet op het trapje van de bus.

'Hoi Ben.'

'Heb je boeken voor me?'

Nina baalde dat ze er niet aan had gedacht die voor hem mee te nemen.

'Nee, sorry, dat had ik natuurlijk moeten doen. Ik heb wel boeken voor je, maar die liggen in de bus.'

Bens gezicht stond op slag afwerend en hij wierp een blik naar links. Nina keek dezelfde kant op en zag een ongelofelijk rommelige keuken die ontzettend vuil was en vol lag met lege melkpakken. Het huis rook naar stof, verwaarlozing en nog iets wat ze niet meteen kon thuisbrengen.

'Ben! Wie is dat?' hoorde ze Ainslees stem. Ze verscheen achter haar broertje, kneep haar ogen tot spleetjes en tuurde naar Nina die buiten voor de deur in de zon stond.

'Wat kom je doen?'

De normaal zo respectvolle toon in Ainslees stem was volkomen verdwenen. Ze klonk brutaal, boos en op het punt Nina weg te sturen. Nina realiseerde zich plotseling dat Ainslee groter was dan zij en prima in staat om haar te dwingen weg te gaan als ze wilde.

'Eh... ik vroeg me af... is je moeder thuis?'

Ainslee en Ben keken elkaar aan.

'Wat heb jij daarmee te maken?'

'Ik wilde... ik wilde haar gewoon vertellen hoe goed je je werk doet, dat is alles. Bovendien ben je weggegaan zonder het geld dat je had verdiend, dus kwam ik je dat brengen.'

'Je weet zeker dat je hier niet komt pottenkijken?'

Nina wist niet wat ze daarop moest zeggen, dus sloeg ze haar ogen neer.

'Is ze thuis?'

'We redden het best,' zei Ainslee. 'We hoeven geen liefdadigheid.'

'Het is geen liefdadigheid,' zei Nina. 'Het is je loon! Je hebt het verdiend!'

Ainslee zag er vertwijfeld uit.

'Alsjeblieft,' zei Nina, 'alsjeblieft Ainslee. Ik bedoel het goed, echt. Ik wil je niet in de problemen brengen. Ik wilde alleen weten... of alles goed was.'

Haar blik werd gevangen door een plotselinge beweging achter de kinderen – het was een muis, een enorm exemplaar. Een muis of een rat, dacht Nina. En toen wist ze zeker dat ze niet weg kon gaan. Ze keek op naar Ainslee die blijkbaar tot dezelfde conclusie was gekomen, want ze liet een diepe zucht ontsnappen en trok haar schouders op.

'Je mag tegen niemand zeggen dat je hier bent geweest,' zei ze.

'Oké,' beloofde Nina. Er was duidelijk iets niet in orde hier en ze was vastbesloten om uit te vinden wat dat was. 'Ik kom alleen heel even binnen...'

'Nee, dat kan niet.'

'Is je moeder thuis of niet?'

Plotseling klonk er een zacht geluid; het gerinkel van een

belletje. Ze keken elkaar alle drie aan. Ben stond te wippen op zijn voeten, niet in staat zich in te houden.

'Ainslee,' zei Ben terwijl hij aan haar trui trok. 'Laat haar nou binnen. Ze is áárdig!'

Ainslee staarde Nina aan alsof ze haar nooit eerder had gezien.

'Ik ben zo weer weg,' zei Nina op kalme toon. Ze moest echt naar binnen. Ze stapte over de drempel.

'Mrs. Clark?' riep ze zacht. 'Mrs. Clark?'

Als antwoord rinkelde het belletje nog een keer.

De woonkamer rook stoffig en bedompt. Overal lagen stapels boeken en papieren. Nina keek ernaar. 'Dit lijkt me staatsexamenwerk,' merkte ze op. Ainslee haalde haar schouders met een grimmig gezicht op.

Het nerveuze, gedienstige meisje uit de bus dat graag aardig gevonden wilde worden was verdwenen. Hier stond iemand die veel strijdlustiger en onverzettelijker was. Nina keek om zich heen en schraapte haar keel.

'Eh,' zei ze. 'Waar is je moeder?'

De deur klemde enorm en Nina moest hard duwen om hem open te krijgen. De kamer lag aan de achterkant van het huis en was behangen met zwaar ouderwets, oudroze reliëfbehang. Het rook er naar talkpoeder en nog iets: een geur die Nina nu herkende als de geur van een zieke.

'Hallo?'

Toen ze de kamer in stapte, draaide de figuur in bed haar hoofd om, pijnlijk langzaam. Nina hapte bijna naar adem. Het was een oude vrouw – verschrompeld en grijs. Maar toen ze beter keek besefte ze dat de vrouw niet zó oud was, maar dat haar gezicht doorgroefd was vanwege de pijn; haar hals was op een vreemde manier gedraaid.

'Hallo,' zei de vrouw met zachte, hese stem, nog steeds met het muzikale van de Highlands erin. Ze klonk alsof ze moeite had met ademen. 'Mijn excuses dat ik niet kan opstaan.'

'Bent u Mrs. Clark?'

'Ben jij van de sociale dienst?'

'Nee,' zei Nina.

'Van de school? Ik heb een gesprek gehad met de school.'

'Nee, nee, ik ben niet van de school. Ik ben van de boekenbus.'

'O, van de boekenbus,' zei de vrouw. Haar adem kwam met horten en stoten. Ze zag er heel ziek uit. 'Daar heb ik van gehoord. Klinkt geweldig.'

'Ik zal u... ik zal u iets te lezen brengen,' zei Nina. Ze durfde een stap naar voren te zetten. 'Het is alleen... het is alleen dat ik een beetje bezorgd ben over Ben.'

'O, hij is nogal een wildebras,' zei Mrs. Clark langzaam. Elk woord leek heel moeizaam uit haar keel te komen. Het was benauwd in het kamertje en Nina's huid prikte. Ze dwong zichzelf nog een stap naar het bed te doen.

'Excuses,' zei ze, 'maar mag ik vragen wat er met u aan de hand is?'

'MS,' antwoordde de vrouw 'Ik heb goede en slechte dagen.'

Ze klonk niet alsof dit een van de goede dagen was. Nina deed nog een stap naar haar toe.

'Maar u kunt... maar u zou, als u een rolstoel had, toch wel op kunnen staan en mobieler kunnen zijn?' vroeg ze zich hardop af. 'Hebt u iemand die hier komt om u te verzorgen?'

'Nee,' klonk het scherp achter Nina. Ze keerde zich om. Het was Ainslee die haar met stekende blik aankeek. 'Nee, zo iemand hoeven we helemaal niet.'

Nina knipperde met haar ogen. 'Maar dat is toch fijn? Een beetje hulp bij alles?'

Ainslee schudde vastberaden haar hoofd. 'Wat, een of andere bemoeizuchtige trut die me komt vertellen dat ik niet goed voor mijn moeder zorg? Echt niet.'

'Dat is niet wat zo iemand komt doen,' zei Nina. 'Ze komt helpen schoonmaken en...'

'Ik ben nog geen zestien,' zei Ainslee heftig. 'Weet je wat er zou gebeuren? Dan worden Ben en ik naar een kindertehuis gestuurd. Allebei naar een ander. En heb je gehoord wat er gebeurt in zulke tehuizen?'

Nina knikte. 'Maar zo is het niet... zo is het niet. Ik weet zeker dat ze er alles aan zouden doen om jullie thuis te houden, samen met jullie moeder, of jullie in ieder geval bij elkaar te laten blijven.'

'Niet waar,' zei Ainslee. 'En ik kan haar verzorgen. Ik kan het prima,' zei ze gespannen.

'Ze is een fantastische meid,' zei de vrouw in het bed.

'Dat weet ik,' zei Nina. 'Ze werkt ook voor mij. Ze is een geweldige meid. Maar eerlijk gezegd had ze examen moeten doen. En Ben zou naar school moeten als ze weer beginnen.'

'Ik wil niet naar school,' hoorden ze iemand roepen vanaf de gang.

'Ik weet het, ik weet het,' zei Mrs. Clark, terwijl ze benauwd begon te hoesten. 'Maar ik heb ze zo nodig. Als we met z'n drietjes zijn gaan we lekker op bed liggen en hebben we niemand anders nodig. Dan hebben we het gezellig. We hoeven helemaal niet ergens anders naartoe, toch? En op school zijn ze sowieso niet aardig.'

Ainslee knikte. 'Het is prima zo.'

Maar Nina hield stug vol. 'Er zijn dingen die geregeld kunnen worden. En dan wordt het zeker beter dan nu, dat beloof ik jullie.'

'Maar ik kan mijn kinderen niet missen,' zei de vrouw smekend. 'Ik heb ze nodig.'

Nina schudde haar hoofd. 'Nee, u hebt húlp nodig,' zei ze. 'Maar niet van uw kinderen.'

'Ze zijn mijn familie, het zijn míjn kinderen.'

'Ja, dat is zo,' zei Nina. 'Maar ze verdienen ook een eigen leven.'

Er viel een stilte en Nina zag tot haar afgrijzen een traan over Mrs. Clarks wasachtige wang glijden.

'O, het spijt me,' zei ze. 'Ik wilde u niet van streek maken.'

'Nee,' zei de vrouw. 'Jij hebt makkelijk praten. Jij bent niet ziek. En jij hebt geen kinderen die van je houden. Je weet niet hoe het is.'

Nina schudde haar hoofd. 'Nee, dat weet ik niet,' zei ze. 'Maar er moet een betere manier zijn dan dit. U verdient mensen die goed voor u kunnen zorgen.'

Ze kon Ainslee achter zich haar stekels voelen opzetten. Ze bleef stokstijf staan en Mrs. Clark zuchtte.

'Ainslee deed het altijd zo goed, hè Ainslee? Je deed het graag. Schoonmaken en de bedden verschonen en het eten klaarmaken... Ik weet niet waarom je daarmee ophield...' Ze keek om zich heen alsof ze voor het eerst zag wat een troep het was. 'Ik weet niet eens hoe het zo erg heeft kunnen worden.

Ainslee liet haar adem ontsnappen.

'Heb je niet gezorgd dat Ben naar school ging?' vroeg de vrouw. 'Hij móét naar school, Ainslee. Je deed het altijd zo goed.'

'Aye,' beaamde Ainslee. 'Aye. Maar dat... dat was alles wat ik deed. Alles wat ik kón doen. Mijn hele leven voor jou zorgen. Voor eeuwig gevangenzitten hier. Mijn hele leven poetsen, wassen en koken. Dat wil ik... dat wil ik niet. Ik wil andere dingen doen.'

Ze wierp een boze blik in Nina's richting. 'Ik vind het leuk om voor háár te werken.'

De tranen rolden nu over Mrs. Clarks wangen. 'Maar ik dacht... Je zei altijd dat je het niet erg vond.'

'Omdat ik niet wilde dat ze me hier weghaalden. Of Benny. Maar ik dacht... Toen ik klein was, dacht ik dat je beter zou worden. Ik wist niet dat het zo zou blijven. Voor altijd. Dat wist ik niet. Dat ik hier eeuwig zou moeten blijven.'

Ze huilden nu allebei en Mrs. Clark stak haar hand uit, die Ainslee vastgreep, hard.

'We kunnen het oplossen,' zei de vrouw terwijl ze Nina aankeek. 'Toch?'

Nina keek om zich heen. 'Nou, ik denk dat ik in ieder geval weet waar we moeten beginnen,' zei ze.

Ze kreeg het niet voor elkaar dat Ben thuis bij zijn moeder

en zijn zus bleef; hij slenterde achter haar aan en vroeg haar met een bang stemmetje de oren van het hoofd. Nina probeerde hem zo goed mogelijk gerust te stellen en kreeg hem uiteindelijk rustig door hem voorin in de bus te laten zitten, wat hij werkelijk super vond. Nog beter: hij zag een paar van de kinderen van school spelen in het speeltuintje in het park en Nina liet hem toeteren zodat ze allemaal omkeken en hij fanatiek begon te zwaaien. Nina glimlachte, vertederd over hoe snel de stemming van een kind van acht kon omslaan.

Op de boerderij sprong ze de bus uit en rende naar haar huis, waar ze alle schoonmaakspullen die ze had gekocht om de bus toonbaar te maken tevoorschijn haalde en ook voor de zekerheid een rol grijze vuilniszakken pakte. Toen ze alles stond in te laden, liep Lennox, met Peterselie op zijn hielen, over het erf. Hij bleef staan toen hij haar zag, bloosde licht en schraapte zijn keel.

'Hé,' zei hij, terwijl hij naar haar toe kwam. 'Waar is dat allemaal voor? Heb je iemand overreden en moet je nou zorgen dat je alle sporen uitwist?'

Nina bloosde ook en hield zichzelf voor dat ze niet naar die lange, sterke, hardwerkende vingers moest kijken. Er niet aan mocht denken en zich niet mocht afvragen wat die zouden kunnen doen. Nee! Daar begon ze niet aan! En ze wilde ook niet denken aan zijn felblauwe ogen die zich nu in de hare boorden.

'Nee,' zei ze. Ze wilde het verder niet uitleggen.

'Hé, is dat Ben Clark?' vroeg hij met een knikje naar de cabine van de bus. 'Hoi, Ben. Hoe gaat het met je moeder? Wacht even...'

Hij verdween in de boerderij en kwam er weer uit met een schaal eieren. 'Wil je deze voor haar meenemen?'

'Je wist het van zijn moeder?' vroeg Nina plotseling woedend.

'Wat? Mrs. Clark? Ik hoorde dat ze zich niet helemaal lekker voelde, maar het is niets ernstigs toch?'

'Ze is volkomen aan haar bed gekluisterd!' zei Nina. 'Ainslee en Ben hebben maanden in hun eentje voor haar gezorgd... Misschien wel jaren! Wist je dat niet?'

Lennox keek haar aan. 'Ik probeer me niet te bemoeien met andermans zaken,' zei hij. 'En hoop dat ze dat ook niet met de mijne doen.'

'Hm,' zei Nina.

'Ben je goede daden aan het verrichten?'

'Nou, jij doet blijkbaar helemaal niks, dus doe ik het maar!'

Lennox snoof en marcheerde meteen weg. Nina keek hem na en wenste dat ze niet zo uit haar slof was geschoten. Ze begreep niet waarom ze altijd zo opgefokt was als ze hem zag.

Ainslee klaagde hevig, zelfs toen Nina haar tweede tas uitpakte en ze twee pakjes chocoladekoekjes, bananen, thee, ijs en een grote fles Irn-Bru limonade tevoorschijn haalde.

'Hoe harder je werkt, hoe meer je krijgt,' zei Nina met een glimlach.

'Ik ben geen vier meer.'

'Dat weet ik,' zei Nina. 'Maar ik betaal je hiervoor als je wilt.'

Ainslee keek meteen iets vrolijker en ze rolden hun mouwen op en begonnen.

Ainslee tilde haar moeder uit bed terwijl Nina de lakens eraf haalde en die, met alle vuile was die ze nog meer kon vinden, in de wasmachine stopte. Veel van de kleren waren erg beschimmeld en ze propte alles wat niet gered kon worden in vuilniszakken, of knipte het in stukken om als poetsdoek te gebruiken. Ze zou er op de een of andere manier voor zorgen dat ze nieuwe kleren kregen.

Ze vulden vuilniszak na vuilniszak die Nina naar de stort zou brengen en toen alle zooi weg was, zag het huis er al veel beter uit. Toen begonnen ze te schrobben, soppen en poetsen. Kleine Ben, smoezeliger dan ooit, hielp mee met alles opruimen en weggooien en liet zich zelfs overhalen om zijn kapotte speelgoed in een doos te doen nadat Nina hem had beloofd dat hij nieuwe dingen om mee te spelen zou krijgen. Ze wist niet helemaal of ze zich dat kon veroorloven, maar ze zou wel iets verzinnen. Ze kreeg hem aan het stofzuigen en daarna aan het ramen lappen – een paar strepen hier en daar deden er tenslotte niet echt toe.

Toen ging ze aan de keukentafel zitten om alle vermoeiende formulieren en officiële brieven die daarop waren gedumpt, samen met Ainslee te bekijken.

'O, Ainslee,' zei ze. 'Geen wonder dat alles zo moeilijk is. Kijk! Ze vragen om bewijzen van allerlei dingen en ze gaan jullie uitkering stopzetten.'

Ze pakte een brief waarin Janine Clark werd gevraagd om ergens langs te komen zodat een arts kon beoordelen in hoeverre ze in staat was om te werken.

'Mijn god,' zei ze, 'dit is belachelijk!'

'Ik wist niet wat ik moest doen,' vertelde Ainslee. 'Ik kan haar niet op de been krijgen en je moet met twee bussen om er te komen. Ik bedoel, je kunt er helemaal niet komen voor tienen, alleen als je gaat lopen, maar ze kan helemaal niet lopen! Ik wist niet...'

'Hoe kan het dat je geen maatschappelijk werk hebt gekregen? Wat is dit voor onzin?' vroeg Nina zich af. 'Je bent waarschijnlijk ergens door de mazen van het net geglipt. Jullie vallen niemand lastig en dus zijn jullie over het hoofd gezien.'

'Dat is wat we willen,' bromde Ainslee.

'Maar dat is niet echt zo, toch? Al heel lang niet?'

Ainslee schudde haar hoofd.

'Het gaat beter worden,' zei Nina.

'Maar alsjeblieft,' zei Ainslee terwijl ze knalrood werd, 'ik weet dat je ons helpt en zo en daar zijn we dankbaar voor en alles. Maar alsjeblieft, vertel het tegen niemand in het dorp. Ik wil geen medelijden. En ik wil ook geen afdankertjes en geen schooluniform uit de tweedehandswinkel.'

Nina schudde haar hoofd, 'Nee, dat begrijp ik. Goed.'

'Ik wil geen weggeefkleren, alsjeblieft.'

'Oké, ik zal zien wat ik kan doen. Maar Ainslee, je moet echt je staatsexamens doen! Je bent zo'n slimme meid en je doet het vast heel goed. Als dit allemaal lukt, kun je nog ver komen. En je moeder een veel beter leven geven.'

'Zonder mij?'

Nina moest toegeven dat ze een punt had.

'Tsja, laten we het gewoon nemen zoals het komt.'

'Dat kun jij makkelijk zeggen, je komt gewoon uit het niets aanzetten en je gaat waarschijnlijk ook weer ergens anders heen, toch?'

Daar had Nina geen antwoord op.

De maatschappelijk werkers die in urgente gevallen werden ingezet waren geweldig; ze kwamen binnen, overzagen de situatie meteen en begrepen dat het belangrijk was om Ainslee in haar waarde te laten en uitgebreid te vertellen dat ze het geweldig had gedaan, dat ze een geweldige mantelzorger was – want dat was ze, vertelden ze haar herhaaldelijk – en ze wisten ook nog een enorme doos nieuwe Lego voor Ben ergens vandaan te toveren. Hij zat op het bed van zijn moeder, en bouwde van alles en nog wat met een concentratie en handigheid die Nina nooit van hem had verwacht.

Toen ze thuiskwam, helemaal smerig en dood- en doodop – hoewel het een prettig soort vermoeidheid was – ontweek ze Lennox en nam ze een uitgebreid bad. Ze nam zich voor geen seconde meer aan hem te denken. De man was zo bezig geweest met zijn eigen problemen dat hij niet eens zag wat er zich voor zijn ogen afspeelde.

27

De zomer duurde voort. Er waren dagen dat het enorm stormde, de wolken tot op het dak van de bus hingen en de regen met bakken uit de hemel viel, waarna het hoge gras platgeslagen achterbleef onder het gewicht van het water. Maar er waren net zoveel heerlijke, zonovergoten dagen, waarop er een zacht warm briesje stond en er kleine wolkjes langs de hemel gleden, overal konijnen liepen, de sterke geur van hooi de lucht vulde en de hele wereld fris en schoongewassen voelde. En belangrijker: er was geen dag dat Nina zich kon voorstellen dat ze ergens anders zou zijn.

Het zwaard van Damocles was nog niet gevallen. En wat zo makkelijk had geleken om te zeggen – natuurlijk blijf ik verdertrekken, natuurlijk ga ik naar Orkney – was, besefte ze, lang niet zo gemakkelijk als ze had gedacht. Terwijl ze druk was met het opsporen van de favoriete boeken van haar klanten, het in de hand houden van het aantal inmiddels drukbezochte voorleesuurtjes (als ze wilde kon ze er wel tien per week geven) en het door de hoofdstraat lopen en zo'n zestig mensen groeten – zo moest het ongeveer zijn als je beroemd was – besefte ze dat het heel moeilijk zou zijn om dit alles op te geven.

Want ondanks alles was ze ontegenzeggelijk gelukkig.

Ainslee werkte nog altijd bij haar, verbaasd dat de maatschappelijk werkers zo aardig, begrijpend en behulpzaam waren en zelfs iemand hadden gestuurd die elke week kwam schoonmaken. Ze was nu bijna zestien en haar moeder had haar best gedaan om betrokken te zijn en ervoor te zorgen dat Ben naar school ging – ze had plechtig beloofd op te houden hen bij zich te houden en gezellig met hen in bed te gaan liggen, hoewel dat wel tot gevolg had gehad, had Nina toevallig opgemerkt, dat Ben vreselijk veel wist van jarentachtigfilms. En hoewel er een overleg op handen was waarin zou worden beslist of het gezin bij elkaar mocht blijven, leek de kans groot dat dat zou worden toegestaan.

Ben deed nu mee aan het lokale zomerprogramma waarbij er bijna elke dag iets te doen was en Nina zag hem af en toe, als het echt supermooi weer was, als een kleine Tom Sawyer wegsneaken naar de rivier, waarop ze met een vaag schuldgevoel omdat ze daarmee zijn vrijheid inperkte, Ainslee op de hoogte stelde.

Ben was er ook de oorzaak van dat ze haar belangrijkste regel had gebroken, de regel waarvan ze had gezworen dat ze die niet zou overtreden: nooit maar dan ook nooit zou ze een boek uitlenen. Af en toe bood ze aan om bijzonder mooie edities terug te kopen als ze nog in perfecte conditie verkeerden, maar nee, ze was geen bibliotheek. Ze moest kunnen leven en eten en de huur betalen. Edwin en Hugh kregen extra korting en Ainslee had personeelskorting, maar verder moest iedereen echt betalen, anders redde ze het gewoon niet.

Maar Ben was een uitzondering. Het joch kon niet in toom worden gehouden sinds hij het lezen had ontdekt. Hij scheurde door de *Faraway Tree*-boeken, Harry Potter en de avonturenserie *Swallows and Amazons*, hij las alsof er een dam doorgebroken was en Nina kon het niet over haar hart verkrijgen om hem een woord te onthouden. Die zomer zat hij, zodra de kinderactiviteiten waren afgelopen en hij boodschappen voor zijn moeder had gedaan, altijd op haar trapje in de zon te lezen, als een spinnende kat.

Met de hulp van het overwerkte hoofd van de school die ongelofelijk opgelucht was dat ze eindelijk vakantie had en alleen maar boeken las met titels al *Breaking out of Teaching* en *My Life as an Astronaut*, praatte Nina voorzichtig en discreet met Ben, en hoe leuk het was in groep vier, en hoeveel mensen er in het stadje waren komen wonen en dat er straks een heleboel nieuwe kinderen op school zouden zitten die niemand kenden. Ze vertelde hem over de uitjes die hij met school zou doen, en dat ze allerlei spannende dingen deden, zoals bijvoorbeeld kikkerdril vangen en dat in een aquarium stoppen, om het te zien veranderen in kikkervisjes en daarna in kikkertjes. En als het stil was in de boekenbus (wat niet heel vaak zo was die zomer, omdat het stadje overstroomd werd door wandelaars en hikers en mensen die kaarten van de omgeving wilden en boeken over de geschiedenis van het plaatsje of gewoon iets wilden lezen in de zon onder het genot van een lokaal gebrouwen biertje, of iets wilden wat hen gezelschap zou houden als de regen de hele nacht op het tentzeil kletterde en ze besloten de volgende vakantie naar de Gobiwoestijn te gaan) zorgde ze dat Ainslee haar aardrijkskunde- en geschiedenisboeken tevoorschijn haalde en even rustig in een hoekje van de bus kon werken.

Wat ze deed was gedeeltelijk voor Ainslee, haar broer en haar moeder, maar ook, wist Nina, egoïstischer, diep in haar binnenste, voor zichzelf. Zodat ze in haar leven hier, ook al was het romantisch gezien een ramp, ook al was haar hoop om hier te kunnen blijven vervlogen en moest ze naar de Orkneys verhuizen, toch iets van betekenis had gedaan.

28

Nina was steeds minder op de boerderij omdat haar winkeltje drukker en drukker werd. Na haar eerste rampzalige poging, waarbij niemand geïnteresseerd leek en iedereen het maar stom vond, waren leesclubjes populair geworden en de voorleesuurtjes raakten nooit uit de mode. Nina deed haar best om in plaats van iets nieuws en duurs aan te raden, het allerbeste voor de clubjes te vinden, en de kleintjes bleven alles wat door Maurice Sendak was geschreven fantastisch vinden.

Stel je voor, appte ze op een avond aan Griffin, *dat ik naar een uitgever stap en zeg: ik ben een prentenboek aan het maken over een jongetje dat piemelnaakt in een beslagkom terechtkomt en door vier Oliver Hardy's tot een cake wordt gebakken – ja dat is nog eens een lekker zoet ontbijtje!*

Je klinkt raar, had Griffin geantwoord.

Ik maak overuren, had ze getypt. *Ik denk alleen nog in boeken. Dus ik werk te hard en het is net* Hard Times *en dan ga ik naar huis en is het* Cold Comfort Farm.

Kon ik maar in boeken denken, appte Griffin somber terug. *We mogen nooit aan boeken denken, het gaat alleen maar over aanwezigheid op social media.*

Microserfs?

O god, ze zijn te jong om dat te kennen. Allemaal 23; ze proberen me alleen maar mee te slepen om uit te gaan.

Ik dacht dat je dat juist leuk vond.

Ik ben doodop! typte hij terug. *En riskeer een leveraandoening! Het enige wat ze doen is bij alles 'awesome' gillen. Ik hoop dat ik het kan volhouden tot mijn beoordelingsgesprek. Maar jij hoeft je natuurlijk geen zorgen meer te maken over dat soort dingen.*

Nee, typte Nina. *Dat niet. Maar ik heb geen vakantiegeld. En ik word niet doorbetaald als ik ziek ben. En ik heb ook geen vrije dagen.*

Ah, wat ben jij zielig! James Herriot. Ik heb een tien pagina's dik confluence scheme *dat ik moet doornemen voor morgen. En ik heb geen idee wat dat is!!!*

Dat was het einde van hun gesprek en Nina had een zucht geslaakt en geprobeerd te lezen en zich op die manier beter te voelen, maar het enige wat ze tegenkwam waren romantische helden die chagrijnig waren en niets zeiden en haar deden denken aan Lennox, of, als ze aardig en vrolijk waren, aan Marek, tot ze het gevoel had dat ze gek werd. Ze was rusteloos en had totaal geen slaap, dus besloot ze een wandeling te gaan maken en het bekende pad af te lopen naar de spoorwegovergang zonder verschrikkelijk somber te worden. Hij zou er niet zijn, de trein zou niet stoppen en zelfs als dat wel gebeurde, viel er niets meer te zeggen. Maar misschien kon ze na de lichamelijke inspanning wel slapen; misschien kreeg ze er wel hoop door dat er op een dag iemand anders zou zijn; dat niet alle romantiek dood was; dat het soms misschien alleen maar slechte timing was.

Peterselie blafte hoopvol toen ze wegging, maar ze liep langs zijn hok heen terwijl de kippen alle kanten op scharrelden toen ze over het erf stapte. De meidoorn stond in volle bloei, de geur hing zwaar in de frisse nachtlucht. Nina trok haar jas strakker om zich heen en stapte stevig door. Het was beter, voelde ze, beter om buiten te zijn en na te denken over haar toekomst, dan binnen te zitten in een prachtig huis dat niet van haar was en algauw ook niet meer van Lennox zou zijn; dat afgepakt zou worden door een vrouw die het helemaal niet wilde hebben, die het schattige Kirrinfief of de boerderij of het kleine *mercat cross* op de plaats waar de markt werd gehouden of de vlaggetjes die het plein versierden met midzomer, niets vond; die het gewoon allemaal niks waard vond en wilde verkopen.

Boos stak ze haar handen dieper in haar zakken. Ze kon natuurlijk iets anders zoeken hier. Maar niemand hád iets, behalve een kamertje boven de pub dat ze niet wilde, en zeker niet zoiets moois als ze nu had. Orkney had laten weten dat er een prachtige oude boerderij was die ze kon huren met alle moderne voorzieningen en voor een superlage prijs en tussen twee haakjes: als ze een stuk of twintig- à dertigduizend andere jonge mensen kon meenemen om de eilanden te bevolken, zou dat fantastisch zijn.

Ze zuchtte en voor ze het wist naderde ze de spoorwegovergang met een hart vol spijt.

Toen ze de boom zag, bleef ze abrupt stilstaan en ademde verrast in.

Hij hing vol met boeken. Ze waren met veters aan de boomtakken waren gebonden, die doorbogen alsof ze zwaar waren van het rijpe fruit. Het was een fantastisch gezicht, onwerkelijk mooi: een boom vol boeken onder de diepblauwe hemelkoepel ergens midden in het niemandsland.

Nina staarde ernaar. O Marek, wat heb je in vredesnaam gedaan? dacht ze. Er hing van alles: geschiedenis, fictie, poëzie, veelal in het Russisch of het Lets, maar soms in het Engels; er waren erbij die zich helemaal hadden volgezogen met water, wat betekende dat ze er al een tijdje hingen, en er waren wat pagina's losgeraakt die aan de boomstam vastgeplakt zaten zodat het leek alsof het een enorme boekenboom van papier-maché was.

Terwijl Nina een paar stappen naar achteren deed en als betoverd naar de boom keek, stak er een briesje op en begonnen de boeken te draaien en te dansen in de wind. Enkele waren al bijna veranderd in pulp – op de weg terug naar het bos waar het papier uiteindelijk vandaan kwam.

'O jezus,' verzuchtte ze. Ze haalde haar telefoon tevoorschijn... Maar stopte hem ook weer weg. Nee, nee, ze deed het niet. Ze kon het niet doen.

Ze wierp een snelle blik op haar horloge. Het duurde niet lang meer nu voor de trein langskwam. Wat kon het voor kwaad als ze hem nog een keer zag voor ze vertrok. Misschien gewoon om dankjewel te zeggen? Zijn gevoelens, besefte ze nu, waren veel sterker dan ze had gedacht.

Of waren het bij hen allebei gewoon de verlangens van een eenzaam, romantisch hart? En hoorden twee zulke harten dan niet bij elkaar? Nee, absoluut niet. Hij had een zoontje. Hij had een gezin. Zoiets deed ze een gezin niet aan, dat kon ze niet.

Ze slikte moeizaam. Dus! Ze ging zich omdraaien en terug naar huis.

In de verte hoorde ze de locomotief fluiten, het zachte ratelen van de wielen over de rails dat ze zo goed had leren kennen, en haar hart begon te kloppen op de cadans van de aankomende trein.

29

Het was alsof ze vastgenageld stond aan de grond. De trein naderde langzaam met al de wagons met hun kostbare lading erachter en zonder te denken aan het gevaar, dook ze onder de spoorbomen door en zwaaide hevig met haar armen, ze flapperde ze op en neer alsof ze geen idee had wat ze deed terwijl de trein steeds langzamer ging rijden.

Met bonkend hart schoten er allerlei dingen door haar hoofd over wat ze ging doen. Zeggen dat het onmogelijk was tussen hen, of misschien gewoon goed afscheid nemen van elkaar, met een trieste blik en een verhaal over gemiste kansen en de verkeerde timing...

Ze stond stokstijf te wachten. Knipperend met haar ogen. De gedachten tolden door haar hoofd. Jim zat in de locomotief en ze riep zijn naam, maar hij keek niet op of om. Hij leek zelfs niet eens te gaan stoppen. Maar dat deed hij uiteindelijk toch, een stuk verderop, zodat Nina zich recht tegenover de laatste wagon stond, die met het balkonnetje achterop.

Daar zat Marek, met bungelende benen. Niet in zijn uniform maar in gewone kleren.

Ze keek naar hem op. 'Hoi,' zei ze, niet zeker wat ze moest doen. 'Hoi,' zei ze nog een keer en ze deed een stap naar voren omdat hij haar nog steeds niet aankeek. 'De boom,' zei ze. 'De boom. Zo fantastisch. Maar... ik bedoel, hij is prachtig, maar...'

Hij stond op. 'Nina,' zei hij, zijn stem klonk zacht en somber. 'Ik ben gekomen om... om afscheid te nemen.'

'Waarom?' vroeg ze. 'Waarom? Waar ga je naartoe?'

'O, ik ben in de moeilijkheden geraakt. Heb de slaaptrein te vaak vertraagd.'

'Nee!' zei Nina. 'Nee! Je bent je baan toch niet kwijt?'

Marek haalde zijn schouders op. 'Geen picknicks midden in de nacht,' zei hij met een glimlach. 'Het is helemaal mijn fout.'

'Nee!' zei Nina weer. 'Dat kan niet! Je kunt niet ontslagen worden! Gaan de anderen niet staken voor je?' Toen begon haar iets te dagen. 'Negeert Jim me daarom?'

'Hij is heel boos op je,' zei Marek. 'Hij geeft jou de schuld van alles.'

'O god,' zei Nina doodongelukkig. 'Het spijt me. O, het spijt me verschrikkelijk!'

Marek schudde zijn hoofd. 'Het is jouw schuld niet. Echt niet, Nina.'

'Maar ik heb je ook geen dienst bewezen,' zei Nina verdrietig terwijl ze dacht aan alles wat hij voor haar had gedaan; hoe ze hem had aangemoedigd om dingen te doen die hem zijn baan konden kosten. 'Maar staan je collega's niet achter je?'

'Jawel, ik ben een goede machinist, die af en toe dingen doet die niet mogen. Maar...'

Hij zweeg.

'Krijg je wel een andere baan?'

'Nee, dat niet natuurlijk,' zei Marek. 'Nee, ik mag niet in Groot-Brittannië blijven, hè.'

Nina reageerde vol afschuw. 'O, mijn god,' zei ze. 'Je wordt uitgezet! O, dat mag niet gebeuren, je mag niet uitgezet worden!'

Ze sprong op de treeplank en stapte het balkonnetje op.

'Dit is natuurlijk ook verboden,' zei Marek.

'Kan me niet schelen,' zei Nina fel. 'Ze mogen je niet uitzetten! Laat mij de schuld op me nemen!'

'Misschien is het tijd,' zei Marek droevig. 'Ik hield mezelf voor de gek door te spelen dat ik een romance met je had. Een prachtige boekenromance, iets waar dichters gedichten over maken.'

Nina keek naar zijn enorme bruine ogen en natte wimpers en voelde dat haar eigen ogen zich vulden met tranen.

'Maar je had gelijk. Het was niet echt. Ik heb een leven met

Aras en Bronia. Dat is mijn leven. Dit was een fantasieleven. Ik wil mijn echte leven.' Zijn gezicht was vertrokken van pijn.

'Dus je... je gaat?' vroeg Nina.

Marek knikte. 'Ja, ik ga naar huis. Ik vind wel een baan. Ik kan machines repareren, heel veel verschillende soorten. Dat soort werk is altijd te vinden.'

Nina knipperde met haar ogen. 'Maar...' stamelde ze. 'Maar...'

Opeens werd de stilte verscheurd door een luid sein vanuit de locomotief. Jim had de trein weer opgestart.

'Dag Nina,' zei Marek zachtjes.

Nina staarde hem aan. De trein kwam in beweging.

'Ga eraf, Nina,' zei Marek. 'Ga eraf, dit is gevaarlijk.'

'Maar...' zei Nina. De trein begon vaart te maken.

'Gauw!'

Ze keek hem nog één keer aan en toen sprong ze. Ze landde veilig in de berm naast de rails en keek de trein na die wegrolde door de vallei en langzaam uit het zicht verdween.

Vanaf haar plek naast het spoor belde ze met bonkend hart Mareks nummer, maar hij nam niet op. Toen stuurde ze hem een berichtje, maar weer reageerde hij niet. Ze belde Surinder.

'Ik wist dat het dom was,' snikte ze in haar telefoon en Surinder zei niet: 'Ik heb het je gezegd' – wat enorm voor haar pleitte en waar ze natuurlijk alle recht toe had. 'Ik dacht dat het... nou, het was zo romantisch. En lief. Een soort spel.'

'Dat hij verloor,' constateerde Surinder eenvoudig en Nina barstte opnieuw in snikken uit.

Ze rende de hele weg terug naar de boerderij, waar Lennox, toen hij haar voetstappen hoorde, zijn voordeur opengooide. Zijn grote gestalte stond afgetekend in de deuropening in het licht achter hem, en Peterselie stond naast hem.

'Wat is er gebeurd? Wat is er in godsnaam aan de hand?' zei hij, geschrokken van haar tranen, terwijl hij instinctief zijn armen spreidde. 'Is alles goed? Is er iets gebeurd?'

Hij griste iets achter de deur vandaan.

'Wat is dat?' Nina stopte abrupt en staarde naar het ding in zijn hand.

Lennox keek haar recht aan terwijl ze een stap naar achteren deed. 'Een geweer. Wat is er met je aan de hand? Heeft iemand je iets aangedaan?'

Nina veegde haar tranen boos weg en weerstond haar behoefte om zich huilend in zijn armen te storten, haar gezicht tegen zijn sterke schouder te verbergen zodat hij zorgde dat alles goed kwam, net zoals hij bij die stomme schapen van hem deed. Maar ze deed haar best om zich te beheersen.

'Nee,' zei ze. 'Nee, zoiets is het niet.'

Ze volgde zijn hand met haar ogen toen hij het geweer terugzette, nog steeds geschokt dat hij zo'n ding hád.

'Het is... het is Marek...' zei ze haperend terwijl ze weer in tranen uitbarstte.

Lennox' gezichtsuitdrukking veranderde compleet: het was alsof er een deur dichtsloeg en hij keek plotseling heel afwerend. Zijn geheven armen vielen langs zijn zij en hij bromde: 'O, meidengedoe.'

Hij keerde zich om om naar binnen te gaan en Nina had het liefst iets naar zijn kop gesmeten.

'Nee!' riep ze. 'Je snapt er niks van! Hij zit zwaar in de problemen!'

'Omdat hij die trein stilzet waar het niet mag,' zei Lennox. 'Mooi.'

'Hij is zijn baan kwijt. En hij wordt uitgezet! Hij moet terug naar zijn land!'

Lennox keerde zich om en keek haar kalm aan.

'Soms is het tijd om naar huis te gaan,' zei hij.

Nina kon hem alleen maar aanstaren; ze wist niet wat ze moest doen.

'O,' zei ze.

Lennox staarde naar de grond. 'Dat meende ik niet,' zei hij na een tijdje, duidelijk met moeite. 'Het spijt me voor je vriendje.'

'Hij is mijn vriendje helemaal niet!' zei Nina. 'Hij is gewoon een vriend. Die in de problemen zit omdat hij aardig voor mij is geweest. Oké, we dachten even dat het iets anders was, maar we hebben nooit iets gedaan of zo, niet dat dat jou wat aangaat, en nu wordt hij het land uitgezet. Maar sorry hoor, dat ik dacht dat je misschien ook ergens anders om kon geven dan alleen die kloteschapen van je.'

Ze begon geërgerd in de richting van haar appartementje te lopen.

'Wacht even!' riep Lennox nog steeds geërgerd. 'Wat had je gedacht dat ik kon doen?'

'Ik dacht dat je misschien een advocaat wist,' zei Nina moedeloos. 'Maar laat maar. Het interesseert je toch niet.'

Hij deed een stap naar haar toe. 'Ik ken alleen een Schotse echtscheidingsadvocaat,' zei hij. 'Ik weet niet of die iets kan doen.'

'Laat maar, hoor,' zei Nina bitter. 'Het hoeft niet. Sorry dat ik je heb lastiggevallen.'

Het duurde een paar dagen, maar toen kreeg ze een e-mail van Jim. Marek was vertrokken, hij was op een vliegtuig gezet met andere ongelukkige vluchtelingen en uitgewezenen. Nina was nog laat wakker de nacht dat ze die mail kreeg en vervloekte de naam die ze haar winkeltje had gegeven. In het echte leven eindigde iets nooit met 'en ze leefden nog lang en gelukkig'.

30

Na een drukke werkdag stapte Nina in de bus om naar huis te gaan. De wolken joegen langs de hemel en de zon scheen, maar nu het midzomer geweest was, kreeg de hemel weer een meer roze tint, de belofte van een echte, lange zonsondergang, in plaats van alleen licht dat vervaagde. Nina wachtte tot het zwaard zou vallen; het moment waarop Lennox, de ouwe chagrijn, de boerderij kwijt zou raken en zij eruit zou moeten. Het was slechts een kwestie van tijd.

En het stomme was dat ze, ondanks alles wat er was gebeurd, iets had gevonden wat haar goeddeed, hier in de rust van de uitgestrekte valleien en de diepe Lochs van Schotland. Het paste bij haar, de vredigheid, de rust, de natuur om haar heen die ze nooit eerder zo had gekend, de wilde dieren en de eenvoudige manier van leven en het gevoel dat de dingen niet per se moesten veranderen; dat er geen wolkenkrabbers per seconde moesten worden gebouwd voor buitenlandse investeerders, dat de seizoenen kwamen en gingen, net zoals de wolken die elke dag voorbijdreven, maar ook dat alles terugkwam en bleef zoals het al generaties lang was, op de boerderijen, in de rivieren, op de hoge kliffen en in de glooiende valleien, waar het leven niet zo snel ging dat er niet eens tijd was om even te gaan zitten met een kop thee en een stuk shortbread en een boek.

Het was verschrikkelijk moeilijk, peinsde ze, om te moeten verhuizen nadat je eindelijk de plek gevonden had waar je je thuis voelde. Maar misschien zou ze ook gelukkig zijn op Orkney. Ze had gehoord dat het daar ongelofelijk mooi was, de vissen zo vanuit de zee op je bord sprongen, de hemel er zo groot was als de wereld en de mensen er enorm verlangden naar boeken... Maar elke dag als ze de bekende kronkelweg naar de vallei van Kirrinfief afreed, voelde ze in haar hart dat ze het al miste voor ze weg was.

De zon hing zwaar en vol in de lucht en bescheen de kleine vallei; de kinderkopjes zagen er warm uit, op het plein was het nog druk met toeristen en andere mensen; Edwin en Hugh zaten zoals gewoonlijk buiten bij de pub, ongetwijfeld bezig met het becommentariëren van alles en iedereen.

Lesley haalde het fruit dat voor haar winkel stond uitgestald naar binnen stalde haar uit en zwaaide opgewekt toen ze de boekenbus aan zag komen, net zoals allerlei andere dorpsbewoners deden die haar langs zagen rijden, gewend aan haar aanwezigheid in hun midden. Carmen, het hoofd van de school, toeterde vanuit haar Mini. Nina kreeg bijna tranen in haar ogen van hun warme begroetingen. Een stel jongens speelde shinty op een veldje en tot haar enorme verrassing zag ze dat Ben een van hen was.

Ze reed door langs de bungelende paarse kelken van het vingerhoedskruid dat de weg naar de boerderij omzoomde in deze tijd van het jaar. De schapen stonden in de lage wei, de koeien in de hoge en de lammetjes die niet waren geslacht waren nu groot genoeg om ze niet meer te kunnen onderscheiden van de schapen. Met een glimlachje herkende Nina Pluisje, nog altijd een beetje kleiner dan de rest, met het enorme litteken op zijn zij, die altijd achter Peterselie aan drentelde als hij hem kon vinden. Het deed haar goed hem te zien.

Van Lennox en Peterselie geen spoor te bekennen vandaag. Ze was er zo aan gewend om ze samen door de heuvels te zien lopen – twee kleine stippen, één lang en doelbewust, de andere rennend en springend – dat ze ze meestal al van kilometers ver herkende. Maar vandaag zag ze ze nergens. Ze was nerveus als ze eraan dacht dat ze hem toch een keer onder ogen zou moeten komen. En moest proberen dan niet wéér kwaad op hem te worden. En uiteindelijk zou ze natuurlijk van hem moeten horen dat ze eruit moest. En moest verhuizen.

Ze reed het erf op en bleef nog even zitten peinzen in de bus. Professioneel gezien had ze meer bereikt dan ze had gedroomd. Maar persoonlijk had ze er een puinhoop van gemaakt. Ze dacht terug aan het advies dat Surinder had gegeven voordat ze vertrok. Nee, het was niet goed gegaan. Dat gebeurde nu eenmaal. Maar ze had het in ieder geval geprobeerd. Ze had het een kans gegeven. En Surinder bleef zeggen dat ieders liefdesleven klote was. Zo was het nou eenmaal.

En nu had ze het een en ander geleerd en wist ze beter wat ze moest doen als ze weer een man met van die lieve puppy-ogen tegenkwam – of in ieder geval zou ze nu eerst uitzoeken of hij een relatie had of niet, voordat ze met zo'n vent begon te flirten en gedichten naar hem stuurde – en als ze nog een knorrige boer ontmoette, wist ze dat ze met een grote boog om hem heen moest lopen en zich niet moest verliezen in dromen over zijn hand die haar aanraakte en een sterk mannelijk lichaam dat tegen het hare drukte...

Midden in haar rêverie besefte ze ineens dat Lennox en Peterselie vlak voor de bus stonden.

'Zit je over boeken te dromen?' vroeg Lennox.

'Wat is er aan de hand?' vroeg ze.

'Ik dacht dat je morgen misschien mee wilde,' bromde Lennox. 'Zorg dat je om zeven uur klaarstaat.'

Toen draaide hij zich zonder nog een woord om en verdween de boerderij in en liet Nina volkomen verbouwereerd achter.

De volgende ochtend stond het erf al vroeg vol mannen die van alles bij zich hadden. Schoppen, gereedschap, emmers met troffels, enzovoort.

'Wat gaat er allemaal gebeuren?' vroeg Nina verbaasd toen ze Lennox op zich af zag komen.

'We gaan naar de Clarks.'

'Waarnaartoe?'

Lennox zuchtte en keerde zich om naar de anderen. 'Sorry. Ik zei al dat ze een bietje arig is.'

'Ik ben helemaal niet arig of wat je ook zei,' zei Nina verdedigend.

'Die kinderen. Ainslee en Ben,' zei Lennox. 'Ik dacht dat je zei dat ze hulp nodig hadden.'

Mrs. Clark was dolblij hen te zien en helemaal overrompeld. Nina en Ainslee haalden de vuile gordijnen weg en stopten ze in de wasmachine terwijl de mannen op aanwijzingen van Lennox de klemmende deuren en kapotte ruiten herstelden. Er begonnen er zelfs twee de woonkamer te schilderen, terwijl iemand anders het dak op ging om alle kapotte pannen te vervangen. Het was werkelijk verbijsterend wat een groep mensen voor mekaar kan krijgen als ze dat echt willen. Nina probeerde Lennox te bedanken, maar hij keek haar alleen maar verbaasd aan. Het moest gewoon gebeuren, dat was alles. Dus bedankjes waren nergens voor nodig.

Ben rende helemaal blij in het rond en probeerde beurtelings de mannen in de tuin en de stukadoors te helpen terwijl ze het bouwvallige huis opknapten. Hij bleef maar koekjes uitdelen en zette de radio veel harder dan normaliter mocht van zijn moeder. De zon brandde – het was ongelofelijk heet – terwijl ze de hele dag doorwerkten en nauwelijks pauzes namen.

Af en toe keek Nina door het raam naar buiten. Het was zo heet dat Lennox zijn shirt had uitgetrokken terwijl hij hout stond te hakken voor de winter.

'Wat kijk je?' vroeg Ainslee, terwijl ze de vitrage stonden te wassen.

'O, zomaar...' mompelde Nina.

'Weer naar die ouwe vent hè?'

'Jaja,' gaf Nina schoorvoetend toe.

Ze stonden allebei even naar hem te kijken.

'Oké, doorwerken!' zei Nina.

Laat in de middag merkte Nina tot haar verrassing buiten een keurige oudere heer in pak op. Hij kwam haar bekend voor en het drong tot haar door dat het Lennox' advocaat was. Hij sprak op gedempte toon tegen Lennox die zijn bijl had weggelegd, en ze zag zijn gezicht boos en ongelukkig vertrekken. Hij leek binnensmonds te vloeken. De advocaat trok een verontschuldigend gezicht en draaide zich om om te gaan.

Terwijl hij dat deed keek hij op en zag Nina achter het raam staan. Hij stak zijn hand op en kwam even later door de nieuwe keukendeur naar binnen.

'Eh, hallo,' zei hij.

'Goedemiddag,' zei Nina, op het ergste voorbereid.

'Ik wilde u alleen even melden... ik wilde alleen even zeggen dat het me speet te horen over uw... uw vriend. Ik heb de immigratiedienst gebeld maar het bleek een vrijwillig vertrek te zijn, dus viel er niets aan te doen.'

'U hebt... u hebt de immigratiedienst over Marek gebeld?'

'Ja. Lennox vroeg of ik...'

Nina hoorde de rest niet meer. Ze staarde uit het raam. De advocaat vertrok, maar ze merkte het nauwelijks.

Lennox had Mrs. Garsters ingehuurd voor als ze aan het eind van de middag allemaal moe terug op de boerderij kwamen. (Mrs. Garsters hield van boeken over torren en was vrijwel een expert op dat gebied; Nina had al herhaaldelijk haar excuses moeten maken omdat het niet was gelukt het meest recente nummer van het *British Journal of Entomology* te krijgen. Dan mopperde ze en merkte ze op dat dat toch niet kón, wat was dat nou voor een dienst die dat niet eens kon verzorgen en dan legde Nina uit dat ze een winkel was, geen dienst, maar dat leek haar niet veel beter te stemmen.)

Op het erf stonden lange tafels met daarop dikke plakken ham met mosterd en piccalilly ernaast, vers zelfgebakken brood met gezouten plaatselijke boter, zwetende hompen gewone en blauwe kaas; romige aardappelsalade en een verkoelende komkommer/groenekoolsalade met venkel, sinaasappel en haver – die er overheerlijk uitzag – plus enorme stukken appeltaart met dikke klodders room voor na.

Nina wist zich de laatste keer niet te herinneren dat ze zoveel honger had gehad, maar haar handen waren ruw en pijnlijk van alle schoonmaakmiddelen en voor ze begon met eten glipte ze nog even de schuur achter haar eigen appartementje in omdat ze had gezien dat Lennox daar een grote pot lanoline had staan om zijn eigen handen zacht mee te maken en de uiers van de schapen in te smeren – en dat was precies wat ze nodig had.

Ze wreef haar handen ermee in en was net bezig haar waterfles te vullen aan de kraan die rechtstreeks aangesloten was op de bron, toen ze hem zag.

Eigenlijk kon ze hem niet goed zien; hij stond in de deuropening van de stal, als een silhouet afgetekend tegen het zonlicht dat naar binnen viel. Hij was niet meer dan een lange figuur en had iedereen kunnen zijn. Maar dat was hij niet. En in een fractie van een seconde, veranderde alles.

Ze kon alles achter zich laten. Dat kon ze. Dat had ze al eerder gedaan. Ze kon alles doen wat ze wilde, ze was aan niets en niemand gebonden, ze kon ergens anders heen trekken zoals zoveel mensen deden op de wereld. Maar ze wilde alles meemaken. Ze was niet van plan om zich nog langer te verschuilen voor alles.

Ze was begonnen met een bus, maar op de een of andere manier had dat tot zoveel meer geleid. En nu wilde ze dat echte leven, die werkelijkheid, die ze altijd aan zich voorbij had laten gaan, die ze altijd had gemist, die voor haar gevoel anderen wel was gegund terwijl zij in een hoekje stilletjes aardig had zitten wezen.

Ze drukte haar rug tegen de muur van de stal, de warmte van de stenen drong door haar huid heen. De zoete geur van pas gemaaid hooi hing zwaar in de lucht, gouden halmen braken af en kwamen vanaf de zolder omlaag zweven. Lennox' shirt stond halfopen in de hitte, ze zag zijn gladde borstkas.

Nina knipperde met haar ogen en besefte dat ze zich dit al weken afvroeg. Erover had gedroomd, erover had gepiekerd. Maar ze had het niet aan iemand durven toegeven, bang dat haar verbeelding weer met haar op de loop was gegaan, dat het een belachelijke fantasie was over een man die ze nauwelijks kende.

Maar nu wist ze heel duidelijk wat ze wilde, ze kon maar aan één ding denken: hem aanraken, het móést, en snel. Er was niemand in de buurt die haar veroordeelde of het beter wist dan de kleine boekenwurm Nina.

'Wil je ook wat water?' hoorde ze zichzelf vragen. Haar stem klonk ademloos en lager dan normaal.

Lennox kwam de stal in en ze stak hem de fles water toe – de buitenkant was beslagen – en keek hem recht aan. Ze probeerde te glimlachen, maar dat lukte niet. Ze kon niet bewegen.

Zijn ogen verraadden niets terwijl hij op haar af liep en zo dicht bij haar kwam dat ze zijn lichaamswarmte kon voelen en zijn verse, schone zweet kon ruiken. Ze werd er duizelig van. Ze ademde diep in. Hij nam de fles zonder een bedankje van haar aan en dronk eruit zonder zijn ogen van haar af te wenden.

Ze had maar een fractie van een seconde om te besluiten, wist ze. De fractie van een seconde waarin ze de fles weer van hem aan kon pakken, zich kon omdraaien en weglopen. Maar in plaats daarvan deed ze iets waarvan ze niet had gedacht dat ze daartoe in staat was: ze bleef staan, drukte haar rug nog steviger tegen de muur en keek hem schaamteloos aan. Haar hart bonkte en ze durfde niks te zeggen omdat ze haar stem niet vertrouwde. Ze had de muur nodig om haar te steunen voor het geval haar benen het begaven. Ze keek naar zijn gestalte in het koele, kalme toevluchtsoord van de schuur en besefte dat ze nog nooit in haar leven zo hevig naar iets of iemand had verlangd en dat alles en iedereen naar de pomp kon lopen: Kate, Marek, de consequenties, wat er hierna zou gebeuren.

Ze hield zijn blik een eindeloos moment vast, één ogenblik dat trilde in de hitte alsof de wereld even stilstond, alsof ze een verlegen ballerina was die wachtte om het podium op te gaan.

Toen deed Lennox een paar stappen naar achteren om de schuurdeur met een klap dicht te gooien.

Wat er daarna gebeurde, ging zo snel dat het haar verraste,

ondanks het feit dat ze hem duidelijk en openlijk had uitgedaagd en wist dat het precies was wat ze wilde.

De snelheid en de heftigheid van zijn kus overrompelden haar. Hij kuste haar ervaren maar stevig, dringend, alsof er ergens in hem een woeste hartstocht brandde die hij maar met moeite in bedwang kon houden.

Het was veruit de beste kus die Nina ooit had gekregen. Ze kuste hem terug, hevig. Tot nu toe waren de kussen in haar leven altijd een inleiding geweest, plagend of onderzoekend, een voorspel voor wat er daarna wel of niet ging gebeuren.

Maar dat was nu heel anders. De kus ging veel verder; hij was serieus en doelbewust, dit was een echte kus en Nina voelde een huivering tot diep in haar botten.

En toen ze ophielden, even, met een enorme vlaag van teleurstelling aan haar kant, wist ze zeker dat hij zich nu ging verontschuldigen, als de gentleman die hij was, en een stap naar achteren zou doen. Alles wat ze wist van Lennox en zijn zwijgzame manier van doen deed haar denken dat er nu discussie, verklaringen, verlegenheid zouden volgen, en dat ze daarna waarschijnlijk gewoon aan tafel zouden gaan. Haar hart maakte een duikeling van spijt.

Ondanks alles fluisterde ze in zijn oor: 'Meer.'

'O, god,' hoorde ze hem kreunen, hij liet haar hijgend los en keek haar aan. Buiten hoorden ze lawaai.

'Ik moet... ik moet naar de mannen toe.'

Nina knikte en staarde hem nog steeds strak aan.

'Later?' vroeg hij kort en Nina vroeg zich af waarom ze zich toch steeds zo druk had gemaakt over hoe weinig hij tegen haar zei. Woorden waren helemaal niet nodig tussen hen.

31

De avondmaaltijd was een kwelling. Of beter gezegd: onder andere omstandigheden was de avondmaaltijd fantastisch geweest.

De zon ging langzaam onder aan de roze en gouden hemel en veel van de vrouwen van de boeren kwamen aanzetten met extra schalen eten – enorme glanzende gebraden ham en allerlei hartige taarten – terwijl er steeds meer hongerige mannen en vrouwen arriveerden. Enorme kannen cider werden tot de rand toe gevuld en waren net zo snel weer leeg; er werden hompen boerenbrood met boerderijboter en kazen uit de regio verorberd. Ben en een heleboel andere kinderen uit de buurt renden het huis in en uit en zaten de boerderijkat achterna – die zich er niets van aantrok -, voerden lekkere hapjes aan Peterselie – die ervan genoot – en stalen stiekem slokjes cider.

Iemand had een viool meegebracht en er dansten al mensen over het erf; er werd gezongen en er werd gelachen. Nina en Lennox hadden alleen oog voor elkaar, ze voelden zich ongemakkelijk en waren met hun gedachten heel ergens anders – alles om hen heen ging aan hen voorbij. Nina wist zeker dat iedereen kon zien wat er in haar hoofd omging, ze merkte dat ze af en toe bloosde, zich nergens op kon concentreren en altijd wist waar hij stond of waar hij naar keek en zich afvroeg hoelang ze moest wachten tot het lukte om heimelijk weg te sluipen.

Eindelijk werden de borden opgestapeld en alsof ze het zo hadden afgesproken, lieten ze de feestvierders achter zodra dat maar met goed fatsoen kon, en glipten weg naar Nina's appartement waarvan de ramen aan de achterkant lagen, uit het zicht van de boerderij en andere nieuwsgierige ogen.

Nina vroeg zich even af of het zien van de weelderige gordijnen, de dure keuken en het onberispelijke Scandinavische bed Lennox misschien somber en triest zouden maken, maar hij zei nog steeds niets maar pakte haar, zodra ze binnen waren, vast om haar te kussen tot ze geen adem meer had. Toen leidde hij haar de trap op en kleedde hij haar uit, snel, ervaren, en toen ze allebei naakt waren trok hij haar mee op het bed.

'Jij!' zei ze verbaasd. 'Jíj bent het!'

Hij hield haar blik vast en keek haar diep in de ogen terwijl zijn handen haar lichaam streelden.

'Ik geloof van wel,' zei hij verwonderd, bijna net zo verbaasd als zij. 'Ik dacht niet... ik dacht niet dat dit ooit zou gebeuren. Ik kan gewoon niet... niet ophouden met aan je denken. Aan alles van jou.'

Hij legde zijn handen om haar gezicht.

'Hoe je gezicht eruitziet als je in de bus zit te lezen en je je ontspant en doodstil zit en straalt van tevredenheid en ik niet weet waar je bent; je kan overal zijn, heel ver weg, ergens in je hoofd waar ik nooit zal komen... Dat maakt me gek. De manier waarop je gewoon hierheen bent gekomen, gewoon je boeltje hebt gepakt en een ander leven bent begonnen... ik bedoel, mijn familie woont hier al vier generaties lang en het is nooit in mijn hoofd opgekomen om te doen wat jij hebt gedaan, iets heel anders doen en ergens helemaal opnieuw beginnen. Verbazend. Je bent zo'n petieterig meidje. Wie zou gedacht hebben dat je dat kón. En die treinmachinist... Ik kon het niet hebben. Sorry. Ik was zo jaloers.'

Nina had het gevoel dat haar hart zou barsten van geluk.

'Ik kon niet... Ik kon mezelf niet toestaan weer verliefd te worden, weer allerlei gevoelens aan iemand te verspillen die toch nergens toe leidden en ik voelde me al zo stom en jij behandelde me ook als een idioot...' zei ze geëmotioneerd.

'Omdat ík een idioot ben.'

Nina sloot haar ogen. 'Kus me, alsjeblieft. Nu! Hard. Zoals je net deed.'

Zijn gezicht betrok. 'Kate,' zei hij. Nina kneep haar ogen stijf dicht. 'Kate... Ze hield er niet van hoe ik in bed was. Ze zei dat ik veel te ruw was.' Zijn gezicht stond opeens heel kwetsbaar.

Nina keek hem aan, haar ogen werden troebel toen ze zijn pijn voelde.

'Iedereen is anders,' zei ze zacht maar duidelijk. 'Iedereen vindt iets anders fijn. Wat prima is. En wat ik fijn vind is... jou, denk ik. Heel fijn.'

'Zo zie je er niet uit,' mompelde hij een beetje beschaamd.

'Je ziet niet alles aan de buitenkant van iemand,' zei Nina nuffig en ze stak haar tong naar hem uit wat eindelijk een glimlachje aan hem ontlokte.

'Nee,' zei hij. 'Dat is waar. Kunnen we nu ophouden met praten?'

En dat deden ze. Erna waren er geen grapjes of gelach of geklets. Ze lagen alleen tegen elkaar aan, hijgend, zijn hoofd in haar hals en zijn stoppels tegen haar zachte huid, een beetje overweldigd en bijna bang door hun sterke emoties. Nina's hart klopte nog steeds razendsnel en de spanning die even was ontladen begon zich al weer op te bouwen.

Het was een heel nieuwe ervaring geweest, een verrassing, iets in haarzelf waarvan ze niet eens had geweten dat het er wás.

'Mag ik blijven?' fluisterde hij na lange tijd.

'Ja,' antwoordde Nina meteen en ze zei geen 'dank je wel' of geen 'alsjeblieft' omdat dit een heel andere Nina was in een heel andere wereld.

Zijn gezicht, besefte ze toen hij kort indutte, ontspande niet als hij sliep, zoals bij de meeste mensen. Ze kon niet naar hem kijken en bewonderen hoe knap hij was, of de jongen zien die hij eens moest zijn geweest, of de blanke pit achter zijn harde uiterlijk – zoals ze zich had voorgesteld dat je naar een geliefde keek.

Nee, dit was hoe hij was: zijn krachtige kaaklijn, die opperste aandacht, of die nu op iets van de boerderij gericht was of op haar. Ze bekeek hem gefascineerd tot hij wakker werd en haar zonder een seconde van verwarring tegen zich aantrok.

'Nina,' zei hij, alsof hij naar haar hongerde, en dat deed hij, dat deed hij absoluut en terwijl de muziek en het feest tot diep in de nacht doorgingen, deden zij dat ook.

32

De vierde dag na het feest begon het echt belachelijk te worden. Zo konden ze niet doorgaan. Om te beginnen zou ze nog in het ziekenhuis belanden en ten tweede zou ze failliet gaan. En ten derde hadden ze het met nog geen woord gehad over wat ze deden en dat kon natuurlijk niet eeuwig zo blijven.

Ze kon er niks aan doen maar ze kon aan niets anders denken. Ze kon niet bedenken hoeveel wisselgeld ze iemand moest geven, kon haar werk niet goed doen – ze beval alleen nog maar Anaïs Nin aan, waarop de vrouw van de dominee haar wenkbrauwen optrok (maar ze bracht het boek niet terug).

Er was geen moment op de dag dat hij niet of aan het werk was of op zoek naar haar was, waar ze ook was, waardoor het een keer gebeurde dat hij bij de leesclub binnenliep en met een volkomen effen gezicht zei dat hij pech had met zijn Land Rover en vroeg of ze meteen mee kon komen om hem met haar bus naar huis te slepen. Nina nam aan dat de keurige oude dametjes die Tweede Wereldoorlog-romans bediscussieerden er niets achter zochten en merkte de opgetrokken wenkbrauwen en het gegiechel niet op toen ze wegging. Hij reed haar via de kortste route het dorp uit naar een plek waar ze niet gezien konden worden. Daar nam hij haar ruw en zonder voorspel van betekenis achter een boom. Toen ze klaarkwam gilde ze zo hard dat ze dacht dat ze doodging.

Nina vond het buitengewoon. Voor een man die zo gesloten was, zo niet-communicatief, was hij heel vindingrijk en gevarieerd als minnaar en enorm gepassioneerd. Het was alsof hij alles wat hij niet kon zeggen op een andere manier uitte. Dit was de manier waarop ze hem leerde kennen, hoe ze zijn hart bereikte. Niet door lange gesprekken en romantische gedichten of gedeelde interesses, maar door zijn lichamelijkheid, eigenlijk net zoals hij communiceerde met dieren, of met het land, en zich nooit afvroeg waarom, maar gewoon deel uitmaakte van de natuur – dat was ook de manier waarop het tussen hen ging.

En ze ging steeds meer van hem houden, besefte ze ongerust, ze leerde zijn taal begrijpen en ze kon er niets aan doen, het niet tegenhouden, ze was uitzinnig van hem, ze verlangde wanhopig naar hem, waardoor ze zich verschrikkelijk kwetsbaar voelde, en ze wist dat ze het niet zou kunnen verdragen als hij niet hetzelfde voor haar voelde.

'We zijn zo verschillend,' zei ze door de telefoon. 'Echt, het is... Ik weet het niet. Misschien is het wel gewoon alleen seks.'

'Maar daar gáát het toch om!' zei Surinder ademloos. 'O mijn god! Vertel!'

'Nee, daar heb ik geen zin in,' zei Nina. 'Ten eerste doe je walgelijk en ten tweede ga ik het daar dan zo erg door missen dat ik naar de boerderij ga en wéér niet slaap. Ik rij straks de bus nog in elkaar.'

'Ik wist dat hij zo was, meteen toen ik hem zag,' zei Surinder.

'Echt niet!'

'Echt wel! Zo'n type is hij. Ik wist het meteen. Vreselijk gesloten en verschrikkelijk sexy van binnen. Al die onderdrukte emoties.'

'Hou op!' riep Nina. 'Ik kan er niet tegen! Ik heb geen idee wat hij voor me voelt en ik word er krankjorum van!'

'Ach schatje,' zei Surinder berouwvol. 'Sorry. Ik had niet begrepen... Ik had niet begrepen dat je echt voor hem bent gevallen!'

'Nee, dat is niet waar,' zei Nina paniekerig. 'Echt niet! Dan kan niet. En dat gebeurt niet!'

'Ja, daarom klink je ook volkomen normaal en kalm als je het over hem hebt. Kom op. Voelde je je zo over Marek?'

'Nee,' zei Nina. 'Maar ik ben niet met Marek naar bed geweest.'

'Had je verwacht dat de seks met hem zo geweldig zou zijn?'

Nina zweeg even voordat ze antwoord gaf. 'Niets in mijn leven is er ooit ook maar bij in de buurt gekomen.'

'Nou dan.'

'We hebben het niet over zijn ex gehad. Hij houdt misschien nog steeds van haar. We hebben het gewoon helemaal nergens over.'

'En je bent er honderd procent van overtuigd dat je hier niet te veel over zit te piekeren?'

'Misschien heb ik algauw geen huis meer,' zei Nina terwijl ze om zich heen keek in haar heerlijke appartement en er tranen op de dure lakens drupten. 'Kate is waarschijnlijk fantastisch. En ik ben denk ik iemand gewoon voorhanden was. Dat kwam goed uit. Gemakkelijk. Meer niet. Misschien heb ik alles wel in gang gezet. En is het mijn eigen fout.'

'Nee, joh, dat is het niet. Als hij een klootzak blijkt te zijn, dan zul je daar mee moeten dealen. En als hij een goeie vent is die door een moeilijke periode gaat, nou, dan is hij het misschien waard om verder te gaan met hem.'

'Ik denk dat het me kapotmaakt, als hij een klootzak blijkt te zijn,' zei Nina met een klein stemmetje. Ze verwachtte dat Surinder zou zeggen dat ze niet zo melodramatisch moest doen. Maar dat deed ze niet.

33

'Zullen we een eind gaan wandelen?'

Lennox keek haar verward aan. 'Wat?'

Het was halfzes in de ochtend en een heldere, winderige zondag. Lennox was zich aan het aankleden. Nina lag nog in bed, uitgeput maar gelukkig.

'Wandelen. Je weet wel. Van de natuur en het platteland genieten?'

Hij knipperde met zijn ogen. 'Door er in heen en weer te lopen?'

'Ja!'

'Maar dat doe ik de hele dag.'

Nina ging rechtop zitten. 'Nou, neem me dan mee. Dan is het een soort uitje!'

Lennox fronste. Ze waren, was Nina zich meer dan bewust, nog nergens geweest. Niet naar de pub, niet naar de bakker om een heerlijk saucijzenbroodje te kopen en dat op het muurtje met bungelende benen op te eten zoals de tieners deden, terwijl Peterselie de kruimels die op de grond vielen oplikte. Ze waren niet in de Land Rover gesprongen voor een spontane romantische picknick, ze hadden niet hand in hand over het strand gelopen...

Ze keek naar Lennox die een schoon, dik flanellen shirt aantrok. Blijkbaar moest het een paar graden onder nul zijn voor hij een jack aandeed, bedacht ze. Hij ging de trap af en bukte bij de voordeur om zijn zware laarzen aan te trekken. Toen schonk hij koffie in die hij al eerder had gezet in een warmhoudbeker; hij ontbeet later. Nina keek naar hem terwijl hij zich zwijgend voorbereidde om te vertrekken.

'Je gaat niet mee?' bromde hij uiteindelijk.

Nina sprong op. 'Jawel!' zei ze terwijl ze enthousiast haar kleren aantrok. Ze holde naar beneden, griste haar jas van de kapstok en rende achter hem aan naar buiten.

Het begon licht te worden en het was bitterkoud. Peterselie kwam blij uit zijn hondenhok rennen en Nina begroette hem uitgebreid. Lennox verdween weer naar binnen en kwam terug met nog een kop koffie, deze keer met suiker, die hij zonder een woord te zeggen aan haar gaf.

De ontwakende vogels zongen in de heggen waar ze aan voorbijliepen. Er hing een vroege ochtendmist over de velden. Dik ingepakt met een dampende mok koffie die haar handen verwarmde, haastte Nina zich achter Lennox aan terwijl hij met grote stappen voor haar uit beende, zijn hoofd om het hoekje stak in de koeienstal om zeker te weten dat het melken goed ging – Ruaridh knikte hem toe toen hij hem zag – en daarna naar de hooggelegen weiden klom om het voer voor de schapen te controleren. De zon kwam roze op in de mist boven de heuvels en Nina hapte naar adem, zo mooi was het, terwijl Lennox gewoon doorliep en zijn ochtendroutine afwerkte: hij keek of een van de stenen muurtjes niet te zwak was en controleerde de omheining op beschadigingen door herten. Ondertussen zag Nina een paar meter verderop een reekalf, met bruine spikkels, dat zijn kop optilde en zijn neusje bewoog van opwinding. Het schattige beest keek haar even aan met zijn enorme glanzende bruine ogen, draaide zich om en huppelde weg.

'Wauw!' riep ze uit. 'Zag je dat?'

'Dat hert?' vroeg Lennox vol ongeloof. 'Ik raak die klotebeesten maar niet kwijt.'

'Maar heb je gezien hoe schattig hij eruitzag?'

'Klote beschermde diersoort,' reageerde Lennox.

'Je hebt ook geen greintje romantiek in je,' zei Nina geïrriteerd, terwijl ze toekeek hoe hij een klein gat in de afrastering repareerde met behulp van een stuk ijzerdraad en een schaartje van een Zwitsers legerzakmes dat hij in zijn zak had. Hij wierp een blik op haar en het was duidelijk dat ze iets verkeerds had gezegd, iets wat hij waarschijnlijk al vaak had gehoord.

'Hm,' bromde hij.

'Zo bedoel ik het niet,' zei Nina. 'Ik zeg gewoon dat het ene prachtig dier is.'

Lennox zwaaide boos met zijn arm. 'Wist je dat de bomen vanaf hier helemaal naar Sutherland eeuwen oud zijn? Ze stammen uit de tijd van Mary, Queen of Scots en zelfs nog eerder. Vroeger herbergden ze fazanten en egels en arenden en miljoenen insecten en zo. Maar o nee, de hertjes waren zo schattig. Iedereen heeft die rotfilm gezien en denkt dat reeën en hertjes schattig zijn en dat die goed beschermd moeten worden. Dus nu mogen ze alles kapotmaken. Ze eten boomwortels en de zaden en zowat alles, wat betekent dat er steeds minder van die oerbossen overblijft omdat die herten alle oude leefgebieden verruïneren. Dus verdwijnen de mussen en de koekoeken en de adders en de houtwormen. Maar ja, die zien er niet zo schattig uit als Bambi, hè?'

Nina keek hem aan. 'Dat had ik me niet gerealiseerd.'

'Niet gelezen in al die boeken van je?'

Zwijgend liepen ze terug naar de boerderij, Nina helemaal van slag.

'Sorry,' zei ze terug bij het hek naar het erf.

'Waarover?' vroeg hij.

'Dat ik zei dat je niet romantisch was.'

'O,' zei hij. 'Nee, dat is niks voor mij. Ga je nog mee naar binnen?'

'Ja,' zei Nina. 'Ja, graag... Maar kunnen we praten?'

Lennox zuchtte diep terwijl ze achter hem aan de mooie woonkamer in liep. 'Wil je niet liever...'

'Waarover wil je niet praten?' vroeg Nina. 'Je... ex?'

Lennox keek haar vermoeid aan. 'Nina. Is dit gesprek nodig?'

Nina keek hem lang aan. Toen schudde ze haar hoofd.

'Nee, dat is duidelijk,' zei ze. 'Sorry. Ik dacht dat dit iets betekende. Maar dat is blijkbaar niet zo. Je kan nog niet eens zeggen dat ik er binnenkort word uitgezet hier.' Ze stond op om weg te gaan.

'Jezus, Nina! Ik ben nog niet eens gescheiden! En je weet toch dat ik daar niets over te zeggen heb.'

'Dus dit betekent niets voor je? Prima!'

Hij keek haar aan en schudde zijn hoofd van verbazing dat ze zoiets zei.

'Nou, voor mij ook niet!' zei Nina, die al spijt had van haar woorden voordat ze ze had gezegd.

Het bleef lang stil en Lennox stond langzaam op. Hij liep naar de deur en trok zijn laarzen weer aan.

'Niet... niet weggaan,' zei Nina terwijl ze geagiteerd naar zijn brede rug keek.

Als er één ding was wat ze over hem wist, één piepklein dingetje dat hij over zichzelf had laten blijken, was het wel hoe diep gekwetst hij was toen Kate bij hem wegging. En wat zíj nu deed was hem op precies dezelfde manier kwetsen: nemen wat hij haar gaf en dat vervolgens verwerpen omdat het niet genoeg was – precies zoals Kate had gedaan.

'Ik meende het niet, echt niet.'

'Ja, ik weet het,' zei Lennox stuurs, 'het gaat je alleen maar om je appartement. Want eigenlijk wil je hartjes en bloemen en de hele mikmak. Want dat vind je belangrijk.'

'Niet waar! Zo denk ik helemaal niet!' Ze keek hem aan. 'Kom je... kom je straks terug om hier eten?'

'Ruaridh en ik eten waarschijnlijk iets bij Alasdair,' zei hij zonder haar aan te kijken.

Ze keek hem na en werd overstelpt door een golf van emoties en pijn. Terwijl hij bukte om de deur uit te stappen, zei ze zachtjes zijn naam – zijn voornaam. Die had ze niet eens geweten tot hij haar die had verteld.

'John.'

Maar hoewel hij één ogenblik verstijfde, draaide hij zich niet om.

'Je bent een idioot.'

'Hou op, ik weet het. Maar hij ook.'

'Maar jij was eerst. Waarom moest je nou zo drammen?'

'Misschien is het beter dat ik nu weet dat hij een norse zak is.'

'O, jezus! Dat wist je toch al! Nien, jij hebt nog niet eens door wat ware liefde is als die recht voor je staat en je in je gezicht spuugt!'

'Nou, het zou me niet verbazen als hij dat ook nog doet!'

'Nina, wakker worden!' schreeuwde Surinder, terwijl het Nina was die háár had wakker gebeld. 'Het gaat niet om romantische picknicks en wandelingen in het maanlicht en belachelijke liefdesromannetjesverhalen! Dit is het echte leven! Ja, hij is moeilijk en chagrijnig. Hij gaat door een scheiding heen! Hij is ook sexy, iemand die problemen oplost en heel aardig kan zijn en tot ongeveer een halfuur geleden leek hij dol op je.'

'O god!'

'Ik kom naar je toe.'

'Je kunt onmogelijk nóg meer vakantiedagen hebben.'

'Mmm,' zei Surinder.

'Nou?'

'Niks,' zei Surinder, 'ze staan bij me in het krijt, dat is alles.'

'Kom maar niet. Wat kun je hier doen?'

'Gewoon, er zijn? IJsjes kopen om je op te vrolijken? Je een klap voor je kop geven en je vertellen dat je niet zo idioot moet doen?'

'Misschien komt hij wel hierheen,' zei Nina hoopvol.

'Hij lijkt me niet het type dat om vergeving komt smeken,' zei Surinder.

En Surinder had gelijk.

34

Nina stond diep in de nacht op haar tenen door het keukenraam te kijken – gewoon om te zien of er licht bij hem aan was. Hun paden hadden elkaar nauwelijks gekruist. Het leek krankzinnig dat ze de laatste drie weken naakt met elkaar in bed hadden gelegen, helemaal open, kwetsbaar en zo dicht bij elkaar als twee mensen maar kunnen zijn, en ze nu, als ze elkaar tegenkwamen op straat, moesten doen alsof er niets was gebeurd. Het was volkomen krankzinnig. Achteraf kon Nina zichzelf wel voor haar kop slaan dat ze zo snel al zo had aangedrongen.

En ze verlangde zo verschrikkelijk naar hem. Ze miste hem ontzettend. Niet alleen, besefte ze, de seks, hoewel ze die ongelofelijk miste – het was alsof ze nog nooit in haar leven chocolade had geproefd en nu de smaak te pakken had en de hele tijd zin in chocola had.

Alles vóór Lennox, realiseerde ze zich, was gewoon wat onhandig gerommel geweest, fijn, nerveus, vriendelijk, prettig. Dat was als een zwart-witfilm, maar met Lennox was het in kleur, de seks zo intens dat ze er hoofdpijnen van kreeg of af en toe in tranen uitbarstte en dan had Lennox haar zonder woorden in zijn armen genomen en haar dicht tegen zich aan gedrukt en haar tranen weggeveegd; hij had haar getroost op een manier die niemand anders kon, hoewel ze niet precies wist waar ze om huilde. O, mijn god, ze miste hem!

Ze miste de paar eitjes die regelmatig voor haar deur stonden; de zelf gebrouwen cider die ze dronken in de keuken, ze miste Peterselie die aan haar snuffelde om haar thuis te verwelkomen – hij was nu bijna altijd op de velden met zijn baasje en de sporadische keren dat hij op de boerderij was, was hij zo uitgeput dat hij slechts een korte blik op de bus kon werpen als ze aan kwam rijden. Ze miste dat bijzondere gevoel dat Lennox haar gaf, dat hij, wat er ook gebeurde, of het met een lammetje, een hond of met haarzelf was, het op zou lossen. Ze voelde zich veiliger bij hem dan ze zich ooit had kunnen voorstellen.

Ze wierp nog één blik door het keukenraampje en wilde net het gordijn dichttrekken en zich omdraaien toen ze, heel even, een weerspiegeling zag in het raam van de boerderij en begreep dat hij ook naar háár stond te kijken.

De adem stokte in haar keel en ze verstijfde, op haar tenen staarde ze naar zijn raam, tot niets anders in staat, en ze werd overrompeld door een wanhopig verlangen dat dreigde bezit van haar te nemen, haar alle redelijkheid te doen vergeten zodat ze over het erf naar hem toe wilde rennen...

Ze schrok op omdat er iets in de gootsteen kletterde, ze keek omlaag en zag dat ze een bord had omgestoten. Toen ze weer door het raam keek, was hij verdwenen. En wist ze nog steeds niet hoelang ze nog had.

Het was zwaar, dacht ze, dat zelfverwerkelijkingsgedoe. Ze kon nauwelijks een woord lezen en dat was de laatste druppel. Hij kon haar haar seksleven afnemen, hij kon haar gemoedsrust afpakken, haar hoop op geluk, haar appartement, haar middelen van bestaan. Maar níémand ontnam haar haar lezen!

Ik moet weg hier, dacht ze dapper. Ze moest naar Orkney. Opnieuw beginnen. Dat had ze al een keer gedaan en dat kon ze ook een tweede keer. Van de grond af beginnen, weg van dit dorp, weg van de roddels en de nieuwsgierige blikken en de marteling om zo dicht in de buurt van iemand te zijn voor wie ze zulke sterke gevoelens had.

Ze prentte zichzelf in dat ze het absoluut ging doen: weggaan. Het was niet een kwestie van haar laatste kaart op tafel gooien – voor altijd weggaan – in de hoop dat dat hem zou dwingen in te zien hoe belangrijk ze voor hem was, dat hij haar zou smeken niet weg te gaan en dat hij alles weer goed zou maken. Ze deed het voor zichzelf, om voor zichzelf op te komen. Opnieuw.

Ze trok een jurk aan die eigenlijk niet warm genoeg was voor het weer, stiftte met bevende hand haar lippen om haar zelfvertrouwen op te vijzelen en rukte de voordeur open.

Ze schrok zich dood.

Hij stond recht tegenover haar met zijn hand op de deurpost.

'O!' riep ze uit.

'Nina,' zei hij met een verdrietig gezicht. 'Ik kan het niet. Ik kan niet zonder jou. Ik kan niet... Sorry. Alsjeblieft. Ik weet dat ik... moeilijk ben. Ik weet het. Geef me alsjeblieft nog een kans. Alsjeblieft...'

Meer hoefde hij niet te zeggen. Nina greep hem stevig vast en trok hem tegen zich aan, ze wist dat ze hem, wat er ook gebeurde, niet kon laten gaan, ze kon hem niet uit haar systeem krijgen; hij zat ín haar, of ze nou wilde of niet, en ze had gewoon geen keus.

Ze drukte haar lichaam hard tegen het zijne en hij omklemde haar zo stevig dat ze bijna geen adem kon halen. Haar hart bonkte en ze werd overspoeld door liefde, iets wat ze niet had zien aankomen, iets wat nu eens een keer niet vergelijkbaar was met wat ze in een boek had gelezen of waar ze over had gedroomd of gefantaseerd.

Hij boog zijn hoofd en bracht zijn mond tergend langzaam naar de hare en ze strekte zich verlangend naar hem uit, genietend van het heerlijke moment voordat ze zijn lippen op de hare voelde, hem opnieuw kon kussen en hij glimlachte naar haar omdat hij precies wist wat ze voelde en wat dat betekende.

Toen trok hij abrupt zijn hoofd terug en hoorde ze het ook: banden op het pad naar de boerderij. Ze glimlachte spijtig en dacht dat het de dierenarts was, of voer voor de beesten dat werd afgeleverd, maar hij schudde zijn hoofd; hij herkende het geluid van de auto blijkbaar. Met een ontzet gezicht deed hij een stap naar achteren.

‘O, Nina, het spijt me,’ zei hij hoewel ze niet meteen begreep wat hij bedoelde. ‘Het spijt me heel erg.’

En er kwam een witte Range Rover Evoque het erf op rijden die de kippen alle kanten op joeg en slippend tot stilstand kwam.

35

Nina keek vanuit de deuropening van haar appartementje toe terwijl de vrouw uitstapte.

Ze zag er, verbazend genoeg, vrijwel precies zo uit als Nina haar zich had voorgesteld: blond, krullend haar, een boho-achtig type. Ze zag er fantastisch uit. Maar ze leek totaal niet bij Lennox te passen, hoewel Nina plotseling kon zien wat het was tussen hen toen ze naast elkaar stonden, zijn grote, brede lichaam deed Kates slanke rondingen extra goed uitkomen. Ze waren een attractief stel juist omdat ze zo verschillend waren.

Nina verstijfde toen Kate hem op beide wangen kuste. Ze wist niet goed wat ze moest doen. Zich schuilhouden leek belachelijk. Moest ze naar buiten marcheren en eisen te worden voorgesteld als Lennox' vriendin? Nee, dat was nog erger; en dat was ze helemaal niet, het voelde als de belachelijkste manier om te omschrijven wat ze samen hadden, een kinderlijke term die nog niet in de buurt kwam van wat ze voelde als hij bij haar was; alsof zon en storm in één keer door haar heen raasden. Ze slikte, haar hart bonkte.

Toen kwam Kate op haar af lopen, glimlachend, ze had heel mooie tanden. Nina voelde zich ongelofelijk ongemakkelijk. In een ander leven, in een andere wereld, zou ze deze vrouw hebben gemogen hoewel ze in alles van haar verschilde. Nu kon ze alleen maar zien wat ze miste in vergelijking met haar; niet alleen haar zorgvuldig uitgezochte niet-matchende kledingcombinatie, maar ook de subtiele manier waarop ze zich had opgemaakt, waarvan Nina wist dat het net zoveel moeite kostte als een zware, opvallende make-up. Maar wat het vooral was, was haar verleden samen met Lennox: Kate en hij die samen, hand in hand, door Edinburgh liepen, samen een gemeenschappelijke wereld opbouwden en zoveel van elkaar hielden dat ze waren getrouwd. Het idee van Lennox die voor een groep mensen stond en 'ja' zei, bezorgde haar een akelig gevoel, het maakte haar afgrijselijk jaloers en van slag.

'Hallo,' zei Kate, ontwapenend warm maar met iets berekends in haar stem. Nina voelde dat ze werd beoordeeld, vanaf de herkomst van haar schoenen tot haar iets afgebeten nagels, een gewoonte die ze had overgehouden aan uren met een boek in haar hand zitten. 'Mag ik binnenkomen?'

Ze probeerde in haar hoofd te houden dat deze vrouw er was om haar haar appartementje af te pakken, want zo voelde het inmiddels: haar huisje, de enige plek waar ze wilde wonen, met het enige werk dat ze graag deed en de enige man die ze ooit tot in het diepst van haar ziel had gewild.

Kate keek misprijzend om zich heen naar de stapels boeken die Nina had verzameld op de lelieblanke boekenplanken, de gezellige kussentjes die ze voor de minimalistische bank had gekocht.

'Leuk zoals je het hebt ingericht,' zei ze op een toon die geamuseerd leek maar duidelijk het tegenovergestelde betekende.

'Eh... Ik weet... ik bedoel, ik weet dat het geen contract voor jaren is of zo,' zei Nina en ze vroeg zich af waarom ze zo onderdanig deed tegen deze vrouw, ook al had ze de macht om haar leventje kapot te maken.

Kate maakte een nonchalant gebaar. 'O ja. Hij kan nooit hard en zakelijk zijn, mijn echtgenoot. Het verbaast me dat die kloteboerderij nog steeds overeind staat.'

Ze nam Nina van top tot teen op en Nina voelde dat ze knalrood werd, ze vroeg zich af of ze het wist? En waarom noemde ze hem nog steeds haar 'echtgenoot'?

'En hoe bevalt Kirrinfief?'

'Eh... het is interessant,' zei Nina, niet in staat het juiste woord te vinden over hoe alles voor haar was veranderd in de korte tijd dat ze er was.

'Het is een gat, vind je niet?' zei Kate. 'Ik kon het gewoon niet geloven. Ik ben nog nooit zo blij geweest dat ik ergens weg kon. Ik hoorde dat jij ook weggaat hier?'

'O, echt?'

Kate fronste. 'Lesley in het dorp zei dat je dacht over de Orkneys. Mijn god, dat klinkt nog erger dan het hier is.'

'Waar woon jij?'

'O, ik...' Ze maakte haar zin niet af. 'Laten we het erop houden dat ik plannen heb,' zei ze uiteindelijk. 'Nou, ik ga maar eens gaan kijken wat die klote-Lennox in zijn schild voert.'

Ze keerde zich om en bleef alleen nog even staan om een blik op een versleten maar prachtig kleed te werpen dat Nina had gevonden op een van de tweedehandsmarkten waar ze had gestaan.

'Lennox! Wanneer ga je die bloedhond van je nou eindelijk eens een halt toe roepen?' riep Kate naar hem.

Lennox stond nog steeds op het erf en zag er heel ongemakkelijk uit. 'Peterselie?'

Kate snoof. 'Niet die stomme Peterselie. Die hond likt een inbreker nog dood. Ik bedoel Ranald.'

'Hij doet gewoon zijn werk,' zei Lennox.

'Hij laat me doodhongeren,' zei Kate.

Lennox deed zijn ogen even dicht. 'Kunnen we dit binnen bespreken?'

Nina reed met de bus naar Pattersmith en verkocht niet echt goed. Haar stemming stond blijkbaar duidelijk op haar gezicht te lezen. En ze wenste dat ze Peterselie had ontvoerd; dan had ze tenminste nog een vrolijk iemand om zich heen gehad.

Haar verbeelding ging met haar op de loop. Wat waren ze aan het regelen? Ging Lennox alles opgeven? Misschien wel; misschien vond hij dat makkelijker. Of beter. Ze kon zich Kate op de een of andere manier niet voorstellen als iemand die een boerenbedrijf kon leiden. Of misschien... Er kwam een nog akeligere gedachte in haar hoofd op. Tenslotte zag Kate er fantastisch uit. En Lennox. Dus misschien... Ze moesten elkaar ooit aantrekkelijk hebben gevonden.

Ze zuchtte diep en verkocht verstrooid een hagelnieuwe hardcover voor de prijs van een paperback. Innes de visser probeerde zijn blijdschap te verbergen en maakte zich snel uit de voeten.

Ze at vroeg in de pub, samen met Hugh en Edwin, die altijd blij waren haar te zien maar nu begonnen over dat ze Mrs. Lennox hadden gezien, was ze ook op de boerderij geweest? Zo'n mooie vrouw, zo knap, en Nina kon hier niet heel lang tegen dus ging ze, met lood in haar schoenen, terug naar huis en hobbelde met de bus de heuvel op.

Ze stonden alle twee weer op het erf. Het was duidelijk dat ze ruzie hadden. Peterselie viel nergens te bekennen. Lennox stond met zijn armen gespreid in een smekend gebaar. Kate had een rood gezicht, haar prachtige blonde krullen dansten alle kanten op. Nina vond dat ze niet dwars tussen hen door kon rijden, dus zette ze de bus stil en stapte uit.

'Wat is dit?' krijste Kate terwijl ze naar de bus gebaarde. 'Heb je die gekocht voor je neukertje? Die je in míjn appartementje hebt geïnstalleerd?'

Ah, dacht Nina. Wat een kalm en georganiseerd regelen van alles had moeten worden, was duidelijk geëscaleerd.

'Wat ís dit verdomme?' schreeuwde Kate naar Nina. 'Wie bén jij verdomme? Ik dacht dat je een saai muisje was. Een onbetekenend muisje dat geen problemen zou veroorzaken, niet iemand die de man van een andere vrouw afpikt!'

Nina liet zich niet ondersneeuwen. 'Ik dacht dat jij wilde scheiden.'

Kate snoof. 'Nou, hij is onmogelijk. Dat heb je vast al gemerkt. Hij heeft absoluut geen hart, geen ziel. Geen poëzie. Hoe kun je daarmee leven?'

Ze liep langzaam om de bus heen en maakte een gnuivend geluid toen ze zag wat er op de zijkant stond.

'Het Nog-Lang-en-Gelukkig Boekwinkeltje. Ha ha ha! Fucking grappig zeg. Dat zijn er verdomme niet veel, die nog lang en gelukkig leven.'

Nina beet op haar lip. Ze wilde niet toegeven dat Kate wel eens gelijk zou kunnen hebben.

Kate liep dwars over het erf alsof het van háár was op haar af. Nina wilde haar niet vragen of dat inmiddels ook echt zo was. Lennox stond als versteend en bekeek hen vol vrees.

'En, wat doe je eigenlijk, rondrijden om wankelende huwelijken op te sporen?'

'Ophouden, Kate,' waarschuwde Lennox kortaf.

'Waarom? Ik mag toch wel een paar vragen stellen. Hoewel ik weet dat je veel liever had dat ik voor altijd verdween en onder een steen ging leven en je nooit meer lastigviel.'

'Kate, dit hebben we al besproken.' Zijn stem klonk vermoeid. 'Dit is het bedrijf van mijn familie. Het is mijn geboorterecht.'

'En het is het enige wat je ooit hebt gedaan en bla bla bla. Ja. En dat is waarom je zo'n saaie zielige ouwe lul bent die niet eens vakantie neemt of een toneelstuk kan uitzitten of kan genieten van een avond uit eten of iets gewoon voor je plezier kunt doen, nooit en te nimmer.'

'Zo ben ik gewoon niet.'

'Hoe kun jij dat nou weten, je zit de hele tijd hier. O, wel met gezelschap, dat is duidelijk. Echt, Lennox, je hebt niet eens de moeite genomen om een halve kilometer verder te kijken dan je eigen voordeur? Ik had niet gedacht dat je zo lui was!'

'Praat niet zo over haar.'

Kate rolde met haar ogen. 'Volgens mij kan die uitgekookte trut wel voor zichzelf zorgen.'

'Genoeg nu!' riep Lennox.

Lennox beende naar voren. Hij was woedend. Kate glimlachte hem toe. Ze wist precies hoe ze hem gek moest krijgen, dacht Nina. Ze was zo mooi en getalenteerd en had zoveel zelfvertrouwen – alles waar Nina naar verlangde, alles wat ze altijd had bewonderd in anderen – en toch stond ze hier te gillen en te krijsen van gekwetste woede. Echt raar.

Kate ging vlak voor Nina staan en zei: 'Nou, laten we eens kijken naar dat hobby'tje van je, hè? Blijkbaar mag zíj wel een hobby hebben, hè Lennox, je vond die van míj blijkbaar maar niks.'

'Nee,' reageerde Lennox. 'Dat kwam omdat jij nooit iets volhield. De ene dag was het keramiek, dan schilderen, dan weer pottenbakken en vervolgens interieurontwerp. Je maakte nooit iets af.'

'Dat komt omdat ik thuis niet werd gesteund. Jij was altijd maar weg, en liet me hier gestrand achter.'

Lennox keek verdrietig. 'Je droomde ervan om hier te komen wonen vroeger,' zei hij zacht.

'Ja, kun je zien wat een idioot ik was.'

Kate rukte de deur van de bus open. Nina liet haar begaan, ze had geen behoefte om voor iemand te gaan staan die in zo'n stemming was.

Kate stapte naar binnen. Ze bleef abrupt staan en nam de zachtgrijze wanden, de mooie uitstallingen en de kroonluchter in zich op. Toen keerde ze zich om. Met een onderzoekende blik op Nina zei ze: 'O! O! Dit is...' Ze liet een hand over de boekenplanken glijden, 'dit is prachtig.'

Aan de manier waarop ze de boeken aanraakte kon Nina zien dat ze van lezen hield. Ze herkende ze altijd, lezers, zelfs als ze woedend waren.

'O!' zei ze weer. 'Doe je dit allemaal zelf?'

'Met wat hulp,' zei Nina zacht met een licht ophalen van haar schouders.

Maar Kate stond stil naast het geldkistje. Haar mond viel open.

Nina tuurde naar binnen om te zien waar ze naar keek.

'O! Deze heb ik... Deze heb ik in geen jaren gezien!'

Het was het laatste, enorm plakkerig geworden exemplaar van *Up on the Rooftops*. Kates gezicht verzachtte en Nina zag plotseling hoe ze als kind moest zijn geweest: knap, vertroeteld, verwend. Ze stak haar hand uit en vroeg: 'Mag ik?'

Nina stapte de bus in en knikte.

'Dit is precies dezelfde editie als ik had,' zei Kate een beetje ademloos terwijl ze de pagina's voorzichtig omsloeg.

'Ja, het was een gelukje dat ik het vond,' zei Nina. 'Het is prachtig, hè?'

'O! Hier raakt de duif zijn pootje kwijt en maken ze een nieuwe voor hem met een lollystokje.'

Nina glimlachte.

'En de fluisterende zuilengang.'

'Die vond ik altijd een beetje eng.'

Kate knikte. 'Mijn god, ja. En Galleon's Reach...'

'Elke keer dat ik het las, was ik weer bang dat ze het niet zouden halen.'

Kate hield het boek op en vroeg: 'Kan ik... kan ik...'

'Dat is mijn laatste,' zei Nina. 'Daar kan ik geen afscheid van nemen, sorry.'

'O,' zei Kate. 'O.'

'Ik deel het zo'n beetje... Ik deel het met een van mijn klanten...'

'Maar ik wil het hebben,' zei Kate met een pruillip.

Nina bekeek haar. Ze was duidelijk gewend te krijgen wat ze wilde. Altijd.

'Dat kan niet,' zei ze zacht. 'Het is van iemand anders.'

Ze keken elkaar lang aan.

'O god,' zei Kate terwijl ze zich op een van de zitzakken liet neervallen, 'ik heb zo genoeg van al dit gedoe! Zo genoeg!'

Nina knikte. 'Dat begrijp ik. Echt. Waar loopt het op vast?'

Kate slaakte een zucht. 'Mijn advocaat zegt dat ik de hele boerderij moet eisen. En dat we dan ergens in het midden uitkomen.'

'Wil je de boerderij echt hebben?'

'Fuck nee, wat moet ik daarmee? Maar hij blijft gewoon "nee" zeggen, "je krijgt de boerderij niet". Geen discussie. Hij is zo verdomde koppig.'

Nina glimlachte flauwtjes. 'O, dat geloof ik graag! Doet hij geen tegenvoorstel?'

'Hij zegt dat hij wacht op een ander voorstel van ons. Maar mijn advocaat is onvermurwbaar. En intussen lopen de kosten maar op.'

'Ah, in vredesnaam,' zei Nina. 'Vraag hem gewoon...'

Plotseling realiseerde ze zich wat ze wilde zeggen. Maar er moest een einde komen aan dit gesteggel, toch?

'Waarom vraag je hem niet om het appartement? Ik wed dat je dat kunt verkopen of verhuren en dan kun jij gaan wonen waar je wilt.'

Kate fronste. 'Maar als hij "nee" zegt, ben ik echt de klos.'

'Hij zegt geen "nee",' bracht Nina ertegen in. Lennox was, werd haar steeds duidelijker, zwijgzaam, koppig en eigenwijs... maar boven alles, onder die harde bolster, vriendelijk. Dat was zijn belangrijkste eigenschap en die zat diep in hem verankerd. Dat geloofde ze oprecht. En dat was waarom ze van hem hield.

Kate keek haar aan. 'Denk je?'

Ik denk dat jullie koppen eens flink tegen elkaar aan geslagen moeten worden, dacht Nina, maar dat zei ze natuurlijk niet.

Ze stapte terug naar buiten, waar Lennox nog steeds woedend liep te ijsberen. Peterselie probeerde zijn aandacht te vangen om hem op te vrolijken, maar tevergeefs.

Lennox keek haar somber aan. 'Denk je dat ik haar de boerderij maar gewoon moet geven?' vroeg hij. 'Ik kan denk ik wel iets anders vinden om te doen.'

'Doe niet zo idioot! Ze wil de boerderij helemaal niet. Dat was gewoon het begin van de onderhandelingen.'

'Ja, daarom zei Ranald dat ik het hard moest spelen.'

'Nou, dit was eerder het stom spelen. Waarom stel je niet voor dat zij het appartement neemt?'

Lennox rimpelde zijn voorhoofd. 'Ik wil niet dat ze naast me woont.'

'Daar gaat ze ook niet wonen, sufferd, ze verkoopt het of verhuurt het als vakantiehuisje voor een boel geld.'

Lennox keek haar aan. 'En waar moet jij dan naartoe?'

'Zullen we het bij één probleem tegelijk houden?'

Lennox zuchtte. 'Serieus. Je denkt dat dat de oplossing is?'

'Ga die bus in en los het op,' zei Nina. 'Nu. Meteen. Voordat die rotadvocaten alles weer verpesten.'

Nina zat boven op het door de zon verwarmde muurtje op het erf. Peterselie kwam naar haar toe en legde zijn kop in haar schoot.

'Ja, Peterselie, ik weet het,' zei ze terwijl ze hem aaide. 'Ik ook, jongen. Ik ook.'

Binnen in de bus was het stil en ze bleven er een hele tijd. Nina zuchtte diep. Wat deden ze, waar waren ze in godsnaam mee bezig daar? Het goedmaken? Wilden ze samen verder? Hadden ze het over hun toekomst samen? O god! En het begon ook koud te worden.

Uiteindelijk kwam Lennox met een bleek gezicht naar buiten. Hij wierp een korte blik op Nina en knikte.

'En?' vroeg Nina.

'Ik heb gezegd... Ik hoop dat je het niet erg vindt, Nina, maar ik heb gezegd dat ze het appartement kan krijgen. Het spijt me zo, Nina.'

Nina zuchtte. Ze liet een kleine stilte vallen zodat hij de kans had te zeggen: 'Dus wil je dan op de boerderij komen wonen?' maar dat vroeg hij natuurlijk niet. En waarom zou hij ook? Ze waren pas een paar weken samen en hadden het nog niet eens gehad over waar ze samen stonden. Dus. Natuurlijk niet. Ze dacht weer aan de Orkneys en voelde een brok in haar keel.

'En o ja,' zei Lennox terloops. 'Ze wilde ook een boek van je hebben.'

Ze keek hem verschrikt aan. 'Heb je dat aan haar gegeven?'

Hij keek haar aan. Het was lang stil.

'Tuurlijk niet,' zei hij kort. 'Ik zei: "Nog niet over mijn lijk krijg je een boek dat van haar is".'

Ze staarde haar aan en begon te glimlachen – de spanning gebroken.

'Eh... thee?'

Precies op dat moment kwam haar prachtige, laatst overgebleven exemplaar van *Up on the Rooftops* de bus uit zeilen. Het boek bonkte tegen het muurtje en viel rechtstreeks in de modderige paardentrog. Lennox en Nina draaiden zich geschrokken om terwijl Kate met een kwaadaardig gezicht de bus uit kwam stormen.

'Je krijgt verdomme niet alles wat je wilt. Niet alles, verdomme!' schreeuwde ze Nina toe.

Toen stapte ze in haar auto en reed slippend weg.

Ze probeerden het boek te redden maar het was onherstelbaar beschadigd.

'Het spijt me,' zei Lennox. 'Ik zorg voor een ander exemplaar.'

'Ze zijn heel moeilijk te vinden,' zei Nina. 'Ach... Misschien is de herinnering eraan ook goed.'

Ze keken elkaar aan.

'Kom je binnen?'

Lennox schudde zijn hoofd. 'Ik moet nog iets doen vandaag, dat heb ik Nige beloofd. Zijn kettingzaag is kapot.'

'O, wat dan?'

Hij schudde zijn hoofd. 'Dat zul je niet leuk vinden. Ik zat erover na te denken en daardoor... daardoor besloot ik naar je toe te gaan.'

'Kan ik met je mee?'

'Als je wilt...'

Onderweg zwegen ze. Peterselies kop lag op Nina's knieën, zijn grote ogen keken naar haar op. Nina wist niet waar ze heen gingen tot ze een bekend, met wilde bloemen omzoomd, landweggetje in sloegen.

'Waar...' vroeg ze terwijl haar hart begon te bonken.

'Het is... het is die boom,' zei Lennox. Hij wierp een voorzichtige blik op haar. 'Hij is ziek. En moet omgehakt worden. Het is gevaarlijk zo. Ik waarschuwde je nog.'

Nina beet op haar lip. 'Ik snap het,' zei ze. Ze vroeg zich af wat ze voelde. Ze was triest, maar voelde zich niet verscheurd van verdriet.

Terwijl Lennox een bijl en een kettingzaag achter uit de Land Rover haalde, liep Nina langs het spoor naar de boom toe. Mareks boeken lagen opgestapeld tegen de stam maar toen ze dichterbij kwam, merkte ze nog iets anders op. Kleine plastic boekjes, boekensleutelhangers, plaatjes van boeken aan de takken met namen erop: Elspeth en Jim voor altijd, Callie houdt van Donal, Kyle+Pete 4ever.

'Waar komt dit allemaal vandaan?' vroeg ze verbijsterd.

Lennox staarde ernaar en schudde zijn hoofd. 'Idioten,' zei hij. 'Wie doet er nou zoiets?'

Maar Nina liep om de boom heen en slaakte een kreet van verrukking.

'Het is... Het zijn stelletjes! Die komen hier!' zei ze, 'Het is net zoiets als die brug met hangsloten in Parijs. Kijk! Ze laten kleine boekjes achter. En namaakboekjes. En gedichten. Maar hoe weten ze hier in vredesnaam van? Iemand moet het hebben rondverteld. O, wauw...' Ze glimlachte. 'Marek zou het mooi hebben gevonden, denk ik.'

'Denk je vaak aan hem?' vroeg Lennox nors.

'Nee,' zei Nina. 'En ik zal het ook niet meer over hem hebben. Nee dus.'

Lennox stond klaar met zijn kettingzaag.

'Dat kun je niet maken!' zei ze. 'Je kunt hem nou toch niet zomaar omzagen? Kijk dan hoe mooi dit is!'

'Het moet gebeuren. Die boom is ziek.'

'Maar het is zo mooi!'

'Nina,' zei Lennox, 'de boom gaat dood. Hij moet hier weggehaald worden. Hij is helemaal verrot vanbinnen. Hij kan over de weg vallen, of over het spoor. Hij moet echt weg hier.'

'Maar...'

Hij schudde zijn hoofd. 'Niet alles in de natuur is alleen maar mooi. En mooie dingen kunnen ook gevaarlijk zijn.'

Nina knikte. 'Maar al die boekjes...'

'Ik zou haast denken dat je denkt dat boeken léven,' zei Lennox.

'Dat is ook zo,' zei Nina.

Lennox deed een paar flinke stappen naar haar toe en pakte haar bij haar middel. Toen duwde hij haar tegen de stam van de boom aan en kuste haar heftig en hartstochtelijk.

'Net zo levend als ik?' vroeg hij.

Nina keek hem aan en glimlachte ondeugend.

'Op een andere manier,' zei ze.

Hij kuste haar opnieuw.

'En dat vind je nu nog steeds?'

'Nou, ik denk dat mensen van meer dingen tegelijk kunnen houden.'

Lennox trok zijn hoofd terug.

'Wat zei je?'

Nina besefte onmiddellijk wat ze had gezegd, haar hand vloog naar haar mond en ze bloosde diep.

'O, ik...'

Lennox keek haar serieus aan.

'Meen je dat?'

'Ik... ik bedoel...'

Hij zweeg.

Nina keek op in zijn donkerblauwe ogen. 'Ja... ja...' fluisterde ze zacht en hij boog zijn hoofd om haar weer te kussen, met heel zijn hart.

Later maakten ze zich los van de boom.

'Nou ga je hem toch niet meer omzagen, hè?'

Hij grijnsde. 'Jawel! Luister je dan nooit?'

'Nee, nooit.'

'O, nou, dan is het maar goed dat ik weinig praat, hè?'

Nina draaide zich nog één keer om naar de boom.

'Ik ga in de auto zitten, ik kan het niet aanzien.'

'Hij zal heerlijk branden voor ons. In de winter,' Lennox. Nina keek hem niet-begrijpend aan maar hij legde het verder niet uit.

Terwijl de kettingzaag brulde, zat zij met haar armen om Peterselie heen in de auto, ze wiegde hem heen en weer en fluisterde af en toe in zijn oor 'o, mijn god, o, mijn god'. Ze keek naar Lennox' brede gestalte terwijl hij bezig was, tevreden met niets anders doen dan naar hem kijken, ook al vond ze het een triest gezicht toen de boom neerviel.

Lennox zaagde hem in stukken en toen het begon te schemeren laadde hij de Land Rover vol houtblokken.

'Het ziet er heel kaal uit daar nu,' zei ze.

'Ja, maar binnen een paar dagen staat er een nieuwe.'

'Huh?'

'Een nieuwe boom... Je dacht toch niet dat we daar zomaar een groot gat in de grond achterlieten?'

'Ik weet het niet?' Ze begreep er niks van.

'Nou, dan weet je maar weinig van hoe het gaat op een boerderij. Er wordt een nieuwe boom geplant, een heel jong boompje of misschien een die al wat verder is gegroeid. In ieder geval: iets moois wat niet opgevreten wordt door een ziekte.

'Wauw!'

'Misschien kunnen jouw idioten dan weer komen om er hun boeken in te hangen.'

'Misschien doen ze dat wel,' zei Nina met een glimlach.

'Je ziet er gelukkig uit,' zei Lennox.

'Dat ben ik ook, heel gelukkig,' zei Nina. 'Jij?'

Lennox knikte. 'Ik ben ook gelukkig.' Toen zei hij iets heel onverwachts. Hij keek er een beetje ongemakkelijk bij. 'Ik dacht erover om een tijdje vrijaf te nemen.'

'Wat? Jíj en vrijaf nemen?' vroeg Nina in opperste verbazing.

'Aye. Ik doe het nooit en dat is niet erg goed uitgepakt. In ieder geval: Ruaridh kan de boerderij net zo goed bestieren als ik; het wordt tijd dat hij wat meer verantwoordelijkheid krijgt. En dus dacht ik, eh... Ik heb de Orkneys altijd al eens willen zien.'

Nina keek hem scherp aan.

'Of... Ik bedoel, het hoeven niet per se de Orkneys te zijn. Maar als jij naar de Orkneys gaat, kan ik dan misschien met je mee? Want... Jezus, Nina, ik... ik denk niet dat ik zonder je kan.'

Nina glimlachte. 'Dat hoeft ook niet per se.'

'Ik dacht dat je zei dat je daar een aanbod had om er te komen werken?'

Ze schudde haar hoofd. 'Ik hoopte op... op het nippertje gered te worden.'

'Maar ik heb Kate het appartement beloofd...'

'Kon ik maar ergens anders wonen,' zei Nina.

Hij keek haar aan. 'Je bedoelt op de boerderij?'

'Het is een beetje snel... Ik bedoel, we kennen elkaar nauwelijks.'

Lennox fronste zijn voorhoofd. 'Ja, daar zeg je wat.'

Nina schoot in de lach.

Ze reden het erf op en de kippen schoten alle kanten op. Lennox parkeerde de auto voorzichtig en ze stapten allebei uit.

'Wat vind je?' vroeg hij voorzichtig.

Peterselie sprong de auto uit en rende eerst naar Nina en toen naar Lennox. Nina wierp een blik op de bus.

'Dan zal ik hem daar moeten weghalen en bij het huis moeten neerzetten.'

36

De winters waren kouder en donkerder dan Nina zich ooit had kunnen voorstellen. Er waren geen straatlantaarns, niets tussen haar en de donkere deken die in oktober was neergedaald en bleef liggen tot het voorjaar. Er waren dagen dat het nauwelijks licht werd; de bomen hingen vol ijspegels en de wegen lagen onder een dik pak sneeuw en waren zonder Land Rover onbegaanbaar. Het vee dampte dikke wolken condens uit en bij een storm kletterde de hagel tegen de ramen.

Ze vond het heerlijk.

Ze lag voor de houtkachel, terwijl de soep stond te sudderen op de AGA en dacht aan Ainslee, die die ochtend een uurtje was komen werken maar daarna weer weg was gesneld omdat ze een ander baantje had dat beter betaalde – bijles geven in haar vrije tijd. Nina wachtte op Lennox' binnenkomst, de zorgvuldige manier waarop hij zijn laarzen uittrok.

Ze waren inderdaad naar de Orkneys geweest en hadden het er fantastisch gehad, hadden zichzelf volgestopt met sintjakobsschelpen, black pudding en oesters, geslapen in een krakend vissershutje en gezeild in enorme baaien en elkaar 's nachts liefgehad. Er ging geen dag voorbij waarop Nina deze stille, bedachtzame man niet beter wilde leren kennen en toen ze uiteindelijk besloten om weer terug te gaan naar de plek waar ze allebei zoveel van hielden, was het volkomen vanzelfsprekend dat ze in de prachtige boerderij trok, waar ze het gezelliger en minder strak maakte terwijl Kate het appartement te koop had gezet. Nina stuurde de digitale folder elke dag naar Surinder. Voor het geval dat... Ze kwam dat weekend over om alles nog eens te bekijken. Gewoon, voor het geval dat...

Toen Lennox die avond binnenkwam, klonk zijn stap anders. Zowel Nina als Peterselie richtten zich verwachtingsvol op. Hij kwam een beetje verlegen binnen.

'Wat is er?' vroeg Nina met een glimlach toen hij naar haar toe kwam om haar een kus te geven.

'Niks,' zei hij met een schuldig gezicht.

'Vertel!'

'Nou, ik geloof dat er toch wel iets in zit, in die boeken.' Hij haalde een volkomen smetteloos exemplaar van *Up on the Rooftops* tevoorschijn.

'Waar heb je dat in vredesnaam vandaan?' vroeg Nina opgetogen.

Lennox grijnsde. 'Ik heb zo mijn methoden,' zei hij.

Na het eten schonk hij hun allebei een glas rokerige whisky in. Nina ging op de bank voor de houtkachel zitten en hij ging op de vloer liggen met zijn krullenbol in haar schoot. Peterselie kwam naast hen liggen en Lennox keek glimlachend naar haar op. Nina werd doorstroomd van een enorm geluksgevoel.

'Nou,' begon ze. 'Er waren eens drie kinderen, die Wallace, Francis en Delphine heetten...'

Highlands & Islands
Staatsexamencommissie

Resultaten 2016/Torthaí scrúduithe 2016
Name/Ainm: CLARK, Ainslee Aurora
Geboortedatum/Latha breith: 14/9/2000
Rayon/Céarn: Highland

Examenresultaten National 5
ENGLISH A niveau 1
HISTORY A niveau 3
MATHEMATICS C
ART AND DESIGN B
GEOGRAPHY B

Dankwoord

In mijn loopbaan heb ik geluk en pech gehad met redacteuren; geluk omdat het een paar van de meest inspirerende en fantastische vrouwen zijn die ik ooit heb ontmoet en pech omdat ze, de minuut dat ze mij onder hun hoede nemen, promotie krijgen en ergens ter wereld hoofd van ik weet niet wat worden en vertrekken. Ik weet nooit of ik daar blij om moet zijn of paranoïde van moet worden. In ieder geval is Maddie West, mijn nieuwe redacteur, briljant en hartstikke leuk en ik ben heel blij met haar. Dank ook aan de mensen bij Little, Brown: Charlie King, Jo Wickham, Emma Williams, Thalia Proctor, David Shelley, Ursula MacKenzie, Amanda Keats, Felice, Jen en het verkoopteam, en het hele team; de onvervangbare, energieke, uitzonderlijke Jo Unwin, en Orbit en LBYR omdat ze zo holistisch zijn. Ik heb een verschrikkelijke hekel aan het woord 'holistisch', dus ik weet niet waarom ik het gebruik, maar jullie begrijpen wel wat ik bedoel. Ben Morris, van wie ik de naam Peterselie heb geleend, zo heette zijn geweldige hond die vreselijk wordt gemist en Alison Jack voor haar informatie over het Schotse schoolsysteem en het staatsexamen. Zeer speciale dank aan iedereen in Schotland die ons dit jaar zo lief verwelkomde en heeft gezorgd dat we ons er thuis voelen. Dat hebben we echt enorm gewaardeerd. Kunnen jullie de regen nu uitzetten, alsjeblieft? Dat zou fijn zijn. Bedankt! En ook aan Mr. B: er zit heel veel van jou in dit boek, maar gelukkig ga je het toch niet lezen 😉.

Lees binnenkort deel twee van de *Happy Ever After*-serie!

VERSCHIJNT MEI 2021

ZIN IN FEELGOOD

'Een heerlijk boek dat je met een goed en warm gevoel achterlaat.'
Romantischeboeken.nl

'Een heerlijke feelgoodroman waardoor je nu al zin krijgt in de zomer.'
Vrouw Glossy

Lees ook *De kleine bakkerij*-serie van Jenny Colgan…

REEDS VERSCHENEN

REEDS VERSCHENEN

REEDS VERSCHENEN

'Pure verwennerij van begin tot eind.'
Sophie Kinsella

'Met – zoals in elk deel van deze serie – een aantal heerlijke recepten om zelf te maken!' *VROUW*

ZIN IN FEELGOOD

… en de *Café Zon & Zee*-serie

REEDS VERSCHENEN

REEDS VERSCHENEN

REEDS VERSCHENEN

'De perfecte leeservaring voor fans van foodie fiction en lezers die gewoon op zoek zijn naar een heerlijke en luchtige feelgoodroman.'
Lezersreactie op Goodreads

'Gelijk vanaf de eerste bladzijde word je als lezer de wereld van Mure in getrokken.'
Booksanddreams.nl

ZIN IN FEELGOOD